Requins d'eau douce

Heinrich Steinfest

Requins d'eau douce

Traduit de l'allemand (Autriche)
par Corinna Gepner

carnets nord

Titre original
Nervöse Fische
© Piper Verlag GmbH, 2004, Munich

© Carnets Nord, 2011 pour la traduction française
12, villa Cœur-de-Vey, 75014 Paris
www.carnetsnord.fr
ISBN : 978-2-35536-047-3

D'abord Vienne

1

L'homme qui était le chef leva les yeux vers le ciel. Pendant trente secondes et plus, il contempla les lourds nuages gris, leur pourtour changeant, l'étirement de petits bras et de tentacules qui s'évanouissaient aussitôt ou se détachaient pour mener, l'espace d'un instant, une existence autonome.

Avec les nuages était venu un vent frais qui soulageait la ville après quinze jours de chaleur – comme un inhalateur d'oxygène soulage celui qui étouffe. Ce matin-là, c'était une armée de ressuscités qui se rendait au travail. Une ardeur incroyable, un élan puissant allait marquer tous les faits et gestes du jour. Jour qui diviserait ce mois de juillet torride en un avant et un après. Le lendemain, en effet, allait débuter une nouvelle période de canicule, qui replongerait tout le monde dans un état d'abrutissement, mouvements au ralenti, pensées à moitié pensées.

Mais en ce jour qui avait vu le soleil se lever voilà trois heures, une fraîcheur claire et vivifiante pénétrait les cerveaux. La plupart des gens en étaient conduits à comparer leurs cogitations à une chaussure à lacet, laquelle ne montre son utilité qu'une fois lacée. Lacer une chaussure : un geste qui peut être facile ou pas.

Complexe laçage : voilà qui résumait sans doute la situation où se trouvait la bonne douzaine de personnes réunies sur le toit d'une tour d'habitation. La plate-forme du vingt-huitième étage était occupée par l'incurvation d'un bassin rempli d'eau, à la longueur délimitée par une balustrade en verre tandis que les côtés étaient abrités par des saillies de façades couleur café. Bassin est un mot trop inoffensif. En réalité, il s'agissait d'une véritable piscine située sur des hauteurs d'où l'on avait vue sur presque toute la ville.

Mais ce n'était pas à la ville que s'intéressait l'homme qui était le chef. Ni au centre urbain, que semblait bénir la lumière de quelques rayons perçant les nuages, ni aux contreforts visibles à l'ouest, qui venaient buter contre des collines boisées. La tête rejetée en arrière, il regardait à la verticale. Il savourait l'air frais comme s'il n'existait rien de plus beau ni de meilleur en ce monde. Et du reste, à ce moment-là, il ne pouvait rien imaginer de mieux.

Les autres, quant à eux, pensaient que Richard Lukastik était juste en train de réfléchir. Que son attitude était l'expression d'une intense rumination.

Toutefois, comme une foule de gens attendaient de se mettre au travail, l'adjoint de Lukastik approcha son chef par le flanc, humecta ses lèvres d'une langue chargée et demanda d'une voix assourdie :

– Que fait-on ?

Cette tonalité sourde trahissait la dérision. Sans une certaine dose de dérision, il n'aurait jamais supporté ses nombreuses années de travail avec Lukastik. Il méprisait son supérieur. Sans doute en partie parce qu'il n'était pas son juvénile collaborateur – ou du moins un collaborateur plus jeune. Il avait le même âge que Lukastik, quarante-sept ans. Ils ne savaient ni l'un ni l'autre qui était le plus âgé.

Ce ridicule petit secret perdurait entre eux, tel un lien qui sépare au lieu d'unir. Il va de soi que chacun aurait facilement pu trouver la date de naissance exacte de l'autre. Mais les deux hommes reculaient devant cet acte. Et c'était tant mieux. Leur crainte ne dissimulait rien de moins qu'un profond sens moral.

Ajoutons que Lukastik éprouvait pour son supposé adjoint une antipathie comparable. Tout chez cet homme éveillait en lui un dégoût semblable à un léger frisson : sa façon de marcher, de s'habiller, le claquement de ses chaussures à clous, la peau de son visage d'une teinte rougeâtre argenté, toujours luisante, comme polie par le rasage – et surtout sa manie de s'humecter les lèvres et de les approcher de la tête et de l'oreille de son interlocuteur avant de parler. Ce genre de proximité répugnait à Lukastik. Il avait chaque fois l'impression de sentir la salive s'évaporer de ces lèvres et créer une sorte de bulle de climat tropical.

Pourtant, au sein de la police viennoise, tout le monde pensait que les deux hommes s'entendaient bien. Certains allaient même jusqu'à les croire amis. Lukastik et Jordan accueillaient ces rumeurs et ces hypothèses avec le flegme de ceux qui souffrent depuis des années.

Pendant que Peter Jordan parlait, Lukastik avait effectué un rapide petit pas de côté. Mais la « bulle tropicale » lui effleura fugitivement la joue. Il fit une grimace imperceptible, détourna son regard du ciel pour le poser sur l'eau de la piscine, lisse par endroits, ailleurs ridée et peignée par le vent. Finalement il ordonna :

– Sortez-le de là.

– Comment ça, le sortir ? demanda Jordan en appuyant ses mains sur ses hanches droites.

Toute sa personne était droite, c'était sa caractéristique principale. Pas raide, encore moins rigide – droite, tout simplement, comme sont droits les murs ou les façades, ou certaines grandes surfaces rondes contre lesquelles on vient coller son nez. Sa droiture était dépourvue de charme mais elle n'était pas envahissante. Telle était l'opinion générale. Mais pas celle de Lukastik, qui soupçonnait la droiture de Jordan d'abriter une bosse en arrière-plan. Flairant ainsi quelque imposture.

– Eh bien, avec précaution, répondit Lukastik. Que les plongeurs s'en chargent. Et voient dans le même temps s'ils ne trouveraient pas quelque chose au fond du bassin. Quelque chose qui puisse nous aider.

– Oui, ce ne serait pas de refus. Quelques dents, par exemple.

Celui qui venait de parler était le médecin de la police, le Dʳ Paul, un petit homme à la cravate de travers, surtout connu pour la beauté de sa femme, bien plus jeune que lui, et dont la fidélité naturelle et sans réplique constituait pour beaucoup une énigme et un scandale.

Si Jordan avait pour caractéristique principale d'être droit, le Dʳ Paul, lui, était tordu. Il se tenait courbé à la manière d'un arthritique, montrait une silhouette replète, des cheveux bruns et frisés et un visage plein, qui, même par temps sec, luisait d'un éclat mouillé. Ce n'était ni un homme riche ni un homme important. Au regard de son grade universitaire, c'était un nul absolu. Il remplissait un rôle, à l'instar de ces médecins de films policiers qui sont les premiers à examiner le corps et formulent des observations totalement dépourvues d'intérêt, qui plus est inexactes, sur l'heure et le déroulement du crime, avant d'être relayés par des légistes beaucoup plus compétents.

Pourtant le Dr Paul jouissait d'une considération presque inégalée au sein de l'appareil policier viennois. Sa conquête inexplicable d'une femme « renversante » ne suscitait pas seulement l'incompréhension et l'envie, elle confortait aussi un soupçon romantique : il semblait que certains hommes insignifiants pussent exercer un charme inexprimable, un peu à la façon d'un nuage de parfum invisible et inodore, qui n'en ferait pas moins de l'effet. Or le Dr Paul paraissait exhaler un de ces nuages « charmeurs ». À compter du moment où cette femme attirante s'était éprise de lui – elle l'avait épousé –, le Dr Paul était devenu pour une fraction importante de son entourage féminin quelque chose comme un pôle de séduction absolu.

Lui-même observait ce phénomène avec une stupéfaction contenue. Chacun de ses mouvements trahissait une légère incertitude. Cet homme semblait marcher sur le fil de ses propres doutes – en vacillant, mais non sans habileté. Voilà en quoi consiste l'art du funambule : la perfection dans l'incertitude.

Lorsque le Dr Paul évoqua l'éventualité de trouver quelques dents au fond de la piscine, il avait pour cela une bonne raison. Cependant il ne parlait pas de dents humaines, quoique le corps qui flottait à la surface de l'eau fût indubitablement celui d'un homme. Mais si quelque chose était resté intact, c'était bien la tête du mort – et donc ses dents. Le corps en revanche était couvert de blessures, quand il n'avait pas disparu. La jambe droite manquait, sectionnée à mi-cuisse. D'une des mains, on ne voyait plus qu'un lambeau de peau. Le reste du corps était parsemé de morsures – on aurait dit qu'il avait été brutalisé au moyen d'un grand piège en fer. Cependant il était clair, même pour un non-zoologue, que ce genre de blessures ne pouvait avoir été provoqué que par un poisson, et plus précisément par un requin.

Autant cela relevait de l'évidence, autant le fait paraissait totalement impossible compte tenu de l'endroit où l'on se trouvait. On n'était pas à proximité d'un aquarium *ad hoc*, encore moins en bord de mer, mais dans l'espace de loisirs d'un groupe de bâtiments comportant plusieurs tours similaires avec piscine, et s'élevant dans une ville bien éloignée de l'habitat naturel de tous les poissons susceptibles de hacher menu qui que ce soit.

Au regard des querelles ordinaires, les étages de ces tours abritaient une classe moyenne d'humeur tempérée. Dix mille individus, qui n'étaient pas tous des saints, évidemment. Mais fort peu de canailles patentées. Quelques propriétaires de chiens de combat. Des aquariums aussi, mais aucun qui aurait pu accueillir un requin. Dans les halls, les couloirs et les ascenseurs, des équipes de nettoyage s'occupaient sans relâche à lutter contre les atteintes au prestige qui affectent en règle générale les immeubles de ce type. Au bout de vingt ans, les installations n'avaient presque rien perdu de leur substance et de leur fraîcheur – à supposer qu'elles eussent eu quelque chose à perdre. Seuls, dans les cages des escaliers de secours, des graffitis au feutre, des rondelles de pommes de terre écrasées et, de temps à autre, un appareil électronique démoli témoignaient de manière cryptée de la mauvaise humeur intime de quelques jeunes.

Il existait donc en ce monde et en cette ville des endroits plus dangereux. D'un autre côté, aucun lieu – celui-là pas plus qu'un autre – n'était sacro-saint au point d'être immunisé contre la cruauté ou la monstruosité. Cela dit, la cruauté, si monstrueuse qu'elle puisse paraître, possède toujours un arrière-plan logique et raisonnable. Les fantômes, à supposer qu'ils existent, ont la bonne idée de rester dans la tête des gens. Ils ne se comportent jamais en illusionnistes ou en chevaux de cirque. Et ils ne surgissent assurément pas du néant pour se métamorphoser en sélaciens carnivores, attaquant et tuant les hôtes des piscines bourgeoises avant de retourner à leur invisibilité d'origine.

Non, il y avait forcément une explication compréhensible au fait que ce corps unijambiste, déchiqueté par un requin, flottait dans une piscine. Une piscine qui, loin des contrées marines ou même seulement de toute installation zoologique, formait le sommet bien aménagé d'un bâtiment au sud de Vienne. Un toit aqueux.

En général c'est la fin qui fournit la logique d'une explication. Or Lukastik et ses gens n'en étaient qu'au début. Et même si la fraîcheur susmentionnée de cette matinée avait considérablement réveillé les esprits, la vue de ce mort totalement incongru suscitait en chacun une perplexité frustrante. Seules diverses associations d'idées permettaient pour l'instant de dégager un semblant de direction. C'est ainsi que Lukastik se souvint d'un entrefilet autrefois paru dans le journal et qui rapportait la découverte d'un cadavre dans une forêt dévastée par le feu. Si cette découverte avait attiré l'attention, c'est que le corps était équipé d'un scaphandre et d'une bouteille d'air comprimé. Par la suite, on avait établi que le plongeur avait été attiré dans les réservoirs d'un Canadair – manifestement au moment où celui-ci avait fait le plein d'eau de mer. Lorsque l'avion avait déversé sa cargaison d'eau, l'homme s'était vu, à l'instant même du largage ou presque, précipité d'une hauteur considérable sur le sol de la zone d'intervention. Les journaux n'étaient pas les seuls à avoir relaté l'incident : un écrivain célèbre s'en était lui aussi emparé. Célèbre écrivain dont Lukastik ne parvenait pourtant plus à se rappeler le nom. Quoi qu'il en soit, cette histoire étonnante lui paraissait exemplaire : la bizarrerie, voire l'anomalie révélée par la première impression pouvait – non, devait – dissimuler une succession d'événements parfaitement logique, démontrable en tous points, authentique, étrangère à Dieu ou aux esprits.

Peut-être cette mise en scène douteuse d'une attaque de requin était-elle le fruit de l'imagination d'un cerveau malade, qui l'avait concrétisée au prix d'efforts considérables. Mais dans ce cas, elle renvoyait bien à un cerveau malade et non à quelque événement surnaturel ou contraire aux lois de la nature. À la fin, ce serait comme d'habitude : banal. À l'image de ce plongeur, dont le corps revêtu de néoprène avait dû paraître magique, angélique, hautement symbolique au milieu des arbres calcinés. Alors que l'événement réel, tout en méritant le qualificatif de tragique, possédait la caractéristique propre aux accidents mortels : se trouver au mauvais endroit au mauvais moment, là où le destin vous avait conduit. Comme si l'on envoyait un aveugle traverser l'autoroute. Il y a des sollicitudes meurtrières.

Toutefois, dans la majorité des cas, faire de la plongée ne présentait aucun danger. Comme l'illustrèrent les deux policiers qui, harnachés de pied en cap, glissèrent dans l'eau de la piscine et poussèrent précautionneusement le corps jusqu'au bord du bassin, où deux employés de la police scientifique se chargèrent de le sortir, avec non moins de soin, pour le déposer sur une bâche blanche. Il était fort possible que, de son vivant, ce mort n'eût jamais été traité avec semblables égards (on ne saurait parler de tendresse, naturellement, pourtant il faut dire que la plupart des agents de la police scientifique entretiennent avec

16

les cadavres et morceaux de cadavres un rapport qui évoque un peu la discrète ferveur des philatélistes).

Pendant que les deux plongeurs s'enfonçaient sous l'eau, étrangement aquarellisée par le sang, afin d'y chercher d'éventuelles dents et autres pièces à conviction, les personnes présentes formèrent un cercle autour du corps exposé.

– Un sportif, dit le Dr Paul en pénétrant dans le cercle.

Il s'agenouilla et posa l'extrémité d'un doigt sur la poitrine du mort, comme pour appuyer sur un interrupteur et mettre ainsi fin à une activité désormais sans objet. Il effectuait ce petit geste sur tous les cadavres sans qu'on pût savoir si celui-ci dissimulait également un acte médical pertinent. Quoi qu'il en soit, généralement, le Dr Paul s'en tenait là. Cette fois encore, il se releva aussitôt en précisant :

– Un sportif, mais pas un vrai nageur. Du moins pas le nageur type. Ni un de ces « *ironmen* » à la mode – ça me fait toujours penser au mot « ironie »... Je trouve que ces champions sont beaucoup trop nombreux à arriver au but. Vous n'allez tout de même pas me dire que la concurrence, c'est ça ! La sélection est partout. Et c'est une bonne chose. Pourquoi, bon Dieu, vouloir que le sport soit démocratique ? Quand il y a plus de trois personnes qui arrivent au but, le but perd toute valeur. Même au sens philosophique. Il se désintègre. Je crois...

– Docteur Paul, je vous en prie ! l'exhorta Jordan.

– Voyez vous-même, dit le Dr Paul, légèrement vexé. Cet homme n'est pas particulièrement grand. Peut-être un lutteur ou un haltérophile – qui n'exercerait plus, tout en restant encore parfaitement entraîné. À peu près de votre âge, monsieur l'inspecteur principal.

– Possible, fit Lukastik.

Non sans envie, il contemplait le ventre impeccablement musclé du mort, où se voyaient certes aussi les marques béantes de rangées de dents. Puis il dit :

– Parlons des causes de la mort, sérieusement. Peut-on envisager une autre hypothèse que celle qui nous fait de l'œil ?

– Il y en a toujours, répondit le D\ Paul, mais la seule chose que je puisse dire à première vue, c'est que le meurtrier est forcément un poisson de l'espèce des requins. Il nous faudra faire appel à un expert pour déterminer avec précision de quel requin il s'agit. Mais on peut déjà exclure les chiens de mer.

– Et si nous avions affaire à une simulation ?

– C'est-à-dire ? Une gueule de requin actionnée par un moteur ?

– J'essaie d'imaginer ce qui a pu arriver. Suis-je censé croire que le requin est tombé d'un avion ? Ce qui pourrait à la rigueur se concevoir si l'animal se trouvait encore dans le bassin.

Haussant les épaules, le D\ Paul expliqua que le mort ne montrait aucune déformation laissant supposer que c'était *lui* qui était tombé du ciel. Non, l'homme semblait indiscutablement faire partie du petit nombre des victimes de requins.

– Un accident de baignade donc, dit Jordan, sur quoi il arbora une mine dédaigneuse, donnant à sa bouche la forme d'un ballon de cuir défoncé.

– Si vous voulez, fit le médecin en haussant derechef les épaules.

Il les haussait volontiers et souvent, signifiant par là que la pratique de la médecine ne le rendait pas pour autant responsable du malheur et de la fatalité qui régnaient en ce monde. Puis il déclara qu'il souhaitait voir le mort aussi

vite que possible sur la table de sa « chambre d'étude »
– comme il disait – afin de pratiquer un examen approfondi. Pour l'heure cependant, il devait partir. Il avait
prévu un petit déjeuner avec sa femme, lequel avait tradi-
tionnellement lieu dans un café d'Ottakring. S'en dispen-
ser était une chose impossible, impensable. C'était le strict
respect des rituels qui donnait son sel à la vie de couple.
Indispensable.

Cette histoire de petit déjeuner, le Dr Paul la racontait
quasiment chaque semaine. Ou il oubliait qu'il en avait
déjà souvent parlé, ou il voulait par là révéler un secret à
ses collègues, hommes et femmes. Ce que très peu d'entre
eux comprenaient. Les gens comme Jordan, notamment,
ne percevaient pas ce que la mystérieuse séduction du
Dr Paul devait au sérieux avec lequel il respectait les
accords passés avec sa femme. Il va de soi que son charme
ne se bornait pas à cela. Sans doute y avait-il aussi en jeu
quelque bizarre petite diablerie, peut-être juste la façon
qu'il avait de poser l'extrémité de son doigt sur la poitrine
des morts, mais aussi des vivants. Comment savoir ? Pourtant, l'absolue fiabilité du Dr Paul en matière de petits
déjeuners communs avait autant de valeur qu'un visage
aux traits réguliers, une expression enlevée, un compte en
banque bien garni ou un ventre plat. Et même davantage.
Car Mme Paul disposant déjà d'un compte en banque bien
garni, elle n'avait pas besoin d'en chercher un ailleurs.
Quant à ce qui pouvait arriver aux ventres plats, il suffisait de regarder ce mort, qui gisait au milieu d'un cercle
de policiers perplexes et, sous la lumière argentée de cette
matinée, rappelait les personnages délicatement contor-
sionnés du *Radeau de la Méduse*, géniale croûte de Théo-
dore Géricault.

Le Dr Paul claqua très légèrement des talons, ce qui conféra à sa silhouette rondelette une touche plus musicale que martiale. Comme s'il ne représentait rien d'autre qu'un triangle, c'est-à-dire un instrument à percussion qui sonne de lui-même. Un instrument dont on ne se servait pas souvent, il est vrai, mais qui éveillait toujours une extrême attention. La plupart des gens lui trouvaient quelque chose d'inquiétant. On soupçonnait que, derrière, il y avait des choses qu'on ne pouvait ni voir ni entendre.

Quand le Dr Paul entrechoqua brièvement la partie interne de ses talons – ou plutôt que l'une des chaussures cogna doucement contre l'autre –, il se produisit comme un son de triangle inaudible mais effectif, qui continua à résonner pendant un moment, plongeant l'entourage dans un état de légère vibration. Puis le médecin souhaita à tout le monde une bonne matinée, et quitta le lieu du crime en empruntant un escalier qui rejoignait l'ascenseur à l'étage inférieur.

Quelques minutes plus tard, un des hommes-grenouilles émergea du bassin, où le sang faisait penser à des sels de bain qu'on aurait ajoutés un instant plus tôt, il longea le bord et tendit le bras. Lukastik, qui venait d'enfiler des gants de protection couleur lilas coiffant ses doigts comme dix petits bonnets de bain, saisit l'objet que lui présentait le plongeur. Cet objet, que l'inspecteur leva entre le pouce et l'index afin que tous pussent le voir, n'était pas la dent escomptée mais une chose couleur chair, de deux centimètres environ, ressemblant à un cartilage. Un examen plus précis permettait de distinguer, à l'une des extrémités, légèrement plus grosse, la ligne d'un minuscule clapet fermé. À cet endroit, la surface était parcourue de fines rayures rouges évoquant une multitude de vaisseaux sanguins. Plus difficile encore à percevoir était le fil transparent qui dépassait du boîtier de quelques millimètres. Toutefois la plupart des présents se trouvaient trop éloignés pour le remarquer. De loin, la chose pouvait passer pour le pouce cassé d'une petite poupée, ou simplement pour un morceau de pâte à modeler. Seule une femme de la police scientifique approcha son visage de l'objet, inclina légèrement la tête de biais et dit finalement :

– Si notre mort et cette minuscule chose sont liés, alors c'est que l'homme avait un problème aux oreilles, du moins à une oreille. Ceci est une prothèse auditive.

Devant le regard incertain de Lukastik, la femme précisa qu'il s'agissait d'un appareil qu'on pouvait introduire de façon quasi invisible dans l'oreille externe. La petite partie qui était dirigée vers l'extérieur et, de ce fait, visible pour un éventuel observateur, montrait de pseudo-vaisseaux sanguins. Sous l'ouverture se trouvait le compartiment destiné aux piles. Le cordonnet blanc n'était autre que le fil au moyen duquel on pouvait retirer l'appareil.

– Un objet moderne, expliqua la femme. Technologie dernier cri. Et si on peut dire, camouflage parfait. Ça exige une fabrication sur mesure, une forme adaptée au conduit auditif du porteur.

– Comme une empreinte de pied ? demanda Lukastik.

– Pourquoi pas ? répondit la femme. Les conduits auditifs diffèrent les uns des autres. Quoi qu'il en soit, ça ne devrait pas être difficile de vérifier si ce petit amplificateur provient de notre mort. Ce serait vraiment une drôle de coïncidence si une autre personne, ayant une oreille pareillement conformée, avait perdu sa prothèse auditive dans ce bassin. Difficile à croire. Non, si l'appareil s'ajuste comme il faut, c'est qu'il appartient à notre cadavre. Perte d'audition moyenne, je dirais.

Elle se baissa, regarda à l'intérieur d'une des oreilles du mort, fit ensuite basculer le crâne de l'autre côté et examina la seconde oreille. Les deux conduits auditifs étaient vides. Soit l'homme ne portait d'appareil que dans une oreille, soit l'autre était encore dans la piscine. Ou alors la petite machine digitale appartenait bel et bien à une tout autre personne.

Lukastik contempla avec une certaine répugnance le modelage d'orifice corporel qu'il tenait entre ses doigts. Il lui semblait avoir en main un fragment du cadavre, une partie encore vivante qui, bien que détachée de son hôte défunt, n'en était pas moins en état d'entendre parfaitement ce qui se disait autour d'elle. Peut-être même un peu plus parfaitement qu'une oreille normale. Et puis Lukastik avait l'impression qu'elle montrait une certaine élasticité. Non qu'il crût véritablement que les appareils étaient doués d'âme ou d'une volonté sournoise de destruction et de répression, mais il pressentait en eux une certaine autonomie. Comme si, en dehors de leur fonction, ces équipements et ces machines menaient une existence indépendante, qui les conduisait jusqu'au fond des choses. Comme si le monde réel n'était pour eux qu'un rêve.

– Rangez-moi ça, ordonna Lukastik en tendant la prothèse auditive à la femme.

Celle-ci ouvrit une pochette en plastique de la taille d'un sac à main, dans laquelle elle fit précautionneusement glisser l'objet. Toujours ce rapport affectueux avec les petites choses qui entouraient les cadavres, telles des feuilles mortes.

Lukastik donna l'ordre d'envoyer l'appareil au Dr Paul afin que ce dernier pût établir s'il provenait effectivement de l'oreille du mort. Lequel, du reste, n'était pas nu mais vêtu d'un caleçon de bain, conformément à l'idée selon laquelle on n'entre pas dans un bassin de ce genre pour mourir mais pour nager. Un caleçon bleu marine, de coupe sportive, sur lequel brillait triplement le logo jaune d'œuf d'une marque connue.

On ne trouva aucun autre élément intéressant. Quelques esquilles et petits morceaux de chair qui venaient certainement du mort. Et un jouet d'enfant, qui n'avait probablement rien à voir avec tout cela. Des broutilles : cheveux, ongles d'orteils, déchets, tout ce qui pouvait s'accumuler dans une piscine. On préleva également plusieurs échantillons d'eau. Lukastik donna en outre l'ordre de promener dans le bassin des filtres fins de grandes dimensions. Il ne voulait négliger aucun moyen d'exploiter au mieux les indices relevés. Les quatre ascenseurs, l'ensemble des accès, l'escalier de secours, le garage souterrain, tout devait être examiné de fond en comble.

Un membre de la police scientifique, qui était en train de passer un pinceau souple sur le sol d'un des ascenseurs, s'enquit tout haut de ce qu'on espérait trouver. Les traces d'un requin de plusieurs mètres peut-être ?

Vers dix heures, peu avant le transfert du corps, le supérieur de Lukastik fit son apparition, en compagnie d'un tout jeune collaborateur du maire. En dépit de son âge de novice, l'homme avait une fonction importante puisqu'il était chargé d'évaluer les pertes et profits de tous les événements publics à Vienne. En bon individu moderne, il voyait fermenter le profit jusque dans l'abomination. Taire les choses, les étouffer, c'était démodé, la dissimulation renvoyait à l'âge de pierre de la politique. Il est vrai aussi qu'à l'inverse chaque profit recelait un potentiel actif de catastrophe.

Le supérieur – commissaire divisionnaire de son état – et le novice se tenaient debout devant le cadavre, bras croisés, quelque peu campés sur leurs jambes écartées. Un portable sonna. Personne ne sembla l'entendre.

– Seigneur, qu'est-ce que c'est que ça ? dit le commissaire, s'adressant à Lukastik d'une voix qui trahissait son irritation coutumière.

Ce n'était pas nouveau. Il avait toujours l'air de vouloir imputer la complexité d'une affaire au fonctionnaire chargé de l'enquête. Le commissaire cherchait volontiers la négligence qui transformait la simplicité en complexité. C'était un soupçon de principe, qu'aucun fait n'aurait pu démentir. La raison en était que le commissaire nourrissait une aversion foncière pour les policiers, laquelle se devait naturellement de rester cachée. Il se comportait comme un médecin qui n'aurait que le mot « santé » à la bouche tout en le considérant comme une belle imposture.

– L'homme a été tué par un requin, expliqua Lukastik, s'efforçant de donner à la chose un tour anecdotique.

– Vous m'en direz tant, cher collègue. Un requin. Peut-être pourriez-vous m'expliquer ça d'un peu plus près.

– Non, répondit Lukastik, et après une courte pause : Je ne voudrais pas paraître impoli, surtout en présence d'un représentant du maire. Mais qu'est-ce que vous attendez de moi ? Que je remplace ce cadavre par un autre, plus plausible ? Qui s'intègre mieux dans le paysage ?

– Nous voulons juste savoir ce que vous en pensez, dit le bleu.

– Il serait absurde d'exprimer un avis avant que le cadavre ait fait l'objet d'un examen approfondi. Je vous en dirai plus dans le courant de l'après-midi. Mais dans un premier temps, il faudrait tenir les médias à l'écart. Même si l'obscurité de cette affaire la rend excitante.

– Non pas ! protesta le jeune homme. Nous vivons en démocratie. Nous ne pouvons pas faire silence sur l'obscurité.

– À la fin, toute cette histoire se réduira à un stupide et banal petit crime, prophétisa Lukastik.

– C'est bien possible, reconnut l'individu moderne. Mais en bas, devant le bâtiment, il y a déjà une foule de journalistes qui attendent. Ces gens-là, ne l'oublions pas je vous prie, sont nos amis.

– Les amis de qui ? demanda Lukastik. Les vôtres ou les miens ?

– Les nôtres, bien évidemment. La presse est tout autant l'organe de la politique que de la police. Il ne faut pas se laisser abuser par le ton blessant qu'elle utilise parfois. Ça ne se fait plus de renvoyer les journalistes à la niche uniquement parce qu'ils se permettent de formuler des plaintes qui correspondent de toute façon à ce que pensent les gens. Nous avons des obligations envers les médias. Et une histoire aussi obscure que celle-ci devrait être discutée dès le départ.

– Ça crée de l'agitation, répondit Lukastik. Je vous prie de considérer mon travail et celui de mon équipe comme une pièce de théâtre qui a besoin de répétitions. On ne fait pas entrer les critiques dans la salle dès le début des répétitions.

– Suis-je censé prendre cette comparaison au sérieux ?

– Je vous en prie, dit Lukastik.

Se détournant, il donna l'ordre d'emballer le corps et de le transférer dans la chambre d'étude du Dr Paul.

– Ça ne va pas du tout ! s'écria le supérieur de Lukastik. Vous ne pouvez pas nous planter là comme des imbéciles.

Et de fait, ça n'allait pas du tout, même si Lukastik n'avait pas à craindre qu'une insolence ne lui coûtât son poste ou ne lui valût une mutation. On ne le forcerait pas non plus à se retirer de l'affaire. C'était le genre de chose qui arrivait dans les films noirs, pas dans une réalité aggravée par le manque de personnel. De son côté, le commissaire était lui aussi comme soudé dans sa position – promotion et rétrogradation étant toutes deux fort improbables. Lukastik et lui étaient enchaînés l'un à l'autre exactement comme l'étaient Lukastik et Jordan. Il fallait donc maintenir un minimum de relations.

S'approchant derechef de son supérieur, toujours flanqué de son compagnon, Lukastik déclara que, pour le moment, il n'avait rien à dire à la presse. Et qu'il ne se laisserait pas entraîner à spéculer.

– Je ne saurais même pas préciser à quelle sorte de requin nous avons affaire.

– Mais est-il au moins prouvé, demanda le commissaire d'un ton qui pouvait paraître implorant, est-il au moins prouvé que l'homme n'a pas été tué ici ? Autrement, ce serait invraisemblable. Il faudrait se demander où le poisson peut bien être fourré.

– C'est toute la question.

– Un indice sur l'identité du mort ?

– Rien, dit Lukastik. Ni vêtements, ni papiers, ni clés d'appartement. Le corps a été découvert par un employé du service de nettoyage. L'homme était fou de peur. Je l'ai embarqué pour éviter que nos amis de la presse ne soient tentés d'exercer leur devoir démocratique et de le cuisiner.

– Comment ça vous l'avez « embarqué » ? s'indigna le conseiller du maire. Voilà qui rappelle la vieille méthode de la détention préventive.

– Si vous l'entendez comme ça... répondit calmement Lukastik.

Il prit congé sans même prétendre qu'il avait à faire. Il s'épargnait le ridicule de jouer le surmenage, se contentant de jouer l'ennui.

Le commissaire suivit Lukastik du regard comme s'il avait remarqué une anomalie, par exemple des jambes de pantalon de longueur différente ou une tache sombre au dos de la veste claire. Ce qui, en fait, n'était nullement le cas. L'anomalie que le commissaire croyait discerner se trouvait pour ainsi dire en deçà de la matérialité.

– Quel affreux bonhomme ! dit le bleu. Rétrograde et vaniteux. Fâcheuse combinaison.

– C'est un policier, répondit le commissaire d'un ton éloquent, sans toutefois soupirer.

Il n'allait tout de même pas jusque-là.

2

La chambre d'étude du Dr Paul était bien moins accueillante que son nom ne le laissait espérer. Il s'agissait plutôt d'une de ces salles d'autopsie ordinaires, ni tout à fait moderne ni tout à fait vétuste. La rangée de fenêtres était masquée par des stores pastel. Le plafond diffusait un éclairage de bureau. Trois surfaces métalliques trônaient sur des socles carrés. D'après le Dr Paul, une fois couché dessus, on se sentait comme sur un lit flottant. Le rêve ! Sans comparaison avec le fauteuil du dentiste ou la table d'opération – dédiés par nature à la possibilité d'une survie.

Il trouvait à la fois triste et significatif que ces couchettes destinées au découpage des cadavres fussent particulièrement adaptées au repos. Lui-même pouvait le certifier, car il y avait fait quelques siestes, tout habillé s'entend, et sur une couverture. Moins par confort que pour marquer la différence avec la destination réelle du dispositif.

Quand Lukastik entra dans la pièce au cours de l'après-midi, seule la table du milieu était occupée. Sur sa surface gisait, diminué d'une jambe et d'une main, le corps du mort inconnu. Le Dr Paul était assis à son bureau. Renversé

28

dans son fauteuil, il fumait. Il fumait comme quelqu'un qui forme des ronds en rejetant la fumée, sauf qu'il ne s'agissait pas vraiment de ronds mais plutôt de variations sur ce thème. Le concept de variation permettait de faire passer pour un rond la production la plus lamentable. Quoi qu'il en soit, le Dr Paul avait l'air détendu. Le coin où il se tenait était aménagé de façon à donner quelque pertinence à la notion de « chambre d'étude » car deux gigantesques étagères de bois couvraient les arrières du médecin. Des étagères sur lesquelles de gros livres abîmés, dépassant largement par endroits, témoignaient d'une volonté farouche d'étudier. Dix ordinateurs n'auraient pu produire le même effet. C'est une chose entendue : seuls les livres – de préférence lorsque leurs couvertures montrent la pâleur de princesses anémiques – sont à même d'exposer, visuellement, de manière exemplaire, l'intelligence et le degré d'instruction d'un individu.

Sur le bureau se trouvaient quelques os peints, offerts au Dr Paul par ses enfants d'un premier lit. Un dictaphone se dressait sur une haute pile de livres, telle une croix au sommet d'une montagne. Deux écrans étaient installés sur une petite table placée à l'écart, comme si leur utilisation relevait non de la règle mais uniquement de l'exception.

D'un geste du bras, le Dr Paul indiqua à Lukastik une chaise libre, tandis que de l'autre main il désignait le cadavre en disant :

– Il n'y a plus de doute. Cet homme a été tué par un requin.

Devant lui, alignés sur une plaque de verre posée sur un papier, se trouvaient plusieurs petits fragments. Il souleva l'un d'eux à l'aide d'une pincette, l'exposa à contre-jour et expliqua qu'il s'agissait d'un bout de dent de requin.

– Et regardez ceci, dit-il en montrant un minuscule objet, semblable à un caillou, qui luisait d'un éclat métallique. C'est un bel exemple de dent cutanée.

– Une dent cutanée ?

– Moi non plus, je ne connaissais pas, j'ai dû faire un tour rapide sur Internet. Ça m'est toujours un peu désagréable.

– Qu'est-ce qui vous est désagréable ? D'aller sur Internet ?

– Oui, fit le Dr Paul. On a l'impression de tricher. Comme si on allait chercher son savoir dans une zone interdite. Comme si on braconnait sur le terrain de chasse des incultes et des anti-sportifs, de ceux qui, d'une pression de touche ou presque, font leurs courses au supermarché.

– Et donc, dans ce supermarché, vous êtes tombé sur des dents cutanées, en déduisit Lukastik.

– Des écailles placoïdes, précisa le Dr Paul, sur lesquelles reposent de belles petites dents en émail, d'une dureté incroyable. Un dispositif vraiment très pratique : atténue les frottements et protège comme une cotte de mailles. Car le requin lui aussi n'est qu'une créature de chair, c'est-à-dire vulnérable. On a tendance à l'oublier quand on voit la bestiole. Les requins ne sont pas des insectes, ils n'ont pas leur robustesse : ils sont plutôt sensibles, craintifs, indolents. Mélancoliques. La plupart d'entre eux sont des vivipares, avec en plus une longue durée de gestation. Ça engendre forcément la mélancolie.

– Voilà qui n'est plus très scientifique, constata le policier.

– C'est vrai, je m'égare. Donc, j'ai trouvé dans le corps du mort les fragments de dents d'un requin, dents de la mâchoire et dents cutanées. La taille et la nature des blessures, sans oublier le fait que notre mort a eu la main et la jambe arrachées, semblent indiquer un poisson d'un certain volume. Cela dit, compte tenu de la faible profondeur du bassin, inutile de fantasmer sur une créature de cinéma de six mètres.

– Compte tenu de la présence d'un bassin d'eau douce chlorée, on ne devrait pas pouvoir fantasmer du tout.

– Je suis de votre avis. L'homme a été tué ailleurs. Et nous devons évidemment supposer que ces blessures caractéristiques lui ont été infligées de façon artificielle. Que quelqu'un a simulé une attaque de requin avec minutie et compétence – sans compétence excessive, espérons-le –, qu'il a sectionné la jambe et la main comme l'aurait fait un requin et appliqué sur le mort des segments corporels du poisson.

– Et tout le sang ?

– Tout le sang ? Je dirais plutôt qu'il y en a tout sauf assez. Si l'homme avait été tué dans le bassin, on l'aurait sorti d'une soupe rouge, pas d'une petite eau légèrement teintée, d'un bouillon clair. Non, on ne peut vraiment pas parler d'une grande quantité de sang. Le mort s'était sans doute quasiment vidé avant d'être transféré. Le cadavre n'en était pas moins... Disons qu'il n'en était pas moins frais.

– C'est-à-dire ?

– Que l'homme est mort au cours de la nuit, probablement lors de la seconde moitié. Tout a dû se passer très vite, les préparatifs visant à simuler l'attaque, le déplacement du corps. Sans doute entre deux et quatre heures du matin.

– Blessures *ante mortem* ? Cause exacte de la mort ?

– Difficile à dire. Le plus vraisemblable, c'est que l'homme s'est noyé au cours de sa lutte mortelle. En tout cas, rien n'indique qu'il était déjà mort, ou seulement

31

inconscient, au moment où s'est produite l'attaque présumée du requin.

– Une noyade ?

– Peut-être qu'on l'a d'abord plongé dans l'eau et étouffé avant de procéder à l'amputation et à la simulation des morsures. Peut-être que tout ça s'est passé simultanément. Sans exclure la possibilité que le coupable ait organisé un combat mortel à la loyale.

– Comment ça ? Déguisé en requin blanc peut-être ?

– Je n'irais pas jusque-là. Quoique dans le domaine des jeux de rôle on puisse imaginer beaucoup de choses.

– Des traces de relations sexuelles ?

– La zone de l'anus est intacte, si c'est ce que vous entendez par là. Il n'y a pas non plus de blessures autres que celles infligées par le requin. Pas d'anciens hématomes, pas de piqûres, rien à noter concernant les parties génitales, la cavité buccale est indemne. Voilà ce que je peux dire après un premier examen. Il faudra aller plus loin. Cependant je ne crois pas que nous découvrions une composante sexuelle. Ou plutôt j'espère que non. Pour être franc, tout ce qui est sexuel m'énerve. Surtout le sexuel dans le crime.

– On ne choisit pas.

– Il ne dépend que de nous d'ignorer certaines choses, expliqua le Dr Paul, apparemment très sérieux.

Il était effectivement d'avis qu'il valait mieux faire passer un certain nombre de crimes à la trappe. Il fallait punir, il fallait prévenir, c'était une évidence. Mais pour lui, la maturité suprême en matière d'affaires criminelles aurait consisté à taire tout ce qui, dans un processus d'élucidation intégrale, risquait de provoquer des dommages encore plus importants. Nombre de choses guérissaient à partir du moment où on s'abstenait simplement d'y toucher. Et cette règle valait en bien des domaines. Loin d'abuser du silence, on ne l'observait que trop rarement. Invoquer ce faisant la « transparence » relevait pour le Dr Paul d'une tentative de minimisation. Pour sa part, il parlait plutôt de société de la nudité, de la mise à nu. Le besoin d'élucidation et de divulgation avait en maints endroits viré à l'impudeur. La nudité, ou pis encore, le fait de s'exposer sans restriction en retroussant ses jupes ou en baissant son pantalon passait bizarrement pour le signe d'une démocratie épanouie.

Telles étaient les pensées qui venaient au Dr Paul à ce moment-là. Comme s'il était la proie d'une crise soudaine, il s'exclama sans véritable raison :

– Belle démocratie !

– Je vous en prie ! fit Lukastik, qui connaissait par cœur les brusques éclats du médecin.

Mais ce dernier fut impitoyable. Il déplora bruyamment la tendance qui consistait à s'attacher aux manquements individuels de certains politiciens plutôt qu'à leurs idées politiques.

– Je vous le demande, dit-il, à quoi nous servirait un homme honnête mais imbécile ? Autant vaut une fichue canaille qui ait de bonnes idées. Penserait-on à juger de la qualité d'un philosophe, par exemple, en se fondant sur ses habitudes alimentaires, sa digestion ou sa consommation de drogue ? Prenez Wittgenstein. J'ai lu récemment que lui et son ami David Pinsent avaient essayé – c'était en Norvège, en 1913 – de détruire un nid de guêpes qui les gênait à l'aide de pétrole, puis d'essence, pour enfin, au cours d'une troisième manœuvre partiellement réussie, écraser les guêpes à demi étourdies. À la même époque, Wittgenstein effectuait des travaux préliminaires décisifs pour ce chef-d'œuvre précoce qu'est le *Tractatus*. On aurait donc pu supposer que cet homme était adulte. C'est justement ce qui rend cet assaut contre un nid de guêpes répugnant, hystérique et niais – mais cela n'ôte rien à l'incroyable profondeur du *Tractatus*. Wittgenstein aurait tout aussi bien pu coucher avec des moutons et des poules, ce qui du reste serait parfaitement concevable. Sexuellement, son comportement était inadmissible. Mais cela n'égratigne pas la moindre de ses phrases. De la même façon, un bon politicien ne cesse pas d'être bon s'il se fait graisser la patte ou s'il porte en privé des vêtements de femme. Se faire graisser la patte ou porter des vêtements de femme ne deviendrait important que si la politique de cet homme en était affectée. Ce qui ne peut pas être le cas puisque, alors, ce ne serait plus un bon politicien mais juste un type corrompu ou pervers.

– Mon cher docteur Paul...

Lukastik interrompit le flot de paroles d'un ton qui sentait l'avertissement. Il n'était ni particulièrement intéressé par les commentaires extra-médicaux du Dr Paul, ni désireux d'entendre la suite de son exposé sur les relations de Wittgenstein avec les guêpes et les poules. Tous savaient qu'il était un fervent admirateur des réflexions du philosophe, ce qui incitait volontiers la frange cultivée de la police à lâcher des allusions à ce sujet. Or il n'y avait rien que Lukastik détestât autant.

Le Dr Paul leva la main en signe de conciliation. L'excitation le quitta aussi vite qu'elle était survenue. Il promit à l'inspecteur de lui faire parvenir un rapport minutieux. Puis il se pencha péniblement au-dessus du bureau et posa devant Lukastik un morceau de papier sur lequel étaient notés un nom et une adresse.

– Qu'est-ce que je suis censé faire de ça ? demanda l'inspecteur principal.

34

– Prenez les fragments de dents et les écailles, et allez voir cet homme. M. Slatin est un vieil ami. C'est un enragé, un excentrique passablement insupportable. Mais c'est un biologiste marin touché par la grâce. Quoiqu'il se tienne à l'écart du remue-ménage scientifique. Radicalement à l'écart.

Lukastik fit remarquer qu'il avait du mal à imaginer à quoi ressemblait la « grâce » en ce domaine.

– Le triomphe de l'esprit ignore l'orgueil de caste, proclama le Dr Paul avec une certaine grandiloquence. Il y a des cyclistes géniaux, des spectateurs de théâtre géniaux et des plombiers géniaux. Il n'existe pas de domaine qui n'ait son génie. C'est une loi de la nature humaine.

– Et ce M. Slatin serait donc un de ces génies ?

– Je ne sais pas vraiment, avoua le Dr Paul. On prétend en tout cas que personne ou presque ne s'y connaît mieux que lui en requins. La corporation académique le méprise. Mais ça fait partie du jeu, bien sûr. Le mépris est l'élément décoratif le plus important dans l'existence d'un authentique génie. Qu'est-ce que ça voudrait dire, un génie reconnu ? Ce serait comme une tempête qui ne causerait pas de dégâts. C'est-à-dire une tempête qui n'abattrait pas les arbres ni n'arracherait les toits. Qui ne ferait même pas voler les couvre-chefs. Et n'inspirerait pas les poètes. Qui ne provoquerait ni crampes ni insomnies. Bref, une tempête dans un verre d'eau, comme on dit.

– Ne serait-il pas plus raisonnable, suggéra Lukastik, de nous en tenir à l'Université pour cette recherche ? Ce dont nous avons besoin, c'est d'une analyse précise, pas d'une expertise brillante et déroutante.

– Cher ami, faites ce que bon vous semble. J'ai certes déjà prévenu M. Slatin de votre visite – histoire de ne pas perdre de temps –, mais rien n'empêche de l'annuler.

35

– Pas la peine, répondit Lukastik, refusant d'un geste.

Il prit le bout de papier, le mit dans sa poche et se leva. Puis il dit au Dr Paul :

– Soyez assez aimable pour m'emballer ces dents.

– Volontiers.

Le Dr Paul saisit une carte de téléphone avec laquelle il poussa les fragments isolés pour les aligner, puis il les enferma dans une boîte d'aluminium munie d'un couvercle à vis. On aurait dit qu'il fractionnait de la cocaïne. Ensuite il se leva et s'approcha de Lukastik, qui était penché sur le cadavre, lequel, sous la lumière crue de l'éclairage médical, avait tout l'air d'un grand poisson clair. Désormais, on distinguait plus nettement que dans l'eau ou au bord du bassin sa posture contorsionnée, la tête renversée loin en arrière, les pointes jumelles des épaules haussées, le torse arqué formant un pont, les avant-bras coniques pressés contre la taille mince, ainsi que les doigts en serre de la main droite, tandis que l'absence de main gauche créait une théâtralité de l'espace vide. Marquée de multiples morsures sur sa partie inférieure, la jambe restante rompait avec la symétrie du corps, à l'instar d'une jambe de poupée tordue. Le requin, ou qui que ce fût, semblait aussi avoir essayé de sectionner cette partie-là.

Le visage formait un contraste avec la courbure convulsée du corps et de la tête. Non que l'instant de la mort eût entraîné un relâchement des traits, une détente, comme on le décrit souvent. La face arborait plutôt une expression intéressée, comme si l'homme avait été sur le point de poser une question. Pas une question dramatique comme celle du sens de la vie, ou *a fortiori* de la mort. Mais une interrogation liée au quotidien. Manifestement, cet individu avait été ancré dans le quotidien, dans le concret. Il portait un bouc à la mode, dont le noir était souligné par quelques cheveux gris isolés. Le même noir, qui, cette fois, n'avait pas besoin d'être souligné, garnissait son cuir chevelu. La chute de cheveux n'avait pas été pour lui un problème. Si effectivement il avait à peu près le même âge que Lukastik et Jordan, il était bien conservé. Le visage n'était pas beau mais marquant. Autour des yeux ouverts s'étirait un fin réseau qui pouvait passer pour les vestiges de séduisantes pattes d'oie. Sans être à proprement parler épaisses, les lèvres étaient d'une grosseur frappante. La bouche entrouverte.

– Belles dents, n'est-ce pas ? fit observer le médecin. Je commence toujours par regarder les dents. Formidable, rien à redire. L'homme se préparait à une longue vie. Dommage.

– Les oreilles ?

– Ah oui, la question de l'appareil auditif.

Le Dr Paul saisit une pincette, retira la petite prothèse auditive de l'oreille gauche, la garda quelques secondes en l'air puis la remit à sa place. Sur quoi il commenta :

– Et voilà ! C'est comme d'introduire une clé dans la bonne serrure. L'homme devait vraiment avoir un problème d'audition. Et il était trop coquet pour porter un de ces appareils qui ressemblent à un petit étui à violon et qu'on place derrière le pavillon de l'oreille. Mais il faut dire qu'il cultivait la perfection : silhouette, barbe taillée, dents, ongles manucurés, caleçon de bain d'une coupe impeccable, poils des narines écourtés, jambes épilées – enfin, *une* jambe épilée. Avez-vous déjà une idée de son identité ?

Lukastik secoua la tête, expliquant qu'on était en train de vérifier si c'était quelqu'un de l'immeuble, ou du moins de la résidence. Mais jusqu'à présent on n'avait rien trouvé. Aucun disparu avec lequel ce visage coïnciderait. L'ordinateur était tout aussi perplexe.

– Quand ils ne mentent pas, les ordinateurs ne savent rien, asséna le Dr Paul.

Il entretenait une relation problématique avec ces appareils, dont il se servait stoïquement quand il ne pouvait pas faire autrement. À l'instar d'un naufragé qui boit de l'eau de mer. Sans ignorer les conséquences d'un tel geste.

– Vos dents ! fit le médecin en glissant la boîte mince en forme de cigare dans la main de l'inspecteur principal – puis, avec un rire : Quand nous aurons trouvé le requin, nous pourrons le confondre.

– Exact, approuva Lukastik, qui avait tout sauf le sens de l'humour.

Il rangea la boîte dans la poche de sa veste, chargea le Dr Paul de rendre la prothèse à la police scientifique, et s'en alla.

Si, comme on l'a dit plus haut, le Dr Paul avait une démarche qui s'apparentait à un savant exercice d'équilibre, Lukastik, lui, donnait l'impression de progresser d'un caillou à un autre. Même sur une route droite et plate, il adoptait un pas énergique, balançant ses bras légèrement pliés, tel un randonneur de montagne. L'inspecteur considérait la vie comme une affaire extrêmement éprouvante. Et cela se voyait clairement à sa façon de marcher.

3

– Je vous attendais, dit l'homme qui ouvrit la porte à Lukastik.

Il devait approcher de la soixantaine. Toute sa personne contredisait l'image qu'on pouvait se faire d'un spécialiste des requins. Son teint indiquait une vie loin du grand air, où le soleil, la mer et les brises vigoureuses ne jouaient assurément aucun rôle. Sous la chemise blanche transparente flottait un corps chétif. Autour du ventre toutefois, le flottement se transformait en un arrondi stable, qui tendait l'étoffe. L'étroite tête oblongue reposait sur le col de chemise beaucoup trop large comme sur une collerette. Les courts cheveux gris délimitaient un front lisse où, telle la rosée, perlait la sueur. Des sourcils broussailleux surmontaient une paire d'yeux sévères. Le nez montrait une éraflure. Les joues faisaient penser à des rideaux blancs que les exhalaisons d'un appartement de fumeur auraient teintés de jaune. Les lèvres étaient droites, minces, opiniâtres. Le menton marqué de poils de barbe. Les oreilles si étroitement collées au crâne qu'elles semblaient avoir été peignées en arrière.

Lukastik fut invité à entrer dans une vaste pièce, située à l'ombre d'une arrière-cour et d'un grand hêtre, raison pour laquelle plusieurs spots étaient allumés. Contrairement à ce que l'inspecteur avait imaginé, il y régnait clarté, ordre et sobriété. Pas de mâchoire de requin ouverte jusqu'aux jointures, pas de fossiles de dents, pas d'amphores, pas de vitrines, pas de scaphandres endommagés proclamant haut et fort : « J'ai bien failli y rester. » Au lieu de cela, le centre de la pièce était occupé par une vaste table de travail, sur laquelle s'étalaient plusieurs estampes, des gravures anciennes, pour autant que Lukastik pût en juger, des vues de villes, rien en tout cas qui eût un rapport avec les poissons. Deux chaises étaient placées à l'écart de la table, leurs bords antérieurs se faisant face comme en duel. Aux murs étaient suspendues de vieilles photographies, encadrées de baguettes en bois clair et couvertes d'un verre anti-reflet. Des clichés historiques – du moins à première vue. Et dans l'immédiat, Lukastik n'aurait su dire ce qu'ils représentaient exactement. L'impression d'historicité ne résultait pas seulement de leur coloris brunâtre, de la structure granuleuse et de l'effet brumeux-nébuleux, mais aussi de la présence des gravures anciennes, soigneusement étalées sur la table, qui conférait à la pièce une atmosphère vieillotte.

Slatin ne se donna pas la peine d'offrir à Lukastik un des sièges duellistes. Lui-même alla se placer derrière le bureau, y appuya ses doigts fins à la manière d'un pianiste, après quoi il expliqua que le Dr Paul l'avait prié d'apporter ses lumières à la police. Ce qu'il était tout disposé à faire. La police méritait d'être soutenue. Et puis il avait une dette envers le Dr Paul. Cela étant, il précisait au préalable que ses compétences étaient limitées. Il faisait certes commerce d'eaux-fortes et de lithographies anciennes, mais davantage en collectionneur qu'en commerçant – et parmi les experts, il n'était nullement considéré comme le grand manitou.

40

– Il ne s'agit pas d'eaux-fortes, l'interrompit Lukastik.

– Non ?

– Il s'agit de requins, d'un requin particulier, expliqua le policier.

Tirant d'une enveloppe une douzaine de photographies en couleurs, il les étala sur ce qui restait de surface libre. Slatin se contenta d'avancer la tête en direction des reproductions, estimant apparemment superflu de mettre d'emblée tout son corps en mouvement.

Quelques-uns des clichés montraient le mort dans son intégralité, aussi bien dans l'eau du bassin que sur la bâche blanche. D'autres, uniquement les morsures et l'orifice dénudé résultant du sectionnement de la jambe. Des photos très nettes.

Slatin leur jeta un bref regard dépourvu d'émotion et demanda :

– Qu'est-ce que ça signifie ?

– Ces photos ont été prises tôt ce matin.

– En Australie ?

– Pas exactement. Dans une piscine sur le toit d'un immeuble. Ici, à Vienne.

– Et vous espérez me faire croire ça ? dit Slatin, l'air d'avoir un mauvais goût dans la bouche.

– Il le faudra bien, même si ça paraît grotesque. Mais c'est effectivement là, dans cette piscine, qu'on a trouvé le mort.

– Dans ce cas... fit Slatin, qui avait tout de même fini par s'approcher un peu, les mains dans les poches de son pantalon. Dans ce cas, il y a quelqu'un qui s'est permis une plaisanterie de très mauvais goût.

– Oui. Sans compter que ladite personne s'est efforcée de donner à cette agression mortelle l'aspect le plus authentique possible.

Lukastik sortit l'étui de la poche de son veston et le tendit à Slatin.

– Le Dr Paul a retiré les fragments que voilà du corps de la victime. Éclats de dents et petites dents cutanées. J'aimerais que vous me disiez ce que vous en pensez.

– J'aurais préféré vous montrer ma collection d'estampes, répondit Slatin.

– Je croyais que vous étiez un passionné de requins.

– De requins, oui, mais pas de mises en scène idiotes.

– J'insiste. Soyez assez aimable pour examiner ces fragments.

Slatin émit un bruit semblable à celui qu'il aurait fait en croquant un ver. Puis il posa l'étui, se frotta les mains sur son pantalon et ouvrit plusieurs tiroirs d'une armoire en acier installée sous la table, et où il conservait ses dessins. Il procédait avec un soin extrême. Il passa non moins soigneusement un chiffon souple sur la surface à présent dégagée, y déposa une feuille de papier blanc sur laquelle il vida le contenu de l'étui. Il se coinça dans l'œil gauche une petite loupe rappelant un morceau de saucisse sombre, puis se pencha sur les fragments. De temps en temps, il soulevait les bords de la feuille, modifiant ainsi la configuration des morceaux. Il semblait manier un jouet, essayer de disposer les objets d'une certaine manière. Son front auparavant si lisse s'était creusé de rides. Les gouttes de sueur se multipliaient. Dans la pièce régnait une chaleur désagréable. La canicule des deux dernières semaines s'y était accumulée du fait des fenêtres fermées. Sans rien demander, Lukastik voulut en ouvrir une.

– Arrêtez ! lui lança Slatin, gardant l'œil contre la loupe et le regard sur les objets qu'il examinait.

– Il fait très chaud ici, expliqua l'inspecteur principal.

– Je préfère éviter les courants d'air, rétorqua Slatin.

Sur le dos de sa chemise se dessinait une zone sombre, humide, une tache de transpiration en forme de test de Rorschach. Laquelle ne résultait pas uniquement de la chaleur. Une fébrilité s'était emparée de l'homme. Toutefois il ne semblait pas avoir perdu l'esprit, au contraire. Sa fièvre naissait d'un excès de concentration qui lui plombait la tête.

Lukastik aurait volontiers émis une objection mais il se tut et se passa un mouchoir sur le front. S'éloignant des fenêtres, il porta son attention sur les photographies encadrées suspendues aux murs. Il se rendit compte alors qu'elles ne représentaient pas de châteaux voilés ni d'allées perdues dans les brumes mais, fort à propos, des requins – encore qu'il lui fallût un moment pour arriver à distinguer, dans l'environnement nébuleux, la silhouette d'animaux isolés. La plupart du temps, il ne parvenait à reconnaître que la forme caractéristique d'un aileron ou l'avant tranchant d'une gueule. Souvent il n'y avait rien d'autre à voir que les contours d'un récif, de sorte que le requin n'existait plus que dans l'attente du spectateur.

Des requins photographiés dans le style de la fin du XIXe siècle, pris dans une idylle radieuse entre ombre et lumière. Du coup, ces poissons illustraient effectivement la « mélancolie » de nombreux vivipares évoquée par le Dr Paul. En outre, les images communiquaient une impression d'horreur due au fait qu'il y avait quelque chose qu'on ne voyait *pas*. À l'encontre de la précision recherchée par les fictions et les films documentaires, qui présentaient des requins « montrant les dents » et soulignaient leur élégante mobilité à la lumière des caméras ou dans une mer calme inondée de soleil, l'effroi que suscitait dans la réalité le milieu aquatique, *a fortiori* tout être vivant dans ce milieu, tenait à l'impossibilité pour l'homme d'y rien distinguer ou presque.

C'était ce demi-jour qui constituait le thème des photographies. Cette sphère insupportable où les objets de l'observation se confondent quasiment avec leur environnement, et où en tant que spectateur, on éprouve le sentiment d'être soi-même la cible d'un observateur.

Lukastik, qui était évidemment doué d'un sens aigu de l'horrible, trouva cette série de photos plus véridique que l'habituelle débauche de couleurs bien éclairées qui faisait ressembler la plupart des mondes sous-marins à un parc de loisirs.

Curieusement, même après un examen plus attentif des clichés, on restait sur une impression d'ancienneté, ce qui était absolument impossible. Car même si la facture et la qualité des images rappelaient l'époque où la photographie était encore en concurrence avec la peinture, la question se posait de savoir comment un art à ses débuts aurait pu trouver le chemin de la mer.

– De quand datent ces photos ? s'informa Lukastik.

Sans lever les yeux, Slatin répondit :

– Du siècle dernier.

Lukastik se haussa légèrement sur la pointe des pieds et demanda :

– De quel siècle dernier voulez-vous parler ?

En général, les gens avaient encore du mal à considérer le XXᵉ siècle comme le siècle passé. Surtout ceux qui, comme Lukastik, savaient que jamais ils n'accumuleraient au cours de ce nouveau siècle autant de bons moments que ceux qu'ils abandonnaient avec le précédent.

– J'entends par là que ces clichés ont été pris vers 1995, dit Slatin. Qu'est-ce que vous imaginiez ? Que les pionniers de la photographie pouvaient aller sous l'eau ?

– Il aurait pu s'agir de prises de vues anciennes réalisées en studio, fit remarquer Lukastik.

– Non, répondit Slatin, ces photos ont été faites par un ami. Il ne m'a pas expliqué pourquoi il avait donné à ses petites œuvres d'art un aspect moyenâgeux. La présence de ces photographies aux murs constitue surtout une manifestation de politesse de ma part. Il faut bien les exposer. Et maintenant, j'apprécierais beaucoup que vous me laissiez tranquille. Vous pouvez attendre dehors si vous voulez – il fait très chaud ici.

– Bonne idée, fit Lukastik, contrant les manières désobligeantes de Slatin.

Non content de quitter la pièce, il sortit aussi de l'appartement, descendit dans la cour et s'installa sous le grand arbre sombre, agité par le vent. Guère différent d'un requin en marge d'un grand banc de petits poissons.

Comme il l'avait déjà fait au cours de la matinée, il s'abandonna à la fraîcheur de l'air, désormais comprimée dans un corset suffocant. Il se débarrassa de sa veste, se massa la nuque et leva les yeux vers l'enchevêtrement de feuilles, si épais que le peu de lumière qui le traversait semblait goutter comme l'eau d'une roche.

Lukastik aimait ce genre d'arrière-cours, qu'il trouvait typiques de Vienne, des endroits aussi étroits qu'un puits, plantés d'un arbre unique dont les branches croissaient devant les fenêtres, projetant aux jours ensoleillés des ombres légères dans les appartements. Tandis que par temps couvert, ces arbres estivaux d'arrière-cours créaient naturellement une obscurité compacte, que même l'hiver n'apportait pas. Cette nuit particulière en plein jour avait quelque chose d'une éclipse solaire filmée en noir et blanc, et instaurait un silence approprié. Les gens de ces appartements et de ces arrière-cours se mouvaient alors avec une prudence accrue, tendaient même à ne plus se mouvoir du tout, ou le moins possible. Du coup, ces espaces ne favorisaient guère la vivacité requise de nos jours par la vie professionnelle et privée.

Dans ces moments de grand calme, Lukastik se sentait réconcilié avec sa ville. À la façon dont on se sent réconcilié avec quelqu'un qui gît enfin mort sur une civière, hors d'état de répliquer. Non que la relation de Lukastik avec Vienne fût fondamentalement hypothéquée. Ce n'était pas du tout le cas. L'inspecteur principal n'était pas de ces gens qui rendent l'atmosphère d'un lieu responsable de leur malheur et voient dans chaque crotte de chien à éviter une image de leur misère personnelle. Il ne souffrait pas davantage de la situation politique de la ville et du pays. Il veillait seulement à rester à l'écart du politique, à éviter le politique, qu'il fût séduisant ou odieux, ou les deux. Quand la nécessité s'en faisait sentir, il devenait sourd et aveugle et, professionnellement, s'en remettait exclusivement aux faits, utilisant alors son supérieur, le fameux commissaire, comme une sorte de bouclier. « Se contenter de faire son travail » : cette devise n'était pas uniquement à l'intention de ceux qui étaient ses subordonnés – pour justifier quelque impolitesse envers des suspects, des témoins ou des collègues –, elle lui servait aussi à résister aux exigences venues d'en haut. À côté de la « liberté de l'art » existait pour lui une « liberté de la police » – et par là il faisait en réalité référence à lui-même. Cela ne voulait pas dire qu'il se comportait de manière résolument illégale, mais une fois l'objectif fixé, il n'en démordait pas. Il semblait voir dans le crime – et surtout dans son aspect prétendument unique – une offense personnelle. Dès lors il n'avait de cesse de mettre au jour la dimension générale et quotidienne de telle action criminelle spécifique. Voilà quel était son moteur : la volonté de démystification.

Dans la mise en œuvre de cet objectif, il manifestait peu d'égards et usait rarement de diplomatie. Ce qui lui valait la réputation d'être un individu politique. De la même façon qu'on le croyait proche de Peter Jordan. En réalité, il n'était pas politique mais musical. Pas musical au sens du Dr Paul, qui faisait naître à l'aide de ses chaussures et de son corps un son inaudible de triangle. Non, musical de façon très concrète. Après avoir quitté Eisenstadt, sa ville natale, pour Vienne, Lukastik avait en effet étudié la musicologie et commencé un mémoire sur l'influence des techniques atonales de composition sur la musique de film dans les années soixante et au début des années soixante-dix. Son inscription à un cours de criminalistique avait été dans un premier temps un acte où le défi se mêlait à la dérision. D'une part, parce qu'il n'arrivait plus à avancer dans son travail de théorie musicale et qu'il voulait faire quelque chose de complètement différent pour ne pas devenir fou. D'autre part, parce qu'il traversait à l'époque une phase qu'il avait qualifiée par la suite de « rejet désinvolte des principes de l'État de droit ». Quoi qu'il en soit, l'étude de la criminalistique lui était apparue comme une entreprise inédite et astucieuse. Il faut étudier l'ennemi de classe.

On pourrait croire qu'avec le temps, Lukastik s'était comme de juste adapté au système, qu'il avait viré de bord et ainsi de suite. Mais à vrai dire, c'était la beauté de la criminalistique qui l'avait convaincu, et bientôt cette discipline lui avait semblé indépendante de tout objectif social. À l'instar de la musique. Et cela n'avait pas changé. Car même si, derrière chaque crime complexe, Lukastik croyait découvrir une vérité somme toute banale, la voie qui conduisait à l'élucidation lui paraissait potentiellement « belle », comparable à une idée musicale.

Aussi étrange que cela puisse sembler, le policier Lukastik n'avait jamais cessé d'être musicologue. En ce sens, il était bien sûr aussi un compositeur déguisé, un individu qui se repaissait de morceaux rêvés et imaginés.

– Montez ! cria Slatin du deuxième étage en direction de la cour sans que Lukastik pût le voir.

L'inspecteur jeta sa cigarette à demi fumée sur le sol bétonné, tout en s'abstenant de l'écraser. C'était une question de principe. Jamais il n'aurait ne fût-ce que pressé une cigarette dans un cendrier ou passé son bout incandescent sous l'eau. Il évitait en règle générale de détruire sa « lueur ».

Y voir de la superstition n'aurait pas été pertinent. Comme beaucoup de gens, Lukastik avait élaboré des interdits et des préceptes purement personnels, qui n'avaient aucun rapport avec les nécessités et conventions courantes. Ce genre d'actes (comme d'éviter de marcher sur les lignes) était au service d'un ordre intérieur. Et c'était justement parce que le sens n'en était pas évident – et même à proprement parler n'existait pas –, que l'observance de ces règles ne souffrait aucune discussion. Lukastik aurait préféré se faire couper la main plutôt que d'éteindre une cigarette fumée ou de l'écraser du pied. Il jetait ses mégots par terre ou les laissait se consumer dans l'encoche d'un cendrier.

Croire qu'il poursuivait ainsi un objectif, peut-être seulement celui d'honorer ses ancêtres défunts ou autres stupidités semblables, serait une erreur. Lukastik n'observait pas cette loi pour elle-même mais pour la posture qui allait avec. Comment il en était venu aux cigarettes, lui-même n'aurait su le dire. Et d'ailleurs, cela n'avait aucune importance. Pas plus que la question de savoir pourquoi il ne prenait jamais deux livres en même temps sur une étagère, mais ne quittait son lit qu'en posant simultanément les deux pieds par terre, pourquoi il cueillait les fruits de la main gauche, évitait les cuillères à soupe en dehors du domicile parental – et par suite la soupe (mais pas dans l'absolu car il n'était pas défendu de laper) –, pourquoi aussi il n'empilait jamais les photos, n'associait jamais dans la même phrase les termes « après-midi » et « fatigué » et, en entrant pour la première fois dans une pièce, veillait avec le plus grand soin à poser fugitivement l'un de ses deux index sur ses lèvres closes. Tout cela restait en fait sans objet. La superstition aurait signifié vouloir éviter la malchance ou forcer la chance. Or Lukastik ne se faisait aucune illusion sur la façon dont se manifestaient la chance ou la malchance.

Par chance toutefois, il maîtrisait sa consommation de cigarettes et fumait rarement à l'intérieur. Autrement il est sûr qu'on n'aurait cessé de lui signaler ses cigarettes non éteintes, qui ne se consumaient et ne se carbonisaient que dans la zone du filtre. Exhalant alors une odeur désagréable. Comme de juste, Lukastik n'éprouvait pas la moindre envie d'expliquer une particularité que bien peu de gens étaient en mesure de comprendre. Même ceux qui avaient développé une manie comparable.

Il entra dans l'étroit vestibule de l'appartement par la porte restée ouverte et, de là, dans le bureau désormais vide.

– Venez, fit la voix de Slatin dans une pièce adjacente.

En pénétrant dans ce qui était un cabinet de travail, Lukastik posa brièvement, comme à son habitude, l'extrémité de son index gauche sur ses lèvres closes. Devant la petite fenêtre ouverte, les feuilles de l'arbre se balançaient, telle une bande d'écoliers agitant la main. Les murs étaient recouverts de tentures chargées, dont l'obscurité empêchait cependant de distinguer les motifs. Recroquevillé au bord de l'unique meuble de la pièce – un canapé bas et avachi – sous la lumière d'un lampadaire arqué, Slatin faisait penser à un de ces poussins qui sommeillent sous les rayons d'une lampe à ultra-violet. Sans être tout à fait aussi mignon, il avait l'air fripé et endormi d'une créature fraîchement sortie de l'œuf. Dans une main, il tenait l'étui fermé du Dr Paul, tandis que l'autre reposait sur l'accoudoir. Il invita Lukastik à s'asseoir. En prenant place à l'autre bout, le policier eut l'impression que le canapé cherchait à l'attraper, le tirant légèrement vers le bas. Une fois qu'il se fut enfoncé dans ce siège comparable à des toilettes, il ne lui fut pas précisément facile de croiser les jambes, mais il y parvint. Après quoi, il fit pivoter son corps en direction de Slatin et dit :

– Alors ?

Levant la main de l'accoudoir, Slatin dévoila entre ses doigts le plus grand des fragments, un éclat de plusieurs centimètres, qui faisait à peu près la moitié d'une dent et possédait une forme triangulaire et une pointe en dents de scie.

– Il existe deux espèces de requins auxquelles ce fragment pourrait correspondre, expliqua-t-il. L'un d'eux est le requin blanc. Vous savez, c'est ce poisson qu'on voit dans le film, celui qui met en pièces ce bateau ridicule et massacre ces marins ridicules. Cela étant, il serait un peu trop voyant et facile d'attribuer la mort d'un individu sur le toit d'un gratte-ciel viennois à ce requin si populaire. De toute façon, on accuse le requin blanc de tous les maux. Les gens l'aiment, mais ce n'est pas le bon requin qu'ils aiment.

– Comment dois-je le comprendre ?

Slatin expliqua que le deuxième requin en question était le requin dit commun, *carcharhinus leucas*, un poisson plus que singulier, bien plus singulier et remarquable que le grand blanc, figé en quelque sorte dans son statut d'icône. À voir les récents documentaires sur les requins blancs, on avait parfois l'impression que les spécimens réels s'efforçaient de se conformer au modèle des *Dents de la mer*. D'être comme lui.

– Voilà une idée intéressante, n'est-ce pas ? demanda Slatin.

– Quoi donc ?

– Que la nature imite ou caricature la fiction. Que les lions se mettent à loucher uniquement pour ressembler à Clarence. Que c'est moins l'évolution qui pousse nos amis les dauphins à se comporter avec amabilité que le désir de rendre justice à un modèle nommé Flipper. Que les chiens se montrent malins non pas parce qu'ils le sont mais à cause de tous les chiens intelligents qu'on voit au cinéma et à la télévision. Qu'en pensez-vous ? Serait-il possible du coup de voir un vrai lapin cacher des œufs ?

– Ça, j'en doute.

– Vous avez raison, je vais trop loin. Mais en ce qui concerne les requins blancs, je suis à peu près sûr de ce que j'avance. Je ne prétends pas que ces poissons sont capables de regarder la télévision. Et pourtant, ils ont forcément capté quelque chose. Les requins blancs d'avant *Les Dents de la mer*, c'est-à-dire d'avant 1975, étaient différents de ceux de maintenant. Ce film a provoqué une modification de leur comportement naturel, aussi étrange que ça puisse paraître. Je pense notamment à une certaine théâtralité, par exemple quand un requin de ce genre s'acharne sur le grillage d'une cage. Mais pour ce qui est des attaques véritablement mortelles, le requin blanc se fait largement distancer par une autre espèce de requin. Laquelle se tient quasiment dans l'ombre du requin blanc, blessant et tuant des êtres humains sans en porter nommément la responsabilité.

– Et vous allez sûrement me dire que le fragment de dent que vous tenez dans la main appartient à un requin commun.

– Oui ! s'exclama Slatin. C'est une question d'appareillage dentaire. Le requin blanc et le *carcharhinus leucas* ont exactement les mêmes dents. Et ce sont les marques des dents qui nous fournissent une piste en cas d'attaque, en cas de mutilation. Depuis toujours – et *a fortiori* depuis 1975 –, on a préféré, dans le doute, croire qu'il s'agissait du requin blanc. À première vue, le requin commun est bien moins séduisant : il est plus petit, plus lent et, si l'on veut, plus ennuyeux. À quoi il faut ajouter que sa gueule est dépourvue de la dominante saillante, cunéiforme. Elle est plutôt ronde et aplatie. Tout comme l'animal dans son ensemble, qui présente un aspect pycnique. On néglige volontiers les pycniques, ce n'est pas nouveau. Les Français, par exemple, appellent ce genre de requin « requin bouledogue ». En voilà un terme stupide ! Les Français sont des ignorants, ça non plus, ce n'est pas nouveau. Car lorsqu'on y regarde de plus près, ce poisson est très singulier et extrêmement intéressant. Il n'a rien d'un ridicule bouledogue français.

Slatin posa le fragment de dent et l'étui sur l'accoudoir et, gesticulant de façon désordonnée, expliqua que le requin commun – non, il préférait de loin un de ses noms spécifiques, à savoir l'appellation australienne *Swan River Whaler* –, que le Swan River Whaler, donc, vivait non seulement dans la mer, et plus précisément le long des côtes, mais aussi dans les fleuves, voire dans les lacs, car il supportait aussi bien l'eau douce qu'une eau fortement chargée en sel.

– L'Amazone, le Zambèze, le Mississippi, ainsi qu'une foule de fleuves australiens, le Herbert River, le Brisbane River et bien sûr le Swan River, et puis des lacs comme le St Lucia Lake ou le Lago de Nicaragua, poursuivit Slatin, dont l'enthousiasme se donnait à présent libre cours et transparaissait dans ses moindres paroles. Il est partout chez lui. Sans oublier le Gange. Ce qui a occasionné une méprise supplémentaire en raison de l'extrême rareté du requin du Gange, la seule autre espèce à vivre également en eau douce. Il y a eu des accidents, des gens tués, mais aussi des disparitions de personnes déjà mortes, inhumées si l'on veut et flottant sur le Gange. Or contrairement à ce qu'on a cru pendant longtemps, ce n'était pas l'œuvre du requin du Gange. Seul notre *carcharhinus leucas* possède un actif de cette importance. Et je trouve qu'un menu aussi diversifié ne parle pas en la défaveur de cet animal, bien au contraire. Cela étant, si par là on entend qu'il mange tout ce qui lui tombe sous la dent, on se trompe. C'est plutôt qu'il mange tout ce qu'il aime. Ça crée une différence, d'ordre culturel si vous voulez. Manger tout ce qui vous tombe sous la dent, c'est ce que font mes voisins du dessous : les bruits qu'ils émettent en croquant leurs chips traversent mon plancher. On dirait que ces gens se nourrissent d'os.

– Vous exagérez, fit Lukastik en produisant un de ses rares sourires.

Impassible, Slatin poursuivit :

– Si vous restez pour le dîner, vous pourrez vous en convaincre – et, sans transition : Vous vouliez savoir par quel type de poisson cet homme avait été tué. Je n'aurais pu vous le dire avec certitude si j'avais dû me fonder uniquement sur une moitié de dent. Les marques de morsures ne suffisent pas non plus à le déterminer sans équivoque car elles pourraient provenir d'un requin blanc comme d'un Swan River Whaler. Mais la teinte et la nature de ces dents cutanées excluent le requin blanc. Par conséquent, si demain un journaliste écrivait qu'un citoyen de la ville de Vienne avait été victime d'un grand blanc, ou bien ce serait un mensonge, ou bien il n'aurait aucune idée de ce dont il parle. Bien entendu, vous pouvez demander une analyse chimique, mais si tout concorde, les fragments isolés ainsi que les blessures du cadavre, alors soyez certain qu'il s'agit d'un Swan River Whaler. Je peux même vous dire qu'on n'en trouve pas dans notre beau Danube bleu. Ce fleuve est tout bonnement trop froid. Et puis ce requin aime les eaux troubles.

– J'en conclus, s'assura Lukastik, qu'aucun des aquariums du coin n'héberge ce genre de poisson.

– Bien sûr que non. Le Swan River Whaler n'a rien d'un poisson d'aquarium. Du reste, les spécimens mâles ont un taux de testostérone supérieur à celui de tous les êtres vivants. Quelle que soit l'utilité de la chose.

– Vous l'ignorez ?

– Il n'existe aucune raison justifiant qu'un requin ait plus de testostérone qu'un éléphant mâle adulte. On ne voit pas non plus pourquoi des gens ayant deux jambes, deux mains et un cerveau ont trois voitures dans leur garage. Que ce soit dans la nature ou dans les diverses cultures, la surabondance est toujours énigmatique, un peu burlesque et, comme on dit, l'expression d'un caprice.

– Pouvez-vous exclure l'éventualité qu'on essaie de nous faire marcher, que quelqu'un ait déchiqueté le corps et lui ait infligé artificiellement des blessures ?

– Il faudrait que je voie la victime pour pouvoir vous répondre sans crainte de me tromper. Mais je pense qu'il s'agit réellement d'un requin. Un requin qu'on a laissé faire. Je ne suis pas de ces gens qui estiment que seuls les êtres humains trouvent plaisir à tuer. Je crois en une vérité qui se situerait entre Steven Spielberg et notre tendance actuelle à banaliser le monde animal. Une banalisation qui vient aussi de ce que nous réduisons les animaux à leur instinct de conservation. C'est justement en leur déniant toute bestialité que nous les dégradons au rang d'automates de Dieu. Or je crois que plus une créature est intelligente, plus vite elle développe le sentiment de l'ennui. Tuer et faire la guerre me semblent être une réaction à l'ennui. Ce n'est pas l'autre qu'on tue mais ce temps qui ne veut pas passer. Et le Swan River Whaler me paraît plutôt intelligent.

Lukastik fit remarquer – petit dérapage verbal – que Slatin semblait avoir plus d'ennemis que d'amis parmi ses collègues de biologie marine.

– Il n'y a pas de collègues. Et il n'y a personne dont l'opinion m'intéresse, répondit Slatin. Et d'ailleurs, est-ce que j'ai l'air d'un homme qui va sous l'eau ?

– En fait, non.

– Précisément. Jamais je ne commettrais la folie de plonger ne serait-ce que l'orteil dans un ruisseau. Et encore moins de me laisser choir en plein milieu d'un océan comme un fruit coupé au sécateur. Sans sol sous les pieds, avec cent mètres au-dessous de soi, peut-être plusieurs milliers. Cette simple idée me fait frémir. Ces photos au mur, vous les avez vues, elles me servent d'avertissement. Ne jamais se risquer dans l'eau. Mettre un pied dans une mare est un des actes les plus angoissants auxquels les humains se livrent, Dieu sait pourquoi. Un homme debout dans la mer, avec de l'eau jusqu'au ventre, aura beau faire le malin, il se sentira toujours mal à l'aise, comme s'il avait les deux jambes dans une tombe inconnue ou dans une sphère indéfinissable de l'au-delà. Mais les gens qui s'efforcent, avec des combinaisons de néoprène, des masques et des bouteilles d'oxygène, de surmonter leur dégoût naturel de l'eau, de le surmonter de manière radicale, ces gens-là perdent peu à peu la raison, et donc cessent d'avoir peur. Quand on rencontre un plongeur, on a souvent l'impression d'avoir affaire à un astronaute débile, qui aurait passé trop de temps dans l'espace. Non, quand on a toute sa tête, on craint l'eau, on craint les poissons, les petits comme les grands. Et surtout on craint l'obscurité, qui gouverne les eaux. Plonger la tête sous l'eau dans sa baignoire, c'est déjà bien assez. Personne ne peut supporter ça longtemps, et je ne vous parle même pas de la respiration.

– En vous écoutant, on se demande comment vous en êtes venu à vous intéresser aux requins.

– Quand j'étais jeune, je suis allé étudier l'océanographie à Chicago. J'avais une passion pour la ville, pas pour la discipline. Je faisais partie des étudiants médiocres, je n'étais ni doué ni intéressé, mais d'une certaine manière j'étais logique avec moi-même. Logique par nécessité. Il y a beaucoup de gens qui travaillent consciencieusement parce qu'il leur manque pour la paresse le concept adéquat. Quoi qu'il en soit, je me suis retrouvé à devoir écrire une thèse de doctorat. Sur les requins. L'idée ne venait pas de moi. Pour ça, je n'avais pas assez d'enthousiasme. C'était avant 1975. Les requins n'étaient pas encore un thème ultra-rebattu. Ma tâche consistait à rédiger une étude comparative de tous les requins maquereaux en y insérant les découvertes récentes de l'éthologie. Personne ne s'attendait à ce que je formule une théorie palpitante. À juste titre. J'étais un bûcheur, pas un génie. Et surtout j'avais peur de l'eau. Un bûcheur qui a peur de l'eau.

Je m'y suis donc mis bien gentiment et j'ai travaillé comme un vrai comptable. Et voilà que ça m'a intéressé. Chaque bûcheur, chaque comptable connaît ça un jour ou l'autre. Je me suis laissé entraîner. Sans avoir de réels indices, j'ai introduit dans mon étude un poisson dont j'affirmais qu'il devait forcément exister même si on ne l'avait encore jamais vu. Oui, j'ai inventé un requin, que j'ai appelé « requin noir », le décrivant comme un nageur de grands fonds, peu réactif, massif, doté d'une bouche exceptionnellement large. Et pour parachever ce portrait, j'ai imaginé que l'intérieur de cette bouche aux dimensions théâtrales était recouvert d'une pellicule argentée servant à attirer la nourriture. Je me montrais des plus littéraires, comparant ce revêtement à un miroir dans lequel tombait, pour ainsi dire, celui qui s'y regardait. Je faisais appel aux mythes, au film de Cocteau, *Orphée*, mais aussi au raisonnement. Je prétendais que l'existence de ce poisson relevait d'une logique inéluctable dans la mesure où il constituait un chaînon manquant parmi les requins. Mon directeur de thèse était plus que surpris. Jamais il ne m'aurait cru capable d'une telle folie. Je n'ai aucune idée de ce qui l'a poussé à accepter mon travail et même à favoriser sa publication. Et puis il y a eu le film de Spielberg, et les gens se sont mis à acheter des ouvrages scientifiques sur les requins. Mon livre a attiré l'attention et fait l'objet de critiques. On souriait de mon requin noir. Je me bornais à sourire en retour. Puis survint 1976. Non loin de Hawaï, on remonta un poisson comme on n'en avait encore jamais vu. Un requin, noir, à large bouche. Imaginez un peu : sa cavité buccale scintillait de reflets argentés.

Une sensation. Une véritable sensation. J'en étais le premier étonné. C'était fou, tout d'un coup je devenais l'enfant prodige de la biologie marine. Dès lors je n'avais plus le choix, il fallait que je continue à m'intéresser aux requins. C'était ce qu'on attendait de moi. Au fond, je n'ai plus jamais cessé de répondre à cette attente, et d'ailleurs ça ne me déplaît pas. À ceci près que, depuis mon retour à Vienne, je me tiens à l'écart du milieu universitaire et gagne ma vie en faisant commerce de gravures anciennes. Tout comme je me tiens à l'écart de l'eau. Ce qui naturellement conduit les gens à penser que je suis arrogant.

– Oui, c'est un peu ce qui s'impose, confirma Lukastik.

– Je ne sais pas nager, expliqua Slatin. C'est aussi simple que ça. Et Dieu m'a préservé du désir d'apprendre. Je n'ai pas besoin de caresser un requin pour me faire une opinion sur sa nature. Il suffit d'écouter les tissus de mensonges que racontent tous les pollueurs des mers qui se prennent pour des petits Cousteau. Cousteau – ce satané Français. Qu'est-ce qu'il a causé comme dégâts avec sa stupide ambition ! Il a poussé des hordes de gens vers la mer. À l'heure actuelle, le moindre concierge fait de la plongée.

– Sans tous ces gens vous n'auriez pas d'informations.

– C'est juste. Il aurait mieux valu pour moi poursuivre des études qui n'aient aucun rapport avec l'eau. Un spécialiste des requins qui ne sait pas nager, ça paraît bizarre. Mais comme vous le voyez, j'ai trouvé à m'arranger. Ce n'est pas grâce à la science que je gagne ma vie, mais en vendant de vieilles estampes. Je ne parle requins qu'en privé.

– Et le requin noir ?

– On devait lui donner mon nom, mais finalement on s'est décidé pour « Grand Bâilleur du large ». Tant pis. Les spécialistes savent parfaitement qu'il s'agit de *mon* poisson.

Je l'avais dans la tête avant même qu'il n'existe. Depuis, tout ce que j'énonce sur les requins prend une importance particulière. Les gens m'écoutent avec attention même quand je raconte n'importe quoi. On ne peut jamais savoir.

– J'espère que vous ne m'avez pas raconté n'importe...

– Ne craignez rien. Ce que je vous ai dit est juste. Cela étant, j'aimerais bien voir le cadavre.

– Ça peut se faire, dit Lukastik. Dès ce soir. Ou demain matin.

– Il ne faut pas remettre les choses au lendemain, déclara Slatin.

Lukastik jeta un coup d'œil sur sa montre. On approchait de dix-sept heures. Il fallait encore qu'il passe au bureau afin de tenir Jordan et les autres au courant et de discuter avec eux de la suite des opérations. À dix-neuf heures, on l'attendait à la maison pour dîner. En ce domaine, il avait, à l'instar du Dr Paul, un rendez-vous quotidien qu'il s'efforçait de respecter. Cela dit, les conséquences de cette discipline n'étaient pas tout à fait aussi gratifiantes que dans le cas du médecin. Personne n'aimait Lukastik parce qu'il se conformait à la règle d'être présent au dîner. Précisons aussi que ce n'était pas sa femme qui l'attendait.

– Je pourrais passer vous prendre vers vingt heures pour vous conduire auprès de notre cadavre, proposa l'inspecteur principal. Si ça ne fait pas trop tard pour vous. Le Dr Paul aura peut-être envie d'être là lui aussi.

– C'est comme il veut, dit Slatin, mais ce n'est pas nécessaire. Il n'y a rien qu'il puisse m'expliquer. C'est un homme agréable, pas bête, mais ce n'est pas un as en anatomie.

Lukastik l'informa qu'on n'avait pas encore ouvert le corps. Enfin si l'on peut dire, étant donné la nature des blessures. Quoi qu'il en soit, on ne ferait pas d'autopsie avant d'avoir l'accord du Parquet. Lequel n'avait pour l'instant donné aucun signe de vie.

– Bien, fit Slatin. Passez me chercher. Vingt heures.

– Vingt heures, répéta Lukastik en se levant.

Alors qu'il était déjà à la porte, il se retourna, tendit le bras, ouvrit la main et dit :

– Ma dent, je vous prie, monsieur Slatin.

– *Votre* dent ?

– Vous n'avez tout de même pas l'intention de la garder ?

Slatin ouvrit la boîte, y fit glisser la moitié de dent, la referma, puis la déposa dans la main de Lukastik.

4

– La dent du requin, dit Lukastik.

Il déposa le fragment triangulaire à base étroite au milieu de son bureau, et ce avec autant de précaution que s'il complétait un château de cartes. L'objet resta debout.

– Et l'oreille du mort, ajouta la femme, dont les cheveux blonds étaient coiffés comme autant de pétales entremêlés.

On ne voyait pas trace de barrettes alors qu'il devait forcément y en avoir. Forcément ? Ne pouvait-on envelopper quelque chose dans du papier cadeau sans recourir au ruban adhésif ? De manière impeccable, parfaitement solide ? À condition de se montrer malin.

Lukastik se força à détourner le regard de ces cheveux pour le diriger vers le petit appareil auditif que la femme de la police scientifique avait placé à côté de la moitié de dent.

On se trouvait dans une pièce haute de plafond, où régnait une température agréable, et qui avait autrefois servi de garage et d'atelier à l'armée autrichienne. Le vaste hall avait été rénové et partagé en plusieurs sections. Cependant, la définition de ses fonctions avait provoqué une certaine confusion bureaucratique. Car la police criminelle viennoise n'avait pas été la seule, à l'occasion d'une restructuration, à demander un lieu de repli durable pour quelques-unes de ses unités. La direction de la Österreichische Galerie avait également fait des démarches car elle avait besoin de locaux pour entreposer et restaurer des tableaux, essentiellement des grands formats. Au bout du compte, cette zone « démilitarisée » s'était vu attribuer diverses destinations par divers responsables. Et même au cours des transformations radicales apportées par la rénovation, personne ne s'était aperçu que ces différentes exigences n'avaient rien en commun. Ce qui avait conduit à la fusion des deux projets parallèles, et aussi dans une certaine mesure à celle des deux entreprises de bâtiment chargées des travaux. Toujours est-il qu'on ne s'était rendu compte de ce malencontreux amalgame qu'une fois les bureaux achevés, alors que policiers et restaurateurs étaient sur le point d'emménager.

Ce sont des choses qui arrivent, et elles ne résultent pas nécessairement de la bêtise ou de la négligence. Souvent le ver est dans le fruit, tout comme il est dans la terre, dans le bois, voire dans les bonnes pommes. Le ver fait partie du jeu. Les dégâts qu'il provoque ont une signification patente, parfois aussi plus profonde.

Certes, la signification ou la nécessité des dégâts ne sont pas toujours immédiatement reconnues. La police viennoise et la Österreichische Galerie, deux institutions d'excellente réputation, revendiquaient à bon droit la jouissance des locaux. Il était bien naturel que, ce faisant, le vieil antagonisme entre les exigences du quotidien et la préservation à long terme de valeurs culturelles vînt s'en mêler. D'un autre côté, il est tout à fait impossible de mettre en balance l'élucidation d'un crime et la conservation d'un tableau de Gustav Klimt, par exemple. Il est évident que tout être raisonnable choisirait l'arrestation d'un meurtrier plutôt que le sauvetage d'un tableau de Klimt mis en péril par un stockage inadéquat. De la même façon qu'on serait prêt à effacer d'un trait de plume tous les opéras de Mozart si l'on pouvait par là éviter deux guerres mondiales. Mais que vaudrait l'humanité, à plus forte raison l'humanité viennoise, sans Mozart et sans Klimt ?

Il n'était donc nullement légitime que la police viennoise mît l'accent sur l'évidente priorité de son travail, à l'instar d'un boucher qui invoquerait sa tâche nourricière pour infiltrer les locaux de son voisin libraire. D'un autre côté, il ne fallait pas qu'un tableau de Klimt pût nuire à la qualité des enquêtes policières. Prenant personnellement l'affaire en main, le maire força les intéressés à conclure un compromis et à jeter les bases d'une coexistence unique en son genre. Sur la totalité des bureaux, on en attribua quatre à la police criminelle et quatre au musée, tandis que dans le neuvième et dernier on installait une cantine où se retrouveraient policiers et restaurateurs. Ou plutôt : où ils auraient dû se retrouver. On gardait en effet ses distances, évitant la symbiose suggérée par le bâtiment. On s'était arrangé, c'est tout. Et le maire n'avait ni le temps ni le sang-froid nécessaires pour s'occuper plus avant de rapprocher la culture et la criminalistique.

Pourtant quelques croisements isolés s'étaient opérés, même s'ils n'étaient pas motivés par la camaraderie. Chacun des groupes luttait par nature contre le manque de place. Les quatre pièces du musée notamment abritaient trop de tableaux et de sculptures. De ce fait, les policiers avaient été sollicités officiellement, en bonne et due forme, pour héberger quelques-unes des œuvres d'art dans les bureaux qui leur étaient dévolus. Remarquons à ce propos qu'il s'agissait d'œuvres non négligeables, ou tout au moins réalisées par des artistes non négligeables. Cependant les fonctionnaires de la Criminelle avaient montré peu d'enthousiasme. On craignait l'excès de tableaux, sans parler de l'excès d'agitation, et on refusa. À l'exception de Lukastik, qui se déclara prêt à accueillir une de ces toiles qui encombraient le passage. Il avoua sans fard que l'idée de gardienner un tableau monumental le séduisait beaucoup.

Visiblement il n'entrait pas dans les intentions des gens du musée de satisfaire le désir de valorisation d'un policier isolé. On ignora les bonnes dispositions de Lukastik. Pendant des mois. Un jour pourtant, quatre ouvriers firent leur apparition sans avoir été annoncés, et introduisirent dans le bureau un tableau de deux mètres sur trois environ, inséré dans un cadre doré large comme deux mains d'enfant et orné de moulures en forme de feuilles et de boutons de rose stylisés. Comme on l'a dit, même dans les bureaux de la police, les portes, les murs et les couloirs étaient construits de telle sorte que l'on pouvait sans difficulté transporter un monstre pictural de ce genre et l'installer dans une pièce. Personne ne demanda à Lukastik si ce tableau, qui à l'origine faisait office de retable, lui plaisait. Il s'agissait d'une œuvre de Paul Troger, autrement dit d'un des représentants les plus importants du baroque tardif autrichien, et il n'appartenait pas à Lukastik d'y trouver à redire. Ce qui d'ailleurs ne fut pas le cas. L'inspecteur était on ne peut plus favorablement disposé à l'égard du baroque tardif en peinture, et le fait que le tableau représentât la lapidation de saint Étienne ne lui posait pas de problème. Il ne percevait de la scène que le caractère édifiant de la délicatesse des figures et de la sombre dramaturgie du coloris. Et il reconnaissait l'avantage qu'il retirait à avoir ce tableau en arrière-plan, qui lui permettait de produire plus d'effet. Environné par l'aura de l'œuvre, lui-même dégageait un cercle auratique qu'il ne possédait pas en temps ordinaire. Il avait pensé que le tableau ne ferait qu'un bref séjour dans son bureau, lequel servait en quelque sorte d'entrepôt provisoire. Mais l'intermède durait déjà depuis deux ans et demi, et on avait peine à imaginer que Lukastik pourrait ne plus être assis sous et devant cette peinture. Le tableau et l'inspecteur principal semblaient constituer un tout. Être faits l'un pour l'autre.

C'était aussi ce que pensait Peter Jordan, qui, à propos de la symbiose visuelle et sphérique unissant Lukastik et la figure du saint, parlait de « mariage chrétien ». Cette remarque, qui n'avait sans doute rien d'aimable, était interprétée par certains de ses collègues comme un réflexe typique du « juif Jordan ». Or Jordan n'avait pour ainsi dire aucune conscience de ses origines juives, pour lui elles s'apparentaient plutôt à une chaussette égarée. Quand on en égare une, l'autre n'a plus de sens et atterrit sur un tas de chaussettes désunies. Or on ne constitue pas un tas de ce genre dans l'espoir qu'une des chaussettes disparues fasse un jour sa réapparition. Elles ne réapparaissent pas. C'est là le canon de la sagesse populaire.

Peter Jordan n'était pas du tout un de ces individus qui refoulent leurs origines. Un refouleur se serait débarrassé du tas de vieilles chaussettes dépareillées. Pas Jordan. Cela dit, il n'était pas non plus de ceux qui vivent constamment dans la conscience de ce tas ou, mieux encore, des chaussettes égarées. Quand on parlait d'antisémitisme, de cet antisémitisme qui prospérait dans la ville, tel un beau et robuste roncier, Jordan y voyait certes un problème mais pas *son* problème. Cela ne l'affectait pas personnellement. Absolument pas.

Cela rendait, lui semblait-il, son point de vue d'autant plus objectif. Comme de juste, le « chrétien » Lukastik s'était installé sous la représentation de saint Étienne, c'est-à-dire du premier martyr chrétien. La mort héroïque de ce martyr au cours de la lutte pour la préservation de la loi juive et son lynchage par des juifs de la diaspora étaient connus de Jordan. Toutefois il ne soupçonnait pas à quel point, en ce domaine, la culture de Lukastik était médiocre. Comme on l'a dit, Lukastik appréciait surtout la teneur esthétique de cet art. Pour le reste, il était aussi peu chrétien que Jordan était juif. Ils étaient policiers. Et un policier cesse d'être autre chose qu'un policier. Peut-être n'est-ce qu'un mythe. Mais ce n'est sûrement pas le pire.

Assis donc sur fond de martyre dans un fauteuil de cuir noir aux bras écartés, Lukastik observait le fragment de dent et la petite prothèse orpheline. Cette vue lui rappelait une de ces publicités qui vantent la petitesse d'un article, son étonnante miniaturisation. À côté de la dent, l'appareil auditif paraissait minuscule.

La femme de la police scientifique, assise avec Jordan devant la table, souligna qu'on avait de la chance. Parce que cette prothèse auditive n'était pas un modèle courant. Ce qui de l'extérieur était difficile à reconnaître, d'autant que l'enveloppe de l'appareil avait presque à coup sûr été fabriquée en Autriche. L'électronique en revanche provenait d'une entreprise américaine qui ne distribuait guère ses produits en Europe.

– Nous avons démonté l'objet, dit la femme. Les processeurs, si petits soient-ils, portent le nom de l'entreprise et le numéro de série. Les fabricants s'appellent HOH, *Heaven Of Hearing*. Ils ont leur siège sur la côte Est. Je me suis permis de les appeler. Des gens sympathiques, accessibles et coopératifs. J'ai eu le sentiment qu'ils étaient assez fiers de ce cadavre.

– J'espère que vous vous êtes abstenue de mentionner le poisson, fit Lukastik.

– Qu'est-ce que vous croyez ? Je n'ai pas envie de me ridiculiser. Donc les gens de HOH ont jeté un coup d'œil dans leur ordinateur et ont pu établir qu'un appareil portant le même numéro de série figurait dans une petite livraison à destination de l'Autriche et de l'Allemagne. L'entreprise Heaven Of Hearing n'assure pas elle-même la distribution, du moins pas en Europe. Ça n'en vaudrait pas la peine. Pour ça, il existe des intermédiaires. On a également eu l'amabilité de me donner le nom de la personne qui avait reçu la livraison susmentionnée. Un homme à Hambourg, lequel m'a communiqué à son tour l'adresse d'un magasin spécialisé à Vienne où il avait fait suivre l'appareil en question. J'y suis déjà allée pour me renseigner. Le directeur n'était pas vraiment ravi. Il aurait préféré ouvrir sa banque de données à un inspecteur cent pour cent principal.

– J'imagine, dit Lukastik. Mais j'espère que vous n'avez pas eu besoin de le menacer.

– Je lui ai laissé le choix.

– Quel choix ? demanda Jordan.

– Je ne sais pas. Le choix, tout simplement. Je pense que, parfois, il vaut mieux laisser les choses dans le flou, elles peuvent donner des fleurs inattendues.

– Et alors ? la pressa Lukastik.

Il appréciait à sa juste valeur l'ambition de cette femme, qui repoussait allègrement les limites de ses attributions.

– L'homme qui a acheté l'appareil s'appelle Sternbach, Egon Sternbach.

– Bon, notre mort donc, conclut Jordan.

– Ce n'est pas absolument certain, répondit Edda Boehm. Elle avait depuis longtemps quitté la combinaison blanc laiteux, hideuse et informe, de la police scientifique, dans laquelle chacun semblait être sa propre poubelle. Elle portait à présent une robe du soir moulante rouge vermillon, qui soulignait sa silhouette vigoureuse mais dépourvue de rudesse. Qui habillait moins son corps que sa silhouette. Le corps s'effaçait presque au profit de la silhouette. Le corps disparaissait, restait la silhouette. L'élégance inhabituelle de Boehm n'avait rien d'inhabituel. Ce soir-là, comme souvent, elle avait prévu d'aller à l'opéra. Les théâtres de la ville constituaient sa seconde patrie. Une patrie supérieure à l'autre, comme elle ne se lassait pas de le souligner.

– Comment ça, pas absolument certain ? fit Jordan, plissant les paupières comme s'il plongeait dans une tempête de sable.

Boehm expliqua que le dénommé Sternach avait bien commandé et acheté l'appareil, mais seulement la partie électronique assurée par Heaven Of Hearing. Il semblait avoir renoncé au boîtier correspondant, qui lui était évidemment offert. Sans en expliquer la raison. Il n'avait pas non plus demandé de participation financière à une caisse maladie, ni présenté l'avis d'un oto-rhino-laryngologiste. Il s'était contenté de passer une commande très spécifique.

– Nous ignorons complètement qui a fabriqué le boîtier, conclut Boehm. Et si du reste il était bien destiné à Sternbach. Il était probablement pour une autre personne, qui avait chargé Sternbach de s'en occuper.

– Avez-vous montré aux gens une photo du mort ?

– Oui, mais ils n'étaient pas sûrs. Le directeur du magasin pas plus que ses deux employés. Le truc habituel : on se contredit, plus vieux, plus jeune, plus gros, plus mince. La vente de l'appareil remonte à trois ans. C'est trop loin – pour les êtres humains, pas pour l'ordinateur. Lui, il avait au moins gardé l'adresse et le numéro de téléphone de Sternbach.

– Je suis certain, dit Lukastik, que vous pouvez déjà nous dire quelque chose de ce monsieur.

Boehm passa la main sur la manche gauche de sa robe, qui lui descendait jusqu'au coude. La trace de son doigt brilla sur la surface veloutée, rappelant ces traces inquiétantes au milieu des champs de blé. Puis elle tendit à Lukastik un listing informatique sur lequel étaient notés le nom de Sternbach ainsi qu'une adresse et un numéro de téléphone.

– Il n'aurait pas été convenable que j'aille à cette adresse sans en avoir d'abord discuté avec vous, fit Boehm. Je n'enquête pas, je fais œuvre scientifique. Je ne sors jamais du rang.

– Vous êtes rarement *dans* le rang, rectifia Lukastik.

Après avoir regardé le papier, il demanda :

– Qu'est-ce que c'est que cette adresse ?

– Une station-service dans le Waldviertel, entre Grafenschlag et Zwettl.

– Quoi ? C'est là que ce Sternbach est censé habiter ? Ou qu'il a habité ?

– La station-service est flanquée d'un supermarché, d'un salon de coiffure et d'un café. Et il y a quelques chambres pour les hôtes et les employés. Ce complexe a pour nom L'Étang de Roland.

– Qui vous l'a dit ? demanda Jordan.

– Du calme ! Je n'ai pas eu recours aux services de la gendarmerie locale. Pas de sollicitations administratives sans suites désastreuses, je sais. C'est pour ça que j'ai appelé une de mes amies qui vit à Zwettl.

– Solliciter ses amis peut être tout aussi désastreux, insista Jordan, qui voulait la prendre en défaut.

– Je ne vous demande pas de m'aimer, rétorqua Boehm.

– Qu'est-ce que ça veut dire, ça encore ? s'enquit Jordan. Ses yeux n'étaient plus que de minces fentes. Il semblait se trouver désormais au cœur de la tempête de sable.

– Vous avez fait du bon travail, madame Boehm, intervint Lukastik, mettant fin à la petite controverse.

Jordan ferma les yeux.

Lukastik regarda sa montre. Il ne lui restait plus beaucoup de temps s'il voulait arriver à l'heure pour le dîner. Il se hâta donc de rendre compte de sa visite chez le spécialiste des requins Erich Slatin, l'ancien enfant prodige devenu grand, qui soupçonnait un Swan River Whaler pouvant atteindre les deux cents kilos d'avoir tué l'homme dont le conduit auditif avait abrité une puce de Heaven Of Hearing.

Boehm et Jordan s'abstinrent de tout commentaire. Qu'y avait-il à dire du reste ? Aucun d'eux n'avait jamais eu affaire à un *carcharhinus leucas*. Il était évident que pour Boehm comme pour Jordan, la piste de la station-service était de loin la plus sympathique, parce que la plus concrète. Zwettl était un endroit connu, avec une église collégiale, une collection de manuscrits et une brasserie, un endroit « ville », situé à moins de deux cents kilomètres de Vienne. En comparaison, les divers habitats du *carcharhinus leucas* paraissaient aussi éloignés que l'auraient été des lotissements de jardinets privatifs sur Mars ou sur Vénus. L'histoire du requin dérangeait. Mais pas celle de la prothèse auditive.

– Je m'occupe du poisson, dit Lukastik, qui demanda alors à Boehm : Quel opéra ce soir ?

– *Wozzeck.*

– Je suis persuadé, madame Boehm, que vous avez déjà vu *Wozzeck* un nombre incalculable de fois.

– Pas dans cette mise en scène. Et d'ailleurs que voulez-vous dire ?

– Il serait stupide de se borner à prendre le téléphone et à composer ce numéro au risque d'alerter celui qu'il vaudrait mieux ne pas alerter. Ou même de prier la gendarmerie de Zwettl de se charger de la station-service. Je préconiserais plutôt la prudence. J'aimerais que tous les deux, vous vous rendiez immédiatement là-bas pour voir à quoi ressemble l'endroit. Avec prudence, comme je l'ai dit. Questions prudentes. Et si nécessaire, arrestation prudente.

– Certainement pas, asséna Boehm. Pourquoi n'y allez-vous pas vous-même ?

Lukastik se garda bien d'avouer qu'un dîner l'attendait, auquel il n'osait pas se soustraire. Il invoqua donc son rendez-vous chez le Dr Paul. Pour permettre à Erich Slatin d'émettre un avis définitif.

Mais Jordan se rebella aussi. Moins parce qu'il refusait de se laisser gâcher la soirée que parce que l'idée de travailler avec Edda Boehm le mettait mal à l'aise. Il savait qu'elle ne pouvait pas le souffrir. Il ne voulait pas non plus se retrouver en voiture avec une femme qui, selon toute vraisemblance, jugeait son complet de mauvais goût, doutait de ses compétences, critiquerait sa manière de conduire ou se lancerait brusquement dans une discussion sur l'opéra. L'opéra ne l'intéressait pas. Le peu qu'il en connaissait l'avait confirmé dans l'idée qu'il s'agissait d'une forme d'art outrancière et inutile. D'un os à ronger pour petits-bourgeois.

Cela dit, il ne considérait pas Mme Boehm comme une petite-bourgeoise. Il pensait plutôt qu'elle était folle. Folle et présomptueuse. Arrogante et cultivée. Et si c'était une petite-bourgeoise, alors c'était la plus abominable snob de sa catégorie. Quoi qu'il en soit, Jordan déclara avec une générosité ostentatoire que sa collègue Boehm n'avait qu'à aller tranquillement écouter son opéra, il pouvait parfaitement régler l'affaire avec Lindner ou Röder.

Lukastik secoua la tête comme s'il entendait un propos stupide et puéril. Puis il mit les choses au clair :

– Si je souhaite que ce soit vous qui alliez là-bas, et non Lindner ou Röder, c'est que j'ai mon idée.

– Comme vous voudrez, répondit Jordan en se renversant sur son siège.

Il avait les yeux ouverts et paisibles. La tempête de sable s'était calmée, comme il en va de toute chose pour peu qu'on se montre patient. Ou qu'on modifie sa manière de voir.

Boehm toutefois continuait à protester. La police n'avait aucun droit de propriété sur elle. Renoncer à un opéra pour lequel elle avait déjà des places était abominable. C'est bien pour cette raison qu'il existait des feuilles de service : pour qu'on fasse l'effort de s'y tenir.

– Personne ne vous a obligée à vous impliquer dans cette affaire, dit Lukastik. Il vous suffisait de déposer l'appareil auditif sur mon bureau et de m'indiquer le nom du fabricant.

– Vous me punissez de mon zèle ?

– J'essaie de vous faire comprendre que si on saute du plongeoir, on ne peut pas rebrousser chemin en cours de route. Si vous estimez devoir réfléchir et agir au-delà des limites imposées à la police scientifique, vous devez aussi vous attendre à en subir les conséquences. On ne fait pas carrière à moitié.

– Vous ne pouvez pas me forcer, dit Boehm.

– Bien sûr que si ! Je n'ai qu'à vous retirer de la police scientifique pour vous affecter auprès de Jordan. Je veux qu'il y ait le moins de gens possible au courant des détails de cette affaire. Dans l'immédiat. Vous savez bien : trop de marmitons...

– Suis-je censée garder cette robe ?

– L'orange vous va bien.

– C'est un vermillon, rétorqua Boehm d'un ton dédaigneux.

– Si vous le dites, madame Boehm. Quoi qu'il en soit, il ne sera pas nécessaire d'enfiler une tenue de combat inconfortable. Vous et Jordan, vous allez vous rendre immédiatement dans cette station-service pour vous enquérir de Sternbach.

– Et si nous tombons sur un individu de ce nom, un individu bien vivant ? demanda Jordan.

– Vous le questionnez prudemment. Et vous examinez ses oreilles.

Jordan fit remarquer qu'il serait tard lorsqu'ils arriveraient à la station-service.

– Peu importe, dit Lukastik. L'affaire ne souffre aucun délai. Si nécessaire, restez là-bas pour la nuit. Il y a des chambres. Et téléphonez-moi dès que vous aurez un aperçu.

Lukastik n'était pas du genre à négliger un danger éventuel. D'un autre côté, on ne pouvait pas, sur la foi du lien qui unissait Sternbach et l'intérieur électronique d'un appareil auditif, faire cerner une station-service dans ce quartier huppé ou la prendre d'assaut. Peut-être Sternbach était-il la victime. Peut-être était-il seulement un ami de la victime. Beaucoup de gens considéraient encore les problèmes d'audition comme une chose embarrassante. Peut-être Egon Sternbach s'était-il borné à aider quelqu'un, à rendre service. Sans rien soupçonner des requins. Mais peut-être aussi que...

– Je vous rembourserai *Wozzeck*, ajouta Lukastik tandis qu'on se levait.

– Bon Dieu ! gémit Boehm. Qu'est-ce que vous vous imaginez ? Que c'est une question d'argent ? Rien que cette formule, « rembourser *Wozzeck* »... Vous me volez une soirée à l'opéra, voilà ce que c'est.

– Alors c'est sans remède, conclut Lukastik.

Debout devant le gigantesque retable de Paul Troger, il ressemblait à un prêtre dans son église, en train de tendre l'oreille pour capter la parole de Dieu derrière l'écho produit par les halètements des brebis et des loups.

Jordan et Boehm quittèrent le bureau, isolé par une cloison amovible. Vus de dos, ils avaient quelque chose d'un couple. Un couple en pleine querelle silencieuse, uni par l'abîme qui béait entre eux. Il y avait un certain nombre de gens qui se servaient de leur antipathie mutuelle pour fabriquer un nœud, un nœud ambigu.

L'idée s'imposa à Lukastik qu'il venait d'arranger un mariage. Ou une sorte de mariage. C'était un sentiment confus mais non dépourvu de noblesse.

Il fit le tour de son bureau, prit la dent et l'appareil auditif puis plaça les deux pièces à conviction dans une boîte transparente, qu'il glissa dans la poche de son veston. Il jeta de nouveau un coup d'œil à sa montre et sortit, non sans s'être retourné une dernière fois vers le retable. Un bon tableau. Parfois, il lui semblait l'avoir peint lui-même.

Alors qu'il quittait le bâtiment, il croisa le commissaire. Du dehors pénétrait dans le couloir un soleil couchant qui avait déjà retrouvé son âpreté des jours précédents. De la poussière s'élevait dans la lumière, comme s'il neigeait de bas en haut.

– Avons-nous quelque chose ? demanda le commissaire. Il avait l'air embarrassé, comme à son ordinaire. Il n'aimait pas poser ce genre de question. Il aurait préféré se borner à prendre acte de la résolution d'une affaire. Au fond, il considérait que sa tâche journalière aurait dû consister à apposer sa signature sur des documents sans les lire. C'était un homme d'hier, et cela lui convenait. Lui aussi faisait partie de ceux qui préféraient aller à l'opéra.

Bien qu'il flairât constamment la faute, il ne lui serait jamais venu à l'esprit d'exercer des pressions. Cela lui paraissait vulgaire et absurde. Et d'ailleurs, qu'aurait-il pu dire ? Trouvez-moi un assassin, et que ça saute ? Il se contentait donc de demander où en était l'enquête. Comme pour ne pas se faire remarquer.

– Il y a une piste qui conduit dans les environs de Zwettl, l'informa Lukastik. Ça semble prometteur. J'ai pris Boehm de la police scientifique. Elle est en route avec Jordan. Une enquête sous contrôle, rien d'une affaire d'État.

– Ce conseiller du maire... hasarda le supérieur de Lukastik comme s'il se mordait les ongles.

– Dois-je le faire arrêter ?

– Je vous demande pardon ?

– On trouverait bien un motif. Et il vous laisserait enfin tranquille.

Le commissaire arbora une mine perplexe. Il ne pouvait imaginer que Lukastik fût sérieux. D'un autre côté, les remarques de son subordonné contenaient rarement une note ironique.

– Oublions ça, suggéra le commissaire. Informez-moi quand vous aurez du concret.

75

– Très bien, répondit Lukastik, ravi d'échapper à un exposé sur le Swan River Whaler. De toute façon, il était persuadé que l'affaire serait résolue sous peu. L'obscurité et le drame faisaient long feu, l'emphase crevait comme une baudruche, laissant de pitoyables restes.

Il sortit dans la chaleur. Aveuglé par la lumière, il plaça sa main en visière. Un agent en uniforme, qu'il n'avait pas remarqué, répondit militairement à ce salut présumé.

5

À sept heures précises, la sœur apporta la marmite de soupe. Il y avait toujours de la soupe, chaque soir. Celle-ci constituait le plat principal – jamais il ne faisait trop chaud pour cela. Ensuite on servait généralement quelque chose de froid, poulet, pâté, saucisson, fromage, œufs durs entiers et cornichons tranchés. Mais ce n'était qu'un complément. Une fois la soupe consommée, une dispersion presque immédiate s'ensuivait, une dérive des membres de la famille, à laquelle seul le père résistait, œuvrant souvent jusqu'à huit heures, huit heures et demie, à ses tartines de fromage et de saucisson. Le soin et le calme qu'il mettait à couper droit une tranche de pain et à la recouvrir de saucisson ou de fromage, en évitant à la fois de laisser un espace vide et de faire dépasser une partie de la garniture sur les bords, avaient de quoi rendre nerveux.

Richard Lukastik mangeait rarement autre chose que la soupe. Ce n'est pas que la vue du saucisson lui donnât mal au cœur, mais il n'aimait pas la viande froide. Une chose morte se devait au moins d'arriver sur la table dans un état chauffé. Quoi qu'il en soit, Lukastik estimait qu'avec deux assiettes de soupe, il accomplissait son devoir. Un devoir auquel il se sentait tenu, mais qui pourtant – dans trois ans il fêterait son cinquantième anniversaire – lui procurait un sentiment de honte. Du coup, il n'évoquait jamais ce rituel devant ses collègues et connaissances. Il était déjà assez déplorable de vivre avec ses parents et sa sœur. Certains y auraient vu une pathologie avérée.

Qu'auraient pensé ces mêmes gens s'ils avaient connu toute la vérité ?

Pour pouvoir parler de situation normale, il aurait fallu que Lukastik fût veuf. Or tel n'était pas le cas. À vrai dire, cela ne faisait que quelques années qu'il était retourné vivre chez ses parents – plus précisément, qu'il s'était installé dans deux des pièces de l'appartement familial. Des pièces pour lesquelles il payait un loyer, ni plus ni moins qu'un sous-locataire. En outre, l'état de ces deux chambres, qui donnaient sur l'arrière-cour, relevait de sa seule responsabilité. Ce n'était donc pas comme si sa mère de soixante-sept ans était là derrière lui à ranger et à fouiner. Du reste, elle avait montré peu d'enthousiasme à le voir emménager.

– Mais qu'est-ce que tu cherches ? lui avait-elle demandé.

– Je ne sais pas.

– Tu appelles ça une réponse ?

– Je ne sais pas, avait-il répété.

Lukastik ressentait l'obligation du dîner comme une règle tacite. De temps à autre, certes, le traversait l'idée que personne peut-être ne lui demandait quoi que ce soit, ce qui ne l'empêchait pas de s'accrocher à cette règle avec obstination. Comme à celle qui le retenait d'écraser une cigarette. Il estimait qu'il n'avait pas le choix. On ne discutait pas le devoir d'être présent dans sa patrie pour dîner.

Une fois que la sœur eut posé la soupière ventrue sur le milieu de table en métal, Lukastik se leva et saisit la petite poignée du couvercle, qui avait la forme d'une tête de cheval. Il trouvait toujours un peu inconvenant d'attraper cette tête émaillée par les oreilles afin de la soulever. D'autant qu'il répugnait à établir un lien entre soupe et chevaux.

Une vapeur s'éleva. Lukastik sentit la chaleur lui entourer le visage d'humidité. L'odeur de la ciboulette fraîche, en revanche, produisit un effet de climatisation. Ainsi écartelé – sueur au front, fraîcheur dans les narines –, Lukastik répartit dans les quatre assiettes le bouillon de viande dans lequel on avait lentement introduit un œuf battu. Puis il saisit de nouveau la tête de cheval, replaça le couvercle sur la soupière et se rassit.

Au début, chacun ne fut occupé que de soi et de sa soupe. Là aussi le père – bientôt octogénaire, petit, bronzé et toujours alerte grâce à d'innombrables promenades – faisait glisser sa cuillère dans le liquide avec une lenteur d'artiste, et remuait le bouillon comme s'il cherchait un morceau précis de l'œuf battu, solidifié par la cuisson. Quand enfin il portait à sa bouche, presque aussi lisse que celle d'un jeune homme, sa cuillère – qui n'était jamais pleine mais toujours seulement à moitié pleine –, sa main était parfaitement sûre. Dans la plupart de ses activités, mais aussi quand il était au repos, cette main tremblait. Jamais en revanche quand elle tenait une cuillerée de soupe ou coupait avec précision une tranche de pain.

Ce fut la sœur qui déclara tout de go, ou – pourrait-on dire aussi – sans mâcher sa soupe, que la radio avait annoncé la découverte d'un cadavre sur le toit d'une tour de Vienne. Dans la piscine. L'homme présentait quelques morsures bizarres. Il avait sans doute été attaqué par un chien de combat en liberté. Après quoi, grièvement blessé,

79

il avait dû tomber dans la piscine, où il était mort. Quelque chose comme ça.

– Pourrions-nous parler d'autre chose ? fit la mère.

C'était une personne d'une élégance et d'une culture étudiées, qui donnait presque toujours l'impression, où qu'elle se trouvât, d'être entourée de barbares. À ce moment-là, son visage n'arborait pas précisément une expression affectée car elle se gardait bien de grimacer. C'était plutôt un déplacement des traits, minime mais significatif, comme lorsque nous pensons, en buvant un vin qui est encore bon, que bientôt il s'aigrira.

Ignorant la remarque, la sœur demanda à Lukastik ce qu'il savait de l'événement. Et si on l'avait chargé de l'enquête. Il semblait en effet, d'après les premiers indices, que l'on eût affaire à un crime. Un crime qui dépassait de loin un défaut de surveillance de la part d'un propriétaire de chien.

– Qui est-ce qui affirme ça ? demanda Lukastik.

– Tu m'écoutes ou non ? se plaignit la sœur. Je t'ai dit que je l'avais entendu à la radio. Alors, est-ce que cette affaire te concerne ?

– Oui, répondit-il brièvement.

Il n'avait pas envie de mentir. Il n'avait pas non plus envie – ne serait-ce que par égard pour sa mère – de parler de la gravité des blessures. Une jambe arrachée n'était pas un sujet de conversation approprié quand on mangeait une soupe de cette qualité.

C'était le père qui faisait la soupe. Pendant soixante-dix ans au moins, il n'avait jamais touché une casserole, et puis du jour au lendemain, sans raison apparente, il s'était mis à apprendre la cuisine, à faire des soupes, à recueillir des recettes et à regarder par-dessus l'épaule de quelques-uns de ses amis, cuisiniers professionnels. Dans le même temps, ce diplomate à la retraite, jusque-là extrêmement bavard, avait presque complètement cessé de parler. Il ne disait plus que le strict nécessaire. Nécessaire qui tournait autour de la préparation de la soupe du soir. À table, ensuite, il ne prononçait plus un mot, sans pour autant paraître désagréable ou aigri – il avait juste l'air concentré. Son silence ressemblait à une couronne en suspension qui entourait le mangeur de soupe de sa gloire. Un petit homme âgé sanctifié par la soupe.

– Il faut vraiment te tirer les vers du nez, fit la sœur en versant un peu de riesling dans son propre verre et dans celui de sa mère.

Lukastik était agacé. Il déclara qu'il n'avait pas envie de parler de son travail.

– Si on peut appeler ça un travail, répliqua la mère, le prenant en traître. Fouiller dans les recoins les plus minables de l'âme humaine. Si encore c'était en artiste ou en psychologue ! Mais non, comme un vulgaire chercheur d'or.

– Ça ne va pas recommencer ! s'exclama Lukastik, exaspéré.

Il en avait assez de devoir se justifier d'être entré dans la police, même si la situation et le métier d'inspecteur principal n'étaient pas aussi totalement dépourvus d'attrait que l'activité des agents en uniforme assurant la sécurité. Mais à cet égard, sa mère n'établissait presque aucune différence. Elle s'était imaginé son fils en musicologue, œuvrant dans une des rares disciplines qui lui semblaient échapper à la boue du quotidien. À l'inverse, elle trouvait que la criminalistique faisait ressortir la boue, à l'instar d'un chercheur d'or dont le tamis ne retiendrait que les délits.

La répugnance de Mme Lukastik était foncière, purement physique. Il en était pour elle comme pour le commissaire.

La présence d'un policier lui était désagréable. Elle avait un peu l'impression qu'avec son fils, c'était aussi le crime qui venait s'asseoir à table – le crime dans ce qu'il a d'inimaginable. Situation que, du reste, elle n'avait pas ressentie aussi fortement durant toutes les années où Lukastik était venu les voir de manière occasionnelle. Mais les choses avaient changé. Et si elle avait pu prévoir que son fils emménagerait chez eux, elle aurait sans doute trouvé un motif pour l'en empêcher. Mais désormais il était trop tard. Elle ne pouvait pas le mettre à la porte. Impossible.

Cela étant, elle aurait jugé suffisant qu'on parlât d'autre chose. Il y avait des sujets de conversation formidables. Mais sa fille s'obstinait, voulait des informations sur le mort trouvé au sommet d'un immeuble, dans une piscine. En réalité, la sœur de Lukastik n'était pas avide de sensationnel ou attirée par la cruauté. C'était plutôt sa manière à elle d'être importune. Quand elle avait envie de l'être.

– Je ne peux rien te dire, répéta Lukastik en se penchant encore plus sur son assiette.

– Parce que tu ne veux rien dire ou parce que tu ne peux pas ?

– Toute cette histoire est bien trop récente, expliqua le frère – et, comme pour éclairer la nature de son travail, il détailla : Un homme est mort, nous examinons son corps, nous formulons des hypothèses, nous nous demandons pourquoi lui et pas un autre. Et surtout pour quelle raison.

– De l'orpaillage, commenta la mère.

– On ne peut pas espérer que tout soit bien propre et bien logique dès le premier jour, poursuivit Lukastik. Dans cette phase, même les aveux sont un peu irréels. Tout le monde est suspect. À commencer par celui qui avoue – et justement parce qu'il avoue. D'ailleurs, doit-on le croire ?

– Vous soupçonnez donc quelqu'un qui a avoué ?

– Oui, laissa échapper Lukastik.

C'était un mensonge, sorti comme ça, un mensonge auquel il s'accrocha. Il raconta qu'un homme d'un certain âge s'obstinait à avouer qu'il avait lancé ses deux Rottweiler sur la victime.

– Ça se tient, dit la sœur.

– L'homme affirme, broda Lukastik, que la victime était une personne étrangère à l'immeuble, qu'il l'avait rencontrée sur le toit au milieu de la nuit, vêtue d'un caleçon de bains, et qu'il lui avait demandé ce qu'elle faisait là. La discussion s'était échauffée, on avait échangé des mots, et c'est alors qu'il avait appelé ses bestioles.

– Et tu ne le crois pas ? demanda la sœur, surprise. Il y a des gens qui meurent pour bien moins qu'un accès non autorisé.

– C'est possible, répondit Lukastik – et revenant alors à la vérité, laquelle se révélait moins digne de foi, il expliqua : Il se trouve que les blessures de notre mort ne sont pas imputables à deux Rottweiler mais plutôt à un requin. À un spécimen adulte de la famille des requins communs. Une chose de trois mètres de long.

– Qu'est-ce que c'est que cette histoire ? s'énerva la sœur. Pourquoi est-ce que tu te fous de moi ?

Lukastik songea qu'au pire il faudrait inventer une histoire plausible impliquant des chiens. Il n'était pas dans ses habitudes ou dans celles de la police de falsifier les résultats d'une enquête. Mais il arrivait que la vérité soit invendable. Car même si chaque mystère cachait un ensemble de faits logiques, et que donc il n'y avait de mystère qu'en apparence, cela n'impliquait pas qu'on pût faire toute la lumière sur les faits. Le regard de l'observateur s'empêtrait parfois dans les constellations. En physique aussi, il fallait avoir recours à des constructions provisoires, voire à de magnifiques et scandaleux bobards, si l'on voulait franchir certains abîmes ou seulement masquer les embarras du regard.

Les chiens étaient plus faciles à appréhender que les requins. Du moins tant qu'il s'agissait d'un meurtre *viennois*. Mais le moment n'était pas encore venu de se résigner. Lukastik avait tout juste commencé à glisser son regard dans l'entrelacs du prétendu mystère. Il sentait la clarté de ce regard. Du moins sa volonté de clarté. Et avec Sternbach, il tenait une piste prometteuse. Une piste qui, espérait-il, remonterait jusqu'à l'origine de cette histoire.

– Quelles sottises ! proclama la sœur.

– Je n'y peux rien, déclara Lukastik, vidant sa seconde assiette et savourant la résistance opiniâtre du fait. L'homme a succombé à une morsure de requin. Non, à plusieurs.

– Tu m'en diras tant ! Et vous l'avez attrapé, ce requin ?

– Pas encore. Nous le cherchons. On ne se débarrasse pas d'un animal de ce genre en tirant la chasse d'eau.

– Trouve quelque chose de plus drôle, conseilla la sœur.

– Vous vous comportez comme si vous aviez quatorze ans, dit la mère en remplissant son verre et celui de sa fille.

Parler d'alcoolisme eût été impropre, mais dans cette famille, c'étaient les femmes qui s'abandonnaient à l'*apaisement* d'une légère ivresse. Le père trouvait le sien dans la préparation de la soupe. Quant à l'inspecteur principal, il vivait sans apaisement, si l'on excepte quelques cigarettes non éteintes. Il buvait bien un verre de vin de temps à autre, mais n'en retirait nulle consolation.

Se levant, Lukastik déclara :

– Formidable, cette soupe.

Son père, qui en était toujours à sa première assiette, s'interrompit brièvement, laissa sa cuillère en suspens, leva les yeux et regarda autour de lui, cherchant quelque chose. Finalement il prit la salière ainsi qu'un peu de poivre et assaisonna sa soupe. C'était sans doute l'effet du hasard si cette amélioration apportée au bouillon succédait sans transition aux compliments du fils. Il était très probable que le père n'avait pas du tout saisi qu'on venait de le féliciter pour sa soupe. Il avait souvent l'air absent. Lukastik n'en éprouva pas moins une petite douleur cuisante. Se détournant, il quitta la pièce. Cela dit, il n'était pas déprimé au point de prévenir sa mère et sa sœur qu'il ressortait.

Dans l'immédiat, il regagna une de ses pièces. Même en l'absence d'arbre devant la fenêtre, il y faisait passablement sombre. La lumière tropicale du soleil couchant rougeoyait sur le toit d'en face. Lukastik ôta sa chemise, en sortit une propre de l'armoire et la posa sur le dossier de la chaise. Debout à moitié nu au milieu de cette chambre étroite et chichement meublée, il regarda le miroir de l'armoire, se demandant pendant combien de décennies sa grand-mère s'était contemplée dans cette glace qui la forçait à enregistrer les changements de son corps.

Depuis trois ans et demi qu'il vivait là, Lukastik n'en avait noté aucun le concernant. Son corps semblait figé dans le temps, préservé dans un état intermédiaire, entre jeune et vieux, fort et faible, gros et mince, imberbe et velu, lisse et marqué, optimiste et pessimiste.

Comme s'il en avait assez vu, il se détourna de son reflet et porta son attention sur les deux photographies suspendues au-dessus d'une petite table aux pieds minces, poussée contre le mur. Les deux portraits étaient placés exactement à la même hauteur. Leurs bords extérieurs formaient une ligne avec les arêtes externes de la table, occupée en son centre par un réveil dressé dans son boîtier noir en cuir. Cet ordonnancement évoquait un petit autel, impression renforcée par le fait que les aiguilles du réveil étaient arrêtées. Au milieu du cadran blanc était peinte une petite silhouette, un homme vêtu d'un manteau, tournant le dos à l'observateur, et dont l'occiput formait le point central d'où partaient les quatre aiguilles. Qu'il s'agît là d'un homme n'était qu'une pure supposition, qui résultait de la forme du manteau sombre et de la carrure de la silhouette. Les deux photographies, collées sur une plaque de bois, contribuaient à l'effet de sacré. Elles montraient deux hommes, dont l'un incarnait la plus grande célébrité tandis que l'autre n'était familier que d'un public restreint de connaisseurs. Pour Lukastik, ces hommes étaient *ses* dieux, *ses* héros du XXe siècle : Ludwig Wittgenstein et Josef Matthias Hauer.

Lukastik considérait que Wittgenstein et Hauer avaient apporté au monde la clarté suprême, une clarté qui lui avait rendu sa dignité. La logique de Wittgenstein et le dodécaphonisme de Hauer produisaient un air respirable, d'une pureté parfaite. À gauche Wittgenstein, à droite Hauer, tous deux la tête tournée vers le centre, tous deux relativement jeunes.

Les pièces de musique sérielle pour piano de Hauer et le *Tractatus logico-philosophicus* de Wittgenstein ne possédaient certes pas la vertu médicamenteuse qui aurait pu induire le profond « apaisement » dont on a parlé plus haut, mais la musique comme l'écriture constituaient pour Lukastik des poteaux indicateurs qui l'aidaient à se maintenir sur des chemins praticables. Car la plupart des chemins étaient ainsi faits qu'on y marchait comme sur de l'eau. Ce dont nul n'est capable. Dès lors la plupart des gens utilisent divers trucs, dont le plus répandu consiste à devenir un peu fou. Lukastik, lui, ne voulait pas devenir fou, pas même un peu, il voulait se mouvoir d'un pas assuré sur un chemin sûr. Sans sautiller ni marcher sur les mains, sans planer, sans voler. Du début jusqu'à la fin, sans avoir besoin de sauter d'un caillou à l'autre.

Pour y parvenir et éviter par exemple de se retrouver devant une bifurcation, il s'adonnait presque quotidiennement à une composition de Hauer. De plus, il ouvrait assez souvent, à n'importe quelle page, l'œuvre maîtresse de Wittgenstein, de l'épaisseur d'un petit cahier, qu'il définissait comme son vade-mecum. Il se gardait en revanche de parler de « bible ». La Bible prêtait à discussion. Pas le *Tractatus*. Lequel faisait office de clou dans une charnière.

En matière de philosophie, Lukastik se considérait comme un profane. Et il y avait dans ce livre beaucoup de choses qu'il ne comprenait pas. Mais comme toutes les phrases qu'il avait saisies d'emblée ou au fil du temps s'étaient révélées non seulement véridiques, brillantes et incisives, mais aussi d'excellents poteaux indicateurs, Lukastik en déduisait que cela devait également valoir pour tous les passages qui ne s'étaient pas ouverts à lui – ou pas encore. De la même façon qu'un objet ne perd pas de sa réalité parce qu'il est dissimulé au regard de l'observateur. Il n'est pas invisible, il est *non* visible. Ce qui est très différent.

Quand on songe aux principes d'ordre injustifiables de Lukastik – laisser les cigarettes se consumer, cueillir les fruits uniquement de la main gauche, etc. – et à son amour pour une philosophie claire comme du cristal et une musique sérielle non moins cristalline, on ne peut s'empêcher de vouloir que cet homme soit enveloppé d'un sombre secret.

Et de fait, il en existait un. Ce secret était peut-être sans rapport avec ses rituels et sa passion pour Hauer et

Wittgenstein, mais il faut tout de même en parler : l'amour de Lukastik pour sa sœur.

Un amour on ne peut plus concrétisé, d'une concrétisation qui remontait bien à vingt-cinq ans. Lukastik avait vingt-deux ans et sa sœur vingt-quatre lorsqu'ils s'étaient mis à coucher régulièrement ensemble, et cela pendant neuf mois. Non sans culpabilité, bien que tous deux considérassent la similitude de leurs origines comme une banalité biologique qui ne justifiait pas de s'éviter sexuellement parlant. Les plaisirs solitaires leur apparaissaient bien plus pervers, exactement comme si le grotesque mensonge proféré par Münchhausen à propos de l'homme qui s'extrait d'un marécage en se tirant lui-même par les cheveux avait trouvé sa traduction dans le domaine érotique.

Le sentiment de culpabilité avait été le résultat de la clandestinité. Et lorsque la sœur de Lukastik avait rencontré un homme « pour la vie », c'est-à-dire quelqu'un avec qui l'on pouvait vivre sans se cacher, elle avait quitté son frère, s'était mariée et était partie pour l'Allemagne du Nord aussi naturellement qu'on en viendrait un jour à se rendre sur la Lune. Malheureusement l'époux s'était révélé un incapable. La sœur avait rapidement divorcé, s'était tournée vers l'immobilier avec un succès notable, ne s'était comportée ni en monstre ni en sainte, s'était remariée, avait perdu son époux dans un accident de la route sans sombrer à la suite de ce drame, n'avait pas eu d'enfants sans pour autant se crisper, et avait regagné Vienne au terme de presque deux décennies aussi naturellement qu'on en viendrait un jour à regagner la Terre, une fois lassé de la Lune.

Elle était retournée vivre chez ses parents avant son frère, avec un naturel qui évoquait une boucle enfin bouclée. Ayant quitté les affaires, elle se vouait désormais à la tâche de privatiser ses heures et ses journées. Elle ne faisait rien d'important ou qui l'eût passionnée. Elle n'administrait même pas sa fortune. D'autres s'en chargeaient pour elle. Elle avait accueilli d'un haussement d'épaules la nouvelle du retour de son frère dans l'appartement de sa jeunesse. Le bouclage de la boucle ne semblait pas signifier pour elle une reprise de leur ancienne liaison. L'affaire paraissait réglée, comme la plupart des affaires de sa vie d'ailleurs. À proprement parler, elle attendait la mort. Tout en s'arrangeant pour que cette attente ne fût pas épuisante.

Cette description a l'air un peu expéditive, hop hop. Mais la sœur de Lukastik y aurait souscrit. Elle voyait l'existence comme un train express. On montait à un endroit, on descendait à un autre. Entre les deux, on voyageait. Et voilà tout.

Pour Richard Lukastik, les choses étaient plus difficiles. Évidemment, il n'était pas revenu loger chez ses parents pour cavaler après sa sœur. Ni pour essayer une thérapie de choc ou quelque chose de ce genre. Il n'y avait rien à discuter ni à éclaircir. Et il ne fallait surtout pas que les parents, qui ignoraient tout, apprissent la chose. D'ailleurs, ce n'était pas dans cet appartement que le frère et la sœur s'étaient autrefois étreints. Lukastik n'était pas le « coupable qui revient sur les lieux du crime ». Pourtant, c'était le retour de sa sœur chez leurs parents après vingt ans de Lune qui l'avait incité à l'imiter. D'autant qu'il se sentait seul, et n'avait jamais connu le havre du mariage ou d'un partenariat durable. Et depuis quelque temps, ce havre n'était même plus en vue. En revanche, la famille telle qu'il la redécouvrait – la mère épanouie dans les préjugés, la sœur mûrie dans le Nord, l'ancien diplomate reconverti dans la soupe – représentait pour lui un refuge. Un havre là aussi, mais sans rien d'étouffant. Il appréciait énormément les dîners. Même quand l'ambiance à table était maussade, voire atroce. Cette atrocité lui procurait une forme de confort. Le temps de deux soupes, c'était parfait.

Cela dit, il n'avait pu éviter l'inévitable, à savoir de développer certains transports à l'égard de sa sœur. Transports qu'il s'efforçait de ne pas manifester. Que faire, du reste ? L'attraper par les hanches ? Lui toucher les fesses ? À cette idée, il se sentait tout secoué. Pas à cause des fesses. Mais de ses propres mains, qu'il voyait en imagination trembler dans les airs et, guidées par la lubricité, saisir la jupe et en palper le tissu lisse. Pour ensuite agripper ce tissu et les fesses qu'il enrobait.

Certes il y avait d'autres moyens de témoigner son amour à quelqu'un. Mais aucun d'eux n'était envisageable. C'était l'âge qui décourageait Lukastik, comme si seule une jeunesse relative rendait l'inceste acceptable.

Avec sa sœur il évitait toute discussion qui aurait ne serait-ce qu'effleuré le sujet. En même temps, il ne pouvait s'empêcher de rechercher sa proximité, de bavarder – ou même de se quereller avec elle. Il n'était donc pas rare qu'ils s'installassent ensemble après dîner pour parler de choses aussi anodines que l'art et la politique. Oui, on pouvait qualifier d'anodine une discussion sur le Proche-Orient, sur la chute des taux d'intérêt, sur le mandat de l'ONU ou sur un quelconque scandale de politique intérieure. Au regard de l'inceste, presque tout semblait anodin.

En présence du père et de la mère toutefois – au royaume de la soupe, si l'on veut –, il régnait toujours une certaine tension entre le frère et la sœur, une tension qui n'avait rien d'un flirt. Mais Lukastik aimait jusqu'à cette tension.

L'inspecteur principal fit une petite révérence aux deux portraits. À peine perceptible, plutôt un mouvement du menton. Un geste silencieux en l'honneur de ses divinités. Une prière sans raison ni demande.

Après quoi, il prit la chemise blanche propre, la déboutonna et se glissa dedans comme dans un petit espace étroit, une boîte dans laquelle on se cache.

6

Dans la chambre d'étude du Dr Paul, les stores étaient relevés. De la fenêtre, on avait vue sur un parc. La lumière des réverbères formait sur le pourtour un motif presque circulaire, qui faisait penser à une tarte. Au-dessus s'élevait le ciel, d'un bleu sombre et froid. Trois traînées de nuages isolés reflétaient un soleil déjà couché. Comme quelqu'un qui, ayant coulé depuis longtemps, appelle au secours mais n'émet plus qu'un gargouillement.

Debout de part et d'autre du cadavre, le Dr Paul et Erich Slatin parlaient boutique. Un peu à l'écart, Lukastik était posté à la fenêtre, regardant le parc. Il vit une femme qui poussait une voiture d'enfant. L'homme qui se trouvait à côté d'elle se déplaçait comme une pierre sur roulettes. Tous deux ne cessaient de disparaître derrière les taches sombres des arbres et des buissons. Bien que la fenêtre fût fermée, on entendait des cloches d'église. Au loin brillait un gratte-ciel.

Lukastik mit la main dans sa poche et en sortit le petit livre qu'il portait toujours sur lui : le *Tractatus* de Wittgenstein. On ne savait jamais ce qui pouvait arriver. D'autres possédaient une batterie de cartes de crédit, ne traversaient pas la rue sans leur portable ou ne sortaient jamais de chez eux sans une petite bouteille d'eau du robinet, sans un sachet de café instantané et un plan de Vienne. Beaucoup s'offraient la compagnie d'un chien ou conservaient un porte-bonheur contre leur cœur. Pour sa part, Lukastik s'en remettait à cet ouvrage, qui faisait à peine plus de cent pages – dans l'édition de poche, si commode à glisser dans une poche intérieure ou extérieure, de veston ou de pantalon, et dont la couverture rouge vif tendait à atténuer l'absence de couleur de son propriétaire.

En fait, ce qui comptait avant tout pour Lukastik, c'était l'avantage pratique qu'il y avait à toujours retrouver la « ligne droite » grâce à ce traité philosophique. Voilà pourquoi il l'ouvrit avec détermination à l'avant-dernière page afin de lire le point 6.5, que naturellement il connaissait par cœur comme presque tout le livre – à l'instar d'un poème qu'on aime. Mais il préférait avoir la page sous les yeux : la pensée renforcée, momifiée par les signes.

(« Point » était un terme propre à Lukastik, lequel percevait un peu les phrases de Wittgenstein comme la fin d'une réflexion, comme un point justement.)

Le point 6.5 culmine dans la constatation suivante : « Il n'y a pas d'*énigme*[1]. » Wittgenstein fait préalablement remarquer que lorsqu'on ne parvient pas à formuler une réponse, c'est qu'on ne peut pas non plus formuler la question. Il en résulte que si une question peut être posée, elle *peut* aussi recevoir une réponse.

« Il n'y a pas d'énigme », marmonna Lukastik à plusieurs reprises. Ce marmonnement était moins une prière qu'un verdict réparateur au regard de ce corps humain violenté par un requin.

---

1. Trad. Gilles-Gaston Granger, Paris, Gallimard, 1993.

Lukastik referma le livre, le replaça dans sa poche et regarda le parc, qui s'était assombri comme sur une injonction. La pierre sur roulettes avait disparu, la femme à la voiture d'enfant était seule. Se détournant, Lukastik s'approcha des deux hommes et du cadavre avec une mine interrogative.

Levant ses paumes ouvertes comme s'il soupesait deux lapins nains, Slatin déclara :

– C'est évident ! Comme je le disais, un Swan River Whaler. J'exclus toute manipulation. Quelle que soit la manière dont on en est arrivé là. Que pensez-vous de l'hypothèse selon laquelle le mort aurait été victime d'une expérience ? Ou bien aurait péri accidentellement au cours d'une expérience ? À la suite d'une négligence, comme il s'en produit parfois.

– D'une expérience de quel genre ?

– Je ne sais pas. Peut-être qu'on élève de ces requins à Vienne sans que l'opinion publique en soit informée. Peut-être qu'on mène des recherches secrètes. On connaît très mal le Swan River Whaler, son comportement et sa physiologie. Peut-être que d'aucuns sont curieux de savoir ce qu'un poisson qui possède un tel taux de testostérone a dans le ventre.

– À Vienne ? fit Lukastik en s'ébrouant.

– Mon Dieu, pourquoi pas ? Ainsi va le monde. On étudie, on produit, on consomme toutes les choses imaginables dans les lieux les plus inimaginables.

– Je pense que ça se verrait si on introduisait en Autriche un requin de ce genre.

– Pas s'il s'agit d'un animal jeune, répliqua Slatin. On pourrait parfaitement le déclarer comme poisson d'aquarium. Ou poisson de cuisine exotique. Les requins nouveau-nés n'ont pas besoin de soins maternels. Il serait donc tout à fait possible d'en faire passer plusieurs à la douane sans aucun tralala. Je doute que les autorités frontalières autrichiennes soient férues d'ichtyologie. Protection des espèces ou pas. D'ailleurs pourquoi devrait-on avoir des soupçons ? De la contrebande de requins ? Il faudrait déjà y penser.

– Et en ce qui concerne le cadavre ? demanda l'inspecteur principal en jetant un regard au corps déchiqueté.

– Je vous l'ai dit. Peut-être qu'il s'agit d'un accident. Peut-être que quelqu'un a plongé sa main au mauvais endroit. Aux Bahamas, récemment, un biologiste connu a été attaqué et grièvement blessé par un *carcharhinus leucas*. Il voulait montrer que le requin n'attaquait jamais l'homme quand l'eau était claire. Malheureusement, il y a eu une panne d'alimentation, des tourbillons de sable se sont élevés, troublant l'eau. Le poisson a mordu, et voilà comment notre courageux expert s'est fait avoir.

– Encore un qui a eu la stupidité d'aller dans l'eau, commenta Lukastik.

– Exactement, approuva Slatin. Ces recherches sont absurdes – un simple jeu d'aventuriers. Savoir si le requin s'attaque ou non à l'homme quand l'eau est claire est totalement dépourvu d'intérêt dans la mesure où le requin n'a aucune conscience de l'homme.

– L'inverse semble moins vrai, objecta Lukastik en rappelant à Slatin que le mort avait été trouvé non pas aux Bahamas mais dans une piscine au sommet d'une tour.

– Manœuvre de diversion, fit ce dernier en haussant les épaules. Il n'est pas rare qu'on dépose un cadavre en un lieu étranger à la scène du drame. On ne laisse pas son époux assassiné en plein milieu du salon.

– C'est sûr, acquiesça Lukastik. Et l'ouïe des requins ?

Slatin le regarda d'un air surpris :

– Vous voulez savoir si les requins ont des oreilles ?

– Dans ce cas, ce seraient de très petites oreilles.

– En fait, leur ouïe n'est pas si mauvaise que ça. Les requins possèdent un organe d'audition interne constitué de poils sensitifs. *Macula neglecta*. Combiné avec d'autres sens, notamment un sens des influx électriques, il donne un assez bon système d'orientation. Les requins ne sont donc pas plus sourds qu'aveugles. Pourquoi cette question ?

Lukastik regarda le Dr Paul, puis il dit :

– Le mort semblait avoir des problèmes d'audition.

– Et ? demanda Slatin.

– Et rien. J'essaie juste de me faire une idée. Et d'établir des liens. Je ne crois pas que cet homme soit mort en nourrissant les requins.

– Il y a des gens qui se noient dans une flaque d'eau, déclara Slatin.

– Ils se noient parce qu'ils sont bourrés, pas parce que la misérable flaque en question a quelque chose de spécial, rétorqua Lukastik – et, s'adressant au médecin : Vous avez trouvé autre chose, docteur Paul ?

– L'homme n'était pas ivre si c'est ce que vous vouliez savoir. J'ai analysé son sang. Rien que de normal. Un peu trop de fer et de créatinine. C'est tout. De ce point de vue, l'homme était en bonne santé. Mais il suffit de le regarder pour s'en rendre compte. Dommage, quand on a un corps pareil…

– Avez-vous eu des nouvelles du procureur ? demanda Lukastik.

– Je pourrai me mettre à l'autopsie dès demain matin, répondit le médecin. Mais je ne crois pas qu'elle nous réserve des surprises. L'homme s'est noyé et vidé de son sang – successivement. Ou presque à l'unisson. Mais il va falloir s'en assurer, bien entendu. Pour commencer, j'examinerai son crâne. On regarde dans ce cerveau comme dans un journal intime qui aurait fait un séjour dans l'eau. L'écriture en est toute délavée.

– C'est ça, dit Lukastik, feuilletez-moi ce journal.

Sur ce, il se tourna vers Slatin, le remercia et lui proposa de le raccompagner chez lui.

– Ce ne sera pas nécessaire, fit ce dernier.

Il voulait s'entretenir encore un peu avec le Dr Paul. Et puis il restait volontiers à la disposition de la police. L'affaire était remarquablement intéressante. Il était très curieux de savoir qui se trouvait derrière tout cela et quel rôle jouait le Swan River Whaler. En dehors de celui de l'« assassin ».

Lukastik releva la commissure gauche de ses lèvres, de sorte que tout son visage se plissa. Il ne faisait pas grand cas des théories du complot, des laboratoires souterrains et autres expériences secrètes. Cela étant, pour innover la recherche était parfois amenée à franchir les limites de ce qui était licite. Ce qui évidemment pouvait occasionner des accidents, qu'il fallait ensuite étouffer. Mais par « étouffer », Lukastik imaginait autre chose que cette mise en scène de cadavre non dépourvue d'ironie. Et si effectivement quelqu'un menait des recherches sur une espèce particulière de requin, on s'expliquait mal l'absence totale d'efforts pour éliminer toute trace de l'animal. On aurait pu brûler le corps, le démembrer, que sais-je, afin de dissimuler la véritable cause de la mort. Au lieu de cela, on ne s'était même pas donné la peine d'ôter la demi-dent de la chair du cadavre. Peut-être qu'il avait fallu agir vite. Mais dans ce cas, pourquoi se compliquer la tâche en traînant le mort jusque sur le toit d'une tour ?

Lukastik se souvint de son idée initiale selon laquelle le corps était « tombé du ciel » dans la piscine – d'une faible hauteur, il est vrai, ce qui expliquait l'absence de blessures correspondantes.

– Il n'y a pas d'énigme, répéta Lukastik d'une voix claire afin qu'il y eût au moins quelque chose de clair : la voix et l'énoncé.

Paul et Slatin, étant tous deux des scientifiques, firent des gestes d'approbation. Toutefois, en quittant la pièce, Lukastik entendit Slatin déclarer :

– Peut-être qu'il n'y a pas d'énigme, mais il y a la nuit, qui nous empêche de voir quoi que ce soit. Et il y a des vaches complètement myopes.

Lukastik n'était pas très sûr de comprendre ce que les vaches venaient faire dans l'histoire. Mais le propos sur la nuit était juste. Il fallait donc – pour continuer à filer la métaphore – soit se munir d'une lampe de poche, soit attendre la fin de la nuit. C'était toujours l'impatience qui créait l'impression d'énigme.

7

En entrant, à une heure déjà tardive, dans un café assez connu situé au rez-de-chaussée d'une maison d'angle, Lukastik n'obéissait pas à une de ses règles strictes mais bien à une habitude. D'une part les deux assiettes de soupe avaient pour effet de lui ouvrir l'appétit, et d'autre part il voulait finir la journée en compagnie. Sans que cette compagnie l'obligeât à se livrer à d'importants actes verbaux.

À minuit au plus tard, il rentrait se coucher. On avait alors pour instruction de ne le déranger qu'en cas d'absolue nécessité. Rares étaient les urgences qui, surtout dans les films, tiraient les policiers du lit à une heure tardive pour les envoyer geindre sur les lieux d'un crime. Pour sa part, Lukastik soutenait l'idée raisonnable que sa situation éminente devait au moins lui offrir le privilège de six à sept heures de sommeil. Sans compter qu'un mort ne pouvait pas mourir davantage durant ce court laps de temps. Et pour lancer rapidement des recherches, la présence d'un inspecteur principal n'était pas indispensable. D'ailleurs les fugitifs eux aussi avaient besoin de sommeil, et tout ce qu'ils prévoyaient, tout ce qu'ils entreprenaient au cours de leur fuite se trouvait relativisé par ce besoin auquel ils ne pouvaient se soustraire. Leur avance avait une propension à fondre. Il n'était pas rare, en effet, que les criminels en cavale fussent arrêtés et maîtrisés pendant leur phase de sommeil. La police, elle, présentait l'avantage de pouvoir travailler par roulement. Avantage auquel Richard Lukastik ne renonçait que de fort mauvais gré. Il n'aimait pas davantage se priver de sa seconde soirée au *Sittl*. Cela faisait près de quinze ans qu'il fréquentait ce restaurant, doté du charme d'un monsieur d'un certain âge – gris et ridé, sans cravate, mais portant un chapeau sur son crâne luisant – qui se tient droit et marche d'un pas précautionneux mais régulier. Un monsieur encore pourvu de toutes ses dents, de quelques-unes du moins.

Si fatiguées que soient ces dents, elles incarnent le triomphe de la vie. Tandis que la plus belle des prothèses ne représente qu'un déni déplaisant de la mort. Il paraît absurde de nier ce qui ne peut l'être. Voilà pourquoi les gens âgés ou d'un certain âge qui se font faire un lifting ont l'air non seulement stupide mais dérangé.

Loin d'avoir un aspect stupide ou dérangé, le *Sittl* évoluait entre le miteux et l'authentique. Tout dans ce local se distinguait par sa sobriété, tout était fonctionnel sans pourtant avoir le moins du monde ce caractère extrêmement élaboré qu'on prétend être la marque d'un bon design. Rien ne paraissait fabriqué, tout était « organique », comme si la nature pouvait parfois engendrer un bistrot ou une auberge.

Tables et chaises n'éveillaient d'autre idée que celle d'être utilisées. Les lampes ne semblaient servir qu'à éclairer la salle et ce qui s'y passait. Même les plats n'avaient d'autre goût que celui qu'ils devaient avoir, le goulasch ayant un goût de bœuf et non un goût de mandarines écrasées ou tout autre goût que pouvait lui donner l'art du bricolage.

Le charme du *Sittl* résidait dans ce naturel et dans ce processus élémentaire de vieillissement – créature fabuleuse sans fable, ostensoir sans couronne, victoire sans clameurs. Cet endroit aurait pu être un bateau qui se passerait à la fois d'installations pompeuses, de cabines luxueuses, et d'eau – tout en ayant une ancre solidement fixée dans le sol.

Les deux jeunes femmes étonnamment jolies qui assuraient le service semblaient contredire la simplicité de l'ambiance, mais seulement au premier abord. Car elles aussi se comportaient sans la moindre prétention. Ni spécialement aimables, ni spécialement désagréables, elles paraissaient réellement tout occupées à prendre les commandes, à servir les plats et les boissons, et à procéder à la conclusion financière de la transaction.

Cela valait du moins pour les clients très occasionnels ou ceux qui, à l'instar de Lukastik, n'avaient jamais établi malgré leur assiduité de relation de familiarité avec le personnel ou le propriétaire. Ce qui d'ailleurs convenait parfaitement à l'inspecteur principal. Il ne fréquentait pas l'endroit en qualité d'officier de la police judiciaire, de quasi-musicologue ou d'homme influent – dans l'inspection du travail par exemple, et pouvant à ce titre inciter celle-ci à fermer les yeux. Non, Richard Lukastik n'était qu'un client régulier, qui commandait un repas tardif, accompagné d'une eau minérale et d'un verre de vin, et suivi d'un café. Il lui arrivait de feuilleter le journal mais, la plupart du temps, il se contentait d'être là et, quand il n'était pas en train de manger ou de boire, il restait les yeux dans le vague, suivait le fil de ses pensées ou ne pensait à rien du tout. Il était assez rare qu'il observât les autres clients. Cela ne se produisait que s'il était malséant de détourner les yeux.

Par exemple, quand entrait une femme chaussée de bottes vernies qui lui montaient presque jusqu'aux hanches, laissant peu de place pour le reste de l'habillement, voire pour la personne elle-même, il était de bon ton de prêter à ces bottes quelques instants d'attention et de les regarder. De prendre acte d'une chose qui n'existait que pour être vue. Inutile donc de jeter à ces bottes un regard ébahi ou concupiscent, ou de s'imaginer que tout était permis. Mais il était poli de les regarder. Peut-être même avec une nuance appréciative.

En entrant, Lukastik se dirigeait toujours vers la partie oblongue de la salle, située sur la droite. Il ne revendiquait pas de place particulière. Pour cela, il aurait fallu se comporter en habitué, ce à quoi il se refusait. Il s'installa du côté de la fenêtre, appuya sa main droite contre le rebord de la table et plaça son avant-bras gauche sur sa cuisse, adoptant ainsi une posture de travers qui faisait ressortir son ventre. Mais dans un endroit comme le *Sittl*, on ne se sentait pas obligé de dissimuler les parties « proéminentes » de son corps. Surtout quand on avait très faim. Ce qui était le cas de Lukastik, qui commanda une grande assiette de goulasch et une portion de choucroute.

Comme souvent, il était le dernier client à manger quand il commença à découper les cubes de viande filandreuse, et ce avec un soin qui rappelait un peu la concentration de son père. Il accompagnait chaque morceau mollement piqué sur les dents de sa fourchette d'une petite quantité de choucroute bouillie translucide, qu'il plaçait sur la partie dégagée du couvert. Il mangeait avec plaisir et tranquillité. Une tranquillité qui fut interrompue par l'entrée d'une femme qui, certes, ne portait pas de bottes vernies mais poussait devant elle une voiture d'enfant. Or celle-ci satisfaisait un peu au principe des bottes vernies dans la mesure où elle avait un châssis et des roues à rayons chromés. Elle paraissait plus haute que les modèles courants, sans pourtant donner une impression de masse. Elle était spacieuse quoique étroite et élégante. Quant à la nacelle où était couché l'enfant, invisible aux yeux de Lukastik, elle était revêtue d'un tissu à l'éclat vernissé, dont la couleur orange vif pouvait sans incongruité évoquer des bottes vernies. Le toit, fait du même tissu, avait été relevé. Du rebord pendouillait un animal en peluche, dont la fourrure mate vert foncé avait quelque chose de réfrigéré. Tout comme la femme, qui poussait la voiture d'enfant du bout des doigts et n'était pas habillée de manière particulièrement voyante. Cela dit, la qualifier de corps étranger à côté de ce véhicule aurait été exagéré. Elle pouvait avoir dans les vingt-cinq ans, présentait de longs cheveux bruns et une paire d'yeux clairs dans un visage à la mode, d'une dureté de bouclier. Eût-on imaginé ce corps de taille moyenne, mince mais non dépourvu de hanches, dans une robe du même orange, que le tableau aurait été parfait. Il s'agissait d'ailleurs d'un orange qui se rapprochait du rouge écrasé. La femme portait un costume ajusté, dont les manches et les jambes de pantalon s'évasaient en cloche. Sur ce costume d'un bleu marine presque noir ressortaient de fines coutures jaunes. La fermeture Éclair descendant du milieu de la poitrine jusqu'au nombril était légèrement ouverte, laissant apparaître le décolleté triangulaire d'une chemisette blanche que Lukastik avait pris tout d'abord pour un rang de perles.

Erreur qui se dissipa rapidement car la femme se dirigea vers la partie de la salle où Lukastik prenait son dîner. Elle s'immobilisa au milieu de la pièce à moins de deux mètres de lui, l'air indécis, bien qu'à cette heure, peu avant la fermeture, il y eût plusieurs tables libres. Finalement elle s'installa de l'autre côté, sur un banc parallèle au mur. Elle gara la voiture d'enfant à la place d'une chaise.

Désormais Lukastik devait tourner la tête de côté pour pouvoir observer la femme. Il ne lui jetait qu'un bref regard et se replongeait aussitôt dans son goulasch. Mais il n'avait plus la tranquillité nécessaire pour continuer à manger comme à l'ordinaire. Quelque chose le gênait. Quelque chose le gênait considérablement. Tout d'abord, l'idée qu'il pouvait s'agir de la femme qu'il avait vue dans le parc sur lequel donnait la chambre d'étude du Dr Paul. Cependant, lui-même jugeait cette supposition un peu tirée par les cheveux. La femme du parc s'était trouvée à une centaine de mètres de lui. Qui plus est, il n'avait pas pris la peine de l'observer avec attention – pour quelle raison l'aurait-il fait ? Du coup, de la fenêtre du Dr Paul, il n'avait pas remarqué la couleur orange d'une poussette, par exemple, contrairement à maintenant. Sans compter qu'entre les deux endroits, chambre d'étude et *Sittl*, il y avait une distance qui n'invitait guère à la promenade. Aucun argument raisonnable ne venait donc conforter l'hypothèse que cette femme, qui à présent allumait une cigarette, était celle du parc.

Plus raisonnable en revanche fut l'irritation de Lukastik en voyant cette femme – cette mère – fumer. Cela ne se faisait pas. Et puis elle fumait sans la moindre honte, elle ne manifestait même pas de mauvaise conscience : au contraire, elle inhalait avec délice. Elle n'allait certes pas jusqu'à souffler la fumée en direction de la poussette, mais elle se comportait avec calme et insouciance. D'un autre côté, elle n'offrait pas vraiment l'image de la mère dévoyée.

Son apparence soignée, à plus forte raison l'apparence soignée de la voiture d'enfant, produisait un effet irréprochable. Mais ce qui était nettement moins irréprochable, c'étaient l'heure et l'endroit. Une heure et demie avant minuit, la qualité de l'air au *Sittl* n'était pas vraiment conforme à ce qui convenait à un nourrisson. C'était du moins ce que pensait Lukastik, expert en nicotine à défaut de s'y connaître en jeunes enfants. Ces êtres joufflus dans leurs landaus et leurs berceaux, accrochés à un sein ou à une tétine en caoutchouc comme à un cordon ombilical cosmique, l'inquiétaient. Tout ce temps qu'ils passaient à dormir lui paraissait le signe de leur étrangeté au monde. Une étrangeté fondamentale, qui trahissait un mépris silencieux de la réalité.

Mais ce n'était pas seulement la cigarette qui agaçait Lukastik. Ni la tasse de café que la femme – qui était probablement encore en période d'allaitement – se fit servir. Il y avait autre chose. Un parallèle qu'il croyait déceler entre cette femme et celle du parc. Un parallèle qui s'imposait à lui sans qu'il fût en mesure de l'éclaircir. Et qui allait bien au-delà d'une mère en promenade et d'une voiture d'enfant qu'on pousse. Qui allait si loin que Lukastik était incapable d'identifier cette correspondance. Une simple impression. Insaisissable. Et d'autant plus importune.

Troublé dans sa quiétude, l'inspecteur principal termina son repas plus tôt qu'à l'ordinaire. Ce qui lui fut désagréable. Il n'était pas dans ses habitudes de ne pas finir son plat. D'abord parce qu'il n'aimait pas avoir à se justifier. Ne fût-ce que par un geste signifiant que la nourriture n'était pas en cause.

Au moment où on lui retira son assiette, il évita le regard éventuellement interrogateur de la serveuse, laquelle, en fait, se désintéressait totalement des raisons qui avaient empêché Lukastik de terminer son goulasch. Elle se borna à faire ce qu'elle devait faire et, quelques instants plus tard, déposa devant lui l'inévitable tasse de moka. Lukastik la remercia, prit une gorgée de café, après quoi il sortit de la poche extérieure de sa veste le *Tractatus* de Wittgenstein. Tout en l'ouvrant de nouveau aux deux dernières pages, il jeta encore un regard vers la femme. Elle avait fini sa cigarette et était en train de balancer légèrement la poussette. Levant les yeux, elle remarqua Lukastik. Elle pinça un peu les lèvres, signifiant sans doute par là que ce regard dévorant trahissait une certaine niaiserie. Le policier baissa immédiatement ledit regard – dévorant ou pas – et se remémora la maxime de Wittgenstein qui dit : « Il y a assurément de l'indicible. Il se montre, c'est le Mystique. »

« Comme c'est approprié ! » pensa Lukastik qui, à l'instar de la plupart des profanes, avait une prédilection pour le caractère aphoristique et apodictique des premières et dernières pages du livre, tandis que les formules qui constituaient l'entre-deux lui apparaissaient plutôt comme un sport intellectuel pour esprits surdoués.

Alors qu'il voyait dans cette histoire d'homme tué par un requin un crime absolument dénué de mystère, Lukastik rangeait dans le domaine de l'indicible, c'est-à-dire du mystique, le sentiment curieusement infondé qu'il y avait un lien possible entre les deux femmes à la poussette. Et si l'on songe à la conclusion de Wittgenstein, cette conclusion mondialement connue et littéralement gravée dans la conscience collective : « Sur ce dont on ne peut parler, il faut garder le silence », on en déduit qu'on ne peut pas davantage réfléchir à ces choses indicibles, et que donc il n'est pas besoin de se casser la tête à leur propos.

Dès lors, Lukastik vint à bout de sa perplexité en invoquant son incompétence à aller au fond d'une chose sans fondement. Du moins dans le domaine factuel. Du moins selon toute vraisemblance.

En revanche il possédait toute la compétence requise s'agissant du bruit insistant qui se faisait entendre dans la poche intérieure de sa veste. Attrapant son portable, il regarda l'écran, qui luisait comme une minuscule piscine éclairée. Ou comme un aquarium. Toujours est-il qu'au fond de ce petit bassin nageait le numéro du correspondant : en l'occurrence celui de Jordan.

La rapidité de réaction de Lukastik résultait de sa honte à l'égard du bruit qu'il faisait – ou plutôt que faisait son instrument. C'était surtout l'éventualité de voir la sonnerie réveiller le bébé de l'abominable femme qui l'effrayait. Même si un bébé n'avait pas sa place au *Sittl*.

À vrai dire, sa honte était uniquement causée par le bruit. Sur le principe, Lukastik considérait ces outils de communication légers, maniables et élégants comme une bénédiction. Avant, c'était si pénible, si peu discret quand, dans les cafés et les auberges, le garçon ou le patron criaient son nom, l'accompagnant généralement de son grade. Alors, quand il allait répondre, il subissait les regards des clients, lesquels se privaient rarement de constater à haute et intelligible voix qu'il ne correspondait pas du tout à l'idée qu'ils se faisaient d'un inspecteur de police, ou au contraire qu'il était bien conforme au cliché du policier. Il lui suffisait d'entendre ricaner des adolescents fumeurs de cigarettes pour enrager, et bien souvent il avait été tenté d'arrêter sur-le-champ ces bandes de jeunes pubères.

Ces temps étaient désormais révolus. Dieu merci. Aujourd'hui encore, quand son portable sonnait, il lui fallait s'accommoder de l'intérêt que suscitait l'événement chez ses congénères. Mais leur curiosité était plus générale et se dissipait plus rapidement.

Que ce bruit fût susceptible de tirer un bébé de son sommeil était un désavantage réel. Il y en avait un autre, qui résultait pour ainsi dire d'un avantage. Comme l'écran permettait de savoir qui essayait de prendre contact, on avait la possibilité d'exercer un refus ciblé. Faire la sourde oreille à tel ou tel correspondant était une bonne chose, même si un téléphone sonnant sans discontinuer suscitait une attention accrue. Mais le problème était que si l'écran révélait l'identité du correspondant, il ne laissait rien deviner du motif de son appel. Sans compter que même un correspondant indésirable pouvait avoir quelque chose d'essentiel, de décisif, ou seulement d'intéressant à communiquer. Tandis que même l'individu le plus sympathique appelait parfois juste pour passer le temps, privant le destinataire du sien.

Au fond, Lukastik n'avait guère envie de s'entretenir avec Jordan. Il avait espéré que son adjoint ne lui ferait de rapport que le lendemain matin. Pour cette raison il envisagea tout bonnement d'éteindre l'appareil, qui reposait dans sa main comme la version extrêmement réduite d'une planche de surf – autrement dit, de ne pas attendre que le correspondant fût orienté vers la sphère de la boîte vocale. Il n'aurait même pas besoin de justifier ultérieurement cette extinction ainsi que le mépris manifeste qui l'accompagnait. Il était le chef. Il n'avait pas à expliquer quoi que ce soit, il n'avait pas à chercher de prétextes. Pas quand il s'agissait d'un subordonné, encore moins de Jordan. D'un autre côté, c'était lui qui avait exigé qu'on le tînt informé dès qu'on se serait fait une vue d'ensemble de la situation. Et il était sûr et certain que Jordan n'appelait pas pour passer le temps.

Lukastik tourna involontairement la tête de côté et son regard croisa de nouveau celui de la femme. L'expression de cette dernière était aussi calme que maussade.

« Tu ferais mieux de ne pas fumer autant, espèce d'idiote », marmonna-t-il à part lui. Il y avait des moments où il s'oubliait. Cela dit, il n'allait pas jusqu'à élever la voix. Mais une chose était claire : il détestait cette femme. Mépris ou malaise auraient été des mots trop faibles. Il détestait la manière dont elle se tenait assise, un peu lascive, avec cette assurance incroyable, si peu maternelle, avec cette minceur si peu maternelle après une grossesse qui ne devait guère remonter à plus de quelques semaines ou quelques mois. S'il détestait la voir fumer, ce n'était pas uniquement parce que c'était inconvenant en présence d'un bébé, il détestait aussi la position, la posture qu'elle adoptait ce faisant. À voir comment elle tenait sa cigarette, on aurait dit qu'elle faisait brûler avec délectation un vieil héritage. Quand elle expulsait la fumée, l'air – mais pas seulement l'air, la pièce tout entière – semblait frémir. C'était sa manière à elle de s'imposer aux choses, de provoquer une vibration générale.

Lukastik trouvait normal d'exécrer un parfait inconnu. Une simple expression suffisait amplement à provoquer la haine, un geste, une mimique, la façon dont on tenait sa tasse de café, dont on se campait devant un urinoir, dont on braquait son arme sur une cible, ou dont on demandait poliment à éviter de faire la queue – et ce sans raison manifeste. Ceux qui essayaient de court-circuiter les files d'attente faisaient partie, aux yeux de Lukastik, de ce que l'humanité avait produit de pire en dehors des criminels.

L'antipathie avait une grande importance. Lukastik considérait l'objectivité, par exemple dans les rapports avec les délinquants, comme une illusion. Les gens qui attrapaient leur tasse de café comme ils l'auraient fait d'une prune blette, il les traitait moins bien. Cela ne l'empêchait pas de rester attentif aux indices. Aucun suspect ne pouvait s'en tirer ni espérer être épargné par Lukastik parce qu'il tenait sa tasse de la même façon que l'inspecteur principal – c'est-à-dire comme on lève un pistolet de starter, laissant ensuite quelques fluets individus souffrir mille morts sur une distance de dix mille mètres.

Lukastik se décida. Il répondit à l'appel. Contrairement à l'habitude qu'il avait de s'annoncer par un « allô » interrogateur et impérieux, il resta silencieux, tout simplement parce qu'au moment où il plaçait l'appareil contre sa bouche et son oreille – ce qui, compte tenu de sa petitesse, était passablement difficile –, il prit aussi une gorgée de café.

Or il ne perçut pas la voix attendue de Peter Jordan, mais les sons d'un… Lukastik pensa immédiatement à un morceau de Bach. Il était encore suffisamment musicologue pour pouvoir identifier au bout de quelques mesures une œuvre aussi connue que le prélude de la partita en *mi* majeur. Mais il remarqua tout aussi vite que quelque chose clochait. Pas seulement parce qu'il entendait cette musique en lieu et place de la voix de Jordan, non, c'était la musique elle-même qui clochait. Tout d'abord il ne s'agissait pas d'un solo de violon, comme c'est l'usage dans ce morceau, mais d'un arrangement pour orchestre. À quoi s'ajoutait une transformation encore plus radicale : la musique semblait se désintégrer. Ça s'effritait, ça se désagrégeait, ça se fendillait, après quoi on avait de nouveau l'impression que les voix des instruments isolés, telles de petites éruptions, sortaient de trous, restaient un moment suspendues en l'air, pures, propres et pénétrantes, pour vite redisparaître dans le sol. C'était la BWV 1006 à n'en pas douter, aucune phrase musicale ne semblait inédite. Et pourtant cette musique était parfaitement autonome, comme si le prélude de Bach venait tout juste d'être inventé, à l'instar d'une machine ou d'un nouveau langage. Toujours sur la base de l'ancien.

Cette chose musicale aurait pu aussi bien être contemporaine qu'ancienne. Comme un fossile vivant. Jamais on n'entendait l'orchestre dans son intégralité, on ne percevait que des instruments isolés ou des groupes d'instruments. Ils allaient et venaient comme si l'on se trouvait dans un mont-de-piété sonore. Parfois se produisait un bruissement plutôt confus, puis le prélude devenait si excessivement reconnaissable qu'il surpassait l'original en clarté, intensifiait la vérité de la composition de Bach jusqu'à l'hyperréalisme, jusqu'à une acuité aveuglante. Sur quoi la musique semblait redevenir un pur fouillis, une simple bouillie sonore exécutée par une bande de brutes privée de chef d'orchestre.

Il ne pouvait guère s'agir d'une absence de chef d'orchestre. Dans toute l'histoire de la musique, il y avait peu d'œuvres dans lesquelles le type à la baguette jouât un rôle aussi important parce que absolument nécessaire.

Lukastik se souvint. Pas sur-le-champ – cette musique avait pénétré son oreille de façon trop inattendue – mais assez rapidement. Lorsqu'il était encore étudiant, il avait entendu au cours d'un concert de musique contemporaine une œuvre d'un Américain du nom de Lukas Foss qui l'avait enthousiasmé. Ce morceau reposait sur une idée unique, absolument renversante, que Foss prétendait devoir à un rêve.

(Que la fortune vint en dormant, Lukastik l'avait toujours pensé. Il ne voyait que pure coquetterie dans le travail acharné dont se réclamaient les grands artistes et les brillants chercheurs. La plupart de ces gens ne faisaient rien d'autre que d'aller se coucher, et quand ils se réveillaient au petit matin, c'était avec une idée géniale dans le crâne. À l'instar du journal quotidien que les moins doués trouvaient chaque jour dans leur boîte aux lettres.)

Par commodité, ce Lukas Foss était lui aussi allé se coucher pour rêver de flots de doubles-croches baroques qui, portées par les vagues, étaient rejetées sur la côte et se perdaient ensuite dans le sable. Et ce de manière continue, comme cela se passe ordinairement avec les mers et les plages.

Le matin suivant, tout naturellement, Foss avait eu l'idée de transformer ce rêve en œuvre musicale. Les doubles-croches baroques l'avaient fait se jeter sur le prélude de Bach, mais il n'avait pas essayé de le jazzifier ou de le travailler de façon pareillement banale. Il avait préféré se montrer logique et respectueux à la fois en s'abstenant de toucher à l'original.

Il demanda donc à l'orchestre de s'en tenir strictement à la partition de Bach. D'une part. D'autre part, les musiciens étaient astreints à jouer de façon *inaudible*, imperceptible à l'oreille humaine. C'était comme de jouer pour des chauves-souris ou des poissons de grands fonds, lesquels se souciaient peu que quelque chose se fît entendre. Ce n'est que lorsque le chef d'orchestre faisait signe à un instrument particulier ou à un groupe d'instruments que le volume sonore était rehaussé de manière à satisfaire les oreilles du public, et ce jusqu'à ce que le chef donnât l'ordre d'arrêter. Surgir, danser, se perdre.

Compositeur et chef d'orchestre n'auraient pu se montrer plus autoritaires. Dans ce morceau, l'orchestre était comme pris en otage – pis encore, on aurait dit qu'on le torturait en lui maintenant la tête sous l'eau, puis en la lui tirant brièvement vers le haut pour lui permettre de reprendre son souffle. Et quand il attrapait une tête par les cheveux pour la sortir de l'eau, le chef d'orchestre lui-même ne savait jamais à quel endroit du prélude de Bach l'instrument se trouvait alors.

Par la suite, jamais plus la musique de Bach n'avait paru aussi authentique à Lukastik que dans cette œuvre de Lukas Foss. Et de fait, le morceau semblait venir en droite ligne d'un passé lointain, comme s'il n'existait plus qu'à l'état de particules, non restauré, comme un vieux tableau altéré qui se serait fissuré et écaillé. Altéré mais authentique. Plus proche de Bach qu'une exécution sur instruments d'époque.

L'amplification électrique de quelques-uns des instruments contribuait à créer l'impression d'une distorsion qui serait advenue au cours du long voyage à travers le temps. En tout cas, Richard Lukastik avait été enthousiasmé.

Toutefois cet enthousiasme, ainsi d'ailleurs que son amour pour le musical, n'avait pu l'empêcher de se tourner vers la criminalistique. Et cela faisait bien vingt-cinq ans qu'il n'avait plus pensé à cette œuvre de Lukas Foss, de sorte que ce sentiment de percevoir une musique issue d'un lointain passé n'était pas sans rapport avec sa propre histoire.

Cependant Lukastik ne se souvenait plus du titre du morceau. Cela devait être quelque chose de grec ou de latin. Il lui parut extrêmement important de le retrouver sur-le-champ. Si important que, pendant un instant, il en oublia de prendre acte de la bizarrerie de la situation. Au lieu de cela, il écoutait attentivement la musique, essayant avec opiniâtreté de se remémorer son titre. En vain. Sa mémoire s'y refusait. Elle reposait dans son crâne, tel un animal à fourrure, chaud et repu.

Il finit par renoncer et remit la recherche à plus tard, se concentrant désormais sur la question de savoir ce que tout cela avait à voir avec Peter Jordan, lequel éprouvait pour ce type de musique un désintérêt notoire. De plus, son adjoint n'était pas du genre à risquer une allusion ou une blague élaborée. Sans compter que Jordan ne pouvait absolument pas deviner qu'il appréciait cette œuvre, ou du moins qu'il l'avait considérée plus de vingt ans auparavant comme un sommet de la musique moderne.

Non, il devait s'agir d'un hasard. À l'endroit où se trouvait Jordan, ou à défaut son téléphone portable, il y avait manifestement un lecteur de CD, un tourne-disque ou une radio, un appareil quelconque dont les haut-parleurs diffusaient ces bribes de sons.

La vraie question – qui n'allait pas tarder à venir à l'esprit de l'inspecteur principal – était la suivante : pourquoi Lukastik ne se contentait-il pas de parler, d'interpeller Jordan ? Ou Edda Boehm ? Mais il ne prononça pas un mot. Au contraire, il posa un doigt sur les fins sillons du microphone pour éviter qu'un bruit du *Sittl* ne parvînt à l'autre extrémité de la ligne.

Peut-être Lukastik obéissait-il à une sorte d'instinct, à une prudence profondément enracinée, qui lui enjoignait dans un premier temps de ne pas ouvrir la bouche. Au cours de son existence, quand il lui était arrivé de *ne pas* dire quelque chose, cela s'était presque toujours révélé profitable.

114

Ce silence machinal fut suivi d'une réflexion : si l'appel provenait du portable de Jordan sans que Jordan se manifestât, cela ne pouvait signifier qu'un type de défaillance très particulier. Ou alors un signe, un signal que Jordan – condamné au silence pour une raison quelconque – transmettait à l'extérieur. Un signe difficile à comprendre, à vrai dire. L'idéal aurait été que Lukastik entendît maintenant la voix d'une personne qui, ignorante de la présence d'un portable allumé, aurait parlé de requins et d'appareils auditifs. Mais qu'est-ce que cette musique pouvait bien signifier, nom de Dieu ?

C'est alors qu'il y eut quelque chose d'autre. On entendit un son, un son qui n'avait aucun rapport avec Bach ou avec Foss et couvrait distinctement la musique. Un son qui résultait assurément de la douleur et dont la violence possédait une nuance sourde et étouffée. Comme un bruit dans une chambre fermée.

Lukastik fut persuadé que ce son émanait de Jordan. Il n'était pas très différent du geignement réprimé, du marmonnement contenu que son adjoint pratiquait volontiers quand il voulait manifester son irritation sans l'exprimer clairement. Cependant l'inspecteur y percevait de la douleur, comme en réponse à un coup de poing ou de pied. Il y avait aussi quelque chose qui ressemblait à de l'air expulsé par le nez. Ce qui laissait supposer que la bouche de l'homme frappé était close, obstruée par un bâillon ou recouverte d'un ruban adhésif.

Cette impression reposait certes en grande partie sur des conjectures, mais Lukastik n'avait pas seulement une bonne oreille, il avait une oreille exercée – à l'écoute du quotidien, pas uniquement de la musique. Le bruit du monde n'était pas pour lui de la bouillie.

Cela ne dura guère, la communication fut interrompue sur un bruit qui lui rappela désagréablement un talon de chaussure de femme brisant une côte. Cette association d'idées n'avait du reste rien à voir avec son rapport à sa sœur ou à d'autres femmes. Ce n'était que l'expression d'une fascination pour les hauts talons, toujours accompagnée d'un certain frisson d'horreur.

Lukastik essaya immédiatement de rétablir la communication. Mais comme pour conforter son fantasme de chaussures féminines, une voix de femme se manifesta, signalant l'indisponibilité momentanée de M. Jordan et indiquant au correspondant qu'après le signal sonore, il avait la possibilité...

En dépit de son côté doucereux, la voix de la femme avait un ton légèrement irrité qui sentait un peu l'attaque personnelle. Mais cette voix, bien sûr, provenait de la bande enregistrée, et cette irritation s'adressait à tous ceux qui avaient la malchance d'atterrir là. Et lorsque, l'instant d'après, Lukastik composa le numéro du portable d'Edda Boehm, la même voix lui confirma l'échec de la communication directe. Le « couple », comme Lukastik surnommait depuis peu Mme Boehm et M. Jordan, avait disparu. Ou on l'avait fait disparaître. Quant à parler sur une bande – comme si l'on consommait non les olives mais leurs noyaux, crac ! –, Lukastik s'y refusait.

Il éteignit le portable, le soupesa brièvement, puis le remit dans la poche intérieure de sa veste. Après quoi, contrairement à son habitude, il commanda un second verre de vin. Pas pour se soûler. Aucun désarroi ne lui paraissait mériter un refuge dans l'alcool. Ce verre de vin était plutôt une manière d'étirer le temps jusqu'à l'heure de la fermeture, qui interviendrait dans un quart d'heure. Cela lui laissait la possibilité de réfléchir à ce qu'il voulait faire. Car il fallait absolument faire quelque chose.

En premier lieu, il pouvait prier la gendarmerie de Zwettl d'envoyer une voiture à la station-service pour voir ce qu'il en était. Car il fallait déjà s'assurer que le « couple » était arrivé au fameux Étang de Roland. Et procéder à toutes les vérifications nécessaires.

Pourtant Lukastik choisit d'ignorer cette possibilité. Non qu'il nourrît un préjugé de citadin à l'encontre de la police rurale. Son préjugé allait beaucoup plus loin et concernait en fait l'ensemble de ses collègues, notamment ces fonctionnaires en uniforme qui – mal payés – incarnaient en quelque sorte l'usine du droit et de l'ordre. Ce salaire médiocre paraissait pleinement justifié aux yeux de Lukastik. Pour lui, ces gens étaient des ouvriers non qualifiés qui, compte tenu de la modestie de leurs capacités, possédaient un pouvoir vraiment inquiétant et disposaient d'une bonne dose d'arbitraire dans le cadre du règlement. Il ne voyait pas pourquoi on aurait dû les encourager à faire preuve d'une insolence accrue en leur balançant de l'argent sans motif. Il faut dire tout de même qu'à l'inverse de son supérieur, le commissaire, Lukastik n'était pas animé par le dégoût à l'égard de tout ce qui rappelait la police. Bien sûr que non. Il était dans la police jusqu'aux genoux, il y pataugeait, et il aimait cela.

Cependant, comme il n'accordait pas la moindre confiance à la gendarmerie de Zwettl, qu'il la considérait comme une bande de gaffeurs patentés, et qu'il n'était nullement disposé à informer de prétendus collègues de la mission de Jordan et de Boehm, il décida – et ce au moment précis où il eut fini son second verre – d'aller voir lui-même où pouvaient bien se trouver ses deux collaborateurs.

En réalité, il faisait là quelque chose qu'il désapprouvait. À la fois parce qu'un départ immédiat pour Zwettl signifiait renoncer à son sacro-saint repos nocturne, et parce que ce comportement était empreint d'une note littéraire, cinématographique. Il y avait une dissonance, un désagrément à modifier ses habitudes. Autrement dit, à ne pas se conduire en policier réel mais en personnage de fiction. Pourtant Lukastik s'en tint à sa décision. Peut-être aussi éprouvait-il tout simplement du plaisir à l'idée de voyager, d'effectuer un trajet nocturne, ce qu'il n'avait plus fait depuis longtemps. Peut-être pressentait-il une insomnie inaccoutumée, qui ne lui permettrait pas de prendre congé de cette journée singulière. Il n'y avait pas de décisions « pures ». Lukastik en était conscient, et tout son enthousiasme pour Wittgenstein et Hauer n'y changeait rien.

Il fit signe à la serveuse et paya. Au moment où il se levait, la femme d'en face le dépassa en poussant la voiture d'enfant en direction de la sortie. La suivant à une distance si courte qu'elle en devenait presque immorale – comme pour boire jusqu'à la lie le calice de son antipathie –, Lukastik quitta le restaurant derrière elle. Ce faisant, il remarqua qu'elle boitait légèrement, comme si elle avait une jambe un brin plus courte que l'autre. Il s'agissait d'une irrégularité minime, qui prenait toutefois de l'importance pour peu qu'on lui accordât une attention suffisante. Ce que fit Lukastik sans en retirer aucune satisfaction. Ce handicap dérangeait. Dérangeait l'aversion qu'il éprouvait pour la personne. Une infirmité, même insignifiante, forçait l'attendrissement. Ce dont il se serait bien passé.

Une fois sorti du *Sittl*, Lukastik s'arrêta, dirigeant son regard vers le haut bâtiment de l'ancienne gare de l'express régional, où entraient et sortaient désormais des rames de métro, qui ressemblaient à des poissons volants – si l'on peut traduire ainsi la contradiction qu'il y a à faire passer le métro sur des ponts.

Lukastik jeta un dernier regard à la femme, qui descendait avec sa poussette la ceinture de Lerchenfeld, le long d'une rue large aux allures de canyon entre les rangées de maisons et le remblai historique. Les voitures se lançaient, de feu en feu, dans de brèves courses de vitesse, mi-acharnées, mi-plaisantes. À la lueur des réverbères, la petite tache de la femme se brouilla jusqu'à devenir méconnaissable.

Se détournant enfin, Lukastik obliqua dans une rue latérale, la remonta jusqu'à sa voiture dont la carrosserie or mat tranchait sur l'environnement, tel un fruit lisse et humide.

On pouvait discuter la couleur – mais n'est-ce pas toujours le cas ? Quoi qu'il en soit, l'acquisition de ce véhicule avait été précédée d'une phase d'intense réflexion car Lukastik était conscient qu'une voiture était un vêtement. Un vêtement propre à créer une identité, à la renforcer ou à la caricaturer.

Évidemment, il existait une foule de voitures qui ne produisaient pas cet effet, qui pendaient comme des sacs avachis sur le corps de leurs propriétaires et faisaient sombrer leur néant identitaire dans un absolu du néant identitaire.

Lukastik s'était décidé pour une Ford Mustang, et de même qu'on peut discuter des couleurs, on pouvait évidemment penser qu'une voiture de ce genre poussait l'inspecteur principal du côté de la caricature. Toujours est-il que Lukastik ne l'avait pas achetée à un souteneur, encore moins à un truand, car il s'agissait de l'héritage d'un happening artistique, au cours duquel on aurait dû faire exploser au même moment et dans dix villes du monde dix Ford Mustang dorées parfaitement identiques. Mais le

11-septembre s'en était mêlé, et le monde avait été envahi d'une piété qui, comme de juste, s'était épuisée dans le symbolique. Or on ne pouvait guère trouver plus symbolique que l'art, et à plus forte raison dix voitures dorées d'origine américaine. Le happening avait donc été repoussé avant d'être supprimé sans recours puisque la piété refusait de se calmer. Dès lors dix Mustang dorées, rescapées de la destruction par l'art, s'étaient soudain retrouvées en quête de nouveaux propriétaires. À Hong-Kong, Tokyo, Buenos Aires et ailleurs. Au lieu de vanter comme il se devait la dimension artistique de ces objets, on la passa sous silence et on les vendit par l'intermédiaire du circuit des voitures d'occasion. Lukastik ne sut que plus tard que sa Ford Mustang avait été promise au dynamitage. Quand il eut pris connaissance de ce fait, pendant deux ou trois semaines il éprouva en conduisant un léger malaise, comme s'il était assis sur le fantôme d'une bombe. Mais il ne tarda pas à oublier ces circonstances et retrouva son sentiment de confort sur les housses brun rougeâtre. La certitude d'être possesseur d'un des dix modèles existants de cette Ford et de n'avoir à coup sûr aucun concurrent à Vienne lui plaisait. Car même s'il était bien loin d'avoir intériorisé la conscience élitiste de sa mère, il était attaché à l'idée d'occuper dans le monde une place à part. D'être maudit ou élu, moins comme un saint ou un génie – auquel viennent pendant son sommeil des idées grandioses qui s'infiltrent dans son cerveau – que comme un œuf cru parmi des œufs durs. Quoi qu'il en soit, ce coupé, qu'il avait acheté pour sa couleur particulière, lui paraissait l'habit adéquat de sa personne et de son être. Sans le rendre ridicule comme cela aurait été le cas, par exemple, s'il avait porté en sus un complet de même couleur. Complet de bonne coupe pour un coupé.

Il ouvrit la portière, s'installa derrière le volant, enserré dans un tuyau de cuir perforé, et alluma le moteur, qui revint à lui avec un bruit de machine à laver qu'on met en route. Puis il glissa un CD dans le lecteur de disques. Des pièces pour piano de Josef Matthias Hauer. Des sons semblables à un vaste champ d'étoiles. En tout cas parfaitement appropriés pour servir de cadre sonore à ce voyage nocturne de Vienne à Zwettl.

Lukastik démarra. Et même s'il n'était pas religieux, même s'il n'était pas pratiquant par habitude, il y avait dans ce démarrage quelque chose du geste des sportifs qui se signent sur la ligne de départ. Ce démarrage recelait un amen.

Ensuite Zwettl

8

Il va de soi qu'une Ford Mustang n'est pas une voiture lente. Et même si Richard Lukastik n'était pas enclin à la conduite rapide et aux manœuvres de dépassement risquées, même si en règle générale il ne se laissait pas aller à justifier un excès de vitesse par les nécessités du service, il lui était difficile de résister à la puissance de son véhicule. Il en allait comme avec les bottes vernies, qui avaient pour effet de provoquer une sorte d'accélération vertigineuse des sentiments et se révélaient totalement contre-indiquées dans les endroits sérieux, par exemple l'église ou la mairie. L'autoroute, en revanche, dès lors qu'on avait quitté l'agglomération – c'est-à-dire les églises et les mairies –, n'était pas un endroit sérieux. Du coup, en rase campagne, il était parfaitement légitime d'adopter un rythme soutenu. A *fortiori* la nuit, quand le monde se trouvait plus nettement relié aux espaces cosmiques, c'est-à-dire à un univers régi par des vitesses élevées. Dans l'obscurité, les voitures qui empruntaient la voie de dépassement sur les autoroutes et les tronçons de départementales possédaient le statut de comètes lumineuses. Une allure traînante aurait été tout à fait inadaptée. Les comètes ne freinent pas. Au mieux, elles sont freinées.

Cette Ford Mustang dorée (plus précisément, pour ceux qui tiennent absolument à le savoir, cette LX Hatchback fabriquée en 1987), cette Mustang, donc, illustrait évidemment de manière exemplaire l'effet corps céleste au ras du sol. Cet effet comète découlait à vrai dire d'une conduite qu'on pouvait qualifier de « volante », et qui semblait vouloir produire l'enveloppe gazeuse due à l'évaporation qui est à l'origine de la lumière de la comète et de sa belle traînée. Pour Lukastik, la vitesse était donc aussi une question d'esthétique. Surtout quand les routes – comme c'était le cas cette nuit-là et sur ce parcours – étaient peu fréquentées. Rouler à une allure d'escargot lui aurait paru pusillanime. Il considérait que l'heure était à l'accélération. Au risque d'écraser un animal en train de traverser. Ces collisions s'inscrivaient dans la dimension inéluctable de la nature – y compris de la nature humaine. Elles étaient la conséquence de tout mouvement, même du moindre.

Pour Lukastik, les stratégies d'évitement n'étaient qu'une illusion. Parfois c'était justement la vitesse qui permettait de quitter à temps le lieu d'une catastrophe. Cela étant, il ne pensait pas que le fait de rouler à cent vingt kilomètres heure au lieu de cent soixante le ferait échapper à son destin.

Comme on l'a dit, il ne fonçait pas mais roulait à une vitesse accrue en direction du Waldviertel, doublant uniquement quand la vue était dégagée. Il respectait la limitation de vitesse en agglomération tout comme il l'ignorait une fois qu'il en était sorti. Sa sœur avait un jour baptisé ce principe « auto-aveuglement moral », jugement qu'elle formulait fréquemment à propos de son frère.

Il était une heure moins le quart lorsque Lukastik s'engagea sur une route secondaire, quelques kilomètres avant d'arriver à Zwettl. Il eut l'impression de s'enfoncer plus profondément dans les terres, voire dans le cosmos, lequel est constitué surtout de vide, ce qu'on a tendance à oublier face à tous ces amas d'étoiles comprimés comme des bosses. Un vide qui se manifestait par des réverbères éloignés les uns des autres et, dans les intervalles, par une obscurité considérable.

Bien sûr, Lukastik trouvait très étonnant qu'une station-service se fût installée sur une route secondaire qui était tout sauf importante. On n'était pas vraiment dans une phase de régionalisation excessive. Mais la véritable surprise survint au moment où, quelques minutes plus tard, en bordure d'un bout de forêt, surgit de l'obscurité le complexe éclairé de L'Étang de Roland. Lukastik s'était attendu à trouver un petit café délabré, avec quelques pompes à essence tout aussi délabrées. Au lieu de cela s'offrait à ses yeux un bâtiment moderne, voire futuriste, dont le corps long et étroit s'adaptait pour l'essentiel à la forme de la route qui, en cet endroit, décrivait une courbe doucement étirée. La quasi-totalité du front, qui mesurait dans les quarante mètres, consistait en une façade vitrée luisant d'un éclat vert clair. Le verre ne cédait la place au bois que sur le flanc le plus distant. Et avec ce changement de matériau, le bâtiment prenait en quelque sorte congé de la route, obliquait en direction de l'arrière-pays pour pénétrer dans la forêt tandis que son revêtement de bois, peint en gris argenté, aurait pu passer pour du béton.

Le toit plat à forme arrondie du bâtiment central donnait naissance à un auvent transparent, qui montrait aussi une teinte verdâtre et citait de manière encore plus évidente la géométrie de la route. Lukastik entra dans la zone des pompes à essence, lesquelles étaient disposées sur une ligne, sans se rendre compte qu'il avait en fait quitté la route. Il lui semblait presque que la chaussée à voie unique passait à droite et à gauche des pompes, une bande médiane se formant à cet endroit. Ce qui était évidemment impossible. Une telle union, une unité entre la route et les pompes à essence, aurait contrevenu à toutes les règles de la circulation, qui conservaient bien entendu leur validité dans la région du Waldviertel.

Lukastik se gara sur une place de stationnement, descendit de voiture et s'immobilisa quelques instants. Alors que le bâtiment était entouré de grands sapins, de l'autre côté de la route s'ouvrait une vaste prairie, que le clair de lune rendait aussi plate qu'un terrain de football. Il y régnait un silence presque parfait. Derrière Lukastik en revanche, venant de la forêt, se faisait entendre le souffle traînant d'un vent léger, qui se mêlait à la musique s'échappant par la porte d'entrée ouverte. Une musique des années soixante-dix. Comme si une machine à remonter le temps tournait en rond.

Au-dessus de l'entrée se trouvait une inscription en lettres ondulées, enserrée dans des tubes de néon violet clair : L'Étang de Roland. Le complexe était légèrement surélevé et reposait sur des socles à hauteur de genou, ce qui créait une sorte de flottement tout en donnant à sentir la pesanteur d'une chose qui peine à s'arracher complètement du sol. Lukastik gravit un large escalier de trois marches et entra dans le bâtiment. Le comptoir servant de caisse était vide, de même que le supermarché adjacent, fort convenablement approvisionné, auquel on accédait par deux tourniquets.

Passant devant le comptoir et le supermarché, guidé par la musique, Lukastik arriva – sans avoir franchi de porte – dans une partie du bâtiment qui offrait un bel exemple de design en ruine, ou disons grièvement blessé. Avec sa forme légèrement courbe, se terminant en crochet à l'une des extrémités, le comptoir du bar reproduisait la configuration générale du bâtiment comme un cœur dans une cage thoracique. Les tabourets de bar en acier et cuir vert clair, les trois ou quatre tables ovales dont le mince plateau gris clair, semé de bosses rouges, s'incurvait légèrement vers le haut sur les bords, les vitres carrées d'un blanc laiteux, illuminées par un éclairage mural, qui formaient l'arrière-plan du bar et plongeaient les visiteurs dans une lumière utopique, tout cela, et surtout un certain nombre de détails astucieux, témoignait des hautes exigences architecturales qui prévalaient en cet endroit. Ou qui avaient prévalu à l'origine. Car même si rien ne semblait avoir fondamentalement changé, on avait pourtant apporté ou installé une foule de nouveaux objets, qui agissaient moins comme un contrepoint que comme une maladie qui aurait pris peu à peu possession d'un corps sain.

C'était une manière de voir les choses. Cela dit, il était tout aussi légitime de penser, par exemple, que les compositions de fleurs séchées contribuaient au fond à rendre la pièce supportable. Et que les quelques chopes de bière extravagantes venaient heureusement égayer ce bar d'un modernisme désolant. Comme il pouvait paraître tout aussi bienvenu que la salle disposât d'un jeu de fléchettes, d'une machine à sous et de plusieurs affiches de spectacles, sans oublier – sommet de mauvais goût mais aussi de confort douillet – un feu de cheminée artificiel. Parmi les bûches en plastique, des guirlandes de petites lampes rouges évoquaient un brasier fictif, produisant en plein été une chaleur qui affectait l'esprit sans faire transpirer le corps.

La cheminée, en revanche, avait l'air authentique mais semblait ne jamais avoir servi, pas même lors de l'hiver le plus rigoureux. Sur le rebord était posée, fort opportunément, une petite Vierge éclairée de l'intérieur. Les traits de son visage rappelaient de manière saisissante ceux de cette chanteuse très populaire qui, elle aussi, s'était rendue célèbre sous le nom de Madonna. La statuette n'en possédait pas pour autant un caractère équivoque. Et ce parce que, conformément aux représentations traditionnelles, elle était revêtue d'une cape plissée. Cela étant, elle n'avait pas d'enfant Jésus dans les bras. Ce dernier, déjà adulte si l'on peut dire, était suspendu sur sa croix dans un coin de la pièce, sculpté dans un bois sombre, non éclairé, presque sans personnalité, vieillot – mais inflexible.

Au même endroit, placé sur une colonne à hauteur de hanche, se trouvait un aquarium rempli d'eau véritable. Le sable qui en tapissait le fond et les plantes vert pâle qui se balançaient dans le léger tourbillon provoqué par l'ascension des bulles d'air semblaient également d'origine naturelle. Mais ce qui produisait la plus grande impression d'authenticité, c'étaient deux poissons gros comme le poing, d'une couleur allant du rouge sombre au gris, brillant d'un éclat argenté, avec des yeux comme des tours de potier et des nageoires caudales démesurées. Des poissons parfaits, parfaits dans leurs mouvements – si la perfection du mouvement consiste à ne pas venir donner du museau contre la vitre.

– Ils sont originaires du Japon, déclara la femme qui se tenait derrière le bar.

Lukastik fut impressionné. Pas tant par les poissons, sur lesquels il s'était penché après un bref salut, à l'instar de la plupart des gens, qui commencent par s'intéresser aux animaux domestiques comme pour diminuer l'importance de leurs congénères humains. Et de fait les trois hommes assis au bar, qui s'étaient à demi retournés à l'entrée de Lukastik, ne possédaient pas précisément un rayonnement susceptible de reléguer dans l'ombre deux élégants poissons. Ce qui n'était pas le cas de la femme, laquelle avait du rayonnement à revendre. Elle en avait plus qu'il n'était supportable au premier abord. Cela dit, le caractère imposant de sa présence n'était pas dû uniquement à sa remarquable corpulence. Car même les gens gros se perdent fréquemment dans l'espace, ne subsistant dans la mémoire de leur entourage qu'à l'état filiforme. Dans la circonstance présente, en revanche, ce corps massif constituait une expression de la personnalité au véritable sens du terme, un remplissage assez optimal de la sphère dont chaque individu dispose en théorie mais qu'il utilise rarement dans sa totalité.

La femme portait une veste de cow-boy blanche avec des franges sur les bras, le dos et le devant. Cette veste était décorée de petits ornements métalliques, qu'on retrouvait sur les pointes du col, comme s'ils les protégeaient. Sous la veste se tendait un chemisier de soie rose pâle, que la femme avait ouvert jusqu'à mi-poitrine. Ses boucles blondes paraissaient si robustes que des rouleaux invisibles avaient l'air de s'y cacher. Il ne s'agissait probablement pas de sa couleur de cheveux naturelle même si la teinte des sourcils n'accusait qu'une différence imperceptible avec celle de la chevelure. La femme était fortement maquillée, en accord avec la vigueur qui la caractérisait, sans pour autant tomber dans la vulgarité. Entre les sourcils clairs et les longs cils brillait le même vert pâle que celui qui dominait la façade de L'Étang de Roland. Les yeux possédaient cet éclat grippal qu'on remarque souvent chez les gros fumeurs. Les lèvres pleines, dont la teinte faisait écho à celle du chemisier, soulignaient un

131

petit nez. Certes les joues avaient quelque chose de bouffi, et le menton surplombait le cou de son redoublement. Mais le visage lisse de cette femme méritait tout à fait le qualificatif « joli », c'était... Eh bien, c'était un visage propre, comme on en rencontre souvent chez les personnes grosses ou replètes. Celles-ci ont un air plus frais et plus vivant que les minces. Et puis elles paraissent vêtues à leur avantage. Alors que les minces semblent toujours un peu nues. Et quoi qu'on en dise, la nudité provoque une forme de dégoût. La présence de silhouettes maigres dans la mode et dans notre style de vie moderne est née d'une révolution du dégoût. (En revanche, le fait que les minces aient du mal à s'imposer dans la pornographie plaide pour une certaine authenticité du genre.)

— Alors comme ça, ils viennent du Japon, dit Lukastik.

— C'est mon mari qui les a rapportés, expliqua la femme. Il s'est laissé embobiner. Mais au moins ils ne font pas de saletés.

— Comment ça ? demanda Lukastik.

— Vous vous êtes fait avoir, hein ? Tout le monde se fait avoir, déclara la femme.

Elle ne portait pas seulement la veste mais aussi le chapeau de cow-boy. Pas sur la tête, bien entendu, ce qui l'aurait gênée, mais retenu par la bride autour du cou – ou de ce qui servait de cou entre la tête et le torse. Le chapeau de cuir blanc, également semé d'applications métalliques, ornait son dos à la manière d'une bosse décorative.

La femme révéla que ces deux poissons étaient des sortes de jouets. Des jouets coûteux, comme elle le souligna. Des petits robots, qui ne faisaient qu'imiter les vrais poissons.

— Étonnant, répondit Lukastik, ils ont l'air tellement réels. Tellement souples.

Un des trois hommes déclara d'un air navré que, dans l'avenir, il était fort probable que ce ne serait plus lui et ses amis qui viendraient s'accouder au bar mais des machines – qui se contenteraient d'être assises, de boire de la bière et de récriminer contre le gouvernement. Pendant ce temps, lui et ses amis resteraient chez eux. Toute la question étant de savoir ce qu'on y gagnerait.

– Tu n'as qu'à regarder les toilettes dégueulasses que je suis obligée de nettoyer tous les matins, répliqua la femme. Regarde un peu les traces de pisse derrière la maison. Ça ne me déplairait pas d'avoir des clients qui vous ressemblent, qui boivent de la bière, qui récriminent contre le gouvernement – si ça vous amuse –, et qui pour finir paient gentiment leurs consommations et rentrent chez eux sans m'avoir salopé les toilettes et la maison.

Les trois hommes protestèrent. Aucun d'eux n'avait jamais...

– Ne vous énervez pas, les interrompit l'hôtesse.

Elle posa devant eux trois bières dûment tirées du tonneau mais qui, en dépit de leur couronne d'écume blanche, sentaient le prix de consolation. Puis elle alluma une cigarette et demanda à Lukastik en quoi elle pouvait lui être utile.

L'inspecteur jeta un dernier coup d'œil aux deux poissons artificiels, s'installa au bar et commanda un café, noir et sans sucre. Alors que la femme se tournait vers la machine à espressos, Lukastik voulut savoir si elle avait une prédilection pour les poissons.

– Pas vraiment, répondit-elle. Mais avec ces deux Japonais, ça va. Ils ont beau paraître vrais, il y a tout de même une limite. Ils ne mangent pas, donc ils ne chient pas.

– Et les plantes ?

– Une matière plastique quelconque.

– À quoi sert le dispositif de filtrage dans ces conditions ?

– Si je n'aérais pas l'eau, chaque nouveau client viendrait m'accuser d'assassiner mes poissons. Je n'ai aucune envie de passer pour un bourreau d'animaux. Et je n'ai aucune envie d'expliquer à tout le monde que ces poissons sont des robots.

– Vous me l'avez bien expliqué à moi.

– C'était peut-être une erreur, fit la femme, l'air songeur.

Elle laissa échapper un petit soupir pointu, qui eût mieux convenu à une personne maigre et osseuse.

Comme pour confirmer sa crainte d'avoir commis une erreur, Lukastik se présenta, indiquant son nom et sa qualité d'inspecteur principal de la police judiciaire de Vienne. Il n'était pas dans sa nature de dissimuler ce genre d'information et d'essayer de rouler les gens, qu'ils fussent ou non suspects. Il considérait les opérations à couvert comme une manière d'ajustement aux méthodes criminelles. Comme si un arbitre recourait à des coups défendus. Comme s'il faisait des croche-pieds.

La femme lui adressa alors un regard qui n'avait rien d'hostile mais trahissait la vigilance de rigueur à l'apparition d'un fonctionnaire de police. Elle servit le café d'une main sûre de joueuse d'échecs ayant toujours réussi à sacrifier les pièces qu'il fallait. Après quoi elle reprit sa cigarette, en aspira une bouffée comme si elle avalait un petit dieu – ou tout au moins un petit prince –, la reposa et déclara qu'elle s'appelait Selma, Selma Beduzzi, et qu'elle était la gérante de la station-service. Avec son mari.

– Beduzzi ?

– Les ancêtres de mon mari étaient italiens. Mais il ne nous reste d'eux que leur nom, un nom qui ressemble à une bouteille de vin entreposée à la cave depuis si longtemps qu'on n'ose plus l'ouvrir.

134

– Parce que ce vin est trop précieux pour qu'on le boive ?

– Parce que ce vin pourrait ne plus être buvable.

Lukastik plissa le front, puis se ravisa et dit :

– Bon café.

– Vous avez raison. La machine vient d'Italie, elle aussi. Mais elle était déjà là quand nous nous sommes installés. Alors ? Que puis-je pour vous ? Étant donné l'heure tardive et l'endroit d'où vous venez.

– Vienne n'est pas la Mongolie, déclara Lukastik pour souligner le caractère relatif de la distance qui séparait les villes de Vienne et de Zwettl.

Cela dit, Mme Beduzzi avait raison. Entre ces deux endroits se trouvait quelque part une frontière, mais pas la frontière évidente qu'on trace entre la ville et la campagne, entre la province et la métropole. Plutôt une frontière au sens où l'entend Wittgenstein lorsqu'il affirme que pour fixer une frontière à la pensée, il faudrait que nous puissions penser les deux côtés de cette frontière, ce qui signifierait (ainsi qu'il l'ajoute entre parenthèses) que nous devrions pouvoir penser ce qui ne se laisse pas penser. Il en va de même avec la frontière qui se trouve quelque part entre Vienne et Zwettl. Au fond il est impossible, quand on se tient d'un côté, d'imaginer l'autre côté. On est soit ici, soit là-bas, soit de ce côté, soit de l'autre, et en réalité la zone située au-delà de la frontière est toujours impensable et insaisissable.

Lukastik expliqua qu'il s'était attendu à retrouver deux de ses collègues viennois.

Selma Beduzzi reprit sa cigarette, en tira incidemment une dernière bouffée, puis l'écrasa dans un cendrier de verre. Ce faisant, elle secoua la tête. Il était venu peu de clients, et elle pouvait tous les nommer. Parmi eux, il y avait eu deux gendarmes, mais à coup sûr pas le moindre policier de Vienne.

– Que voulaient les gendarmes ? s'enquit Lukastik.

– Ils viennent toujours jeter un coup d'œil quand ils sont en patrouille. Ils font une petite pause.

– Vous m'en direz tant.

– J'imagine que vous voulez savoir s'il s'est produit quelque chose de particulier aujourd'hui. Rien de particulier. Du moins jusqu'à ce que vous franchissiez cette porte.

Feignant de n'avoir pas entendu, Lukastik demanda :

– Vous louez des chambres ?

Le regard attentif de Selma Beduzzi se rétrécit comme sous l'effet d'une flamme montante. Percevant le signal, elle fit une réponse prudente :

– Oui, je loue des chambres. Vous n'avez tout de même pas l'intention de passer la nuit ici ?

– Pourquoi, ce serait déplacé ? s'étonna Lukastik.

Il jeta un regard interrogateur en direction des trois hommes, comme s'il venait juste de comprendre qu'il était dans un hôtel de passe.

– Pas de ça, je vous prie ! exigea Mme Beduzzi – quoi qu'elle voulût dire par là.

Elle expliqua que l'aile la plus éloignée du bâtiment, cet endroit calme, revêtu d'une façade de bois, abritait six chambres d'hôte, des chambres doubles qu'elle louait en règle générale comme chambres simples. La plupart du temps à des représentants, rarement à des voyageurs de passage. Parfois aussi à des étudiants en architecture.

– Ça se comprend, dit Lukastik. Avec une station-service comme celle-là…

– Vous trouvez ? répondit Selma Beduzzi avec une grimace.

Laquelle signifiait sans doute qu'elle faisait peu de cas de ce bâtiment lisse, courbe comme une chaussée. Peut-être par aversion esthétique, peut-être parce qu'elle connaissait mieux que quiconque les vices cachés de cette construction.

– Oui, dit Lukastik.

– Oui quoi ? interrogea Beduzzi.

– Je vais passer la nuit ici.

– Comme vous voudrez.

Le ton n'était pas absolument inamical. Plutôt un peu forcé. Ou bien compatissant.

Après un instant de réflexion, Lukastik demanda à Selma Beduzzi si elle connaissait un certain Egon Sternbach.

– Bien sûr. C'est notre coiffeur. Ne me dites pas que c'est à cause de lui que vous êtes ici.

– Et pourquoi pas ?

– Oui, pourquoi pas en fait ? se reprit la femme. C'est un véritable maître. Un génie. Il y a des gens qui viennent de Krems ou de Melk pour se faire coiffer par lui.

– C'est un drôle d'endroit pour un coiffeur, fit Lukastik.

– Pourquoi ça ? Contrairement à moi, il est enthousiasmé par notre bâtiment. Il l'aime réellement. Il l'appelle son *château*. On lui offrirait un palais viennois qu'il refuserait de partir. C'est une âme loyale. Mais aussi un authentique artiste.

Sur ce, Selma Beduzzi porta la main à ses cheveux comme pour souligner ses propos. Il y eut alors un bruit enchanteur, semblable à celui d'un cierge magique en train de se consumer. Ou peut-être était-ce l'imagination de Lukastik qui lui fit entendre ce crépitement d'étincelles évoquant Noël. Il avait derrière lui une dure journée et se sentait envahi par une sorte de légère ivresse. Un décalage, une distorsion – toute minime qu'elle fût – des images et des sons, comme une effraction du réel, un subtil trouble des sens.

– J'aurais encore une question, déclara Lukastik. Une question qui paraîtra peut-être inconvenante mais que je dois vous poser. Savez-vous si M. Sternbach a un problème d'audition ?

– Comment ça ?

– Répondez, c'est tout.

– Vous ne préféreriez pas connaître mon poids ? répliqua Selma Beduzzi avec un sourire qui étincela entre ses lèvres comme une lame de cutter.

– Non, répondit Lukastik – et il attendit.

– Pour autant que je sache, M. Sternbach possède une ouïe en parfait état. Ce qui ne veut pas dire que lorsqu'on l'appelle, il accourt comme un bon toutou. Mais ce n'est pas non plus ce qu'on attend d'un coiffeur, n'est-ce pas ?

– Où puis-je le trouver ?

– Il loge dans une des chambres d'hôte. Mais pour le reste, je pense que vous devriez vous adresser à lui.

Luttant contre le désir de se retirer pour rattraper son retard de sommeil, Lukastik demanda à voir Sternbach. Ici et maintenant.

– Pardon ? s'étonna Mme Beduzzi. Pour qu'il vous coiffe ? Qu'est-ce que vous imaginez ?

Elle jeta un regard dédaigneux à ses cheveux bruns, rehaussés d'une pointe de rouge. Succédant à un front haut et humide, ils étaient soigneusement peignés en arrière mais leur couche clairsemée ne couvrait qu'à grand-peine un cuir chevelu pâle. Sous cette insuffisance de cheveux et cet excès de front se dessinait le visage de Lukastik, un visage sévère, à la fois plein et anguleux, en noir et blanc. Un visage des années quarante.

– Chère madame Beduzzi, dit-il en se penchant au-dessus du comptoir et en tapotant le plateau d'un doigt ergoteur, que cela vous plaise ou non, je suis ici le représentant de l'État et non celui de ma propre chevelure. Pourquoi croyez-vous que je me rende en pleine nuit aux confins du monde civilisé ? Pour voir des poissons artificiels ? Pour me faire faire une nouvelle couleur de cheveux ?

– Ça n'apporterait rien, répliqua froidement Mme Beduzzi.

– C'est juste. Je partage votre avis. Alors soyez assez aimable pour appeler Sternbach.

– Si vous insistez, dit Beduzzi en allumant une autre cigarette comme pour ne pas compromettre le bel éclat de ses yeux.

Tout en composant un numéro sur son téléphone mobile, elle se rendit dans une pièce attenante. De là où il était, Lukastik entendait sa voix sans pouvoir distinguer ce qu'elle disait. Au fond, il était tout à fait inadmissible que Selma Beduzzi se mît en situation d'avertir Sternbach. Mais qu'aurait-il dû faire ? Suivre la massive et charmante personne dans la pièce de derrière et se voir reprocher de la harceler ? Non, il voulait préserver sa dignité, tout spécialement en cet endroit qu'il venait juste de définir comme le terminus de la civilisation.

Les trois autres clients gardaient le silence. Ce silence était éloquent. Lukastik avait compris. Sternbach jouissait en ces lieux d'une haute estime. Un Figaro aux doigts de fée. C'était manifeste : même ces trois hommes – tout sauf des premiers prix de beauté – arboraient une coupe parfaite, qui rendait un peu plus supportables leurs visages gras au cuir épais. Une petite couronne qui attire les regards.

Il ne ressemblait pas vraiment à un coiffeur, l'homme qui entra dans le bar dix minutes plus tard. La position un peu oblique de ses yeux, réduits à des fentes, montrait qu'il dormait profondément quand le téléphone avait sonné. Ce détail mis à part, tout en lui indiquait le goût de la perfection. Loin de se présenter à Lukastik en robe de chambre ou avec une chemise ouverte passée à la hâte, il portait un complet sombre, qui enveloppait de manière irréprochable son corps élancé. Sans pourtant posséder ce caractère outrancier de duperie inhérent à tout ce qui est fabriqué sur mesure (le sur-mesure ne souligne jamais les véritables proportions, il les dissimule au moyen d'astuces diverses).

Le nœud de sa cravate était d'une taille convenable. Il évoquait un petit cœur porté à l'extérieur. En revanche Sternbach n'avait ni boucle d'oreille ni cheveux décolorés. Il n'avait pas l'air gay, il ne ressemblait ni à un Italien ni à un Français du Sud, et il ne parlait pas non plus comme un castrat. C'était un homme de taille moyenne, fluet, qui avait dans les trente-cinq ans, avec un visage banal, dépourvu de lunettes et de rides, dont la seule arrogance consistait en un regard occasionnellement doux. Cela dit, Sternbach montrait la gravité et la concentration exigées par la situation. Sa voix était claire et puissante sans pourtant avoir ce qu'on pourrait appeler une odeur. Oui, toute la personne d'Egon Sternbach semblait inodore. Ce qui rappelait un peu ces individus qui n'ont pas d'ombre – révélant ainsi leur état de morts-vivants.

Sternbach esquissa une courbette, tendit la main à Lukastik et se présenta, s'abstint de demander pourquoi on le tirait du lit à pareille heure mais voulut savoir en quoi il pouvait être utile à la police viennoise.

– Sortons, proposa Lukastik.

Sternbach suivit l'inspecteur principal à l'extérieur. En dépit de l'été, il faisait frais comme souvent dans le

Waldviertel. Le clair de lune n'empêchait pas une foule d'étoiles d'être visibles dans le ciel nocturne. Telle était du moins l'impression de Lukastik qui, en citoyen d'une grande ville, avait rarement l'occasion de prendre conscience de la présence des étoiles, et par suite de penser à Dieu. Voilà pourquoi les gens de la campagne étaient en moyenne beaucoup plus religieux. Tout simplement parce qu'ils voyaient trop d'étoiles. Le spectacle répété de corps célestes étincelants agissait à l'instar d'une pompe injectant soir après soir la pensée du Créateur.

– Cigarette ? demanda Lukastik en se présentant à son tour.

Secouant la tête, Sternbach se laissa aller à une petite pique, expliquant qu'il n'avait pas l'habitude de fumer durant son repos nocturne.

– Je n'aurais pas eu besoin de vous déranger, dit Lukastik en exhalant, porté par son souffle, un nuage effilé, si mes collègues avaient réussi à vous joindre.

– Quels collègues ?

– Il y a quelques heures, j'ai envoyé mon adjoint ainsi qu'une dame de la police scientifique vous interroger.

– La police scientifique ? Grands dieux ! C'est vraiment du sérieux, s'exclama Sternbach sans qu'on pût déceler dans ses paroles le moindre sarcasme.

Il semblait sincèrement surpris du caractère dramatique de l'affaire et assura Lukastik qu'aucun membre de la police judiciaire viennoise n'était venu le voir. S'il avait été interrogé par des enquêteurs, il n'aurait certainement pas pu dormir. Il avait les nerfs délabrés et le sommeil fragile.

Lukastik fut déconcerté par cette histoire de nerfs. Sternbach n'avait pas du tout l'air neurasthénique, il paraissait plutôt calme et maître de lui. Mais qu'en savait-on ? Il y avait des gens qui étaient à moitié sourds sans que personne ne s'en aperçût.

Sternbach voulut savoir de quoi il retournait.

– Portez-vous un appareil auditif ? demanda Lukastik.

– Non. Pourquoi cette question ?

– Pourtant vous vous en êtes procuré un. Fabriqué spécialement pour vous. Nous sommes en mesure de le prouver.

– Mes aïeux ! Et c'est pour ça que vous êtes ici ?

– C'est pour ça que je suis ici, confirma Lukastik. Alors ? Pourquoi avez-vous commandé cet appareil et êtes-vous allé le chercher ?

– Je suis coiffeur.

– Quel rapport ?

– Les gens ne viennent pas me voir uniquement pour que je donne un peu d'allant à leurs cheveux ou que je sauve ce qui peut être sauvé. Ils apportent aussi leurs problèmes. Je ne voudrais pas me poser en guide spirituel, ce serait exagéré, mais il se crée entre le coiffeur et son client une relation étroite, qui n'est pas très différente de celle qui existe entre un médecin et son patient ou encore entre un prêtre et un fidèle.

Le fait de manipuler les cheveux et le crâne d'une personne créait une grande intimité, expliqua Sternbach. Sans compter qu'en changeant la coiffure, le coiffeur changeait tout l'individu – du moins c'était ce que croyaient les clients. Ce qu'ils voulaient croire. Et que cela plût ou non au coiffeur, les gens devenaient du coup épouvantablement familiers.

– Ils viennent pour se faire coiffer, expliqua Sternbach, pour avoir l'air un peu plus jolis, un peu plus crédibles ou un peu plus élégants, et les voilà en train de parler de leurs petits et grands problèmes sans la moindre vergogne. Et ne croyez pas que les jeunes se comportent différemment des vieux. À un moment ou à un autre, tout le monde commence à raconter, à se plaindre, certains deviennent grossiers, d'autres craquent à moitié. Mais la plupart se contentent de gémir, ils implorent de l'aide, ils implorent un conseil comme si leur coiffeur était détenteur d'une sagesse que n'ont ni les médecins ni les prêtres, ni les conseillers fiscaux ni les psychanalystes. C'est incroyable tout ce qu'on peut demander à un coiffeur. Cette histoire d'appareil auditif est des plus anodines.

– Anodine comment ?

– Dois-je vraiment en parler ? J'avais promis de garder le silence.

– Vous le devez, dit Lukastik, croyez-moi. Il n'y a pas de secret professionnel qui tienne.

– C'est si grave que ça ?

– C'est si grave que ça, oui, confirma Lukastik.

– Dans ces conditions... dit Sternbach. Il y a quelques années, un client m'a prié de lui procurer un de ces appareils. Le client en question n'est pas un homme facile. Même en matière de cheveux. Il exige toujours des miracles. Mais je ne suis ni sculpteur ni perruquier. Encore moins chirurgien esthétique. Ce n'est pas qu'il en ait besoin, il n'a pas une mauvaise nature de cheveux, pas du tout, il est plutôt excessif et présomptueux. Et ça s'est aggravé lorsqu'il a commencé à avoir des problèmes d'ouïe. Une des oreilles était peu touchée mais l'autre l'était davantage, un trouble de l'audition. Il ne voulait rien faire pour y remédier. Mais il était évident que ça ne pouvait pas aller. On ne peut pas fermer les yeux sur sa surdité. Certes, il n'est pas franchement utile d'entendre toutes les âneries qui se débitent à longueur de journée. Personne n'est mieux placé que moi pour le savoir. Cependant il faut pouvoir décider à quel moment on écoute ou non. Et puis ça ne fait pas très bon effet quand on ne présente à son interlocuteur que son oreille – relativement – valide. Se procurer un appareil auditif, au moins pour l'oreille la plus touchée, était donc devenu pour cet homme une nécessité. Mais comme il ne supportait pas l'idée de s'en occuper, il m'a prié de m'en charger. Que dis-je, « prié » ? Il m'en a tout bonnement donné l'ordre. Il m'a envoyé à Vienne avec des indications précises et une empreinte de son conduit auditif afin que je lui fournisse cet appareil spécial. Il savait parfaitement ce dont son oreille avait besoin. J'aurais dû dire non. Mais ai-je jamais dit non ?

– Cet homme dont vous taisez le nom de façon si sacerdotale, est-il du genre sportif ? demanda Lukastik.

– Ça, on peut le dire ! Sportif jusqu'au bout des ongles. Pour autant que je sache, il a obtenu la seconde place aux Jeux olympiques dans une discipline nautique quelconque. Ça fait une éternité, mais il est toujours dans le coup, comme on dit.

– Il a à peu près mon âge ?

– À peu près, oui. Mais vous n'attendez pas de moi que je vous trouve sportif jusqu'au bout des ongles, j'espère ?

– Non, répondit Lukastik en tirant de la poche de son complet une photographie du mort qu'on avait repêché dans une piscine le matin même.

Il la plaça sous l'éclairage intérieur de la station-service. Après l'avoir examinée pendant un moment, Sternbach déclara que, oui, il s'agissait bien de la personne qui lui avait demandé de se procurer l'appareil.

– Vous l'avez reconnu tout de suite ? demanda Lukastik.

– Oui, répondit Sternbach. Mais il n'a pas l'air très en forme sur cette photo. Malade. Ou peut-être… En fait, il a plutôt l'air mort.

– Disons qu'il est resté trop longtemps dans l'eau, expliqua Lukastik.

– Comment ça ?

– Il ne s'est pas noyé comme c'est l'habitude. Sa mort n'est pas un accident.

– Mais encore ?

– Plus tard, dit Lukastik. Nous n'en sommes qu'au début de l'enquête et nous ne savons même pas le nom de cet homme. Voilà pourquoi je suis dans cet endroit perdu, en pleine nuit, à nous empêcher vous et moi de dormir. Alors, comment s'appelle-t-il ?

– Tobias Oborin.

– Qu'est-ce que c'est que ce nom ?

– Un nom tchèque. Mais Oborin n'est pas un véritable Tchèque, c'est plutôt un ex-Tchèque. N'oublions pas qu'il a rapporté à l'Autriche une médaille d'argent. Difficile de mieux servir ce pays, n'est-ce pas ?

Cette remarque sur la médaille ne semblait pas devoir être prise au sérieux. Du coup Lukastik ne réagit pas mais voulut savoir où se trouvait l'appartement d'Oborin.

– À la périphérie de Zwettl. C'est là qu'il a une maison. Je peux vous noter l'adresse. Vous n'avez tout de même pas l'intention d'y aller maintenant ?

– M. Oborin est mort et sa maison ne va pas nous fausser compagnie, résuma Lukastik. Je m'y rendrai demain, ce sera amplement suffisant. Et à ce propos, il serait bon que vous veniez avec moi.

– Je travaille.

– Vous n'êtes sans doute pas tout seul ?

– Un commerce sans patron provoque l'inquiétude des clients. Comme un hiver sans neige. Ou une montre sans aiguilles.

– Il faudra bien que vos clients s'en accommodent. Le temps d'une matinée. Sans neige et sans aiguilles.

145

– Si vous le souhaitez... Il me serait difficile de refuser maintenant que je suis suspect.

– Quelle drôle d'idée ! Votre histoire me paraît parfaitement crédible. Surtout si l'on songe que vous avez commandé cet appareil sous votre nom. Ça ne parle pas précisément en faveur du calcul et de la prudence. Or c'est un peu ce que j'attendrais de la part du meurtrier. Non, monsieur Sternbach, si vous aidez la police, ce sera naturellement de votre plein gré. Cela dit, toute autre réaction serait incivique et susceptible de m'énerver.

– Évitons ça, dit Sternbach.

Lukastik acquiesça. Puis il lui demanda quelle avait été la situation d'Oborin et quel métier il avait exercé.

– Pour autant que je sache, il vivait seul, répondit Sternbach. Il avait divorcé il y a des années. Sa femme a déménagé à Linz. Quant à son métier... Je crois qu'il a eu plusieurs fois l'occasion de travailler pour la police. Ou qu'on a fait appel à lui au tribunal. Oborin était graphologue. Avant tout expert graphologue, mais il a également publié quelques livres. Des ouvrages grand public, si je puis dire. Comment devenir son propre petit expert.

Sternbach affirma qu'Oborin avait été un graphologue fiable et compétent, mais que son obstination à considérer l'écriture comme une radiographie de l'âme dépassait les limites du normal. Tout chez lui tendait un peu vers la folie : son culte du corps, son insatisfaction à l'égard de ses cheveux, qui pourtant étaient très bien, la frénésie avec laquelle il se précipitait sur l'écriture de chaque individu.

– Avant de venir pour la première fois se faire coiffer chez moi, il m'a obligé à écrire une phrase sur un bout de papier.

– Quelle phrase ?

– « En écrivant, on se trahit. » J'ai trouvé ça passablement absurde. Surtout de me laisser contraindre à une
chose pareille. Mais comme je l'ai déjà mentionné, j'ai
énormément de mal à dire non.

– Le coiffeur ou l'homme vertueux, railla Lukastik.

– Le coiffeur ou l'homme faible, corrigea Sternbach.
Quoi qu'il en soit, il m'a fallu un certain temps avant de
comprendre que Tobias Oborin ne s'intéressait qu'à mon
écriture, à la physionomie des signes, comme il disait. Il
voulait que je me dévoile. Ce qui n'a pas manqué, apparemment. Je crois que mon gribouillage lui a plu. Autrement il aurait refusé que je le coiffe.

– Un peu paranoïaque ?

– C'est très probable.

– J'ai l'impression que la fin violente de votre client ne
vous surprend pas vraiment.

– Eh bien, je ne peux pas dire que je tombe des nues.
Je n'aurais pas vu Oborin succomber à quelque chose
d'aussi petit-bourgeois qu'un infarctus. Mais si vous
croyez que je lui connais d'éventuels ennemis, vous vous
trompez.

– À défaut de ses ennemis, vous connaissez peut-être
ses amis.

– Ses amis ? Aucune idée. Nous n'étions pas intimes au
point que je saurais vous dire avec qui il buvait sa bière.
S'il s'agissait de bière. Tout ce que je sais, c'est qu'il était
en contact avec des gens du couvent.

– Du couvent de Zwettl ?

– Oui. À l'occasion, Oborin s'intéressait aux manuscrits du Moyen Âge. Pas en professionnel, plutôt en amateur éclairé. Il subventionnait la collection du couvent, il y
a consacré une somme rondelette.

– Il était riche ?

– Aisé.

– Ah bon ? Grâce à la graphologie ? s'étonna Lukastik.

– Vous oubliez ses livres. Les gens aiment ce genre de choses. Examiner l'écriture d'une personne pour décider ensuite si l'on veut ou non avoir des enfants avec elle.

– Oui, ce serait tellement commode de pouvoir se fier à ça !

– C'est ce que font les lecteurs d'Oborin. Mais il est inutile de me poser des questions. La graphologie n'est pas mon domaine. Moi, je lis plutôt dans les cheveux des gens.

– Et qu'est-ce qu'on y lit ?

– Rien que de très banal.

Lukastik jeta au sol un autre mégot. Il sentit le regard de Sternbach, qui semblait signifier que, vu la proximité des pompes à essence, il aurait mieux valu l'écraser. Mais l'inspecteur resta logique avec lui-même.

Pendant un moment, les deux hommes demeurèrent là à grelotter en silence. Finalement Lukastik prit une décision :

– Allons dormir. Je vous propose de nous retrouver au bar à huit heures pour prendre un café. Ensuite nous irons à Zwettl et vous me montrerez la maison d'Oborin.

– Vous savez sans doute ce que vous faites, déclara Sternbach d'un air résigné.

– En effet, répondit Lukastik.

Quelques instants plus tard, Selma Beduzzi pilotait son nouveau client à travers un couloir étroit et dépouillé, dépourvu de fenêtres, jusque dans la partie du bâtiment en crochet qui abritait les chambres. Le vestibule – plus large mais tout aussi dépouillé – séduisait par sa peinture murale gris argenté, délicieusement tachetée, qui affichait un éclat métallique et une structure évoquant celle de la moisissure.

La chambre où fut conduit Lukastik n'était pas moins singulière. Singulière au regard de l'environnement champêtre qui, à vrai dire, semblait quantité négligeable. Seule une bande vitrée de la largeur d'une main, s'étirant néanmoins sur toute la longueur de la pièce, donnait vue sur l'extérieur, sur l'obscurité complète d'une forêt nocturne. Les lattes de bois, semblables à du béton brut, qui recouvraient la façade en cet endroit formaient également le revêtement intérieur des murs et du plafond. Le sol en revanche était fait d'une matière plastique bleu ciel, et supportait un lit blanc, un petit bureau blanc ainsi qu'une autre chose blanche qu'on aurait pu prendre pour un cendrier surdimensionné ou un bénitier vide, mais qui n'était qu'un tabouret. En sus, une télévision, tout aussi blanche, et une table basse de bar, blanche mais vide.

Tout était resplendissant, comme neuf. Cela ne sentait ni la forêt, ni les produits d'entretien. On aurait pu dire avec un peu d'exagération que cela sentait le bébé fraîchement lavé, une pensée qui s'imposa à Lukastik sans doute à la suite de sa double rencontre avec une voiture d'enfant. Non qu'il eût la moindre idée de ce que pouvait sentir un bébé fraîchement lavé.

Une porte vitrée, bleue elle aussi, conduisait à une petite salle de bains, en réalité une cabine de douche aux murs carrelés de blanc d'où surgissaient, tels de petits lutins, des toilettes, un lavabo et trois pommes de douche disposées à des hauteurs différentes. Cette pièce avait quelque chose d'une cage à oiseaux aseptisée et extrêmement chic.

Quand Lukastik eut ressorti sa tête de la salle de bains, il se tourna vers Mme Beduzzi en la priant de le réveiller vers six heures et demie. Ce faisant, il jeta un regard sur le téléphone blanc qui était fixé au mur au-dessus du lit.

– Six heures et demie, bien, fit Selma Beduzzi. Autre chose ?

– Cette veste que vous portez...

– Belle pièce, hein ?

– Belle pièce, confirma Lukastik.

Il ne savait pas très bien ce qu'il cherchait en mentionnant cette rareté en cuir. N'ayant nulle envie d'entendre l'histoire de la veste, il se hâta de souhaiter bonne nuit à Mme Beduzzi.

– À vous aussi, répondit-elle, quittant la pièce avec la nonchalance d'un fauve sautant à travers un cerceau en flammes.

Lukastik s'assit sur le lit et attrapa son portable. Il appela son service pour prendre des nouvelles de Jordan et de Boehm. Ni l'un ni l'autre n'avaient donné signe de vie. On avait essayé de les joindre par radio, mais sans succès. Quant aux portables, ils étaient toujours muets. Du point de vue des communications, Jordan et Boehm avaient quitté le monde, ils avaient pour ainsi dire basculé par-dessus bord, ce bord qui rend si périlleuse une planète en forme de disque.

Lukastik ordonna qu'on l'informât dès que les deux agents prendraient contact. À n'importe quelle heure. Puis il s'enquit du reste.

– Rien de particulier. Juste l'agitation habituelle au Palais, répondit l'homme de l'équipe de nuit.

« Palais » était un nom de code utilisé en interne pour désigner la sphère dans laquelle évoluait le commissaire. Plus précisément, il évoquait tout ce qui se produisait au-dessus du commissaire. Le Palais, c'était l'entrelacs de la politique, de la justice et des hauts fonctionnaires de la police, un entrelacs permanent de pour et de contre. Un

150

monde plus soucieux d'égards que corrompu. Une scène d'opérette sur laquelle se mouvaient des gens qui se nommaient président, général, chancelier, conseiller de la cour ou commissaire – on se serait cru plongé jusqu'au cou dans le monde d'hier.

– Le Palais... gémit Lukastik sans vouloir savoir qui exigeait quoi – il se contenta de dire : Pauvre commissaire. En fait, la raison aurait voulu que Lukastik communiquât l'endroit où il se trouvait. Mais il ne le fit pas. En général il avait tendance à en dire le moins possible. Comme on l'a déjà évoqué, il craignait les esprits bornés. Et l'inflation de décisions et d'interventions.

Il raccrocha et quitta ses vêtements, qu'il déposa, soigneusement pliés, sur le grand cendrier blanc. Vêtu seulement de son caleçon – un peu à l'image de la descendance d'Adam –, il se rendit dans la salle de bains, prit la petite brosse à dents mise à sa disposition ainsi qu'un tube de dentifrice qui tous deux faisaient figure de jouets entre ses mains, et se brossa les dents avec sa minutie et sa patience habituelles.

De retour dans la chambre, il éteignit la lumière, se déplaça en aveugle dans l'obscurité uniforme et s'étendit sur le lit, qui, en dépit du poids de ce corps de policier, n'émit pas le moindre bruit. Malgré sa fatigue, Lukastik ne put trouver immédiatement le sommeil. Il restait étendu tout droit sur le dos, les mains soigneusement disposées, à l'instar des malades qui attendent une visite et ne veulent pas donner une impression de laisser-aller. Il avait la respiration lourde et précipitée. Il enregistrait le bruit de son cœur de la même façon qu'on perçoit des pas étrangers à l'extérieur, dans le vestibule. Au-dessus de sa tête dansait pour ainsi dire une suite de réflexions formant une chaîne.

Richard Lukastik aimait bien réfléchir à ce qui différenciait sa profession de l'image qu'en donnaient les programmes télévisés du soir ou de la nuit. Il consommait ces films le plus souvent possible. Jamais sans un sourire incrédule ou une légère irritation. À ces moments-là, il ressemblait à un animal qui regarderait un documentaire sur la nature et s'étonnerait de la vision très éloignée du réel que développent les cinéastes. Des efforts auxquels ils se livrent pour démonter le monde, le dévisser, et faire passer ensuite ce tas de pièces détachées pour un tableau fidèle. Aucun zèbre, aucun lion n'aurait pu se reconnaître dans ces films. Autant demander à un immeuble de se reconnaître dans une photo de garage.

Lukastik réfléchissait au fait que, dans presque toutes les histoires policières, il se dégageait rapidement un ensemble évident de suspects, d'où sortaient finalement un ou plusieurs coupables. Jamais il n'arrivait qu'un personnage complètement nouveau intervienne quelques minutes avant la fin et la résolution de l'énigme, un personnage dont on n'avait pas encore parlé et qui s'avérait l'auteur du crime. Alors que cela pouvait parfaitement être le cas dans la réalité. La séduisante liste de suspects se dégonflait fréquemment comme une baudruche à l'occasion d'une seule et unique petite découverte, et le regard se portait alors sur quelqu'un qui, jusque-là, n'avait pas existé. Du moins dans l'esprit des enquêteurs. Pour Lukastik, c'était « le meurtrier dans l'angle mort ».

« Dans l'angle, moi-même je me place, / Dans l'angle où résident les méchants, composa Lukastik, désormais suspendu entre veille et sommeil comme une dent prête à tomber. Dans la lumière des héros du mal / Je me tiens, ô douce consolation. »

Bon, si la vertu de ce poème consistait à trouver enfin le sommeil, pourquoi pas ?

Et de fait, la dent tomba presque aussitôt. Lukastik s'était endormi.

9

– Où sont les poissons ? interrogea Lukastik en arrivant au bar le lendemain matin et en s'arrêtant devant l'aquarium vide.

Selma Beduzzi était en train de manipuler sa machine à café italienne comme s'il s'agissait d'une machine à sous, si bien que seule la chance semblait devoir présider à la réussite de chaque café. Tournant la tête vers Lukastik, elle lui adressa un sourire parfaitement réveillé et lui expliqua que les deux poissons étaient actuellement branchés sur une prise électrique pour se recharger. Puis elle lui demanda s'il avait bien dormi.

– Magnifiquement, répondit-il.

Effectivement, il se sentait frais et dispos comme rarement le matin.

– Les lits sont bien, il faut rendre à l'architecte ce qui lui revient, dit Selma Beduzzi, toujours vêtue de sa veste blanche de cow-boy.

– Pourquoi « L'Étang de Roland » ? demanda Lukastik en commandant un double espresso.

– Il faut bien épouser quelqu'un. Et dans la vie, j'ai rencontré pire que M. Roland. Je ne crois pas au grand amour.

C'est une idiotie inventée par des gens qui sont payés pour ça. Des écrivains et ainsi de suite.

L'inspecteur principal Lukastik fut désorienté. Il avait simplement voulu savoir pourquoi on avait baptisé « Étang de Roland » une station-service. Opiniâtre, il insista :

– Roland Beduzzi ?

– Oui, mon mari.

– Mais pourquoi l'« étang » ? Quel rapport entre votre mari et un étang ? D'autant que je ne vois ici aucun étang.

– « La station-service de Roland » ou même « Station-service Beduzzi », ça n'allait pas, fit remarquer la maîtresse de maison.

Et elle mentionna la ressemblance fortuite qui existait entre le terme portugais *tanque* et le terme allemand *Tank*, qui désignait le réservoir d'essence. *Tanque* signifiait « étang ». Et ça sonnait vraiment mieux quand on assimilait l'abreuvoir qu'était la station-service à un étang.

– Vous avez raison, admit Lukastik.

Deux jeunes femmes entrèrent. Dans leurs yeux se dissimulait un reste de nuit. Une odeur de parfum les précédait, tel un raz-de-marée. Elles saluèrent Mme Beduzzi en lui marquant ce respect qui cache un brin de mépris. Sans doute était-ce la veste de cow-boy qui leur posait un problème. Il n'est pas donné à tout le monde de reconnaître la beauté du kitsch au fait que ce kitsch se trouve là où il faut, autour de la bonne personne.

Quand les deux femmes se furent installées dans un coin, Selma Beduzzi expliqua :

– Les employées de Sternbach. Si j'étais vous, monsieur l'inspecteur, je n'accepterais même pas que ces deux gourdes me rasent la nuque.

– Je n'ai pas l'intention d'aller chez le coiffeur.

– Ah bon ? fit Mme Beduzzi, surprise, en posant un café devant Lukastik. Je croyais que vous aviez rendez-vous avec Sternbach. Vous m'en direz tant.

– Ce n'est pas pour me faire couper les cheveux.

– Mais encore ?

– La curiosité est un vilain défaut, proclama Lukastik.

– Bon, dans ce cas, débrouillez-vous avec la curiosité de vos collègues, répliqua Mme Beduzzi.

– Que voulez-vous dire ?

– Vous avez un comité d'accueil qui vous attend dehors. Une voiture de la gendarmerie de Zwettl.

– Ils n'ont vraiment rien de mieux à faire ? se plaignit Lukastik.

Attrapant d'une main la soucoupe, il souleva la tasse remplie de café et quitta le bar.

En passant devant la caisse, il vit un homme avec un œil qui tressautait. Un homme petit mais coriace. Les manches relevées, la peau ridée et bronzée. Une paire de lunettes reposait sur le comptoir à côté de lui, telle une arme disponible en cas de besoin. Lukastik fut convaincu qu'il s'agissait de M. Roland, lequel séjournait en ces lieux sous un rayon de lumière tombant à l'oblique comme sous un arbre brisé. Il semblait rêver les yeux ouverts. En tout cas il resta muet et Lukastik ne parla pas davantage.

Pourtant il allait devenir impossible de garder le silence une fois descendu le large escalier menant à l'extérieur. Le ciel se déployait, bleu quoique voilé, au-dessus du paysage. Lukastik aperçut une étroite bande de verdure qui séparait la station-service de la route. Fait qui corrigea son impression de la nuit passée, quand tout lui avait paru un peu mêlé.

L'auvent filtrait la lumière du soleil de sorte que Lukastik semblait se trouver sous d'épaisses frondaisons. À l'orée de ces frondaisons était garée une voiture de police dont sortirent deux hommes, qui se dirigèrent vers Lukastik. Arrivés devant lui, ils lui firent un salut – le plus vieux des deux, un homme presque âgé, effectua ce geste avec l'alacrité décontractée qu'il aurait mise à décapiter un elfe. Lukastik s'épargna ce genre de salut, prit une gorgée de café et marmonna quelque chose qui ressemblait à son nom et à son grade. Il avait tout de suite opté pour l'arrogance en dépit du fait que les épaulettes du plus âgé des deux gendarmes indiquaient un rang supérieur au sien.

– Bonjour, dit le lieutenant, qui se présenta comme le responsable du bureau de la gendarmerie de Zwettl.

Il s'appelait Karl Prunner, il ressemblait plus à un uniforme qu'à un homme. Mais n'était pas antipathique. Il jeta un regard humide à la Ford Mustang couleur d'or mat qui, sous la lumière verte de l'auvent transparent, faisait l'effet d'un légume passé à la peinture dorée.

– C'est rare une voiture pareille, dit-il.

– Que voulez-vous ? demanda Lukastik comme s'il s'efforçait de chasser quelqu'un de son terrain.

Prunner ne se départit pas de son amabilité :

– D'ordinaire nos collègues viennois nous informent quand ils envoient un de leurs agents dans notre paisible petit univers.

– Personne ne m'a *envoyé*, monsieur Prunner. Je dispose d'une liberté qui ne m'oblige pas à prévenir chaque fois que je fais un voyage à l'étranger.

Prunner baissa à demi les paupières comme pour ne plus avoir sous les yeux l'intégralité de cet insolent citadin. Puis il fit mention des deux autres Viennois de la police judiciaire, dont on chuchotait qu'ils s'étaient également rendus à Zwettl. Sauf que personne ne les avait vus.

157

– Eh bien moi, vous me voyez, dit Lukastik. Ça devrait vous suffire.

– Vous comprendrez facilement, inspecteur Lukastik, que j'aimerais savoir ce qui se trame dans mon district. Sans compter que je serais ravi de vous épauler. Même si pour le moment, j'ignore en quoi. À vous de me l'expliquer.

– Pour les explications, adressez-vous au Palais, rétorqua Lukastik.

Posant sa tasse vide sur une des pompes à essence, il fit signe à Sternbach, qui venait juste d'apparaître.

– Au Palais ? interrogea Prunner, pour la première fois saisi d'incertitude, à l'instar d'un patineur de vitesse contraint de poser la main sur la glace en prenant son virage.

Lukastik s'était déjà détourné lorsqu'il conseilla à Prunner de contacter le commissaire Albrich, lequel serait sûrement tout disposé à l'informer des détails de l'affaire et à hausser la collaboration entre Vienne et Zwettl au niveau approprié. Ce qui n'était pas du tout de son ressort à lui. Et maintenant il avait à faire.

Sur ces mots, il planta là les deux gendarmes et salua le coiffeur. Ou plutôt il l'arracha à Prunner et le pilota jusqu'au véhicule doré.

10

La maison d'Oborin se dressait sur une hauteur d'où l'on avait une belle vue sur la ville. À la lumière rasante du soleil et dans les vapeurs montantes d'humidité, celle-ci ressemblait à du linge blanc, frais et mouillé. Les maisons se fondaient en longues rangées de draps étendus. Malgré l'heure matinale, le soleil était déjà mordant et insistant. Lukastik maudit cette chaleur renouvelée, qui transformait en soupe les événements de la journée.

Une fois arrivé devant la maison à deux étages, qui émergeait de la pente herbeuse comme une plate-forme de saut, l'inspecteur quitta son veston et le jeta sur ses épaules. Il commençait à se sentir poisseux, à éprouver la sensation désagréable de transpirer du miel. Dans un premier temps, il contourna le bâtiment, dont la simplicité paraissait trahir un manque total d'inspiration : des murs et un toit. Avec en sus une terrasse sur laquelle il n'y avait absolument rien. Toutefois, derrière la baie vitrée, on distinguait vaguement un léger mouvement.

Lukastik revint vers la porte qui donnait sur la rue. Sternbach attendait, l'air un peu perdu sans son salon de coiffure. Il était de ces gens qui s'étiolent loin de leur champ d'activité.

– Et maintenant ? s'enquit-il d'un ton las.

– On entre, répondit Lukastik. Qu'est-ce que vous imaginiez ?

– Sans clé ?

Impavide, le policier s'approcha de la porte et sonna. Une jeune femme vint ouvrir, un de ces êtres qui, à vingt-cinq ans, en paraissent dix-huit. Ou peut-être était-ce l'inverse. C'est souvent une question d'éclairage ou d'expression. Durant les années qui suivent la puberté, nombreux sont les gens qui, à l'instar des animaux et des plantes, connaissent un changement notable sous l'effet du vent, de la lumière, de l'eau ou encore du danger. Quoi qu'il en soit, il s'agissait en l'occurrence d'une personne svelte, voire mince, dont le ventre dénudé entre la bordure du jeans et celle du T-shirt constituait le centre corporel, tel un disque clair flottant dans les airs. Ses cheveux mi-longs montraient des mèches rouges et noires qui, par endroits, se hérissaient à l'oblique, épousant ailleurs la forme de la tête. Elle avait en outre un petit visage pointu, un rien de bouche et un moins que rien de nez. Ses yeux en revanche dessinaient une large ouverture, où, à vrai dire, on ne lisait guère qu'une expression d'ennui. Lorsqu'elle ouvrit la bouche, ce fut comme si une minuscule enveloppe éclatait. Elle dit :

– Il n'est pas là.

– Oui, je sais, rétorqua Lukastik en passant devant elle pour entrer.

Il n'eut même pas besoin de la pousser sur le côté. Il y avait largement la place.

– Mais vous ne pouvez pas...

– Police, dit Sternbach, qui entra à la suite de Lukastik.

Il faisait évidemment référence à ce dernier. Mais il n'ajouta rien de plus, ce qui laissait penser que lui aussi était policier. Pendant un instant, il alla même jusqu'à savourer la situation, le petit peu de pouvoir qui réside dans le droit à forcer l'entrée. Il n'avait pas encore fini de savourer que la fille avait déjà suivi Lukastik.

Ce dernier avait pénétré dans une grande salle de séjour donnant sur la terrasse vide. Sur les vitres s'étaient formées des traces de pluie et de crasse collante. La pièce pour sa part respirait l'ordre et la propreté. Sur l'un des murs étaient punaisées, bord contre bord, des feuilles de papier manuscrites qui occupaient presque tout l'espace.

Lukastik s'était aussitôt approché de cette surface, devant laquelle il se mit à tourner la tête en tous sens. Il était clair qu'il ne s'agissait pas d'écrits originaux mais de fac-similés. Autrement il n'aurait pas été concevable que chaque exemplaire fût griffonné de remarques rouges et bleues, ou qu'une mer de rubans adhésifs vert fluorescent reliât les feuilles entre elles, éveillant l'impression d'un réseau chaotique de chemins.

Toutes ces copies représentaient la dernière ou l'unique page d'une lettre, de sorte que chaque feuille comportait une signature. Il s'en trouvait de célèbres. Lukastik déchiffra les noms de Weinheber, Galsworthy, Thatcher, Meinhof, Max Ernst et Konrad Lorenz. Il tombait aussi sur des noms qui ne lui disaient rien ou échouait à décrypter les ballonnements graphiques de certains paraphes.

À première vue il lui sembla – si dense était le réseau – que chaque feuille était reliée à toutes les autres par au moins une ligne, et que les extrémités de ces voies de liaison étaient pourvues d'anneaux entourant des lettres isolées, voire des mots entiers. Les notes en marge et les remarques additionnelles, effectuées au crayon rouge ou bleu, étaient minuscules et à peine lisibles. Lukastik supposa à juste titre qu'il s'agissait de l'écriture d'Oborin. Il constata aussi avec un certain plaisir que parmi ces fac-similés s'en trouvait un de la plume de Ludwig Wittgen-stein, cette lettre célèbre – qu'il reconnut aussitôt – adressée à Ludwig von Ficker, dans laquelle Wittgenstein faisait remarquer que le *Tractatus* comportait deux par-ties, celle qui avait été écrite et celle qui ne l'avait pas été, moyennant quoi la seconde partie, la *non* écrite, était la plus importante.

C'était justement cette phrase qui depuis longtemps avait inspiré à Lukastik l'idée que, fondamentalement, c'était la vie non vécue qui importait, qui constituait la véritable vie. Que chaque être se distinguait par les choses qu'il ne faisait pas. Et que donc la valeur de l'individualité, son caractère, sa personnalité, ne s'exprimaient que dans l'abstention. Par exemple, Lukastik n'accordait aucune importance au fait de skier bien ou mal, vite ou lentement. Seul comptait le fait de *ne pas* skier. De renoncer en bonne logique à cette idio-tie qui consistait à évoluer sur la neige en dehors de toute nécessité. Ce renoncement n'avait pas besoin d'être fondé sur des raisons morales comme la protection de l'environne-ment, etc. – et même il ne devait pas l'être –, il fallait qu'il apparaisse comme la conséquence d'une réflexion esthéti-que, c'est-à-dire éthique. De sentiments logiques, selon la formulation un peu vague de Lukastik.

L'inspecteur principal s'arracha à contrecœur au spectacle de la lettre wittgensteinienne, laquelle recommandait égale-ment à Ficker de ne lire que le préambule et la conclu-sion du *Tractatus*. Car tout y était dit. Mon Dieu, que de livres pourraient profiter de pareille recommandation !

Lukastik tourna son regard vers la femme, qui se tenait au milieu de la pièce, les mains croisées. Sa question revê-tit les accents d'un mélodieux aboiement :

– Qui êtes-vous ?

– J'habite ici. Officiellement, répondit-elle. C'est illégal ?

– Ce n'était pas ma question, fit remarquer le criminaliste, dont l'origine linguistique – viennoise donc –, tel un lointain écho, venait discrètement renforcer les phrases. Pour sa part, la femme semblait d'origine hongroise sans que cela fût perceptible dans sa prononciation. Pour reprendre Wittgenstein, on pourrait soutenir que ce hongrois transparaissait moins dans ce qui était dit que dans ce qui ne l'était pas.

Quoi qu'il en soit, elle se présenta sous un nom hongrois :

– Kosáry Esther.

– Une amie de la fille de la maison ? conjectura Lukastik.

– Une amie du père, puisque ça vous intéresse.

Lukastik abaissa les lèvres et plissa le front.

– Vous paraissez croire que j'ai quatorze ans, dit Esther Kosáry. Je suis majeure, soyez-en sûr. Les seuls à trouver que j'ai l'air un peu jeune sont ceux qui aiment bien imaginer ce genre de choses.

– Votre âge m'importe peu. Ce sont vos relations avec M. Oborin qui m'intéressent. Par nécessité.

– Comment ça ?

Lukastik ne tourna pas autour du pot, il fut rapide :

– Parce qu'il est mort. Assassiné. Si on veut.

Sur le visage de la femme se produisit quelque chose qui tenait de la coupure de courant. Une interruption instantanée, qui ne fut suivie de rien. Du moins pas tout de suite.

Il va de soi que Lukastik s'était trouvé maintes fois dans l'obligation d'annoncer ce genre de nouvelle. Cela faisait partie de son métier, et au fond il s'en accommodait très bien. Ce n'était pourtant pas un sadique. Mais il s'apercevait que la plupart des gens forçaient l'expression du choc ou de la tristesse comme si la police attendait et exigeait le choc et la tristesse. Sauf dans les cas où le mort était un enfant. Les parents s'écartaient généralement du schéma courant. Ils s'effondraient. Mais s'agissant d'adultes, cela donnait lieu le plus souvent à une manifestation de désarroi à laquelle Lukastik savait rapidement mettre un terme. Esther Kosáry, elle, paraissait coupée en deux. Séparée d'elle-même. Son visage n'était plus qu'une tache floue. Il n'y avait pas de place pour une larme ou un cri. Il n'y avait de place pour rien. Ce n'est que lorsque Lukastik la saisit prudemment par l'épaule, comme pour éviter à cette épaule de se briser, que la femme releva la tête et posa sur l'inspecteur principal un regard incrédule. Puis elle dit :

– C'est moi qui aurais dû le faire.

– Faire quoi ? demanda Lukastik en retirant sa main.

– Le tuer. Tuer Tobias avant qu'un autre ne le fasse.

– Comment ça ? Vous voulez dire qu'il a mérité cette mort ? À ceci près que vous auriez aimé vous en charger vous-même ?

– Vous ne comprenez rien du tout. J'aimais Tobias. Et il est normal de vouloir que l'être qu'on aime vous appartienne complètement. Corps et âme, mais aussi avec sa mort. Or voilà que quelqu'un m'a enlevé Tobias une fois pour toutes. Ça a toujours été ma crainte.

– Aviez-vous des raisons de le craindre ?

– Vous voulez dire à cause d'affaires louches ?

– Par exemple.

– Pas d'affaires louches, répondit la femme, dont le visage retrouvait lentement sa petite forme pointue. Mais il y avait des gens bizarres. Des gens avec des serviettes remplies de lettres et de documents manuscrits, qui attendaient je ne sais quoi de Tobias. Il ne disait pas la bonne aventure, c'était un scientifique. Je ne crois pas que tout le monde l'ait compris. Certains avaient l'air de penser que

164

Tobias pouvait reconnaître, rien qu'à la façon dont on traçait des croix sur un billet de Loto, si on était un con ou un bon samaritain. D'ailleurs, est-ce qu'il y a vraiment une différence entre les deux ?

– Pourquoi se commettre avec ce genre d'individus ? demanda Lukastik. Oborin était un expert reconnu.

– Il était fou de manuscrits. Sa cave en est pleine. Il cherchait la vérité, comme la plupart des gens malheureux. La vérité avec un grand V. Comme si c'était un morceau de pain. Ou le couteau à pain.

– Malheureux donc, répéta Lukastik.

En réalité, il ne parvenait pas vraiment à s'imaginer un homme heureux. Qu'est-ce que cela pouvait bien être ? Un ciel qui marcherait sur la tête ?

Lukastik se dirigea vers une petite table dont le dessous était bombé à la manière d'un globe. Probablement une table à ouvrage. Ou alors un demi-globe. Quoi qu'il en soit, la surface de contreplaqué supportait un écran de deux pouces d'épaisseur et un clavier de la dernière génération. Lukastik fit observer que Tobias Oborin n'avait pas dû apprécier l'introduction de l'ordinateur au sein des ménages. C'était une façon d'évincer l'écrit.

– D'après lui, ce n'était qu'une question de temps avant que les documents imprimés n'acquièrent une sorte... d'individualité, une typographie personnalisée.

– Dans ce cas, ça en dirait davantage sur l'ordinateur que sur son utilisateur.

– Oui, c'est bien comme ça que Tobias voyait les choses. Il considérait que celui qui se prive de son écriture perd le monde. Le contenu n'avait pas d'importance, c'était la forme qui comptait. Les Asiatiques l'avaient bien compris. Et à la fin ils seraient les seuls à rester en lice. Je ne prétends pas que je comprenais toujours Tobias. Je

165

l'aimais. Mais apparemment pas assez pour pouvoir le tuer à temps. Lukastik songea que si la femme était impliquée dans le meurtre, elle était très habile à dissimuler. Elle avait l'air totalement crédible. Folle, mais sincère.

Puis il y eut la phrase habituelle : Lukastik se prétendit surpris que Mme Kosáry n'eût pas encore demandé comment son compagnon était mort.

– Est-ce que c'est vraiment indispensable ? demanda Kosáry. Est-ce que c'est mon devoir ? Ou bien ne serait-ce pas plutôt le vôtre de me le dire sans que j'aie besoin de mendier cette information ?

Lukastik glissa sur sa remarque avec un sourire oblique, et revint se placer devant le mur tapissé de lettres.

– Nous devons examiner tous les détails, répondit-il.

Il voulut savoir si Tobias Oborin avait eu un lien avec la recherche sur les requins. Ou avec une personne faisant ce type de recherche, un plongeur, un biologiste marin, quelqu'un de ce genre.

Cette fois, ce fut Esther Kosáry qui s'abstint de répondre. À la place, elle resserra ses bras croisés comme on le ferait d'une ceinture et demanda :

– Pourquoi est-ce que c'est important ?

– Eh bien… hésita Lukastik.

Il jeta un regard à Sternbach, qui se trouvait toujours dans l'embrasure de la porte et ne paraissait pas le moins du monde curieux. Ni même impatient. Juste respectueux de la volonté divine.

Lukastik opta pour l'effet choc de la vérité, et décrivit en quelques mots l'état dans lequel on avait retiré Tobias Oborin d'une piscine viennoise surélevée. De l'avis des experts, les blessures mortelles ne pouvaient avoir été provoquées que par un spécimen adulte de *carcharhinus leucas*.

– Et je suis censée croire ça ? demanda Kosáry.
Quant à Sternbach, qui avait enfin pénétré dans la pièce
– comme réveillé –, il voulut savoir s'il était là pour jouer
un rôle dans une comédie.
– Parce qu'une comédie aurait l'air moins réel ? rétor-
qua Lukastik.
Sans attendre de réponse, il réitéra sa question sur les
relations d'Oborin avec les requins.
– Il faisait de la plongée, dit Kosáry. Deux, trois fois
par an, pendant une ou deux semaines. Australie, Cuba,
Japon. Là où il y a de la mer.
– Vous l'accompagniez ?
– Il ne voulait pas. Alors que j'étais prête à apprendre
ce sport idiot. Tobias m'interdisait même de l'accompa-
gner au moment du départ. Bien sûr j'avais des soupçons.
Alors une fois, je l'ai suivi à Vienne, jusqu'à l'aéroport.
Mais là, il y avait juste un homme avec qui il avait rendez-
vous. Et Tobias n'était pas homosexuel, même si tous les
homosexuels de Zwettl auraient bien aimé qu'il le soit.
– Et vous ne savez pas qui était cet homme ?
– Exact. Je ne le sais pas.
– Mais vous le reconnaîtriez.
– Sans doute. Il était plus âgé que Tobias. Soixante ans
peut-être. Du genre maigre, qui s'expose trop au soleil.
Qui fait trop de voile. Du genre à plisser constamment
les yeux. Même à l'ombre, même en hiver. Antipathique.
Sournois.
– Pour le décrire comme vous le faites, il faut que vous
l'ayez observé attentivement.
– Et alors ? s'agaça Esther Kosáry, haussant un peu la
voix. Cet homme partait en vacances avec Tobias. Qu'il
soit homosexuel ou pas, je n'avais aucune raison de le
trouver sympathique.

– Bien, bien, fit Lukastik, sans insister davantage. Donc Oborin pratiquait la plongée.

– Je dirais plutôt que c'était sa manière de se détendre. Ce n'était pas un véritable plongeur. Il était graphologue, il était citoyen de Zwettl, et il était ami avec les moines. Quant à la plongée... Tobias plongeait, au véritable sens du terme. Pour se reposer de la vie. Une manière stupide de se reposer. Mais ça lui convenait.

– Ami avec les moines, donc.

– Oui, dit Kosáry. Il allait souvent au couvent.

– À cause des manuscrits du Moyen Âge, je suppose.

– Je crois qu'il s'intéressait surtout à ceux des moines vivants. Et s'il y avait eu des requins capables d'écrire, j'aurais compris son goût pour la mer.

– Et vous, où passez-vous vos vacances ? demanda Lukastik. ·

– À la maison, à Györ. Mais au cas où vous voudriez savoir si je suis ici légalement...

– Arrêtez ces enfantillages, l'interrompit Lukastik. Ce que je veux n'a rien à voir avec ça. Quittez cette maison et rentrez chez vous à Györ. Là-bas vous serez tranquille. Alors qu'ici il va bientôt y avoir une foule de policiers qui traîneront leurs guêtres. Et je ne veux pas qu'un de ces types parle avec vous. Surtout pas un de ces abrutis du coin. Nous avons eu un entretien, c'est largement suffisant.

– Comment ça ? fit Kosáry comme si une odeur désagréable venait lui chatouiller les narines. On va penser que je me suis enfuie.

– Aucun souci, répondit Lukastik d'un ton apaisant. Je déclarerai officiellement que vous avez agi sur mon souhait exprès. Pour des raisons de sécurité – ou autres. Et puis M. Sternbach est là. Il est témoin.

Comme si elle venait juste de remarquer sa présence, Kosáry se tourna vers le deuxième homme et lui demanda qui il était.

– Le coiffeur de L'Étang de Roland.

– Ah bon ? Alors c'est vous ? dit-elle, l'air sincèrement réjoui. Tobias râlait chaque fois qu'il sortait de chez vous. Mais il se serait fait arracher la tête plutôt que d'aller chez un autre coiffeur.

– Oui, un client difficile mais un homme intéressant, répondit Sternbach, la voix empreinte d'émotion.

Coupant court au recueillement, Lukastik demanda à Kosáry :

– Vous avez une voiture ?

– Non. Le permis non plus.

– Aucune importance. De toute façon, M. Sternbach va vous conduire en Hongrie.

– Quoi ?

Sternbach vacilla légèrement, comme ces vases Ming sur leur stèle mince.

– Je croyais que vous ne saviez pas dire non ? fit Lukastik.

Le coiffeur rappela qu'il lui était déjà suffisamment pénible d'être là. Son salon était plein. On l'attendait depuis des heures. Il était hors de question qu'il se lance maintenant dans un voyage.

– Vous auriez dû y penser avant, répliqua Lukastik – et, tourné vers Esther Kosáry : Je vais vous donner mon numéro. Au cas où il y aurait des complications, mais ça m'étonnerait.

Sortant son *Tractatus* de sa poche, il le feuilleta et en retira un papier brouillon, un petit carré sur lequel il avait fixé quelques pensées et citations qui étaient de nature plus philosophique que policière – même s'il faisait peu de

169

distinction entre les disciplines. Il considérait la criminalistique comme la plus philosophique de toutes les sciences de la nature.

Parmi ces notes se trouvait aussi un passage de la conclusion en anglais rédigée par Bertrand Russell pour le *Tractatus*, où celui-ci exposait qu'il était manifestement impossible de prononcer un jugement sur deux hommes si l'on ne disposait pas de deux noms. Cela paraissait aller de soi – deux hommes, deux noms –, mais il s'agissait justement de penser l'évidence. Et quand on la pensait, elle avait tendance à se montrer compliquée, propre à ramollir les cerveaux.

Pour éviter de susciter chez Esther Kosáry une confusion inutile, Lukastik lui recommanda de ne pas prêter attention aux remarques notées sur le papier. Celles-ci n'avaient aucun rapport avec l'affaire. Puis, dans un coin libre, il inscrivit son nom de famille et son numéro de portable d'une petite écriture droite, tout en se disant que de ce néant manuscrit Tobias Oborin aurait vraisemblablement tiré le « roman d'une vie ».

– Voilà, dit-il en tendant le bout de papier à la femme.

Il avait toujours besoin de se débarrasser de ses brouillons du moment. À l'image de ces parents qui poussent volontiers leurs enfants devenus adultes dans le monde.

Puis il ajouta :

– Encore une question.

– Oui ?

– Vous attendiez Tobias Oborin, n'est-ce pas ?

– Il devait rentrer de Vienne aujourd'hui, répondit la jeune femme.

– Vous a-t-il indiqué ce qu'il comptait faire là-bas ?

– Quelque chose pour son travail. Il n'a rien dit de plus précis. Il s'y rendait tous les quinze jours.

Lukastik demanda si Oborin disposait à Vienne d'une adresse fixe.

– Il logeait chez des amis, répondit Kosáry, mais ne me demandez pas de nom ou d'adresse. Je n'en ai pas la moindre idée. Il y avait une foule de choses qu'il préférait garder pour lui.

– Bien, ça suffira pour le moment, conclut Lukastik en la priant de rassembler ses affaires. Dépêchez-vous !

Esther Kosáry se comportait à présent comme si l'on avait appuyé sur un bouton. Peut-être aussi souhaitait-elle quitter l'endroit au plus vite. Elle ne voulait surtout pas être interrogée par des fonctionnaires viennois frustrés, sans parler de la police de Zwettl. Mieux valait le coiffeur. Mieux valait la Hongrie.

Pendant qu'elle montait à l'étage, Sternbach, consterné et un peu pâle, s'approcha de Lukastik afin de lui demander pourquoi il aurait dû y réfléchir à deux fois.

– C'était une erreur de procurer à Oborin cet appareil auditif, expliqua Lukastik. Qui plus est sous votre nom. Un acte de civisme, mais une erreur. Vous y avez gagné un voyage en Hongrie.

– Qu'est-ce que c'est que cette logique absurde ? protesta Sternbach.

Le simple fait de poser la question était évidemment une sottise.

– Il n'y a rien d'absurde à ça. On ne peut pas intervenir à moitié. On ne peut pas non plus mourir à moitié. Ni être à moitié dans le vrai.

Risquant une dernière tentative de sauvetage, Sternbach avança qu'il était dangereux de laisser la compagne du mort partir sans autre forme de procès. En Hongrie comme au premier étage de la maison. Peut-être était-elle en train d'effacer des indices importants.

171

– On efface toujours les indices, déclara Lukastik, et la police scientifique n'est pas en reste. C'est inévitable. Cela dit, je ne me contente pas de laisser partir cette femme. Autrement je n'aurais pas insisté pour qu'elle soit accompagnée. Alors soyez assez aimable pour prendre ma voiture, monsieur Sternbach. Retournez à L'Étang de Roland avec Mme Kosáry, prenez quelques chemises propres, votre passeport, et changez de véhicule. On roule toujours mieux avec le sien.

– Une vieille caisse. Une Renault.

– Arrêtez de faire des manières. Les Renault sont increvables. Bien plus increvables que les Ford Mustang. Et si besoin est, restez quelques jours chez la fille. Prenez ça comme des vacances. Comme des vacances au service de l'État.

– Vous me promettez que ça ne me créera pas de problèmes ?

– Si j'étais le préfet de police, j'aurais les mains liées. Mais je suis l'enquêteur. C'est mon affaire. J'en ai la charge. Alors c'est à moi de décider qui aura des problèmes ou non. D'accord ?

– Ce que vous exigez de moi est scandaleux, dit Sternbach.

Toutefois le vase Ming semblait s'être ressaisi.

Quelques instants plus tard, Egon Sternbach et Esther Kosáry avaient pris place dans la Ford Mustang 1987 et démarraient. Lukastik avait une fois de plus constitué un couple, ce dont il était ravi. À vrai dire il espérait que les deux « jeunes mariés » ne se volatiliseraient pas à leur tour.

Quoi qu'il en soit, la seule chose qui lui paraissait sensée, c'était d'éloigner la petite amie du mort de la zone de tir des intérêts et des investigations. Elle n'avait rien à voir avec cette histoire. Il en était convaincu. Et dans son travail il avait pour principe de décider lui-même du vrai ou du faux, et de soustraire à l'appareil policier les soi-disant suspects dont il avait reconnu l'innocence. De ce point de vue, la lointaine Györ, mais surtout le fait d'y avoir également envoyé le coiffeur Sternbach, constituaient en quelque sorte la chambre froide où Lukastik entreposait la jeune femme.

Si l'on songe à la représentation qu'on se fait habituellement du policier opérant dans l'illégalité, Lukastik en était un exemple original et, pourrait-on dire, charmant. Cependant il n'ignorait pas que d'autres personnes éprouvaient le besoin d'accomplir leur travail. Attrapant son portable, il tapa le numéro de son supérieur.

– Pourriez-vous me dire ce que tout ça signifie ? entendit-il.

Le commissaire ne semblait pas vraiment irrité, il était plutôt soucieux, craintif, redoutant les complications. Il venait juste de recevoir un coup de téléphone du responsable de la gendarmerie de Zwettl, qui s'était plaint du manque de coopération de Lukastik, et même de son insolence.

– Ce n'est pourtant pas la première fois qu'un abruti se plaint de moi, répondit Lukastik.

– Ma tâche consiste à les calmer, ces abrutis, lui rappela le commissaire.

– En effet, confirma Lukastik.

Il apprit au commissaire qu'il avait découvert l'identité du mort et qu'il se trouvait en ce moment même dans sa maison.

Il y eut un silence. Le commissaire se racla la gorge, puis reprit :

– Excellent. Savez-vous également qui est le meurtrier ? En dehors du poisson.

– Pas encore, dit Lukastik.

Il livra quelques informations sur Tobias Oborin, mais ne pipa mot d'Esther Kosáry.

– Je vous envoie la police scientifique, déclara le commissaire.

Bizarrement il ne semblait pas au courant de la disparition de Jordan et de Boehm. Et sur ce point-là aussi, Lukastik s'abstint d'éclairer sa lanterne. Avant tout parce qu'il présumait que le « couple » ne tarderait pas à refaire surface. Dans le mode de pensée de Lukastik, la réapparition de ces deux personnes, saines et sauves, était chose entendue.

Tout en parlant avec le commissaire, Lukastik parcourait les autres pièces de la maison, examinait les livres sur les étagères, les papiers sur les bureaux, s'intéressant également à des détails dans la cuisine et la salle de bains. Ce n'étaient pas de véritables recherches, il se contentait de fouiner. Il n'espérait pas que la main d'un ange vienne le guider, mais faute de pouvoir mettre tout sens dessus dessous, il s'abandonnait au hasard. Sans se prendre les pieds dedans comme à l'ordinaire, mais en se laissant porter par lui. Pour autant, il ne découvrit aucun indice utile. Pas même à la cave où, dans de hautes armoires vitrées, étaient entreposés des milliers de papiers répartis en piles de l'épaisseur d'une brique, sur chacune desquelles trônaient des modèles réduits de voitures. Lukastik supposa qu'il s'agissait moins – ou pas seulement – d'une réminiscence de l'enfance que d'un système de rangement, qui associait telle voiture à tel type de document. Les vitrines, qui faisaient le tour de la pièce, devaient bien abriter quelques centaines de piles de papier, et donc quelques centaines de petites voitures et quelques centaines de classements. Sans une excellente mémoire, impossible de tirer quoi que ce soit de tout cela. Or Oborin jouissait certainement d'une très bonne mémoire, Lukastik en était persuadé. D'où les petites voitures, afin de conserver une vue d'ensemble parfaite sans recourir aux codes usant de lettres et de chiffres.

La police scientifique, les collaborateurs de Lukastik, peut-être aussi les services de renseignements – si l'affaire prenait de l'ampleur –, tous en viendraient inévitablement à introduire le désordre dans ces archives graphologiques. Lukastik n'en avait ni le temps ni l'envie. Mais il voulait tout de même risquer un bref coup d'œil, très personnel. Il se résolut donc à mettre un terme à sa conversation avec le commissaire et essaya de dénicher dans les armoires vitrées, dont la paroi du fond était recouverte d'un miroir, un modèle de Ford Mustang. Il était convaincu qu'il trouverait la plus américaine de toutes les voitures de sport dans cette foule de copies extrêmement fidèles aux originaux.

Et de fait, il ne lui fallut que quelques minutes pour en découvrir un exemplaire. Il va de soi qu'il ne s'agissait pas d'une LX Hatchback 1987 et qu'il n'était pas couleur d'or mat. Mais Lukastik se saisit de la pile, d'où s'échappaient sur le côté des bandes de papier de couleurs différentes. Sur le dessus reposait une feuille vierge jaunie. Les documents consistaient en formulaires remplis à la main, contenant tous une demande de nationalité autrichienne. Ces écrits étaient eux aussi complétés par des notes qui devaient émaner d'Oborin. Les demandes dataient de vingt ans et plus, mais n'étaient pas classées par ordre chronologique. Lukastik aurait été totalement incapable de dire selon quels critères elles étaient rangées et quelles étaient les subdivisions indiquées par chacune des bandes de papier. Toutefois, il ne modifia en rien l'ordre existant et remit le paquet à sa place d'origine. Il posa la petite Ford Mustang sur le dessus et ferma l'armoire. Ensuite il quitta la cave et quitta la maison.

Sur l'étroit sentier bétonné qui conduisait à la rue, il vit venir à sa rencontre le responsable de la police de Zwettl, le fameux lieutenant Prunner, lequel s'efforçait visiblement de se donner une contenance en prévision d'une impudence de son collègue viennois.

– La maison est à vous, dit Lukastik, comme on dirait : Le témoin est à vous.

Ce faisant il agita son bras vers l'arrière d'une manière bienveillante.

– Un mot, monsieur l'inspecteur principal, fit Prunner avec un petit geste qui évoquait un panneau de stop bien amorti, ou plutôt semblait annoncer un panneau de ce genre.

– Je suis pressé, rétorqua Lukastik.

– Je ne vous retiendrai pas longtemps. Je voudrais savoir ce que nous sommes censés chercher.

En dépit de toute sa politesse diplomatique à l'égard de Prunner, le commissaire n'était manifestement pas entré dans les détails. Détails équivoques, qu'il entendait taire le plus longtemps possible. Ou qui l'embarrassaient, tout simplement.

Lukastik aurait très bien pu continuer à garder le silence. Mais quelque chose l'agaçait, l'agaçait terriblement. Peut-être l'uniforme corporel de Prunner. Peut-être cette chaleur désagréable. Il répondit :

– Les traces d'un requin.

Prunner ne broncha pas. Ce nonobstant, il en avait plus qu'assez de devoir subir ce Lukastik, qui ignorait le sens du mot loyauté, passait sur les hiérarchies avec désinvolture et semblait faire de chaque crime à élucider une affaire personnelle. Prunner était un fonctionnaire, c'était quelqu'un de correct et, bien qu'il ne fût sans doute pas sot, il était très loin de se considérer comme un esprit supérieur. Les gens comme Lukastik le dégoûtaient. Il n'en fit pas moins bonne figure :

– Un requin, donc.

– Nos gens de la police scientifique vont bientôt arriver, l'informa Lukastik. Ils viennent en hélicoptère. C'est vous dire l'importance que nous accordons à cette enquête. Je vous prierai donc de veiller à ce que vos... collaborateurs... ne dérangent rien dans la maison.

– N'ayez aucune crainte, mes *collaborateurs* ne sont pas les rustres que vous semblez croire – puis, s'approchant de Lukastik, s'approchant sans doute bien trop près au goût de ce dernier, il ajouta : Il y a des limites.

– Je sais. Moi aussi je m'y tiens. Bon, maintenant il faut que j'y aille. Ça me rendrait un grand service qu'un de vos hommes me conduise au couvent.

– Où est votre voiture ?

– Je l'ai prêtée.

– À M. Sternbach ? demanda Prunner.

– Je l'ai prié de faire quelque chose pour moi.

– Il est coiffeur, pas policier, rappela le lieutenant.

– Il s'agit d'une faveur personnelle. Il s'agit de... d'une coiffure. Oui, d'une coiffure. De quoi d'autre pourrait-il s'agir ? Alors ? Quelqu'un peut-il me conduire ?

Prunner héla un membre de son équipe, un jeune homme dégingandé, qui portait son statut de second rôle écrit sur la figure.

– Merci, dit Lukastik.

Il se fit conduire par le second rôle jusqu'au couvent, un ensemble de bâtiments comportant un monastère et une église collégiale ainsi que diverses maisons adjacentes, construit dans un vallon et installé tout près d'un endroit où la rivière formait un coude – comme il est d'usage chez les cisterciens. Du coup, on avait l'impression qu'un village remplissait le vallon. Le clocher baroque, flanqué de deux archanges, se dressait comme une fusée dans un bleu dépourvu de brume. Le soleil piquait. La fameuse fraîcheur du Waldviertel ne semblait plus désormais qu'une légende.

– Venez avec moi, ordonna Lukastik au jeune gendarme, après que celui-ci eut garé la voiture.

L'homme le suivit sans mot dire.

Ils passèrent le portail d'entrée et pénétrèrent dans une cour d'abbaye parsemée de gravier et occupée en son centre par un puits octogonal. Lukastik se réfugia aussitôt dans un endroit serti d'ombre. De son abri ombragé, il contempla la façade inondée de soleil comme il l'aurait fait du brasier lointain d'une étoile fixe. Puis il s'assit sur un banc placé contre le mur, surmonta une petite faiblesse provoquée par la chaleur, adressa un signe au gendarme et lui ordonna :

– Allez chez l'abbé. Informez-le que je dois lui parler.

– Ici, à l'extérieur ?

– Ici, à l'extérieur, confirma Lukastik. Allez-y à la fin !

Il se sentait mal à l'aise. La chaleur n'était pas seule en cause. Les endroits religieux – les endroits religieux *actifs* – recelaient à ses yeux une force de pénétration très nette. Une force de pénétration proportionnelle à leur beauté. Et c'était encore plus vrai pour les individus religieux *actifs*. Comme pour repousser un esprit malfaisant, Lukastik sortit son *Tractatus* de sa poche et l'ouvrit à l'avant-dernière page, sa favorite, afin de se reporter au dernier point, lequel dit : « Comment est le monde, ceci est pour le Supérieur parfaitement indifférent. Dieu ne se révèle pas *dans* le monde. »

Ces deux phrases le réconfortèrent. Comme réconforte un bonbon quand on a un chat dans la gorge, ou le fait de plonger ses pieds brûlants dans l'eau froide. Car Wittgenstein ne refusait pas plus l'existence de Dieu qu'il ne colportait la nouvelle de sa mort, il l'assignait sans hésiter à la place qui était la sienne, dans l'indicible. Alors que dans la jolie cour d'abbaye où Lukastik était assis, on pouvait avoir l'impression qu'à tout moment Dieu allait surgir du moindre bout de mur, et à plus forte raison de la Vierge de pierre située au-dessus du portail.

Comme pour renforcer l'insistante beauté de la cour, le gendarme réapparut en compagnie d'un moine, qui portait sur sa longue robe blanche un surplis noir possédant aux yeux de Lukastik le caractère défensif d'un gilet pare-balles. Sans pour autant donner un sentiment de lourdeur. Au contraire. La lourdeur semblait bien éloignée de ce frère, qui aurait pu sortir du rêve d'un peintre préraphaélite. Un être irréprochable, impeccable. Élancé, avec des yeux sombres et un nez étroit. Et une mélancolie décorative.

– Vous n'êtes sûrement pas l'abbé, fit Lukastik en réponse au salut chrétien du moine, lequel n'avait sans doute même pas trente ans.

– Je suis son secrétaire. En ce moment, M. le prélat est à l'étranger.

– Ce qui signifie que je devrai me contenter de vous, déclara Lukastik.

– Je suis à votre disposition, dans la mesure de mes moyens. Je suis le frère Isidore.

Lukastik se leva, un peu courbé sous tant de beauté, et pria le gendarme d'attendre dans la voiture. Le second rôle n'hésita pas une seconde, avec la joie de quelqu'un qui sortirait de l'hôpital.

– Quelle chaleur ! fit remarquer Lukastik.

– Allons dans le cloître, proposa le moine.

Lukastik acquiesça. Le cloître, ça sonnait bien. Et lorsque, une fois franchi le portail du couvent, il fut conduit jusqu'aux espaces réservés aux moines, il pénétra en effet dans une zone qui semblait avoir conservé une fraîcheur d'un autre âge. Une fraîcheur comparable à la disposition de diverses couches rocheuses, dont la plus ancienne remonterait directement au Moyen Âge. Un hiver du XIIIᵉ siècle.

En même temps, par les ouvertures, qui montraient entre les colonnes et les voûtes une cour fermée, se répandait un air chaud doté d'une qualité plutôt printanière – comme un vêtement de lin qui repose agréablement sur la peau. Lukastik fut donc plus que satisfait de ce changement de lieu et dut se contraindre pour ne pas faire preuve de gratitude.

Le jeune moine fit traverser à son hôte l'aile sud, qui datait des débuts du gothique, jusqu'à une fontaine couverte ajoutée en cet endroit, tel un bourgeon. Le policier et le religieux s'arrêtèrent sous la voûte nervurée comme dans une capsule aérée, avec devant eux la fontaine en granit dont la gargouille en forme de fleur laissait échapper une eau bouillonnante évoquant un petit enfant intarissable.

– Agréable comme endroit, avoua Lukastik.

– Vous pouvez fumer si vous voulez, dit le frère Isidore.

– Comment ça ? En plein milieu de toute cette austérité moyenâgeuse ?

– Le bassin de la fontaine, tel que vous le voyez, n'a été construit qu'au début du XVIIIᵉ siècle. Si ça peut vous tranquilliser.

– Dans ces conditions, fumons, déclara Lukastik.

Le moine accepta la cigarette offerte et se fit donner du feu. Il inhala avec l'élégance qui caractérisait toute sa personne. Comme s'il voulait montrer que tout dépendait de la manière dont on fumait. Et de rien d'autre. Et qu'on pouvait adopter une posture en accord avec la beauté du cloître et de la fontaine couverte.

Après un moment passé à fumer – Lukastik n'était pas sans éprouver de l'envie devant la belle contenance de son interlocuteur –, le frère Isidore demanda à l'inspecteur principal en quoi il pouvait lui être utile.

– Une vilaine affaire, qui m'oblige à vous importuner, répondit Lukastik.

– Le « vilain » fait partie du monde, énonça le religieux. Un monde qui ne serait que beauté ne produirait jamais de pureté.

– Voilà qui est juste, acquiesça Lukastik.

Il expliqua que sa venue était liée à un meurtre commis à Vienne. Mais la victime était originaire de Zwettl. Il s'agissait du graphologue Oborin.

Le secrétaire de l'abbé ne se signa pas, il ne marmonna pas non plus quelque formule. Il ne sembla ni frappé par la foudre, ni indifférent. Il pressa sa cigarette contre la paroi de granit, referma son poing gauche sur le mégot et dit :

– J'en suis vraiment désolé. M. Oborin était un hôte fréquent et bienvenu dans notre maison. Un mécène de la collection de manuscrits.

– Je sais. Il s'intéressait aussi aux écrits privés des moines, semble-t-il.

– À tous les écrits. Une obsession, assurément. Mais une obsession plaisante. Les recherches de M. Oborin n'étaient nullement tendancieuses. Nous nous mettions volontiers à sa disposition. Quelques phrases écrites, quelques lettres officielles, des notes, des gribouillages d'enfance.

– Que cherchait-il ?

– Eh bien, il s'agissait surtout pour lui d'avoir une vue d'ensemble. C'est ce que veulent la plupart des scientifiques. Si l'on admet que chaque cellule d'une créature contient toutes ses informations biologiques, alors M. Oborin pensait qu'un seul mot écrit renfermait tout ce qu'on pouvait dire de la nature d'un être. Il suffisait d'avoir le regard adéquat. Un regard microscopique, comme il l'appelait.

– Ça ne me suffit pas.

– M. Oborin était un homme religieux. Mais aussi un sceptique. On peut croire en Dieu sans poser la moindre question. Mais on peut aussi chercher Dieu. Tobias Oborin le cherchait, non dans les Saintes Écritures, comme nous, mais au moyen de l'écriture des hommes.

– Et alors ? L'a-t-il trouvé ? demanda le policier en posant à la dérobée son mégot sur la margelle de pierre.

– Peut-on formuler la chose en ces termes ? Peut-on dire « j'ai trouvé Dieu » comme on le dirait d'une clé égarée ou encore d'un bout de doigt coupé ? Certainement pas. Quoi qu'il en soit, ces derniers temps, M. Oborin me paraissait agité. Euphorique, mais nerveux. Exactement comme s'il avait accompli un pas décisif dans ses recherches. Malheureusement, je ne suis pas capable de vous préciser en quoi consistait ce pas décisif. C'était juste mon impression.

Lukastik se frotta le menton, puis déclara que Tobias Oborin était mort d'une manière on ne peut plus bizarre. Un bizarre qui – comme tout bizarre – trahissait surtout l'ignorance où se trouvait pour l'instant la police. Voilà pourquoi il était là : pour enfoncer un coin dans cette ignorance.

– Bien sûr, dit le frère Isidore.

Lukastik se pencha légèrement en avant et expliqua, en baissant involontairement la voix :

– M. Oborin a été tué par un requin.

Le frère Isidore ne sembla nullement tomber des nues. Il paraissait plutôt avoir oublié que l'on parlait d'un meurtre commis à Vienne. Il indiqua en effet avoir plusieurs fois discuté avec Oborin de sa passion pour la plongée sous-marine. Et qualifia ensuite l'accident de tragique.

– Il n'est pas mort en faisant de la plongée. Et il n'est pas mort dans le sud du Pacifique, rectifia Lukastik.

Et il décrivit où et comment on avait trouvé le corps, mentionnant au passage la découverte du minuscule appareil auditif.

– Voilà qui est étrange, dit le frère Isidore.

– En effet, reprit Lukastik. On ne rencontre pas souvent des requins en haut d'une tour d'habitation.

– Ce n'est pas ce que je voulais dire.

– Mais encore ?

– Je pensais à l'appareil auditif dont vous parliez et que vous attribuez à M. Oborin. Cela me paraît exclu. M. Oborin n'avait aucun problème d'audition.

Gardant son calme, Lukastik expliqua au moine qu'il s'agissait d'un appareil particulier, de très petite taille, qui disparaissait quasiment dans le conduit auditif.

– Je connais ce genre d'appareil, dit le frère Isidore. Grâce à ma mère. Je puis vous assurer qu'en dépit de leur petite taille, ces objets sont visibles quand on veut les voir. Je ne prétends pas être un spécialiste. Mais j'ai été amené à aider ma mère en cette occasion et ça m'a appris des choses. Je sais à quoi ressemble cette prothèse. Et à quoi elle ressemble une fois placée dans l'oreille. Je peux donc vous assurer que jamais M. Oborin n'en a porté. Et qu'il ne montrait pas le moindre signe de faiblesse auditive.

– Vous étiez souvent en contact avec lui ?

– Suffisamment pour maintenir ce que j'ai dit en toute connaissance de cause. M. Oborin possédait une ouïe en parfait état.

– Il vous montrait peut-être toujours le même profil ?

– Je l'aurais remarqué. Ma mère a fait ça pendant un temps. Non, monsieur Lukastik, abandonnez votre théorie – pardonnez-moi ce conseil, je ne voudrais pas avoir l'air de m'immiscer.

Lukastik se mordit les lèvres, puis déclara :

– Je crains que vous ne m'ayez été d'une grande aide.

– Pourquoi le craignez-vous ?

– Connaissez-vous un dénommé Sternbach ? Egon Sternbach ?

– Vous voulez parler du coiffeur ?

– Oui. Serait-il donc aussi *votre* coiffeur ?

– Non. Se faire coiffer est plutôt accessoire au couvent.

– Votre coupe de cheveux est parfaite, déclara Lukastik.

– Nous avons un frère qui s'y connaît. Mais comme j'ai dit, c'est accessoire. Je sais néanmoins que M. Oborin fréquentait Sternbach.

– Ils étaient amis ?

– Ce serait sans doute beaucoup dire. Mais sur ce point, je ne vous serai pas d'une grande aide. M. Oborin et moi abordions rarement les questions personnelles. Le couvent n'est pas un lieu d'assistance spirituelle, encore moins les locaux de la bibliothèque où je retrouvais le plus souvent M. Oborin. Vous comprenez ?

– Bien sûr.

D'une légère secousse, Lukastik s'arracha au mur contre lequel il s'appuyait et remercia le frère Isidore de son aide. Ce dernier raccompagna l'inspecteur jusqu'à la cour de l'abbaye. Ce fut comme de pénétrer dans un monde en feu. La statue dorée du Sauveur au sommet du dôme en cuivre de la tour resplendissait de blancheur, comme recouverte de neige. Lukastik fit un pas dans l'ombre tandis que le frère Isidore, éloigné d'une coudée, restait au soleil, de sorte qu'ils étaient désormais séparés par l'arête tranchante de l'ombre du bâtiment. Lukastik aurait eu une foule de choses à confesser. Des fautes grossières et de dramatiques erreurs d'appréciation.

Le religieux prit congé, l'abandonnant à son espace ombragé. Il n'en sortit que lentement, comme s'il s'extrayait d'un trou, et se dirigea vers le parking.

« Quelle merde, c'est la merde sur toute la ligne ! » jurat-il en son for intérieur. Et par là il n'entendait pas la chaleur et cette sensation de miel sur le corps, mais la probabilité d'avoir été la dupe d'Egon Sternbach. Selon toute vraisemblance le coiffeur avait menti. Il l'avait embobiné avec son histoire d'oreilles. Une histoire à laquelle Lukastik avait cru parce qu'il se fiait aveuglément à son sens de la psychologie. Et pour couronner le tout, il avait eu la folie de faire du présumé innocent une sorte de shérif auxiliaire et de le nommer chauffeur d'Esther Kosáry. Prêtant en outre sa Ford Mustang dorée à ce menteur invétéré.

D'un autre côté, il n'était pas avéré que le frère Isidore avait raison en attribuant à Tobias Oborin une ouïe parfaite – d'autant que, d'après le Dr Paul, l'appareil auditif appartenait vraisemblablement au mort. Le frère Isidore n'était pas le pape, il pouvait se tromper – il en avait le droit.

Isidore ? Quel était ce nom d'ailleurs ? Lukastik résolut d'approfondir la question dès que l'occasion s'en présenterait.

– Conduisez-moi à L'Étang de Roland, ordonna-t-il à son chauffeur.

Le gendarme hésita, suggérant qu'il valait peut-être mieux commencer par rejoindre le lieutenant Prunner.

– Mieux pour qui ? demanda Lukastik.

– Mieux pour moi, avoua le gendarme.

– Là vous avez sans doute raison, reconnut Lukastik, mais en l'occurrence, ça ne compte pas. Conduisez-moi à la station-service. Avec gyrophare et aussi vite que vous le pourrez. S'il vous plaît !

Le gendarme acquiesça. Il détestait autant que Prunner ces gens qui arrivaient de Vienne et se comportaient comme s'ils avaient été les premiers à remarquer que la terre était ronde. Les Viennois se considéraient comme des coperniciens de la première heure. Quelle imposture !

11

Quel soulagement !

Celui de Lukastik au moment où apparut la silhouette anguleuse de la Ford Mustang qui avait survécu à l'art, et qu'Egon Sternbach avait garée bien en évidence sur le parking de L'Étang de Roland. Si ce n'était pas une preuve d'innocence, c'était du moins bon signe – quoique s'en remettre aux signes ne cadrât pas vraiment avec une pensée d'inspiration wittgensteinienne. Mais premièrement, Lukastik était tout sauf un penseur logique (ce que Wittgenstein n'était sans doute pas non plus), et deuxièmement, il se trouvait dans une situation critique. L'affaire menaçait de lui échapper. Il éprouvait un net sentiment d'insécurité et aurait bien aimé penser que le frère Isidore se trompait, et que donc ses soupçons à l'encontre d'Egon Sternbach se révéleraient infondés.

Lukastik descendit de la voiture et ordonna au gendarme de rejoindre Prunner.

– Que dois-je lui dire ? demanda le second rôle.

– Rien. Je me manifesterai, promit Lukastik.

Il ferma la portière et s'approcha de sa voiture, qui n'était pas verrouillée. La clé était là. Lukastik la retira en poussant un soupir de soulagement. Puis il s'immobilisa un bref et paisible instant sous la tonnelle artificielle, regardant du côté du pré, lequel n'avait plus vraiment l'aspect plat de terrain de sport que lui conférait la nuit. Il accusait à présent une légère courbure, ressemblant à une vague figée en plein déferlement. Lukastik réfléchit. Puis il entra dans le bâtiment. M. Roland était toujours assis à la caisse. Toujours assis à côté de ses lunettes, muet et un peu souffrant. Comme peuvent souffrir les rhumatisants. Il n'en avait pas moins l'air extrêmement vigilant. Debout parmi les rayonnages, Mme Beduzzi triait des paquets de chips. Plutôt que le froissement habituel, ils produisaient entre ses mains une sorte de piaulement. On aurait pu croire qu'elle répartissait des hamsters et des cochons d'Inde. En réponse à un signe de Lukastik, elle s'avança jusqu'à la barrière et demanda ce qui se passait.

– Est-ce que Sternbach est parti ?

– Oui, confirma Beduzzi. En compagnie d'une petite avec des cheveux hérissés et quelques rondelles de saucisson en guise de chair sur les os. Je ne l'avais encore jamais vue. Pas du tout son type de femme.

– Et quel est son type ?

– Les grandes femmes mûres, répondit Beduzzi avec une mine éloquente.

Un instant, elle regarda son mari du coin de l'œil, un peu comme on examinerait à l'occasion une vieille tache d'eau qu'on se propose d'enlever depuis des années sans jamais s'y mettre.

Lukastik voulut savoir si Sternbach avait dit quelque chose.

– Rien d'important, répondit Beduzzi. Mais j'ai trouvé ses adieux un peu étranges. Pompeux, comme s'il projetait d'aller sur la Lune avec sa jeune amie. Qu'est-ce que ça signifie ? Il n'a même pas fait un saut jusqu'à son salon de coiffure. Là-bas, tout est sens dessus dessous. Tout le monde le réclame. Un atelier sans maître, c'est une horreur pour les clients. Or que fait ce bon Sternbach ? Il s'installe dans sa Golf et le voilà qui s'en va avec cette créature voyante.

– Comment ça dans sa Golf ? Je croyais qu'il avait une Renault.

– Je peux vous assurer que non. En tant que patronne de cette station-service, je sais qui conduit quoi.

Lukastik prit une décision rapide.

– Menez-moi jusqu'à la chambre de Sternbach.

– Mais pourquoi ? s'étonna Beduzzi. Je ne crois pas que...

– Arrêtez de croire, faites ce que je dis.

– Voilà un ton peu sympathique, constata Beduzzi en fermant un bouton de son chemisier, comme une personne surprise dans sa chambre à coucher.

– Nécessité oblige, déclara Lukastik avec un geste d'impatience grandissante.

Mme Beduzzi quitta le supermarché côté caisse, cette fois sans regarder la tache d'eau de sa vie. Elle se dirigea vers Lukastik, plongea la main dans une poche de poitrine située sous les franges de cuir et en retira un trousseau de clés suspendu à un petit Donald Duck en peluche. Le canard avait les mains levées comme pour se rendre. Il avait l'air vivant. Il est vrai que quand on était nerveux et pressé – ce qui était assurément le cas de Lukastik –, il y avait une foule de choses qui avaient l'air vivant.

Selma Beduzzi balança le trousseau à la hauteur du menton de Lukastik :

– En réalité je devrais exiger un mandat de perquisition.

– Allons-y, ordonna le policier sans daigner relever cette formule chère aux profanes, qui faisait fi de l'urgence des situations.

Or de quoi était-il toujours question, sinon d'urgence ? Le danger, tel était le climat où prospéraient toutes choses. La chambre de Sternbach était située à l'extrémité du couloir. Elle était deux fois plus grande que celle de Lukastik mais affichait le même revêtement mural et le même sol en plastique bleu clair. Les meubles blancs ressemblaient à une famille de bonshommes de neige. Sur le mur du fond, une large fenêtre donnait sur l'entrelacs ombragé d'une forêt de sapins. Des taches de lumière isolées pénétraient et dansaient dans la pièce. Seule véritable note de désordre, le creux visible sur le lit fait. Très probablement l'empreinte d'une valise. Sur une étagère unique dépourvue de montants étaient disposés des trophées soigneusement alignés. Six coupes. Sternbach en avait reçu cinq en l'honneur de ses mérites de coiffeur, quant à la sixième – la seule qui fût à peu près de bon goût –, elle récompensait des mérites bien différents. En réalité il ne s'agissait pas d'une coupe mais d'une assiette en verre, dont le motif circulaire gravé s'épaississait en spirale. Les anneaux extérieurs étaient d'une couleur claire, vert jaunâtre, qui se transformait en un dégradé de bleus s'assombrissant au fur et à mesure qu'on approchait du centre. Dans les intervalles séparant les anneaux extérieurs on distinguait une inscription révélant que Sternbach, en dépit de son physique plutôt frêle, semblait posséder des capacités pulmonaires exceptionnelles. Car à en croire l'hommage rendu, le 23 juillet de l'année 1993, sur la côte de Gênes, Egon Sternbach avait établi un nouveau record de plongée sans bouteilles et en poids constant – soixante et onze mètres.

– Il y a des gens qu'on croit bons et qui se révèlent méchants, déclara Lukastik. Mais l'inverse n'est pas vrai.

– Pardon ? fit Mme Beduzzi, surprise, tandis que d'un geste plein d'âme elle lissait le dessus-de-lit.

En revanche elle ne s'étonna pas de n'obtenir une fois de plus aucune réponse de Lukastik, lequel s'enquit du numéro de la voiture de Sternbach. Selma Beduzzi répondit avec une mauvaise volonté évidente, mais promptement. Elle avait une excellente mémoire, contrairement au policier. Celui-ci s'était approché du bureau et tirait à présent un stylo de la poche intérieure de son veston pour noter le numéro sur un bout de papier posé sur la table.

Puis il sortit son téléphone et appela un de ses collaborateurs afin de lancer des recherches pour retrouver Egon Sternbach. Tout en donnant ses instructions d'un ton rude et irrité qui ne lui était pas coutumier, il regardait le papier sur lequel il venait d'inscrire le numéro de la voiture. Au centre se trouvait une petite note. Écrite à la main, en lettres ventrues qui n'étaient pas sans rappeler le pré devant la maison. Le message lui était destiné, à lui, Lukastik, c'était un message de Sternbach, qui écrivait :

« Comme vous le savez, inspecteur, je suis tout bonnement incapable de dire non.

C'est un don, un tort et une malédiction.

Allez voir au bunker.

Votre coiffeur. »

« Ce n'est pas *mon* coiffeur, ce serait plutôt mon fossoyeur », murmura Lukastik à part lui, se demandant s'il devait prendre le bout de papier. En effet, il se pouvait que, tout absorbée qu'elle fût par le couvre-lit, Selma Beduzzi eût remarqué le petit mot. Et elle ne manquerait pas non plus de remarquer sa tentative de l'empocher. Et si, par la suite, il lui prenait l'envie de lâcher devant Prunner ou le commissaire une observation à ce sujet, les conséquences en seraient on ne peut plus désagréables pour Lukastik. La dissimulation de preuves se situait au-delà des limites au sein desquelles il évoluait avec une relative liberté. Sans compter qu'il aurait les plus grandes peines du monde à dissimuler sa dramatique erreur d'appréciation.

– Une question, madame Beduzzi, fit Lukastik en se tournant vers la gérante de la station-service. À quoi pourrait s'appliquer le mot « bunker » ?

– Dans le coin ?

– Je suppose.

– À moins de cent mètres d'ici, derrière la forêt, se trouve un petit bunker qui date de la Seconde Guerre mondiale. En plein milieu d'un champ en jachère. Autour, il y a tellement de buissons et de haies que, du chemin, il est quasiment invisible.

– Pourriez-vous m'y conduire ? demanda Lukastik d'une voix qui, pour une fois, manquait de sa rudesse habituelle.

– Comment ça ? Tout de suite ?

– C'est urgent.

– Dans ce cas… fit Beduzzi. Vous n'êtes pas seulement un policier, vous êtes aussi un hôte de la maison.

Sur ces mots, elle rouvrit le troisième bouton de son chemisier, celui qu'elle avait fermé peu avant.

Ceux qui n'auraient pas assisté à la scène auraient peut-être vu dans ce geste une coquetterie, un peu leste même. Pourtant ce n'était pas le cas. Pas du tout. C'était un geste de réconciliation et de confiance que Selma Beduzzi adressait à tous les hommes qui lui inspiraient un peu de sympathie. D'ailleurs ce n'était pas vraiment un aperçu de ses seins qu'elle révélait alors mais une vue sur sa poitrine – et donc sur son cœur. L'apport érotique qui pouvait en découler n'était que le bouquet de fleurs abritant ce qui était vraiment important, la carte de visite.

Peu après, quand elle eut brièvement informé son mari – invariablement muet – qu'elle s'absentait un moment, Mme Beduzzi conduisit Lukastik derrière la maison. Ils empruntèrent un étroit sentier menant dans la forêt, où s'entassaient des sapins de taille moyenne. On voyait aussi quelques feuillus isolés, comme fourrés là par quelqu'un qui aurait voulu cacher sa petite réserve de tilleuls et de hêtres. Une fraîcheur agréable, plus sèche que celle qui régnait dans le cloître du couvent de Zwettl, entourait les deux personnages.

– Votre mari sait-il qui je suis ? demanda Lukastik, agréablement ému par la proximité de cette femme, et aussi par le sentiment que la couche de miel se dissipait sur la peau de son dos.

– Non, répondit Beduzzi. Il ne sert à rien de lui expliquer quoi que ce soit. Il n'a pas envie d'écouter. C'est ce qui lui donne son air un peu apathique. Mais c'est un brave type. Pas le moins du monde jaloux, pas le moins du monde méfiant.

– Vraiment ? s'étonna Lukastik. J'avais l'impression qu'il surveillait son supermarché d'un œil de lynx.

– Le supermarché, c'est autre chose. Là il fait attention. C'est vrai. On ne pourrait même pas y voler un chewing-gum. Roland a développé un système de miroirs qu'il contrôle à partir de la caisse. Personne ne remarque leur présence. C'est un système parfait. Il n'y a aucun angle mort entre les rayonnages. En réalité, ça fait longtemps que plus personne n'a l'idée de voler quoi que ce soit. Les habitués sont au courant. Quant aux vrais étrangers, ils constituent une rareté.

– Je m'étonnais, avoua Lukastik, de voir une station-service comme celle-là sur une route aussi peu importante.

– À l'origine, l'idée était de bâtir un centre de congrès. Petit, raffiné et isolé. Mais ça n'a pas marché. C'est alors que quelqu'un a proposé de construire à la place une station-service. Avec supermarché, bar, coiffeur et chambres d'hôte. Cet emplacement n'est pas forcément un désavantage. Même si, grâce à mon mari, il est devenu quasi impossible de voler ici quoi que ce soit, il y a beaucoup de gens qui font le détour. On nous aime bien.

– On *vous* aime bien, j'imagine, rectifia Lukastik.

– C'est gentil, ça.

Le sourire de Selma Beduzzi fut comme une éclosion dans ce petit bois passablement peu fleuri.

On avait atteint la lisière de la forêt. L'ombre débordait de quelques mètres sur l'ancien champ où proliféraient désormais diverses variétés de graminées ainsi qu'un tapis bas et épais de mauvaises herbes. En contrebas de la surface vallonnée se dressait, à une distance de trente mètres environ, le fourré de broussailles en forme de cloche dont Mme Beduzzi avait parlé, et qui effectivement ne faisait pas du tout penser à une installation militaire. Il fallait s'avancer au soleil de quelques pas pour apercevoir des parties du revêtement bétonné, lequel s'élevait à près de deux mètres au-dessus du sol. Les broussailles environnantes se révélèrent extrêmement épineuses. Selma Beduzzi indiqua un petit interstice qui fendait la haie de manière quasi invisible.

– Je suis trop grosse pour pouvoir emprunter ce passage, expliqua-t-elle.

– Je ne dirais pas ça, protesta Lukastik bien que la gérante de la station-service eût parfaitement raison.

– Voilà que vous recommencez à être gentil, dit Mme Beduzzi. Mais tout de même, vous allez devoir y aller seul.

Lukastik acquiesça et manœuvra en plaçant son corps de biais et en lui donnant la forme d'un point d'interrogation. Ensuite le chemin s'élargissait un peu mais, à hauteur de tête, la voûte de broussailles se poursuivait, maintenant Lukastik dans une posture courbée. Il avait l'impression de se trouver dans une version rétrécie du cloître de Zwettl, une version piquante, d'une enserrante beauté.

L'inspecteur effectuait de véritables mouvements de contorsionniste pour éviter de rester accroché par la veste ou le pantalon. La perspective de devoir ensuite affronter le lieutenant Prunner et le commissaire Albrich dans une tenue qui fût tout sauf soignée l'épouvantait. Il était de ces gens qui, devant une catastrophe, quelle qu'elle soit, se sentent beaucoup mieux s'ils ont au moins la certitude d'y faire face dans une tenue convenable. Pas de Jugement dernier sans chaussures cirées.

Bon, il était dit que les chaussures de Lukastik n'en sortiraient pas indemnes. En dépit de la chaleur, le sol était humide. Et il se fit de plus en plus humide et boueux. Après avoir à demi contourné le bunker, le chemin descendait, s'enfonçant quasiment dans le sol pour déboucher sur une ouverture étroite et basse. De l'autre côté régnait une obscurité presque impénétrable. L'odeur qui s'en dégageait était aussi désagréable que variée.

Au premier pas qu'il fit à l'intérieur, Lukastik enfonça sa chaussure dans ce qui ressemblait à de la boue. Il frissonna à l'idée de souiller aussi sa jambe de pantalon. Il se déplaça donc presque sur la pointe des pieds dans l'étroit couloir, pénétrant plus avant dans l'obscurité, laquelle décrut toutefois après un premier puis un second virage. Et lorsqu'il arriva sur le palier d'une petite volée de marches et vit une pièce grande comme un salon de taille moyenne, il resta quelques instants aveuglé par les bandes de soleil qui traversaient deux gaines d'aération.

Lukastik fut assailli par une sorte d'étourdissement irréel, à l'instar d'un homme complètement ivre qui se tient debout devant son lit, prêt à s'y précipiter tête la première. La chaleur qui l'entourait était étouffante. Une chaleur sans miel, certes, mais qui vous coupait littéralement le souffle. Ce n'est qu'à ce moment-là que Lukastik remarqua les deux silhouettes dans un coin de la pièce, mais sans distinguer immédiatement de qui il s'agissait et dans quel état elles se trouvaient. Il aurait pu s'agir d'agresseurs. Lukastik n'aurait pas eu la moindre chance. Il était connu pour son manque de réactivité dans les affrontements violents. Du coup, il ne lui venait même pas à l'idée d'utiliser une arme. Si Erich Slatin était un biologiste marin sans mer, Lukastik était un policier sans pistolet.

L'attaque n'eut pas lieu. Les deux personnes, à demi recouvertes par l'un des faisceaux lumineux, comme passées à la peinture blanche, ne bougeaient pas. Lukastik descendit les quelques marches et put enfin jouir d'une vue dégagée. Il reconnut alors un de ses deux couples, à savoir le premier : Jordan et Boehm. Pieds et poings liés, tous deux étaient assis sur une saillie de béton. Ils avaient la bouche dissimulée par une large bande adhésive noire, comme si un de ces bandeaux qui barrent les yeux des gens sur les photos avait glissé. Qui plus est, ils avaient les yeux écarquillés. Heureusement pas à la manière des morts. Leur agitation de vivants était parfaitement perceptible. Elle équivalait à un véritable cri.

Si Lukastik ne possédait pas d'arme à feu, il avait du moins un petit couteau de poche dont le tranchant aurait eu du mal à rivaliser avec un faux ongle. Il coupa les liens avec effort. Sans avoir au préalable ôté le ruban adhésif couvrant les bouches. Mieux valait laisser ce soin aux intéressés. C'était là de ces exemples de mauvaises manières si fréquents dans les feuilletons policiers, où l'on montrait des victimes à qui l'on arrachait leur bâillon comme on déchire sans recours les vêtements de son partenaire dans un moment de violente passion.

Quand Jordan, libéré de ses liens, la bouche sèche mais débarrassée du bâillon, se frictionna les mains, on vit clairement à quel point il luttait contre lui-même. Contre lui et sa rancune. De toute évidence il avait failli, mais en plus il avait fallu que Richard Lukastik vînt le délivrer. L'occasion aurait appelé une parole de remerciement, mais Jordan ne pouvait s'y résoudre, et Lukastik n'en attendait ni même n'en espérait aucune. L'inspecteur principal ne voyait nul inconvénient à ce que les circonstances de ce sauvetage ne donnassent pas lieu à commentaire. Edda Boehm s'y tint également.

On avait tout de même des choses à se dire. Quand il eut fini de se masser les mains, Jordan commença à raconter que Boehm et lui étaient rapidement arrivés à la station-service et qu'ils s'étaient rendus dans la chambre de Sternbach. Sternbach était en train de regarder la télévision, il s'était montré aimable et coopératif, et avait expliqué qu'il s'était procuré l'appareil auditif pour un ami. L'histoire n'avait rien d'absurde. Le personnage leur avait paru crédible.

– C'est alors, poursuivit Jordan presque en manière de reproche, que Mme Boehm a remarqué l'assiette.

– Une distinction honorifique en verre, précisa Boehm. J'ai été estomaquée de lire que, dix ans plus tôt, notre

Sternbach avait tout de bon établi un record mondial. En plongée qui plus est. Ça m'a paru intéressant. Et outre le fait qu'on pouvait établir un lien entre un requin et un plongeur, il m'est venu une autre idée. Le fameux problème de tympan. Certaines profondeurs sont réputées terriblement nocives. Je me suis alors approchée de Sternbach. Jusque-là nous étions loin de lui. Et qu'est-ce que je vois dans une de ses oreilles ? Dans un premier temps, rien, car le gaillard s'était détourné. Alors je l'ai tout bonnement attrapé par le menton et lui ai tourné le visage vers moi. Et c'est là que j'ai découvert un de ces trucs dans son oreille. Petit, avec ce motif de veinules que nous connaissons, mais pas invisible. Un joli appareil auditif.

– Malheureusement ça s'est arrêté là, continua Jordan. Le type a agi avec une rapidité incroyable. Il m'a frappé en profitant d'une distraction passagère de ma part.

– Oui, tout est allé très vite, confirma Edda Boehm.

Elle raconta ensuite – faits ignorés de Jordan – que Sternbach l'avait alors menacée d'une arme, qu'il avait sortie avec la même célérité de derrière son fauteuil de télévision tout blanc.

Il l'avait fait apparaître comme par enchantement – disons-le comme cela pour éviter de conclure que Boehm avait été prise de court. Quoi qu'il en soit, Sternbach avait appliqué le canon de l'arme sur le cou d'Edda Boehm et l'avait forcée, avec une froideur menaçante, à prendre un flacon de chloroforme dans l'armoire de la salle de bains. Après quoi, elle avait dû endormir Jordan, déjà inconscient, à l'aide d'un chiffon imbibé de chloroforme, puis se soumettre au même traitement.

– Étonnant ce qu'on peut avoir dans son armoire à pharmacie, dit Lukastik.

– C'est comme un doigt qui s'enfonce profondément, douloureusement, dans le nez, expliqua Boehm, commentant en ces termes son auto-anesthésie.

Elle ne s'était réveillée qu'au moment où Jordan et elle – ligotés et bâillonnés – s'étaient retrouvés dans cette pièce.

– Sternbach était là aussi, reprit Jordan. Mais il ne disait pas un mot, il était assis là-bas, de l'autre côté, sa lampe de poche à la main, et il écoutait de la musique. Vous imaginez la scène.

Regardant dans la direction indiquée par son adjoint, Lukastik aperçut une petite table toute simple, aux pieds noircis de moisissure. Sur le fragile plateau de bois était posé un de ces appareils à cassettes plats des années soixante-dix, qui avaient presque toujours l'air de livres négligemment abandonnés, et dont les touches larges et robustes auraient supporté un marteau. Dans les années soixante-dix, on construisait pour durer, avec l'idée que même le monde de demain ne pourrait se passer de cassettes.

Bon, à considérer l'objet qui reposait sur cette table, on se trouvait effectivement dans un avenir déjà bien engagé.

– Quoi comme musique ? questionna Lukastik.

– C'est à vous de répondre, rétorqua Jordan avec rudesse en faisant allusion au passé musicologique de Lukastik. La cassette est encore dans l'appareil si je ne me trompe.

Lukastik s'approcha du lecteur alimenté par des piles. Comme la cassette avait été entièrement écoutée, il la rembobina jusqu'au second tiers environ et appuya sur la touche.

Sa surprise fut considérable. Pour la bonne raison qu'il entendait justement ce qu'il avait pensé entendre en substance, à savoir la partita pour violon en *mi* majeur de Bach. En substance.

Revenant au début de la cassette, il pressa derechef la touche « *play* » et entendit, parfaitement conforme à la composition de Bach, le prélude de la partita. Comme Bach l'avait écrit. Et non dans l'adaptation fragmentée de l'Américain Lukas Foss que Lukastik croyait avoir entendue la veille au soir. De l'appareil ne sortait que du Jean-Sébastien Bach.

– C'était cette musique-là ? demanda Lukastik.

– Exactement, répondit Jordan. Vous l'avez entendue, n'est-ce pas ?

– Oui, si on veut.

Lukastik était désormais persuadé qu'au moment où il avait reçu l'appel téléphonique au *Sittl*, il avait été l'objet d'une illusion acoustique. Les sonorités de la partita qu'il avait entendues dans son portable, qui émergeaient puis disparaissaient, ce caractère distordu, haché, insolite, cette impression de sons crachés puis ravalés, avaient dû être provoqués par des parasites sur la ligne, par une impureté acoustique. Or de ce fait, Lukastik s'était replongé dans son passé, à l'époque où – possédé par la musique et son renouveau – il avait entendu en concert cette œuvre du sieur Lukas Foss. Et au moment même où son erreur lui apparaissait, le titre du morceau lui revint enfin : *Phorion*, terme grec signifiant « butin ».

– Butin, énonça-t-il à haute et intelligible voix en se frappant le front comme s'il venait d'avoir une puissante illumination.

– Pardon ? fit Jordan.

– C'est bon, répondit Lukastik en balayant d'un revers de main ce qu'il venait de dire.

Il confirma que c'était bien cette musique qu'il avait entendue la veille lorsque, attendant que Jordan parlât, il gardait le portable à l'oreille.

– Je craignais que vous n'y compreniez rien, expliqua Jordan. Ce Sternbach ne disait pas un mot, il se contentait de rester assis et d'écouter la musique. Comme pour se calmer. Comme s'il venait juste de nous éventrer, Boehm et moi. Ce qui n'était pas le cas, Dieu merci.

– Ça, vous pouvez le dire, renchérit Lukastik.

En réalité, il pensait surtout à lui et à l'accueil qu'auraient reçu ses actes d'autorité si l'on avait retrouvé mort le couple numéro un.

Lorsque Jordan s'était réveillé et avait compris qu'il était prisonnier et bâillonné, il avait tout de même réussi à atteindre du bout des doigts son portable dans la poche de son pantalon, à le tirer vers le haut et à presser les trois touches permettant d'établir la communication avec Lukastik, lequel, en dépit de l'antipathie que lui vouait Jordan, figurait en première place des numéros enregistrés. Un peu comme on installerait une belle-mère détestée au premier rang dans une compétition de sport automobile.

Jordan, bien sûr, n'avait pas pu savoir si la communication avait été établie et si Lukastik avait décroché. Sans compter qu'on entendait uniquement la musique enregistrée tandis que Sternbach, l'air songeur, le regard mélancolique, était assis près de la table sans rien dire qui aurait pu fournir à Lukastik, si tant est qu'il fût en train d'écouter, un indice sur la situation dramatique de ses deux collaborateurs.

– J'ignore comment, malgré la musique, ce salaud s'en est aperçu, poursuivit Jordan. Toujours est-il que soudain il a fait un bond, il s'est précipité sur moi comme une flèche, a glissé la main dans ma poche, a sorti brutalement l'appareil avec lequel il m'a frappé sur la poitrine. J'aurais bien aimé lui dire que je lui en faisais cadeau, mais à ce moment-là j'étais encore bâillonné. Puis il s'est arrêté de cogner, il a balancé le portable par terre et lui a donné quelques coups de talon. On aurait cru qu'il écrasait un serpent venimeux ou une sale bestiole. Après quoi il l'a ramassé et examiné avec un calme et un sang-froid étonnants pour vérifier qu'il était bien hors d'usage. Puis il nous a regardés, Boehm et moi, comme s'il envisageait de nous tuer. D'ailleurs, peut-être qu'il l'aurait fait s'il en avait eu le temps. Vous l'avez arrêté ?

– Malheureusement non, répondit Lukastik. J'ai compris trop tard. J'aurais dû être plus attentif aux oreilles de ce monsieur. Tant pis, ce qui est fait est fait. Mais les recherches sont en cours. Ce n'est plus qu'une question de temps. Et quand il sera entre nos mains, nous n'aurons pas à craindre qu'un petit malin d'avocat le libère illico. Rien que pour ce qu'il a fait ici, il ne nous échappera pas facilement. Ligoter des policiers, ça passe mal.

– Et le mobile ? Et la victime ? demanda Boehm, témoignant de son goût pour le pratique et le concret.

En sa qualité de membre de la police scientifique, elle s'accrochait à ce qui était matériel, à ce qu'on pouvait saisir, prouver.

– Nous connaissons la victime, répondit Lukastik, un certain Tobias Oborin, graphologue, mais surtout plongeur. Il était ami avec Sternbach, ou du moins il se faisait couper les cheveux par lui. Sternbach est le Figaro du coin, un virtuose de province. Mais le véritable lien vient manifestement de la plongée. Quant au requin dans tout ça, son rôle reste malheureusement un grand point d'interrogation.

– J'irais bien respirer un peu d'air frais, intervint Jordan, rappelant l'endroit où l'on se trouvait.

– Pas d'objection, répondit Lukastik quoiqu'il en fût presque à savourer l'isolement du bunker malgré son atmosphère étouffante.

Il pressa alors une des touches de l'appareil à cassettes, sur quoi le couvercle s'ouvrit brutalement avec cette puissance typique des années soixante-dix, en émettant un cling-clang quasi psychédélique. Lukastik retira la cassette du compartiment, en examina les deux faces, qui ne portaient aucune inscription, et rangea la bande dans la poche de sa veste.

Edda Boehm souffrait le martyre en le voyant disposer d'une pièce à conviction avec un tel manque de professionnalisme. Mais elle garda le silence. Après tout les méthodes de Lukastik ne lui étaient pas inconnues. Pas plus que son impudence en ce domaine.

– Bon ! Allons-y, dit l'inspecteur.

Tous trois remontèrent le petit couloir, sortirent à l'air libre et se courbèrent pour traverser la voûte épineuse, qui semblait crépiter sous les précipitations de lumière. Comme si l'on se trouvait dans un transformateur, environné de courant électrique.

Lukastik se demanda si Sternbach avait été seul pour transporter les deux policiers inconscients. Cela n'avait sans doute pas été une mince affaire. Cependant le coiffeur avait plutôt l'air de quelqu'un qui préférait agir sans aide extérieure. Comme tous les artistes – à supposer que les coiffeurs en fissent partie –, il avait un comportement autiste. Une nature d'alchimiste.

Une autre question s'imposa à Lukastik lorsque, sortant de la haie, ils se retrouvèrent face à Selma Beduzzi, qui maintenait son chapeau de cow-boy à l'oblique sur son crâne, si bien qu'une ombre gris clair lui couvrait les trois quarts du visage.

– Vous avez prétendu n'avoir rencontré aucun de mes collègues, la nuit dernière, fit Lukastik, s'adressant à la gérante de la station-service. Mais ça ne me paraît pas possible. Ils se sont rendus tous les deux chez Sternbach.

Avant que Beduzzi pût répondre, Jordan déclara qu'il n'avait jamais vu cette femme. La personne qu'il avait interrogée au sujet de Sternbach était un petit homme d'un certain âge. Cet homme n'avait pas dit un mot, ni fait un geste d'acquiescement, mais il les avait conduits immédiatement jusqu'à la chambre de Sternbach. Après quoi il était reparti tout aussi immédiatement.

– Mon mari, établit Selma Beduzzi. Il ne fait pas de grands discours. Il n'en fait pas du tout – et, tournée vers Lukastik : Je ne pouvais pas voir vos gens. Comme vous l'avez constaté, lorsqu'on entre dans le bâtiment, il faut longer l'extérieur du bar pour se rendre aux chambres. On ne le traverse pas.

– Et votre mari ne vous a rien dit ?

– Je viens de vous expliquer…

– Mais la voiture de mes équipiers ? fit Lukastik, lui coupant la parole.

Curieusement il ne s'aperçut même pas que lui-même avait omis de rechercher le véhicule de Jordan. Sans compter qu'il ignorait totalement quelle voiture le couple avait choisie pour ce trajet. C'était précisément là des points qui révélaient de sa part une incroyable ignorance.

Selma Beduzzi expliqua qu'elle n'avait pas pour habitude de contrôler les voitures étrangères garées devant le bâtiment. Il y avait sans arrêt des gens qui stationnaient là pour faire la cueillette de champignons. Pas de problème. Ce n'était pas un souci.

– C'est un endroit merveilleux pour les champignons, fit Jordan avec dans le regard un enthousiasme que Lukastik ne lui connaissait pas.

Pour sa part, l'inspecteur considérait les champignons comme une manifestation visible du mystique, étrange, déroutante et pour tout dire superflue, quoique non dépourvue de beauté – mais quelque peu effrayante, comme pourraient l'être des nains charnus. Des excréments d'extraterrestres peut-être. Que des gens pussent ramasser ces excréments et les manger lui paraissait de la perversion. Saisissant son portable, il appela un de ses collaborateurs qui se trouvait déjà dans la maison d'Oborin. En arrière-fond on percevait les bruits significatifs de l'activité policière.

Lukastik lui demanda d'envoyer quelques hommes disponibles examiner la chambre d'hôtel de Sternbach ainsi que le bunker voisin. Aidé par Selma Beduzzi, il lui décrivit comment s'y rendre. Sur quoi il voulut raccrocher mais, comme il le craignait, le commissaire Albrich avait déjà pris l'écouteur et demandait qui étaient les deux policiers disparus ou jamais arrivés dont on ne cessait de parler. Prunner l'avait interrogé à ce sujet et il se sentait comme un crétin à ne pas pouvoir lui répondre.

Faisant un signe à Jordan et à Boehm, Lukastik s'éloigna hors de portée de voix et rendit compte à son supérieur, avec une grande économie de mots, de ce qui s'était passé, précisant que Jordan et Boehm étaient sains et saufs. Il mentionna ensuite – comme une chose dont le sens n'apparaissait qu'à un homme d'une grande intelligence – que la petite amie du mort se trouvait en compagnie de Sternbach. Et que cette situation résultait d'une décision prise par lui, Lukastik. À savoir la décision de soustraire Esther Kosáry aux tirs croisés de l'enquête et de l'envoyer en Hongrie.

Apparemment le commissaire ne possédait pas l'intelligence requise et n'en avait pas non plus le désir. Il resta un instant stupéfait, instant qu'il mit sans doute à profit pour, de son côté, se placer hors de portée de voix de la police de Zwettl, puis il demanda à Lukastik s'il avait perdu la raison. Qu'est-ce que c'était que cette idée insensée d'expédier un témoin à l'étranger, qui plus est en engageant à cet effet le principal suspect de l'affaire ?

– J'ignorais alors que Sternbach était l'homme que nous cherchions, déclara Lukastik, ajoutant avec une belle insolence qu'il pensait malgré tout avoir pris la bonne décision. Sternbach ne fera rien à la fille. Il n'est pas idiot, il sait que ce meurtre ne le mènerait nulle part. Cet homme n'est pas aveuglé par la rage.

– Mais enfin, Lukastik, vous avez vu la victime pourtant !

– Quelle que soit la manière dont Sternbach a procédé, l'intervention de ce requin témoigne d'un esprit méthodique et calculateur. Sternbach est du genre scientifique, ce n'est pas un boucher.

– Priez pour qu'il n'arrive rien à cette femme.

– Je ne prie jamais.

– Je devrais vous suspendre sur-le-champ.

– Ça ne me paraît pas une bonne idée. Qui résoudrait cette affaire alors ? Jordan ? Ou un de ces abrutis de Zwettl ?

– L'arrogance dont vous faites preuve en un moment pareil est à peine concevable, déclara le commissaire en lui ordonnant de rentrer au plus vite.

Impavide, l'inspecteur expliqua qu'il valait mieux se retrouver dans la chambre d'hôtel de Sternbach, sur le domaine de L'Étang de Roland. Sans le lieutenant Prunner.

– Bon, fit le commissaire avec un soupir qui resta suspendu entre les téléphones comme un long fil bien après que les deux hommes eurent raccroché.

Le commissaire était plus que jamais dégoûté du métier de policier. Il en était de lui comme d'Edda Boehm. Il aspirait à une soirée à l'opéra. À ceci près que c'était moins la musique qu'il appréciait que le cocon de sa loge, dans laquelle il s'installait avec sa femme ou ses deux fils ou une amie d'enfance. Ou qui que ce soit. Aucune importance.

(Au fond, l'histoire des personnes impliquées dans cette affaire est celle de leur énorme fatigue, indépendamment de la dynamique et de la fougue que le destin leur avait insufflées individuellement.)

Lukastik retourna vers les autres et dit :

– Allons-y.

Lorsqu'on arriva enfin à la lisière de la forêt et qu'on se retrouva à l'ombre, ce fut comme de rentrer au port. On pourrait dire que tous les quatre rejoignaient la terre ferme.

12

Parfois il est préférable de garder le silence, non seulement sur ce dont on ne peut parler mais aussi quand il ne vaut pas la peine de faire une déclaration, même justifiée. Telle fut la décision prise par Lukastik quand il pénétra dans le vestibule resplendissant de la station-service, et qu'il aperçut Roland Beduzzi. Celui-ci n'était plus assis derrière la caisse mais debout sur une échelle entre les rayonnages du supermarché, à bricoler quelque chose sur une des étagères. Sans doute installait-il un autre miroir ou corrigeait-il l'angle du dispositif existant. Aucun système parfait ne saurait l'être assez.

Au fond, Lukastik en était persuadé, Roland Beduzzi savait parfaitement qu'il était venu pour retrouver ses collègues Jordan et Boehm. Mais le gérant de la station-service n'avait pas laissé entendre qu'il les avait vus. Une vieille habitude sans doute, une passion froide.

Cela dit, Lukastik considérait que ce serait une perte de temps de faire descendre Beduzzi de son échelle pour le soumettre à un interrogatoire serré. L'homme était peut-être un misanthrope, un grand taciturne et un mari lamentable, mais il n'était sûrement pas complice de Sternbach. Autrement il n'aurait pas conduit Jordan et Boehm à la chambre du coiffeur sans aucune réticence. Non, il suffirait qu'un policier un peu moins occupé que les autres eût plus tard un entretien avec lui. Pour faire les choses dans les règles.

– Est-ce que vous avez encore besoin de moi ? demanda Selma Beduzzi. Il faut que j'aille nourrir mes poissons.

– Ah oui, allez nourrir les bestioles, fit Lukastik.

Il supposait que par « poissons » Mme Beduzzi entendait quelques-uns des habitués. Ou autre chose.

Lukastik et le « couple » se rendirent alors dans la chambre de Sternbach. Edda Boehm plongea immédiatement la main dans la poche de son jeans et en retira une paire de gants de protection dépourvus de l'habituelle transparence laiteuse qui donnait aux membres de la police scientifique l'apparence de chirurgiens ou de fétichistes. Et que les chirurgiens soient en général des fétichistes n'est pas une nouveauté.

Ces gants étaient d'un vert opaque évoquant plutôt des activités de jardinage. Comparaison à laquelle Mme Boehm n'aurait rien trouvé à redire. Elle ne se contentait pas de débusquer les choses, elle essayait aussi de les faire fleurir. C'est-à-dire parler.

Jordan enfila des gants du même vert, à l'inverse de Lukastik, qui jugeait ces mesures de sécurité au-dessous de sa dignité. Le vert n'y était pour rien. Il n'avait aucune envie de ressembler à un homme de ménage. Il n'utilisait de gants que s'il se voyait forcé de saisir un objet peu ragoûtant, comme naguère, lorsqu'il avait dû prendre entre ses doigts l'appareil auditif trouvé dans la piscine. Il était incapable d'aller au-delà. De sa vie il n'avait touché de cadavre.

– Qu'est-ce que ça signifie ? demanda Boehm en découvrant le morceau de papier sur le bureau blanc et en le soulevant entre deux doigts comme une rondelle de salami empoisonné.

– Eh bien, c'est une référence au bunker, répondit Lukastik. Une courtoisie de Sternbach.

– Ça d'accord. Mais l'expression « ne pas pouvoir dire non » ? Et « votre coiffeur » ?

– Une petite plaisanterie du sieur Sternbach, expliqua Lukastik.

Il ne se sentait toujours pas capable, vis-à-vis de Boehm mais surtout de Jordan, de mentionner l'existence de l'amie d'Oborin, Esther Kosáry. Ni le fait qu'il avait à proprement parler permis à Sternbach de fuir. Si l'on pouvait appeler ça une fuite.

– Et le numéro d'immatriculation ? demanda Boehm. C'est bien votre écriture, n'est-ce pas ?

– C'est mon écriture, confirma Lukastik. Je n'avais pas de papier sous la main lorsque la gérante a eu l'amabilité de me communiquer le numéro de la voiture de Sternbach.

Boehm déglutit. Il y avait encore des moments où l'inculture de Lukastik parvenait à la surprendre. L'inculture d'un homme qui n'utilisait presque jamais de gants, affirmant qu'il ne touchait à rien, mais qui en réalité, tel un éléphant dans un magasin de porcelaine, ne cessait de compromettre l'intégrité des scènes de crime.

Boehm mit précautionneusement le papier de côté. Quand ses collègues arriveraient avec leur équipement, elle le placerait dans une enveloppe de protection. Elle se réjouissait de les voir. Des gens comme elle, soigneux, plutôt avares de paroles, aucun spécimen cent pour cent policier, de nombreux amateurs d'insectes. Des amateurs d'opéra aussi. Des gens avec une vie de famille.

Le commissaire ne tarda pas à faire son apparition. Et avec lui la pondération, la diplomatie – modérément intéressée par le crime en question – telles qu'elles régnaient dans les sphères du Palais. Le commissaire Albrich était un homme de cinquante-six ans, de taille moyenne, qu'une certaine corpulence faisait paraître plus petit qu'il n'était. Exceptionnellement il ne portait pas de cravate, ce qui était moins l'indice de la chaleur ambiante qu'un signe d'agitation. Il produisait toutefois une impression très convenable et très soignée. Sa barbe grise, parfaitement taillée, montrait une bordure nette, semblable au tracé d'une côte rectiligne sur une carte géographique. Albrich n'était ni du genre à dominer une assemblée ou une situation, ni du genre à se laisser dominer. Toutefois il rendait rarement justice à son titre – à la sonorité de ce titre. Il ne laissait pas derrière lui une impression d'autoritarisme, de donneur d'ordres ou de leçons, encore moins d'ambition – mais seulement de préoccupation. De préoccupation presque impossible à dissiper.

On ne pouvait imaginer le commissaire Albrich relativement détendu que dans sa loge d'opéra, en train de somnoler, enveloppé de musique comme dans un châle chaud et moelleux, sans pour autant se montrer insensible au poids immense de l'art. Il savait toujours ce qu'on entendait, il connaissait la partition et le livret et avait son opinion sur le décor et la mise en scène. Mais il évitait d'étaler ce savoir exalté qu'Edda Boehm devait sûrement manifester.

Le spectacle qui s'offrit au commissaire, accompagné de membres de son service, lui fut très agréable. Du simple fait déjà de la présence de Jordan et de Boehm, qui venaient de traverser des moments pénibles mais n'en travaillaient pas moins comme s'il n'y avait pas eu de gros problèmes. Ils donnaient ainsi l'image de la routine et de la stabilité. Une image au goût du commissaire, lequel ne se voyait pas leur reprocher d'avoir été maîtrisés par un suspect. C'était pardonnable. Surtout au regard des actes d'autorité et des erreurs de l'inspecteur principal Lukastik.

Ce même Lukastik tendit la main au commissaire et dit, balayant d'avance tout reproche :

– Au fond, tout va très bien. Nous savons qui est le mort et nous savons qui est la personne que nous cherchons.

– Certes, répondit le commissaire, désagréablement affecté par la vigoureuse poignée de main de l'autre. Mais si cette… cette Hongroise…

– Sortons d'ici, proposa Lukastik en pénétrant dans le couloir vide avec le commissaire. Puis il expliqua : Elle s'appelle Esther Kosáry.

– Si nous retrouvons cette femme saine et sauve, dit le commissaire, elle ira raconter partout qui a eu l'amabilité de la renvoyer chez elle en compagnie d'un individu soupçonné de meurtre. Vous imaginez les commentaires de la presse ?

– Mme Kosáry m'a paru être une personne raisonnable, elle n'aura pas la sottise de se commettre avec des journaleux.

– Mais peut-être avec un avocat.

– Je réglerai tout ça, rétorqua Lukastik, qui semblait n'avoir aucun doute sur sa capacité à tenir sa promesse.

Le commissaire soupira, reprenant le fil qui s'était formé entre son portable et celui de Lukastik.

Lequel se mit alors à sonner sans discrétion. L'inspecteur principal sortit l'appareil de sa poche et se détourna légèrement. En entendant la voix de la personne qui l'appelait, il haussa les sourcils et sourit.

– Nous parlions justement de vous. Où êtes-vous ? Est-ce que Sternbach est avec vous ?

– Non, répondit Esther Kosáry à l'autre bout du fil. Votre cher ami m'a abandonnée.

– Ce n'est pas précisément mon cher ami, répliqua Lukastik.

Il confirma par un signe au commissaire, qui s'était approché d'un bond, qu'il avait bien Esther Kosáry au téléphone. Saine et sauve selon toute apparence.

Quant à la notion d'« abandon », elle fut vite relativisée quand Kosáry expliqua que Sternbach l'avait fait sortir de la voiture un quart d'heure plus tôt, à la périphérie d'une petite localité. Une périphérie très animée, car non loin de là s'étendait un terrain de football où se déroulait une fête.

– Est-ce qu'il s'est montré violent ? demanda Lukastik.

– Ça non. Il a arrêté la voiture, s'est penché vers la portière, l'a ouverte brutalement et m'a ordonné de descendre. Il valait mieux nous quitter là, a-t-il dit, c'était moins dangereux. Il ne m'a pas donné d'explications. Moi, je ne voulais pas descendre. Pour quoi faire ? Alors il a eu une drôle de tête et il a dit « s'il vous plaît » d'une drôle de façon... Passablement dingue si vous voulez mon avis. Ça m'a convaincue. Voilà pourquoi je me retrouve ici, à me faire dévisager.

– Comment ça, dévisager ? Où êtes-vous ?

– Dans une auberge près du terrain de football. Il y a quelques types, vous savez, le genre sympathiques jeunes de village.

– Ils ne vont pas vous manger, dit Lukastik.

– Croyez-vous ? Ce n'est pas vous qui avez eu la bonne idée de m'envoyer en Hongrie avec un fou ?

– Comment s'appelle le bled où vous êtes ?

Esther Kosáry indiqua un de ces noms de localité qui sonnaient comme une caricature de campagne profonde, un nom qu'on aurait pu croire inventé, un nom parlant, à la Nestroy[1]. Quoi qu'il en soit, le village ou la petite ville était situé à mi-distance entre Zwettl et Vienne, peut-être au point précis où passait la frontière susmentionnée entre le pensable et l'impensable. Ce qui aurait signifié alors que cette agglomération n'était ni d'un côté ni de l'autre, qu'elle constituait un espace indécis et indécidable. Peut-être aussi pouvait-on, pour éviter de qualifier d'emblée cet endroit de magique, le comparer à l'œil du cyclone, à son centre intact. Un œil, mais aveugle.

Cependant ce qui étonna Lukastik, c'est que, lorsque Sternbach avait ordonné à Kosáry de quitter la voiture un quart d'heure plus tôt, il n'avait pas dépassé cette localité qu'on atteignait en moins de quarante minutes de conduite rapide. Il demanda donc à Kosáry si Sternbach et elle avaient choisi la route directe.

– Je crois que c'était la route directe, répondit Kosáry. Mais peu après avoir quitté la station-service, nous nous sommes arrêtés pour prendre un petit déjeuner.

– Un petit déjeuner ? fit Lukastik, croyant avoir mal entendu.

– C'est Sternbach qui a insisté, expliqua Kosáry. Il a prétendu que vous ne lui aviez pas laissé le temps de petit-déjeuner en paix. Il voulait se rattraper. La Hongrie attendrait. Nous nous sommes donc installés à la terrasse d'une auberge et nous avons commandé des œufs à la coque et du café. Nous ne parlions pas. Nous étions là, assis au soleil, en train de décapiter nos œufs. Après quoi Sternbach est allé discuter avec le patron. J'ai eu l'impression qu'ils se connaissaient très bien. Toujours est-il qu'après le petit déjeuner nous sommes repartis avec une autre voiture.

---

1. Johann Nestroy (1801-1862), auteur dramatique autrichien, volontiers satirique. (N.d.T.)

– Une autre voiture ?

– Oui, une autre voiture. Une Opel flambant neuve. Une voiture laide. Laide mais confortable. Sternbach a soutenu que la climatisation de sa Golf était fichue. D'où l'Opel.

– Est-ce que vous vous souvenez du numéro de la plaque d'immatriculation ? demanda Lukastik.

– De l'Opel ? Vous plaisantez ! Je me fiche du numéro d'immatriculation. Une voiture bleue, bleu foncé métallisé, une Opel ressemblant à une Mercedes. Mais ne venez pas me demander le numéro d'immatriculation.

– Et le nom de l'auberge où vous avez pris votre petit déjeuner ?

– Aucune idée. C'était peu avant d'arriver à Rastenberg. L'auberge de campagne typique. Les fenêtres bourrées de jardinières.

– Directement sur rue ?

– Oui, on ne peut pas la manquer, dit Kosáry – et : Qu'est-ce qui se passe avec ce Sternbach ? À quoi servait toute cette opération ?

Ignorant une fois de plus la question posée, Lukastik promit :

– Je vous rejoins le plus vite possible. Restez là où vous êtes.

– Dans cet endroit ? Sûrement pas ! s'exclama Esther Kosáry. Je sors. Il y a une sorte de chapiteau ouvert où on sert de la bière et où les gens font la queue. Vous me trouverez quelque part là-bas. Et si quelqu'un me drague, je dirai que mon ami est dans la police.

– Pas d'exagération, l'exhorta Lukastik avant de raccrocher.

Aucun doute, un grand poids venait de lui être ôté. Une bonne raison de jouer la décontraction. S'adressant au commissaire, il dit :

– Vous voyez ! Exactement ce que j'avais prévu. Sternbach s'est contenté de laisser la fille sur le bord de la route et de poursuivre son voyage. Avec une autre voiture malheureusement. Oublions l'immatriculation de la Golf.

Puis il décrivit les quelques faits relatifs à l'échange des véhicules et indiqua le nom de la localité, sur quoi le commissaire saisit à son tour son portable. Il parla manifestement avec Prunner, évoqua l'auberge de campagne. Trois minutes ne s'étaient pas écoulées que Prunner rappelait, expliquant que le propriétaire de l'auberge était effectivement une connaissance de Sternbach et qu'à la demande du coiffeur – pour une question de climatisation apparemment défectueuse – il lui avait prêté son Opel. Laquelle n'était pas aussi flambant neuve que l'avait dit Kosáry, mais bien entretenue et comptant seulement un an d'âge.

Comme on avait désormais le bon numéro d'immatriculation, le commissaire donna l'ordre d'installer un cercle de barrages routiers à partir de la localité où se trouvait Esther Kosáry, et ce dans un rayon correspondant à peu près aux vingt minutes qui s'étaient écoulées depuis que Sternbach s'était débarrassé de sa passagère. Il fallait instaurer une surveillance sans faille dans toutes les directions, même celle qui ramenait vers Zwettl. Cela étant, le commissaire – comme les autres – pensait que Sternbach se dirigeait vers Vienne. Là où se dirigent tous les gens, criminels ou non. Vienne n'était pas seulement la grande ville du pays, sa capitale appréciée ou détestée ; c'était tout bonnement le seul endroit à peu près vivable, mais pas tant à cause de sa diversité culturelle ou de l'amabilité de ses habitants – cette bonne blague ! – que de son côté rampe de lancement. Disons, une rampe de lancement dans le monde. Disons, dans l'univers. Virtuellement parlant. Quoi qu'il en soit, on avait le sentiment qu'au-dessus de Vienne se déployait quelque chose que, dans un autre contexte, on aurait nommé « fenêtre météorologique », et qui poussait à croire que, si on le voulait vraiment, on pouvait sans problème fuir vers la liberté – où qu'elle se trouvât. En tout cas de l'autre côté de la fenêtre météorologique. Les Viennois avaient donc l'impression de pouvoir à tout moment s'éloigner, abandonner derrière eux quelque infortune personnelle, alors que dans les autres villes autrichiennes d'une certaine importance – qui abritaient sans doute des gens beaucoup plus sympathiques et une culture plus consistante –, on se sentait en permanence comme dans une cage verrouillée. En train d'attendre une fin qui s'inscrivait dans le cadre d'une vaste expérimentation. Vienne, donc.

C'était aussi à Vienne qu'il fallait dans un premier temps conduire Esther Kosáry. Le commissaire insista sur ce point. Il voulait voir cette femme personnellement pour lui proposer une sorte de marché – si cela se révélait nécessaire.

– Prenez l'hélicoptère, dit le commissaire.

D'ordinaire il se montrait plutôt radin quand il s'agissait d'utiliser l'hélicoptère de la police, qui servait trop souvent à son goût à satisfaire les envies d'altitude de quelques enquêteurs.

Pour sa part, Lukastik faisait peu de cas de toute cette « hélicomanie », comme il disait. Il répondit :

– Non, merci. Je prendrai la voiture pour emmener Mme Kosáry à Vienne. Ce sera plus confortable et ça l'intimidera moins. Je trouve qu'elle a droit à un certain confort. Après ce qui s'est passé.

– Je ne sais pas, fit le commissaire. Voilà qui ressemble à un nouvel acte d'autorité. Vous agissez comme si cette

Hongroise était votre petite cousine que vous deviez protéger contre vos collègues.

– Vous verrez, commissaire, elle n'a rien à voir avec toute cette histoire.

– Votre flair légendaire, hein ?

– Je vais aller la chercher. Bien tranquillement. Sans tout le boucan que cause un hélicoptère de police en atterrissant et en décollant dans un petit village.

– Où comptez-vous loger la femme quand vous serez à Vienne ?

– Chez des amis, répondit Lukastik.

Au même moment, une idée singulière lui traversa l'esprit, un peu comme une balle négligemment lancée venant atterrir pile dans la gueule d'un chien en train de bâiller. Il pensa que présenter Esther Kosáry au spécialiste des requins Erich Slatin serait une solution élégante. M. Slatin n'était peut-être pas l'homme le plus sociable du monde mais, compte tenu de l'intérêt de l'affaire, il lui serait difficile de refuser d'accueillir la jeune femme chez lui.

Cette idée n'avait aucun rapport avec le choix de Sternbach comme accompagnateur. Erich Slatin était un ami du Dr Paul, intervenant dans l'histoire à titre d'expert, non de participant. Cela n'entraînerait pas de complications supplémentaires. D'un autre côté, la propension de Lukastik à vouloir rapprocher les personnes mêlées d'une façon ou d'une autre à l'enquête dépassait assurément les bornes de la normalité. Son procédé s'apparentait à une manière de jouer avec le feu.

– Je me dépêche, dit Lukastik.

Le commissaire regarda sa montre et ordonna à Lukastik de se trouver à six heures dans la salle de réunion du service. Tous les policiers concernés seraient présents afin de mettre sur pied une approche concertée.

Lukastik leva les yeux au ciel. Il n'aimait guère ces réunions, en général assez scolaires, où certains somnolaient pendant que d'autres se manifestaient constamment pour étaler leur savoir. Mais que faire ?

Il promit de se présenter à l'heure dite. De penser à être présent.

– Pas d'échappatoires, Lukastik, je vous en conjure ! Et d'ailleurs, est-ce que Jordan et les autres sont au courant de cette pénible affaire concernant Esther Kosáry ?

– Je comptais vous laisser le soin de les en informer, répondit Lukastik.

– Trop aimable. Se pourrait-il, monsieur l'inspecteur principal, que vous soyez trop lâche pour ça ?

– Non, simplement trop pressé, rétorqua froidement Lukastik.

Avec un geste d'adieu minimaliste, il quitta les lieux de l'enquête pour se rendre au bar. Selma Beduzzi était derrière le comptoir, entourée de membres de la police de Zwettl. On semblait s'amuser bien qu'on bût exclusivement de l'eau minérale. Quand Lukastik entra, l'amusement se transforma en silence moqueur. On témoignait au policier viennois plus de dédain que d'hostilité. Visiblement le bruit avait circulé que Lukastik, en dépit des apparences, était une sorte de marginal.

Ledit marginal fut plutôt content de ne pas voir Prunner parmi les autochtones. C'était le seul abruti qui se serait permis des questions stupides.

– La note, s'il vous plaît ! lança-t-il à la gérante. Puis, la tirant un peu sur le côté, loin des uniformes : Merci pour votre aide.

Il arrivait rarement à Lukastik de remercier quelqu'un. Mais Mme Beduzzi était habituée à ce genre d'égards, elle attirait les égards. Ce qui ne l'empêchait pas de toujours apprécier la reconnaissance des hommes comme si c'était la première fois. Elle expliqua que cela avait été un plaisir de le conduire au bunker. Et que c'était un plaisir de lui offrir sa nuit à L'Étang à titre de service rendu à la justice.

– C'est trop bête que vous en ayez maintenant après Sternbach – à ce qu'on raconte, ajouta-t-elle.

– Oui, confirma Lukastik. Les gens d'ici vont devoir se chercher un nouveau coiffeur.

– On n'en retrouvera jamais un pareil.

– Courage ! l'exhorta Lukastik.

À ce moment-là, il lui revint que Selma Beduzzi avait prétendu tout ignorer des troubles auditifs de Sternbach. Avait-elle menti ? Menti pour respecter le désir de discrétion de Sternbach ? Ou bien n'avait-elle tout bonnement jamais remarqué le minuscule appareil ?

Lukastik privilégiait la seconde version. Toujours est-il qu'il renonça à interroger Mme Beduzzi à ce sujet. Il lui répugnait de perturber la paix de ces adieux en essayant d'élucider une question dont l'élucidation ne présentait plus d'intérêt. Il se tut donc, se contenta d'un petit sourire cadeau, et serra la main de Mme Beduzzi, qui avait la consistance d'une mousse dure et poreuse. Puis il quitta les lieux.

13

Si vraiment la patrie existe, alors pour la plupart des êtres humains elle doit se trouver à l'intérieur de leur voiture. Ce qui n'est pas nécessairement lié à la passion des moteurs, de la vitesse ou des enlacements érotiques. C'est juste que l'intérieur d'une voiture est clair et confortable. Familier et douillet. Une fois assis au volant, l'être humain développe une dignité qu'il ne peut revendiquer nulle part ailleurs. Sûrement pas quand il fait du vélo. Et encore moins quand il est à pied.

Lukastik connut un de ces moments de dignité alors qu'il était installé dans l'habitacle de sa Ford Mustang, roulant en direction de la localité que nous avons évoquée plus haut. Une localité qu'il nous faut à présent nommer, d'un nom inventé qui soit moins parodique que le vrai tout en restituant un peu l'ambiance d'un lieu situé à égale distance du pensable et de l'impensable. Ce village s'appellera Point Zéro, ou encore Point Zéro-sur-Kamp, d'après cet affluent du Danube qui coupe l'agglomération au nord, telle une lame de rasoir. Ce même fleuve qui étreint partiellement le couvent de Zwettl à l'instar d'une ceinture ouverte.

Et tandis qu'il filait sur la route à une vitesse convenable sans être inconvenante, Lukastik inséra la cassette de Sternbach dans le lecteur et écouta la seconde face. Il avait un peu espéré y trouver davantage que de la musique, par exemple des aveux explicites – ou plutôt hermétiques – comme cela se serait sans doute produit dans une histoire inventée. Car de temps à autre, Lukastik n'avait rien contre une ouverture idéale, circulaire, romanesque, d'où la solution pouvait commodément s'échapper. Mais ses espoirs furent déçus. Il n'y avait que de la musique, plus de Bach il est vrai, ni de musique ancienne ou classique, mais quelque chose de comparable à une belle assiette en plastique, bien pratique, qui, sans être encore une pièce d'antiquité, serait suffisamment abîmée et pâlie pour sentir un peu l'Histoire.

Il s'agissait des tubes de ce chanteur pop devenu célèbre, oui, mondialement célèbre, sous le nom de Falco et qui, au cours de sa modérément longue existence, avait élaboré une musique évoquant les bruits voluptueux qu'on émet en gobant des huîtres. On y percevait toujours une certaine amertume, peut-être parce que les huîtres sont tout de même des êtres vivants et que les gober est un acte d'une insigne méchanceté.

Quoi qu'il en soit, Lukastik éprouvait un réel plaisir à écouter cette musique, ce qui n'était nullement en contradiction avec ses autres passions musicales. Oui, il était même d'avis qu'un individu prétendant aimer Bach devait aussi aimer un homme comme Falco, dans la mesure où cette musique soi-disant récréative avait mis un terme provisoire à une évolution issue de Bach, et ce plus sûrement que ne l'avaient fait la plupart des compositeurs sérieux après 1945.

C'était là une opinion qu'Edda Boehm, par exemple, n'aurait jamais partagée. Pas plus que le commissaire Albrich. À l'inverse sans doute – selon toute probabilité – du propriétaire de la cassette, actuellement l'homme le plus recherché du pays : Egon Sternbach.

Entraîné par la musique de Falco, qui ne l'incitait pas précisément à réduire sa vitesse, Lukastik fonçait sur le sol vibrant de routes surchauffées, le long de paysages bouillants qui – vus de l'intérieur frais de la voiture – ressemblaient à des enclos en plein air. Vive la Basse-Autriche ! À vrai dire, on ne voyait pas grand-chose des bêtes et des hommes. Quelques lièvres, quelques individus courbés sur des tracteurs.

Une foule de gens s'offrit pourtant à la vue de Lukastik lorsque, après avoir franchi deux barrages de police, il arriva au terrain de football à la périphérie de Point Zéro. La tribune de bois couverte était pleine. À proximité se dressait la tente décrite par Kosáry, l'habituelle bâche blanche avec ses côtés ouverts et fermés. Sur l'autre bord de la route d'accès se trouvait l'auberge, une sorte de château de chasse bourgeois, flanquée d'un parking bondé où les carrosseries ressemblaient à des œufs d'autruche mis à couver sous une lampe à bronzer.

La localité elle-même était située à une centaine de mètres derrière, fermée comme une île. Le traditionnel clocher semblait rogné, dépassant de peu les toits les plus hauts. On ne voyait pas le fleuve. Il devait poursuivre son cours à l'autre bout du village, là où, sans transition apparente, une élévation boisée formait un mur. Ce n'était pas un versant à pic, ça non, mais tout de même une chose très élevée qui, en raison de son emplacement, ne projetait jamais d'ombre sur Point Zéro.

Lukastik se gara directement devant l'auberge. Aussitôt un homme se rua à l'extérieur, lui criant par la vitre fermée qu'il n'avait pas le droit de stationner à cet endroit. Le policier retira la clé de contact et descendit de voiture. L'homme furieux l'accueillit de toute la présence de son corps massif et transpirant.

Lukastik n'était pas du genre à jouer au fonctionnaire, comme on dit. Mais il était hors de question de se lancer dans la recherche laborieuse d'une place, aussi tira-t-il sa carte de police de sa poche de poitrine pour la passer d'un geste rapide devant le visage de l'autre, un peu comme on arracherait à quelqu'un sa fausse barbe.

– La police croit sans doute qu'elle peut tout se permettre, dit l'homme irrité.

– Oui, c'est bien ce qu'elle croit, confirma Lukastik en le plantant là.

Il entendit dans son dos quelques remarques désobligeantes sur la Ford Mustang. Mais cela ne le dérangeait pas. Il savait trop bien à quel point ce véhicule était exceptionnel. Qui plus est dans un pays submergé de voitures laides – Kosáry avait raison. Un coup d'œil sur le parking suffisait à s'en convaincre. « Œufs d'autruche » n'était pas le terme qui convenait. Plombages dentaires plutôt.

Lukastik retira sa veste et la jeta sur son épaule. Une fois de plus au cours de cette journée, la chaleur s'était abattue sur lui comme une avalanche. Il se sentait prisonnier d'elle. Une avalanche de miel. Dans la bouche, il avait le goût poisseux et doux de ce début d'après-midi.

L'inspecteur traversa la route pour rejoindre le terrain de sport. Tourné vers la tribune, un orchestre avait pris position sur la surface gazonnée. Des hommes et des femmes en costume rouge clair à garnitures blanches et jaunes, instruments de musique braqués sur le public comme des armes. Ils jouaient une marche et la jouaient bien. Car évidemment on pouvait la jouer mal. Même pour cela il avait de l'oreille, le quasi-musicologue Lukastik. Il était réellement impressionné par la qualité de cet orchestre de vents – au demeurant dépourvu de chef. Cela aurait pu passer pour une confirmation du caractère frontalier exceptionnel de Point Zéro : une marche brillamment jouée.

Lukastik entra sous la tente, partiellement occupée par de longues rangées de tables en bois auxquelles étaient assis des visiteurs serrés comme des sardines. De l'autre côté, on avait installé une buvette, devant laquelle d'autres personnes s'alignaient en foule moins dense. À l'intérieur la musique se mêlait aux voix et aux rires, adoptant une forme courbe qui avait quelque chose d'un nœud constamment en train de se défaire.

Lukastik s'était attendu à trouver Esther Kosáry dans un endroit désert ou peu fréquenté, par exemple à l'une des petites tables où l'on buvait debout, tout près du large comptoir. Ce qui n'était pas le cas. L'inspecteur principal tourna donc son regard vers les rangées de tables, se demandant s'il était raisonnable de vouloir repérer Kosáry au milieu d'une masse de visiteurs échauffés et bruyants. C'était raisonnable. Lukastik la découvrit coincée entre des gaillards de son âge. Esther Kosáry ne donnait pas l'impression d'avoir la nausée devant ces « sympathiques jeunes de village ». Son rire sonnait artificiel aux oreilles de Lukastik, mais nullement désespéré. Il ressemblait au jet d'eau d'une fontaine, un ornement coulant sans interruption, qui conservait sa forme malgré son mouvement incessant, participant ainsi à la conformation de cette femme, à l'instar des cheveux teints ou du petit anneau de métal dans le bourrelet du sourcil. De ce point de vue, ce rire n'était qu'en apparence une réaction aux grossièretés et aux vantardises des jeunes gens assis autour d'elle.

Non que Lukastik comprît ce qui se disait car le brouhaha des voix battait son plein. Qui plus est, il n'avait nullement l'intention de s'approcher de trop près. Il était séparé du groupe de jeunes par une autre table occupée, à l'extrémité de laquelle il s'était arrêté, levant une main pour attirer l'attention d'Esther Kosáry, qui n'était pas loin d'offrir l'image d'une veuve joyeuse. Kosáry remarqua effectivement Lukastik, allongea légèrement le cou, lui adressa un signe sans toutefois faire mine de se lever. Un malaise s'empara de l'inspecteur, un malaise qui frôlait l'irritation. Il n'avait aucune envie de rester planté là comme un idiot jusqu'à ce que la jeune femme daignât quitter son cercle joyeux. Mais il ne voulait surtout pas la rejoindre et se faire traiter de grand-père par ces morveux. Les types étaient soûls et aucun insigne de police ne parviendrait à les intimider. Il fit donc la seule chose qu'il y eût à faire. Il quitta l'endroit, abandonnant la chaleur accumulée pour sortir à l'air libre, et là il crut soudain sentir un soupçon de fraîcheur, un peu comme on découvre une petite quantité de glace dans un rouleau de crêpe fumant.

Il franchit les quelques mètres qui le séparaient du terrain de football, et s'arrêta à côté d'un petit groupe de gens qui s'étaient rassemblés derrière la ligne de but afin de suivre un match en cours. Match qui, au demeurant, était loin d'égaler la qualité de l'orchestre. Les protagonistes évoluaient avec une tranquillité proportionnée à la chaleur étouffante. Personne ne se tuait à la tâche uniquement pour envoyer le ballon dans le filet. Ce qui arrivait tout de même parce que personne ne se tuait non plus à la tâche pour empêcher les buts. Seuls le bord du terrain de jeu et les tribunes étaient animés d'une certaine vitalité, le public s'agitait et commentait la morosité du jeu à grand renfort de gestes.

Lukastik ne s'était jamais adonné à ce sport, pas plus qu'à aucun autre d'ailleurs. Moins par mépris pour le corporel que pour son excès, le trop-plein de musculature et de pulsations, de sueur et de sécrétions diverses. Il appréciait donc ce match médiocre mais raisonnable.

– Me voilà !

Lukastik se retourna. Esther Kosáry se tenait devant lui, pâle, les lèvres sèches, avec des yeux qui semblaient s'être ajustés à la petitesse des autres parties du visage. À la voir ainsi, on aurait dit le moment où elle avait appris la mort de son ami : un câble tranché.

– Allons-y, dit Lukastik.

Il dut la pousser légèrement, comme pour mettre en branle un véhicule sur rails. Ce contact lui fut désagréable, il contredisait son principe de se tenir à l'écart des corps étrangers. Mais c'était le seul moyen de tirer Esther Kosáry de son immobilité.

Tandis qu'elle marchait au côté de Lukastik, l'inspecteur principal exprima son étonnement devant la bonne humeur qu'elle venait de manifester.

– C'était une tentative, dit-elle d'une voix un peu ivre, une voix comme une mince couche de glace.

– Une tentative de quoi ? demanda Lukastik. Vous vouliez mourir de rire ?

– À peu près. Il vous en a fallu du temps pour arriver !

– C'est juste une impression.

Alors qu'ils approchaient de sa voiture, l'inspecteur vit la Ford entourée d'un groupe d'hommes. Il sentit leur enthousiasme devant cet objet culte. Mais au moment où les autres aperçurent Lukastik, ils semblèrent prendre conscience que cette voiture était le véhicule on ne peut plus américain d'un policier viennois, et que donc il n'y avait vraiment aucune raison de se montrer aimable. Ignorant les murmures méprisants, Lukastik et Kosáry montèrent dans la Ford et partirent.

Personne ne dit mot pendant dix minutes. Puis Esther Kosáry déclara :
– J'ai froid.
Lukastik baissa la climatisation et dit :
– La Hongrie, c'est fini. Maintenant je vous conduis à Vienne.
– D'accord pour Vienne, commenta la jeune femme. Ça vaut mieux que de mourir de faim à Zwettl.
– Pourquoi mourir de faim ?
– C'est juste une expression.
Jusque-là Esther Kosáry s'était contentée de regarder par la vitre. Elle avança son épaule nue, qui sortait d'un T-shirt sans manches aux marbrures de contreplaqué, et tourna la tête vers Lukastik. À en juger par son regard, le sang s'était remis à circuler dans ses veines. Ou l'électricité dans ses cheveux. Elle déclara :
– Sternbach s'est fichu de vous, hein ?
– On peut dire ça.
– Est-ce que ce fou a quelque chose à voir avec le meurtre de Tobias ?
– Probablement.
Kosáry porta la main à sa bouche. Elle mordit dans un de ses ongles comme pour liquider un adversaire. Un sur dix.
– Ne me dites pas qu'il l'a tué.
– Nous n'en sommes pas encore là.
– Vous me le diriez, hein ?

– Je vous dois la vérité, convint Lukastik. Quand la vérité sera prête à servir, je vous inviterai à déjeuner. Mais pas avant. C'est normal.

Comme si elle venait juste d'en comprendre la signification, Kosáry reprit :

– Sternbach m'a chargée de vous transmettre un message.

– C'est-à-dire ?

– Il a déclaré que vous méritiez une seconde chance.

– C'est très aimable à lui.

– Et qu'il vous supposait une certaine culture générale.

– Bon Dieu, maintenant nous allons avoir droit à l'énigme, gémit Lukastik, le grand ennemi des énigmes.

– Le message consiste en un seul mot : pas-d'âne.

– Pas-d'âne, répéta Lukastik en s'interrogeant sur le genre de culture générale requis en la circonstance.

Ce qui le préoccupait réellement en cet instant, ou ce qui le mettait de mauvaise humeur, c'était le fait que Sternbach se fût laissé aller à une de ces grossièretés si fréquentes dans la fiction. Dans les films et les romans policiers, les criminels qui manifestaient – ou croyaient manifester – des dispositions géniales montraient toujours une grande jouissance à disséminer des indices et des traces, à laisser des pistes et des signatures. Et ils n'étaient occupés qu'à entraîner leurs poursuivants dans un jeu, une compétition, où la police se faisait généralement mener par le bout du nez.

Or Lukastik ne s'était pas attendu à voir Sternbach agir de la sorte. Car, malgré la façon déroutante dont Tobias Oborin avait trouvé la mort, Sternbach s'était dispensé des sottises habituelles. Aussi – et justement – en dévoilant sans façons l'endroit où étaient cachés Jordan et Boehm. Sans parler de l'extrême simplicité dont il avait fait preuve avec Esther Kosáry. Et pourtant, en laissant derrière lui, outre Kosáry, cet unique petit mot, il paraissait avoir cédé à la tentation d'un médiocre jeu d'esprit.

– Ça ne me dit rien, déclara Lukastik sans même avoir pris le temps de réfléchir. C'est un peu le coup de pied de l'âne, cette soi-disant seconde chance.

– J'ai rempli mon devoir, dit Kosáry en soulignant son propos d'un haussement d'épaules. Et maintenant il me faudrait de toute urgence une tasse de café.

– Mais nous venons juste de nous mettre en route.

– Est-ce que nous sommes pressés ?

– Bon. Nous avons le temps de prendre un café.

Au bout de quelques kilomètres, Lukastik s'arrêta dans un petit relais routier, un complexe en rez-de-chaussée aussi attirant qu'un garage. Pas de fenêtres, juste des trous dans le mur par où l'air frais affluait au format vermisseau. Quand il affluait. Et, dans cet air vermiforme, trois ou quatre silhouettes assises, bien trop beurrées pour produire ne serait-ce qu'un regard méprisant. On était samedi, ne l'oublions pas.

En réponse à la commande de Lukastik, une grosse femme, totalement dénuée de la grâce de Selma Beduzzi, saisit en silence un thermos d'où elle versa dans deux tasses du café déjà sucré et mélangé de lait. Lukastik et Kosáry s'emparèrent de leurs tasses avec un léger frisson et sortirent pour s'installer sous l'inévitable parasol Coca-Cola. La campagne environnante était plate. La Ford Mustang paraissait chez elle sur le parking sablonneux. Le café était bien meilleur que ce qu'on aurait pu craindre. À condition d'aimer le sucre.

– Je logerai où à Vienne ? demanda Kosáry au bout d'un moment tout en portant la tasse à ses lèvres des deux mains, un peu comme on toucherait la joue chaude d'un enfant.

– Il y a plusieurs possibilités.

– Ça commence mal.

– Pas d'inquiétude, dit Lukastik, qui se contentait de respirer l'odeur du café. Il n'y aura plus de problèmes.

– Ça n'a pas grande importance. Tobias est mort. J'aurais préféré l'être aussi.

– Ah ça... fut le commentaire, faible, de Lukastik.

Qu'aurait-il pu répondre ? Qu'un être de dix-huit ans – ou peut-être vingt-cinq – n'avait pas le droit d'adopter une position aussi désinvolte à l'égard de sa propre vie ? Foutaises !

Posant son café, Kosáry proclama :

– On n'aime vraiment qu'une seule fois. Ce n'est pas une question de monogamie mais d'objet. On ne peut manger une pomme qu'une seule fois.

– Il y a beaucoup de gens qui tombent amoureux plusieurs fois, répliqua Lukastik, engageant la discussion alors que ce thème lui paraissait un des pires sujets imaginables.

– Ces gens-là s'enfoncent sans arrêt le doigt dans la gorge pour recracher la pomme. Après quoi ils enfournent de nouveau ce tas plein de salive, parfois même à moitié digéré, et ils prétendent être tombés amoureux. Quand on pense à toute cette horrible bouillie de pomme remâchée qui s'accumule au cours d'une vie...

Lukastik eut un instant d'hésitation. Par respect. Mais l'irritation l'emporta. Une irritation face à tant d'exagération. Il fit donc remarquer que Tobias Oborin n'était plus de première jeunesse et qu'il avait sans doute connu plusieurs histoires de cœur. Une bonne dose de bouillie de pomme, si l'on préfère.

– Je parlais de *mon* amour pour Tobias, rectifia Kosáry, pas de celui qu'il avait pour moi. Vous semblez me prendre encore pour une enfant. Je n'ai jamais pensé que Tobias avait attendu quarante-cinq ans pour mordre dans cette pomme qu'on appelle l'amour. Je peux vous dire que son premier baiser sentait vraiment le fermenté. Ça ne m'a pas dégoûtée pour autant. Je savais juste que son amour pour moi n'était qu'un écho. « Faire écho », c'est mieux que « remâcher », non ?

– Effectivement, convint Lukastik.

Kosáry souligna – comme pour faire la paix avec l'homme en compagnie duquel elle était assise à l'ombre rouge d'un parasol Coca-Cola –, elle souligna, donc, qu'un âge avancé n'était pas incompatible avec le fait d'avoir dans la poche une pomme non entamée. Cela signifiait que toutes les relations et affaires de cœur précédentes avaient été des événements « sans pomme », c'est-à-dire « sans fruit ».

– Mais « sans pomme » voudrait dire sans grande substance, dit Lukastik, enfin un peu égayé.

– Totalement sans substance, approuva Kosáry en reprenant une gorgée de café. Puis elle demanda : Avez-vous déjà aimé ?

– Grands dieux, qu'est-ce que c'est que cette question ? Où vous croyez-vous donc ?

Esther Kosáry regarda autour d'elle comme si elle prenait la remarque au sens propre. Lukastik se concentra également sur le paysage environnant, les vastes champs et le ciel haut, désormais moins bleu que d'un blanc criard tirant sur le bleu, à l'image de la lumière émise par les nouveaux phares de voiture.

Le regard de Lukastik s'arrêta sur un grand panneau publicitaire, monté sur une armature métallique de l'autre côté de la route, visible pour les automobilistes allant dans la direction d'où eux-mêmes venaient. L'inscription en lettres soignées ne se rapportait manifestement pas au petit relais routier délabré devant lequel ils étaient assis. Pour quoi d'ailleurs cet établissement miteux aurait-il fait de la publicité ? Pour du café en thermos ?

Le coin de la table où était assis Lukastik lui permettait tout juste de déchiffrer la grande inscription trônant au-dessus d'un texte plus petit et bordée de chaque côté par l'image d'une plante peinte en or. Ce fut peut-être juste cette couleur dorée, quoiqu'elle ne fût pas jaunâtre et mate mais rougeâtre et très brillante, qui incita Lukastik à lire l'inscription imprimée en lettres vert sombre : « Hôtel *Au Tussilage d'or* ».

Ce nom était tout à fait banal pour un hôtel de campagne, il n'avait rien qui puisse susciter l'intérêt. Lukastik ne s'en leva pas moins, poussé par une idée qui n'était même pas encore là, qui ne faisait que se préparer, de même qu'une toux s'annonce par un léger grattement dans la gorge.

Il s'approcha de la route, et donc du panneau situé du côté opposé, et apprit en étudiant la suite du texte que l'hôtel se trouvait à la périphérie de Point Zéro et qu'il disposait d'une maison de repos où l'on pratiquait diverses naturothérapies. Quelques concepts prometteurs, ayurveda, pranayama et acupuncture, soulignaient l'exotisme de certains des traitements. Mais surtout, ce texte publicitaire – sans être trop explicite – réussissait à faire discrètement comprendre ce qui distinguait l'hôtel et le sanatorium, à savoir qu'au restaurant de l'hôtel, les clients pouvaient se gaver de mets roboratifs pour ensuite remédier dans la maison de repos aux conséquences fâcheuses de cet auto-engraissement. Quoi qu'il en soit, une ligne de démarcation était tracée entre la cuisine de l'hôtel et celle de la maison de repos, ligne qui constituait en soi une frontière au sein de ce « lieu frontalier » qu'était Point Zéro.

Mais d'autres raisons poussaient Lukastik à regarder, captivé, le panneau. Il ne se souciait ni de guérison ni de plaisirs culinaires. L'idée de la paisible cuisine de terroir du *Sittl* lui suffisait amplement. Non, ce qui lui donnait à penser en cet instant précis, c'étaient les deux termes dont se parait l'hôtel. *Au Tussilage d'or.* Il y avait là-dedans quelque chose…

Si, par culture générale, Sternbach avait voulu parler de plantes médicinales, telle n'était pas précisément la spécialité de Lukastik. Ce dernier craignait le déploiement des médecines naturelles. Était-il malade, il prenait les premiers cachets venus. À leur façon ils étaient tous efficaces, à leur façon tous nocifs. Le grand avantage des cachets, selon Lukastik, tenait à leur rapidité. En l'occurrence non pas tant leur rapidité d'action que celle qu'on mettait à les ingurgiter. Une gorgée, et voilà. Quant à la suite, c'était rarement l'extase, rarement le désastre. Les maladies finissaient toujours par se résoudre d'une manière ou d'une autre.

En comparaison, Lukastik considérait les efforts consistant par exemple à broyer des feuilles ou à inhaler de pénétrantes vapeurs comme des procédures qui aidaient moins le corps qu'elles ne satisfaisaient le désir secret de vivre pleinement sa maladie. Après tout la maladie n'était-elle pas un moyen probant de développer une personnalité ? Et un traitement compliqué l'expression la plus décorative de cette maladie – donc de cette personnalité ?

Toujours est-il qu'en la matière l'inspecteur principal Lukastik était un béotien, qui avait peine à distinguer une plante d'une autre.

Il revint vers la table, prit – comme pour chasser le goût imaginaire de la valériane et du fenouil – une gorgée de café au lait sucré et demanda à Esther Kosáry si elle connaissait l'autre nom du tussilage.

– Pourquoi cette question ? s'étonna Kosáry.

– Contentez-vous d'y répondre.

– Je ne sais pas. Je ne sais même pas à quoi ressemble un tussilage. Vous me prenez pour une écolo ? Ça jamais !

– Ce n'est pas ce que je voulais dire, répondit Lukastik très sérieusement.

Le visage blême de Kosáry suggérait plutôt une sacrée quantité de chimie. Plus encore que Lukastik, elle semblait de ceux qui préféraient une rapide ingestion de cachets à la morale et aux complications.

Se levant, Lukastik annonça qu'il allait payer. Après quoi on se remettrait en route.

Lorsqu'il s'approcha du comptoir et mit un billet sous le nez de la grosse femme totalement dénuée de charme, son intention n'était pas de reposer sa question sur le tussilage. Mais celle-ci lui glissa littéralement des lèvres, comme une main laisse échapper un verre. À ceci près qu'au lieu de se briser, ce verre atterrit pour ainsi dire sur ses quatre pattes. Et ce sous la forme du billet que la femme saisit et encaissa sans toutefois rendre la monnaie. À la place, elle servit une réponse : « Si tussilage ne vous plaît pas, vous pouvez toujours dire pas-d'âne. C'est ce que font la plupart des gens. »

Voilà. C'était bien ça. L'intuition de Lukastik se voyait confirmée. Il se pouvait fort bien que, lorsqu'il avait remarqué le panneau avec l'inscription publicitaire, un savoir profondément enfoui se fût signalé ou eût frappé à la porte. Tout individu pouvait un jour ou l'autre rencontrer cette équivalence entre tussilage et pas-d'âne. Ne serait-ce qu'à l'école. L'intuition s'était donc transformée en certitude. Cela dit, Lukastik aurait bien aimé récupérer sa monnaie car c'était un gros billet qu'il avait posé sur la table. Il le dit. Mais la femme émit un bruit laissant penser qu'elle aiguisait de petits couteaux à l'intérieur de sa bouche, puis elle se tourna vers un client installé de l'autre côté. Elle considérait manifestement que l'information méritait un pourboire généreux. Et elle avait raison. En réalité l'irritation de Lukastik tenait au fait qu'elle ne pouvait guère juger de l'importance cruciale de sa réponse. Comment l'aurait-elle pu ?

Bon, elle estimait probablement que le seul fait d'ouvrir la bouche pour grogner un peu valait déjà salaire. Il y avait des gens comme ça. Il y en avait des tas.

De son côté, Lukastik produisit un son dédaigneux, mais s'avoua vaincu et ressortit. S'arrêtant à l'ombre d'un petit auvent, il cligna des yeux devant la clarté aveuglante. Devant quelque chose qui était à la fois sec et juteux.

À la réflexion, il se demanda si Sternbach, avec cet indice laborieux qui tenait de la devinette, avait vraiment voulu parler de cette plante, et si donc il entendait par là l'hôtel de cure, situé d'après la description dans le petit bois qui s'élevait abruptement aux abords de l'agglomération.

Si tel était le cas, si le mot pas-d'âne désignait réellement l'hôtel *Au Tussilage d'or*, alors cela ne pouvait signifier qu'une chose : c'était là que se trouvait Sternbach. Et donc, après avoir pris congé d'Esther Kosáry non loin du terrain de sport, il avait continué en direction de Vienne, mais bifurqué peu après pour revenir à Point Zéro et se rendre finalement dans cet établissement caractérisé par sa double gastronomie.

Dans un premier temps, cette décision semblait absurde, voire téméraire. Mais ensuite son ingéniosité s'imposait. Car bien sûr, on était parti de l'idée que Sternbach essaierait d'atteindre la capitale ou la Tchéquie voisine. Ou peut-être Linz. On avait même imaginé qu'il pourrait avoir l'insolence de faire demi-tour pour regagner son Zwettl natal. On envisageait de multiples possibilités. Sauf l'hypothèse qu'il pouvait tout simplement ne pas avoir quitté l'endroit où il s'était débarrassé d'Esther Kosáry. Que donc – pour reprendre l'image du cyclone – il s'était installé dans l'œil du cyclone, dans ce centre paisible abrité du vent. Dès lors un hôtel de cure constituait une métaphore particulièrement heureuse du calme et des ménagements.

À vrai dire, il était difficile de croire que Sternbach nourrissait l'illusion de pouvoir s'échapper. Même au cas où il disposerait de faux papiers. À quoi auraient-ils pu lui servir, d'autant que l'urgence avait dû l'empêcher de se grimer. Or son visage était susceptible de figurer dans les journaux du pays dès le jour suivant si la police le jugeait bon. Mais il n'était pas dans le tempérament de Sternbach de procéder à un camouflage visuel, de se lancer dans des jeux à la Fantômas ou autres sottises. Il évoluait manifestement dans une division supérieure. Et puis il pouvait bien penser qu'Esther Kosáry signalerait l'échange des véhicules. Et qu'on ne tarderait pas à tomber sur l'Opel, dissimulée dans le garage de l'hôtel ou à proximité de Point Zéro.

Lukastik était persuadé que Sternbach n'avait pas véritablement l'intention de se soustraire à la police. Ni d'échapper à quelque forme de châtiment que ce soit. Cette fuite lui avait été imposée. Non, tout ce que cet homme entreprenait désormais, il ne le faisait que dans le but de se ménager encore un peu de temps. Même lorsqu'il avait neutralisé Jordan et Boehm. À aucun moment il n'avait eu l'intention de les tuer. Pour la bonne raison qu'il n'avait jamais cru sérieusement pouvoir détourner de manière durable les soupçons qui pesaient sur sa personne. Un meurtre n'aurait eu de sens que dans le cas inverse.

Et si Sternbach avait fourni ce petit indice tournant autour du terme « pas-d'âne », ce ne pouvait être qu'un geste à l'égard de Lukastik dans la mesure où ce dernier ne s'était pas contenté de faciliter sa prétendue fuite, il en était le responsable.

Sternbach lui accordait une seconde chance. Que Lukastik était fermement résolu à exploiter – s'il avait vu juste en supposant que pas-d'âne ne pouvait désigner que cet hôtel à proximité de Point Zéro.

– Finissez votre café. Nous retournons sur nos pas, intima Lukastik à Esther Kosáry.

– Comment ça, nous retournons sur nos pas ?

– Nous retournons à l'endroit où Sternbach vous a laissée.

– Pourquoi ?

Désignant le panneau, Lukastik expliqua son hypothèse.

– Pourquoi est-ce qu'il ferait une chose pareille ? demanda Kosáry. La police est à ses trousses. Ce n'est pas vraiment le moment de commencer une cure.

– Nous le cherchons partout dans les environs. Sauf en cet endroit. Ce serait contraire à la raison. Voilà justement pourquoi il n'est pas déraisonnable de se cacher là, dans cet hôtel.

– D'accord. Mais est-ce qu'il était vraiment raisonnable de faire allusion au pas-d'âne ?

– Sternbach veut que ce soit moi qui le trouve. De toute façon, il aura beau se montrer malin, on l'arrêtera tôt ou tard. Alors autant l'être par une personne à laquelle il se sent lié.

– Lié ? De quelle manière ?

– Par le fait que nous ne sommes ni l'un ni l'autre des imbéciles.

– Quoi ? Vous considérez que vous et lui, vous êtes des génies ? demanda Esther Kosáry, tout en se reculant légèrement comme si elle craignait de recevoir un coup dans la figure.

Lukastik leva sa main droite – mais sans aller plus loin. Comme pour prêter serment. Gardant la posture, il expliqua que ce qui était en jeu, ce n'était pas une question de génie mais de niveau.

– Un niveau, précisa-t-il, qui n'exclut pas les erreurs comme celle que j'ai commise en choisissant Sternbach pour vous conduire à Györ. Il y a des erreurs qui ont de la classe.

– Vous n'êtes pas prétentieux, vous, hein !

S'abstenant de répondre, Lukastik désigna sa Ford Mustang et se leva aussitôt. Esther Kosáry, en revanche, prit une dernière fois sa tasse entre ses mains et but le café restant comme si elle lapait de la soupe. Puis elle se passa le dos de la main sur les lèvres, se leva et suivit Lukastik jusqu'à la voiture, qui entretemps s'était transformée en bouillotte.

14

Impossible de manquer l'hôtel et la maison de repos. Trois autres panneaux sur lesquels resplendissait l'image des deux tussilages dorés bordaient la départementale. Le dernier à l'embranchement est, après Point Zéro, embranchement que Sternbach avait, selon toute vraisemblance, lui aussi emprunté. Traversant l'agglomération, qui même de près donnait une impression d'étroitesse ridée, Lukastik se dirigea vers le nord, où un lit fluvial profondément creusé abritait le Kamp, lequel coulait comme une chaîne ininterrompue de dominos en train de s'écrouler. De l'autre côté du fleuve s'élevait l'abrupte colline boisée, que les citoyens de Point Zéro avaient baptisée « la montagne malade » à cause de la maison de repos. Certains mêmes parlaient de colline funéraire, ce qui était passablement exagéré. Personne ne venait là pour mourir. Règle communément observée.

Lukastik et Kosáry traversèrent un pont récent, qui avait quelque chose d'un chantier, puis arrivèrent sur une route d'une largeur inhabituelle qui montait à l'oblique de la colline pour aboutir, après un virage en épingle à cheveux, sur un plateau où se dressaient trois bâtiments semblables à... On aurait pu parler d'une montagne sur la montagne car derrière les trois maisons s'élevait une sorte de remblai, un cône herbeux d'une régularité telle qu'il était impossible d'y voir une production de la nature. C'était plutôt un bricolage postmoderne, une démesure ésotérique. Cette colline pointue semblait vouloir illustrer le lien entre le ciel et la terre, lien que Lukastik jugeait impossible et absurde. *A fortiori* au sens figuré. Il avait pour maxime : ou bien... ou bien. Voilà pourquoi les individus empêtrés dans le religieux ou même le métaphysique lui paraissaient toujours schizophrènes. Comme des souris se prenant pour des colombes.

Les trois bâtiments et la « montagne sur la montagne » étaient alignés sur une diagonale parfaite, par ordre croissant de hauteur jusqu'au cône, qui clôturait l'ensemble. On voyait tout d'abord l'hôtel lui-même, une bâtisse 1900 dont la façade se composait de lattes de bois très étroites, de couleur gris vert, évoquant une construction en allumettes. Des balcons continus dominaient les trois étages de la façade. À la hauteur du premier étage, sur la gauche, une terrasse donnait sur une parcelle boisée toute proche, telle une main tendue qui n'atteint pas tout à fait son but. Sous la véranda s'étendait une vaste salle de restaurant. En plusieurs endroits du bâtiment apparaissait l'image de ce tussilage d'or qui donnait son nom à l'hôtel, sans toutefois que ce nom fût visible sur la façade. Devant l'hôtel s'ouvrait une petite place avec des haies en forme de gâteau et quelques jets d'eau. Plusieurs mâts à drapeaux bordaient l'allée rectiligne semée de gravier qui conduisait à l'entrée. Loin de claquer au vent, les drapeaux semblaient moribonds sous la brise légère et indiquaient quelques-unes des habituelles destinations de vacances. Ce déploiement d'internationalisme avait quelque chose de puéril et de superflu. D'ailleurs Lukastik rangeait les drapeaux au nombre des choses les plus stupides que l'homme eût inventées. Que la vue de ces « dépouilles » pût susciter une robuste fierté nationale, voilà qui était inconcevable.

Les deux complexes qui s'élevaient de biais derrière l'hôtel, reliés par d'étroits chemins et séparés par d'étroites bandes gazonnées, étaient des bâtiments modernes qui n'avaient pas plus d'un an. On aurait pu les prendre pour des églises. Ou des piscines. Du verre en quantité. De l'élan sacré en quantité. Mais bien sûr ces ailes abritaient le sanatorium – ce qui n'excluait nullement l'existence d'une piscine ou d'une église. Au contraire.

Le parking se trouvait un peu à l'écart, environné d'arbres, isolé. Lukastik aperçut quelques Opel parmi les voitures en stationnement, mais aucune d'elles ne montrait la bonne plaque d'immatriculation. Ce qui ne le découragea pas vraiment. Peu importait l'Opel. On finirait bien par la trouver.

Longeant les mâts munis de drapeaux, Lukastik et Kosáry empruntèrent l'allée de gravier blanc, si blanc qu'il évoquait de la craie brisée. Et c'était bien le bruit qu'ils produisaient en marchant, un bruit de craie qui, pendant un désagréable moment, ressuscita des rêveries scolaires.

Ce fut un grand soulagement que d'entrer dans le hall de l'hôtel. En premier lieu parce que fouler une moquette rouge sombre était beaucoup plus agréable, et que les rêveries suscitées conduisaient dans des régions bien plus réconfortantes que celles de l'école. S'y ajoutait la température supportable qui régnait dans cette pièce vaste mais basse, dont l'ameublement contredisait le caractère rustique du revêtement extérieur en bois. Colonnes, miroirs, lampadaires et tableaux abstraits eussent bien mieux convenu à un environnement urbain. Mais comme pour les drapeaux, on paraissait en ces lieux avoir la prétention d'être relié au vaste monde. D'être une partie de ce monde. Reculée, mais pas la cambrousse.

Lukastik ordonna à Kosáry de s'asseoir un instant dans un des fauteuils de cuir noir répartis dans la pièce comme autant de petits rochers sombres. Quelques-uns étaient occupés par des gens qui se reposaient, étendus et immobiles. On aurait pu les prendre pour des manteaux abandonnés.

– Vous ne voulez pas que je sois là, fit Kosáry.

– Je ne veux pas que vous soyez là, c'est juste, confirma Lukastik.

Et il attendit que Kosáry eût choisi un des rochers. Après quoi il se rendit à la réception où il n'y avait qu'une jeune femme à l'air fatigué.

Lukastik montra son insigne et demanda si un certain Egon Sternbach était descendu à l'hôtel.

La réceptionniste sembla vouloir secouer sa somnolence et dit :

– Mme le Dr Gindler vous attend.

– Comment ça ? s'énerva Lukastik. Vous ne répondez pas à ma question.

– Je ne suis qu'une employée, monsieur l'inspecteur principal. Je ne sais rien de ce M. Sternbach. Tout ce que je sais, c'est que je dois vous conduire au bureau de Mme le docteur.

– Étonnant si l'on songe qu'il y a peu, j'ignorais encore tout de cette étrange idylle, fit Lukastik, surtout pour lui-même.

L'employée prit un air d'ennui. Il n'entrait pas dans ses attributions de s'intéresser aux mystères étrangers.

Lukastik voulut savoir quelle était la fonction du Dʳ Gindler.

– C'est la directrice de la maison de repos. Son bureau se trouve dans le bâtiment le plus éloigné. Son nom figure sur la porte. Impossible de le manquer. Mais je peux aussi demander à quelqu'un...

– Ce ne sera pas nécessaire, refusa Lukastik.

Sur quoi il laissa la réceptionniste à sa sieste. Sieste à laquelle il se serait volontiers livré lui aussi. Et à laquelle Esther Kosáry semblait déjà avoir succombé. Enfoncée dans son fauteuil, elle avait fermé les yeux. Il était impossible de dire si elle dormait ou si elle était juste en train de patauger dans quelque pensée moribonde. Quoi qu'il en soit, Lukastik ne jugea pas utile de la déranger. De toute façon, il valait mieux la laisser là. En sécurité dans un fauteuil qui entourait son corps frêle à la manière d'un récipient à paroi épaisse.

Lukastik sortit du hall et emprunta un des nombreux sentiers qui disséquaient le terrain généreusement gazonné, de sorte qu'on aurait pu se croire sur un patron de couture. Il n'était pas facile du tout de distinguer le chemin le plus court jusqu'à un point précis. Mais en ce lieu, la rapidité des liaisons ne constituait sans doute pas un présupposé. Au contraire. Les utilisateurs de ces chemins privilégiaient probablement une certaine complexité afin de maîtriser la pléthore de temps. Les lieux de cure étaient de vrais foyers générateurs de temps. Chaque seconde, chaque minute y pesaient deux fois plus lourd qu'ailleurs.

Lukastik lui non plus ne voyait aucune raison de se dépêcher. Sternbach ne semblait pas vouloir lui fausser compagnie. Rien ne semblait vouloir lui fausser compagnie. Il se laissait plutôt aller à flâner dans la chaleur et, longeant le premier bâtiment de la clinique, s'approcha du second. Celui-ci possédait une haute façade de verre, structurée par un fin treillis métallique, dans laquelle le ciel se reflétait par morceaux, ce qui donnait à l'ensemble le charme archéologique d'une céramique brisée et reconstituée.

Lukastik pénétra dans la bâtisse, qui montrait à l'arrière un toit descendant jusqu'au sol, semblable à un casque protégeant la nuque de son propriétaire. À l'encontre de cette impression de brutalité régnait à l'intérieur une atmosphère résolument thérapeutique. La lumière, tamisée par endroits au moyen de longs lés de toile, entourait la plupart des objets d'un voile nébuleux. Pendant un instant, Lukastik éprouva un léger éblouissement, probablement dû à l'odeur qui l'enveloppa instantanément, une sorte d'odeur de Noël. L'odeur des cœurs en pain d'épice. Ces grands cœurs charmants suspendus au cou des gens comme des meules.

Pris de vertige, Lukastik s'assit sur une chaise, mais son étourdissement ne l'empêcha pas de remarquer que son ventre adoptait une proéminence notable tandis que la partie supérieure de son dos se tassait, accueillant un poids peu naturel. Il porta la main à ses yeux et massa ses paupières closes. L'image de sa sœur surgit en lui. Il lui arrivait de penser à elle inopinément, de même qu'on pense sans raison à un défunt. Et alors on prend conscience que cela s'est fait plus rare. Et qu'un jour viendra où l'on cessera de lui accorder une pensée.

Il lui fallut une demi-minute pour se reprendre, l'image de sa sœur se dissipa et son dos réintégra sa catégorie de poids habituelle. Quant à son ventre, il n'y avait rien à faire. Lukastik se leva donc avec sa « bosse centrale » et, suivant les indications d'un panneau, monta au premier étage. Là, il frappa à une porte donnant – d'après l'inscription – dans le bureau de la femme qui dirigeait l'établissement, médicalement et commercialement parlant.

– Oui ! répondit une voix d'une douceur étonnante au regard de cette combinaison économico-médicale.

Qui Lukastik s'était-il attendu à trouver ? Une furie ? Un monstre ? Ou seulement un personnage bien en chair du calibre de Beduzzi ?

Mme le Dr Gindler était une personne délicate sans être fragile, qui pouvait avoir la cinquantaine. Ses cheveux mi-longs, lisses, étaient d'un gris sombre tirant sur le bleu, où ressortaient quelques fils blancs évoquant des longitudes géographiques.

Sur le visage de Gindler, la jeunesse semblait s'être conservée, à ceci près qu'on remarquait la conservation – de même qu'il ne nous viendrait jamais à l'esprit de confondre un nain adulte avec un enfant. Le Dr Gindler avait des traits réguliers, extrêmement fins. Il manquait toutefois à ce visage un petit contrepoint qui lui aurait donné une note personnelle. Ce que ne produisaient ni les lunettes dépourvues de monture, ni le costume strict qui, sans cacher la minceur du corps, ne la soulignait pas non plus. Pourtant cette note personnelle existait. Et ce dans la particularité que le Dr Gindler avait de poser un doigt sur sa joue en parlant, un peu comme Lukastik portait le sien à ses lèvres closes quand il entrait pour la première fois dans une pièce. Ce qu'il fit à ce moment-là, bien évidemment. Si fugitivement que le Dr Gindler ne s'en aperçut pas, alors qu'elle-même avait coutume de laisser son doigt sur sa joue aussi longtemps qu'elle avait quelque chose à dire. Donnant l'impression que ce doigt fonctionnait à l'instar d'un bras de tourne-disque.

Cette manie n'avait rien de bizarre, elle était plutôt attirante. Elle soulignait ce qui était dit, lui conférait de la dignité et de l'importance, tout comme il y a un peu plus de dignité à mettre un disque qu'à utiliser un lecteur de CD.

La pièce était haute, dominée par la façade vitrée, divisée en carrés, qui occupait tout le mur du fond. Les autres murs étaient blanchis à la chaux et dépourvus d'ornements. Seul objet décoratif, un tapis monumental qui avait pour motif un alignement de petites cases de couleur. Ce tapis justifiait en quelque sorte la taille de la pièce. On aurait pu y abattre une vache ou y jouer au badminton. Mais il gisait sur le sol, absolument intouché, pas même effleuré par un siège ou une table, de sorte que Lukastik hésita à y poser le pied. Lorsqu'il s'y résolut, il eut l'impression de marcher sur l'eau ou sur l'air, ou du moins sur un tableau posé au sol.

Le Dr Gindler contourna son bureau décoré de piles de papiers et de livres et tendit la main à Lukastik, s'adressant à lui par son nom et son grade. Elle le pria de prendre place sur un des sièges qui, avec un canapé et un bloc de pierre grossièrement taillé faisant office de table, formaient sur le côté un ensemble salon. À vrai dire le canapé était occupé, deux chiens y étaient couchés. Ou plutôt l'un d'entre eux était couché, un doberman, qui ne daigna rien faire de plus que d'observer Lukastik du coin de l'œil. Quant à l'autre bête, elle s'était redressée, si tant est que l'on pût parler d'une bête car, comme tous les chihuahuas – les plus petits des chiens dits de compagnie –, ce spécimen possédait un rayonnement bien peu animal et évoquait plutôt un sac à main vivant, extrêmement nerveux.

Avec une expression à la Basedow, le petit gaillard se mit à trépigner furieusement sur ses minces pattes, tandis que sa gueule à demi ouverte laissait échapper un son guttural que Lukastik ne se risqua guère à interpréter. Non qu'il eût peur de cet accessoire canin. C'était le doberman voisin qui lui inspirait de la méfiance. Son respect pour ce genre de bestiau était immense. La raison commandait de s'écarter des créatures dangereuses – et pas seulement des requins. Surtout si elles paraissaient avoir été soumises à un dressage. Le dressage avait pour effet de renforcer l'imprévisibilité des animaux. Lukastik savait de quoi il parlait. Il connaissait les chiens policiers. Et il connaissait les dresseurs de chiens policiers. Lorsqu'il pensait à cette relation entre l'humain et l'animal, il en avait la nausée.

– Assis, Bacon ! ordonna le Dr Gindler à l'adresse du petit chien.

Ce dernier interrompit instantanément sa danse, inclina la tête à l'oblique, tourna une fois sur son axe et, semblable à un faon, fléchit les genoux et se blottit contre le cou du doberman.

Bacon, donc. Lukastik voyait une provocation dans la réticence des gens cultivés à donner à leurs animaux domestiques les diminutifs habituels pour leur préférer le nom de personnalités connues.

– Quel Bacon ? demanda Lukastik.

– Bacon, le chien, répondit la doctoresse.

– Je voulais dire…

– Vous demandez sans doute à quel Bacon je pensais en baptisant de la sorte ce petit monstre. Eh bien, je pensais à Francis Bacon. Le philosophe, pas le peintre. Et comme ces deux clebs s'entendent à merveille, l'autre s'appelle Burton. D'après Robert Burton, également philosophe et contemporain de Bacon.

– Je sais qui est Robert Burton, déclara Lukastik d'un air vexé.

Il ne supportait pas qu'on le crût inculte. Il souligna donc qu'il comprenait mal pourquoi un imbécile de doberman avait reçu le nom de l'auteur de *L'Anatomie de la mélancolie.*

– Vous ne connaissez pas ce chien, dit la femme. Il a coutume de se complaire dans des accès de mélancolie. À l'inverse de notre terrier nain Bacon. Lui, c'est un joyeux colérique. Ils se complètent. Mais vous avez raison de désapprouver ces noms. J'étais un peu désemparée au moment de me décider. L'absurdité consiste à donner un nom à un animal et à créer ainsi une relation qui a quelque chose d'indécent. Tout comme il est indécent que ces deux-là occupent le canapé. S'ils n'avaient pas de nom, ce serait impensable. Les chiens ne sont pas faits pour les canapés. Mais des créatures qui s'appellent Bacon et Burton – qu'il s'agisse de philosophes ou de roquets –, on peut difficilement leur interdire de s'installer sur une banquette en cuir.

– Vous vous moquez de moi, fit Lukastik.

– Aucunement. Asseyons-nous.

Le Dr Gindler indiqua celui des deux fauteuils qui se trouvait le plus près de Burton et de Bacon.

– Je préférerais l'autre fauteuil, dit Lukastik.

– Comme vous voulez.

– J'ai l'impression que vous n'avez pas confiance en vos propres chiens, fit remarquer Lukastik tout en s'asseyant prudemment.

– Je les trouve inquiétants. Ce sont les chiens de notre ancienne cuisinière. À sa mort, personne n'a voulu s'en occuper. Et personne n'était capable de dire à quel nom ils répondaient. Ce qui était peu vraisemblable, évidemment. Mais personne ne voulait se mêler de cette affaire. Bon ! Je suis la patronne de cette maison. Quand il y a une difficulté, on attend de moi que je la résolve. Et c'est ce que j'ai fait. Du coup les deux chéris occupent désormais mon canapé. C'est le petit dont j'aurais tendance à me méfier. Je ne veux pas dire par là que le doberman est inoffensif. Sa mélancolie est sûrement suspecte. Comme toute mélancolie.

– Quel genre de docteur êtes-vous au fait ?

– À l'origine, médecine interne. Mais peu à peu j'en suis venue à me consacrer à la convalescence. Toute la question est de savoir si on veut vraiment recouvrer la santé. Si ce n'est pas le cas, inutile de venir ici. Sur ce point, je suis très claire avec mes patients. Certains sont littéralement épris de leurs blessures et de leurs maladies. C'est parfait. À vrai dire, je ne vois pas l'intérêt de vouloir convaincre quelqu'un de renoncer à son grand amour.

– Je suppose que M. Sternbach est un de vos patients.

– Il l'a été, c'était il y a dix ans. Il faisait partie des gens qui veulent clairement recouvrer la santé. Et c'est ce qui s'est passé. Il nous est resté fidèle, en qualité d'ami et, à l'occasion, de client de l'hôtel.

– Une fidélité qui vous conduirait à le cacher ?

– À le cacher ? Quelle idée ! Si c'était le cas, je n'irais pas vous avouer que je le connais.

– Mais il est ici, n'est-ce pas ?

– Il y a de cela un peu plus de deux heures, il m'a rendu visite dans ce bureau et m'a informée que la police était à ses trousses. Ou était sur le point d'entreprendre quelques démarches en ce sens.

– A-t-il dit pourquoi ?

– Il n'a pas voulu en parler. J'ai respecté son silence. Quoi qu'il ait fait, je ne pense pas que cela ait été par cupidité ou convoitise.

– Vous pensez donc qu'il existe des meurtres justifiables ?

– Un meurtre ? Non, sans doute pas devant la loi. Mais d'un point de vue moral, il y a pire que le fait d'être assassiné. Il y a même des meurtres qui sont commis pour des raisons valables et qui servent un objectif valable. Pensez au meurtre de tyrans.

– Sujet épineux.

– Uniquement parce que, pour avoir tout son sens, le meurtre d'un tyran doit intervenir au bon moment, c'est-à-dire très tôt. Mais dans ce cas-là, le meurtrier a la malchance d'être considéré comme un criminel. La malchance de passer pour un fou, non pour un homme prévoyant. Telle est la destinée d'un héros qui tue au bon moment. Si quelqu'un avait assassiné Hitler, disons au début des années trente, ce quelqu'un ne ferait pas meilleure figure dans nos livres d'histoire que les membres de la droite radicale qui ont tué Walter Rathenau.

– Les meurtres précoces de tyrans ne sont pas toujours des meurtres de prévoyance.

– Vous avez raison, il est difficile d'en juger. Je voulais simplement dire que le meurtre en soi ne me fait pas forcément bondir. Vous ne me verrez donc *pas* scandalisée.

– Je ne pense pas vraiment que la victime présumée de Sternbach entrait dans la catégorie des tyrans.

– Il y a aussi des petits tyrans, objecta la doctoresse.

– Connaissiez-vous Tobias Oborin ?

– C'est lui, le mort ?

– Oui.

– J'ai entendu parler de lui. Un graphologue de Zwettl.

– Un ami de Sternbach, expliqua Lukastik, demandant s'il pouvait fumer.

– Il ne vaudrait mieux pas. Bacon déteste ça. Et ce que Bacon déteste dérange aussi Burton.

251

– Vous devriez vous émanciper de ces deux lascars, suggéra Lukastik.

Levant les yeux au ciel, le Dr Gindler dit, comme pour détourner la conversation :

– Nous parlions de ce graphologue. Je ne crois pas qu'il ait fait partie des amis de M. Sternbach. Ce n'était qu'un client.

– J'imagine que Sternbach est aussi votre coiffeur, conjectura Lukastik.

– C'est juste.

– Ce n'est pas une raison pour lui procurer une cachette.

– Je vous ai déjà dit qu'il n'était pas question de cela, lui rappela le Dr Gindler sans abandonner son calme. M. Sternbach est venu, nous avons un peu discuté, de choses personnelles, sans rien évoquer qui pourrait avoir un rapport avec cette affaire. Le nom d'Oborin n'a pas été prononcé. Et nous n'avons absolument pas parlé de meurtre. Avant de repartir, M. Sternbach a expliqué qu'un inspecteur principal Lukastik n'allait probablement pas tarder à débarquer. Et il m'a priée de vous recevoir, de vous recevoir aimablement, ce que je fais. Même si Burton et Bacon ne sont pas de votre goût.

– Sternbach a certainement laissé un message pour moi.

– Oui. Il vous demande un peu de patience. Et suggère que vous preniez une chambre à l'hôtel. Il vous contactera. Ce soir même.

– Bon sang, qu'est-ce qu'il s'imagine ? Il a toute la police à ses trousses et il fait comme si on pouvait régler cette histoire autour d'un petit verre de vin.

– Il n'a pas parlé d'alcool.

Imperturbable, Lukastik déclara :

– Je devrais sur-le-champ donner l'ordre de mettre tout le domaine sens dessus dessous.

– À quoi bon ? demanda le Dr Gindler. Sternbach veut vous rencontrer. Ça ne peut être que pour vous faire des aveux. Il a manifestement l'intention de se rendre. Mais sûrement pas à une horde de fonctionnaires dont la spécialité consiste à tout mettre sens dessus dessous.

– J'ai de bonnes raisons de vouloir jouer la carte de la sécurité.

– C'est justement ce que vous ferez en parlant avec Sternbach et en écoutant ce qu'il a à dire. Ensuite vous pourrez l'arrêter. Ce serait une solution calme et élégante. Sans aboiements de chiens policiers.

En réalité, c'était tout à fait ce que souhaitait Lukastik. Il n'en adressa pas moins une remontrance à la doctoresse :

– Vous voulez préserver la tranquillité de votre maison.

– Hum, je ne sais pas trop, répondit-elle, hésitante.

Puis elle déclara qu'un peu d'animation ne pouvait nuire. Pour la plupart, les convalescents s'ennuyaient, l'excellence des soins et la variété du programme de divertissement ne les empêchaient pas de se plaindre de la longueur des journées. Non, ce n'était pas la tranquillité de son institut qui la préoccupait. Une intervention policière n'empêcherait personne de se rétablir. Sauf si bien sûr on tirait des coups de feu. Ce qui lui paraissait improbable. Elle considérait les fusillades comme des excès très occasionnels.

Lukastik acquiesça, puis il demanda :

– Pour quelle raison Sternbach a-t-il été votre patient ? Il y a dix ans, avez-vous dit. C'était donc en 1993.

– Il vous le dira lui-même. Ce soir.

– Je pourrais vous forcer à me remettre son dossier médical.

– Vous pourriez faire un tas de choses, à condition d'être une brute. Mais ce n'est pas ce que je crois. Autrement Sternbach ne vous aurait pas amené jusqu'ici. Il vous a bien amené jusqu'ici, n'est-ce pas ?

– En quelque sorte, répondit Lukastik sans vouloir entrer dans les détails.

Au lieu de cela, il se montra étonné du peu d'intérêt que l'on manifestait pour les circonstances de la mort de Tobias Oborin.

Le Dr Gindler haussa les épaules :

– Je pense que j'apprendrai toute la vérité par les journaux. À quoi bon me charger de tout ça dès maintenant ? Du reste il est mort, on n'y changera rien.

– C'est bien de voir quelqu'un qui croit encore en la vérité. Et aux journaux.

– Absolument, dit la doctoresse en se levant – elle avait à faire mais se déclarait toute disposée à appeler l'hôtel : Je peux demander qu'on vous prépare une chambre.

– Deux chambres. Je suis venu avec un témoin.

– Deux chambres, d'accord.

– Cela dit, je ne suis pas sûr de pouvoir vous promettre…

– La façon dont vous procédez vous regarde, monsieur l'inspecteur principal. Je suis persuadée que vous connaissez votre métier.

– Nous verrons bien, fit Lukastik en haussant les sourcils.

Il se leva de son fauteuil, non sans regret. Sauf à l'égard des deux philosophes canins.

Lukastik aspirait secrètement à une convalescence de principe – à vrai dire, c'est de la vie qu'il voulait se guérir. Et justement, c'était de cette façon – confortablement assis à discuter avec une charmante personne comme le Dr Gindler de l'assassinat des tyrans, par exemple –, oui, de cette façon qu'il imaginait la guérison.

Au lieu de quoi il était forcé de tenir son rôle et de jouer la partie jusqu'au bout. Il sentit à nouveau distinctement ses membres. Un grattement désagréable se manifestait également dans sa gorge, comme s'il avait trop fumé. Ce qui ne pouvait être le cas. C'était probablement une grippe qui s'annonçait. Mais ce n'était pas là un motif d'inquiétude. La grippe frappait souvent à sa porte. Mais elle faisait rarement plus. Les grippes de Lukastik étaient comme des balises flottantes, on les apercevait sans jamais pouvoir les atteindre.

Cela dit, un cachet ne serait pas de trop, il demanda donc à la doctoresse si elle pouvait lui donner une aspirine. Sur quoi Bacon se signala par un grondement qui évoquait la mise en marche d'une scie électrique et qui, étant donné la taille modeste du chien, produisait une impression bizarre. Comme une Mobylette faisant le bruit d'une grosse moto. Les chiens du genre de Bacon s'apparentaient à des animaux dont on aurait poussé le moteur.

– Vous devriez éviter ça, lui conseilla le Dr Gindler.

– Que voulez-vous dire ? demanda Lukastik. De prendre de l'aspirine ?

– De vous lever aussi rapidement. Bacon déteste les mouvements vifs, fébriles. Entendez par là : le grand nerveux, c'est moi.

Le Dr Gindler ouvrit un des tiroirs de son bureau et en sortit une boîte de cachets. Ce faisant, elle expliqua :

– Un nouveau médicament. Il ne sera mis en vente que l'année prochaine. Son nom est Ipso Facto et il est un peu plus efficace que l'aspirine, quelle que soit la chose que vous croyez pouvoir chasser avec de l'aspirine.

– Un soupçon de tristesse, déclara Lukastik d'un ton railleur.

– Dans ce cas, c'est exactement ce qu'il vous faut, répondit le Dr Gindler en lui tendant la boîte entière. Lukastik s'efforça de la mettre dans sa poche sans faire de gestes brusques. Il ne voulait pas réveiller le grondement du chien, lequel s'était déjà redressé. Son corps ocre de sac à main vibrait. Burton, pour sa part, semblait plongé dans un profond sommeil.

– Je vais devoir vous convoquer en tant que témoin, annonça Lukastik alors qu'il avait déjà la main sur la poignée de porte.

– Volontiers, dit le Dr Gindler. À Vienne, j'espère. Je trouve que rien ne reflète autant le charme de cette ville qu'un interrogatoire de police.

– N'en attendez pas trop, lui conseilla Lukastik en quittant la pièce.

Au travers de la porte fermée, il perçut la scie vocale de Bacon. Il savait bien pourquoi il n'aimait pas les chiens. Le chien n'est pas vraiment l'ami de l'homme.

15

Les halls d'hôtel, eux, comptaient au nombre des amis de l'homme. Du moins les spécimens climatisés, avec leurs meubles éparpillés qui plongeaient la plupart de leurs occupants dans un état de spiritualisation douce. Dans ces vestibules – y compris ceux où l'avant-garde architecturale avait frappé, avec son penchant pour les formes élégantes – régnait très rarement la fébrilité si caractéristique des voyages. Au contraire, chaque son, chaque geste paraissaient atténués et empreints d'un léger ralentissement. Ralentissement qui résultait moins d'un freinage que d'une cessation progressive de la course, à la façon dont les sprinters continuent à trotter quelques instants avec décontraction une fois qu'ils ont franchi la ligne d'arrivée. Et l'on conviendra que c'est à ce moment précis de délivrance et de soulagement que la véritable beauté se fait jour dans le geste de l'athlète. Vus sous cet angle, les halls d'hôtel étaient des zones situées en quelque sorte derrière la ligne d'arrivée des voyageurs.

Lukastik se souvint alors d'un de ses amis d'enfance, qui était resté pendant des années sans domicile. Il avait toutefois un extérieur soigné, une coiffure nette, deux rangées de dents blanches et saines, deux complets dont l'un se trouvait toujours chez le teinturier, et une unique paire de chaussures en cuir noir. Non seulement il les nettoyait tous les jours, mais il s'efforçait en marchant de les ménager le plus possible – ou plutôt il essayait de marcher le moins possible. Il n'en devenait pas plus gras pour autant. Cet homme passait souvent ses journées, parfois aussi ses soirées, dans les foyers des hôtels de luxe. Il est important de préciser que ce n'était ni un imposteur ni un mauvais payeur. Quand il commandait une boisson, ce qui bien sûr arrivait très rarement, il la payait. La plupart du temps cependant, il restait assis dans un de ces fauteuils merveilleusement confortables, souvent dotés d'une haute valeur esthétique, à faire ce que faisaient les autres : feuilleter les journaux ; somnoler un peu ; développer, dans les moments plus éveillés, un regard souverain d'homme du monde ; et se livrer à de petites conversations occasionnelles. Il utilisait naturellement aussi les installations sanitaires situées aux environs des halls, et connaissait mieux que quiconque les qualités, mais aussi les carences, de chacun de ces hôtels. Il aurait pu écrire un livre sur le sujet. Qu'il ne le fît pas – quoique possédant tout à fait les capacités linguistiques requises – témoignait de la noblesse de ses sentiments.

Il considérait la critique publique comme un des grands maux de notre temps. Critique littéraire, critique sportive, critique politique, il y voyait l'expression d'un déchaînement petit-bourgeois, qui cherchait querelle aux choses plutôt que d'en décider, de s'en servir ou de les laisser de côté. Cette querelle lui paraissait vulgaire, et même obscène. Pour lui, critiquer consistait à asseoir son postérieur nu quelque part pour ensuite se répandre sur le confort ou l'inconfort qu'éprouvait ledit postérieur sur ce quelque part. Il évitait donc les commentaires, s'abstenait d'aller à la réception de l'hôtel pour railler l'absence d'un important quotidien anglais ou se plaindre des piteux restes de savon dans les toilettes. Il constatait, établissait des préférences, mais évitait l'agitation. Et c'est ainsi que, sans être importuné et sans jamais se retrouver dans une situation pénible, il passait ses journées dans les halls des meilleurs hôtels viennois, tandis que la nuit il assurait ses maigres revenus, qu'il investissait avant tout dans son hygiène et celle de son linge. La façon dont il gagnait cet argent demeurait son secret. Et jamais on ne le voyait manger quoi que ce soit. Certains, dit-on, vivent d'amour et d'air du temps. Pour lui, il semblait vivre du bon air des vestibules.

C'est à cet homme depuis longtemps perdu de vue que Lukastik pensait en regagnant l'agréable climat du hall et en s'approchant du petit rocher noir qui hébergeait Esther Kosáry. Elle paraissait effectivement s'être endormie. On entendait un souffle léger. Sa bouche remuait comme si elle chuchotait.

Laissant dormir la Hongroise, Lukastik se rendit dans une pièce adjacente, qui abritait le bar de l'hôtel. Quoique nettement moins impressionnant que celui de L'Étang de Roland, ce dernier possédait néanmoins un style pur et cohérent. Cela ne signifiait pas seulement que tout s'accordait dans l'aménagement : même le barman s'inscrivait à la perfection dans l'ambiance. Le tout très distingué. Des enceintes invisibles diffusaient une douce, très douce musique de jazz. Un souffle de jazz.

Le barman, en uniforme noir à boutons dorés, salua Lukastik d'un bref regard et d'un signe de tête. Manifestement il jugeait déplacé d'ouvrir la bouche. Un individu économe de ses gestes. Tout en faisant son signe de tête, il posa ses deux mains sur le plateau métallique du comptoir, fines, soignées, sans anneau, exposant son outil de travail le plus important.

Lukastik aurait volontiers étudié la carte des boissons. Mais on n'en voyait nulle part. La distinction du lieu commandait sans doute de savoir ce qu'on voulait. Sans avoir à se lancer dans des discussions sans fin. Ou à se soucier des prix. Pourtant Lukastik avait du mal à se décider. Les longues rangées de bouteilles le décontenançaient. L'importance des étiquettes. Le redoublement dû au miroir du fond, qui semblait présenter chaque bouteille avec son duelliste jumeau. L'éclat des verres polis. Les bords taillés des étagères. Le souffle de jazz.

Lukastik commanda un café. Guère original. Le barman, déjà raide, sembla se refroidir encore plus. Il renonça à opiner du chef et s'affaira à la machine à café avec la mauvaise humeur d'un prosateur qu'on obligerait à rédiger de la poésie publicitaire.

Lukastik gagna un coin reculé de la pièce, loin du bar et des deux autres clients, un couple d'un certain âge qui était assis devant des verres à liqueur rouge rubis et s'entretenait à voix encore plus basse que la sonorité douce de la musique.

L'inspecteur attendit d'avoir son café pour prendre son portable et composer le numéro de son supérieur.

– Où êtes-vous ? demanda le commissaire Albrich sans motif, quoique probablement envahi de mauvais pressentiments.

Tout en faisant glisser un comprimé d'Ipso Facto dans son verre d'eau et en observant la teinte jaunâtre qui en résultait, Lukastik expliqua au commissaire où il se trouvait. Et pourquoi.

– Incroyable, dit Albrich, faisant pour une fois référence non à Lukastik mais au comportement de Sternbach. Que suggérez-vous ?

– Je préférerais éviter les coups d'éclat. Il va de soi que nous devons mettre nos gens en position. Mais il faut qu'ils restent à distance. Sternbach ne se sauvera pas parce qu'il ne veut pas se sauver. D'ailleurs c'est presque toujours comme ça. C'est ce que veulent la plupart des criminels. Ils veulent se faire prendre.

– Je n'en suis pas sûr, répondit le commissaire d'un ton dubitatif.

– Si, si ! insista Lukastik. Fuir n'est qu'un acte émotionnel. Les gens auraient honte de *ne pas* fuir. Ils croient que c'est ce qu'on attend d'eux. Et quand la fuite tourne au drame – fusillade, prise d'otage, meurtre absurde –, c'est encore une façon de répondre à un horizon d'attente. Présumé. Le criminel croit faire plaisir à la police en se comportant comme un forcené.

– Je n'ai jamais été un adepte de vos théories, fit le commissaire avec une franchise inhabituelle.

– Quoi qu'il en soit, poursuivit Lukastik sans se démonter, nous devrions laisser à Sternbach la possibilité d'aller jusqu'au bout de sa mise en scène. Et ne pas le déstabiliser par une intervention musclée de commando spécial. Nous ignorons totalement où il se cache. Non, il vaut mieux faire ce qu'il souhaite. Je vais l'attendre ici et j'écouterai ce qu'il a à dire. Si c'est nécessaire, les collègues pourront toujours intervenir par la suite.

– Comment ça ? Devrons-nous attendre que vous vous preniez une balle ?

– Votre inquiétude m'honore. Mais je ne vois pas où est le danger. Une conversation, des aveux, une arrestation. Voilà tout.

– Bon, s'inclina le commissaire, je m'en remets à votre habileté. Mais il va de soi que nous resterons à proximité. Et je vous en conjure : aucun des clients de l'hôtel ne doit courir de risques. Plus d'erreurs. Plus de policiers qui se font prendre. Pas de liaisons fâcheuses. Au fait, et Esther Kosáry ?

– Elle est assise dans le hall et elle dort.

– Je vous envoie Jordan. Il ramènera la fille. Je ne veux pas que cette Kosáry se balade dans le coin comme une cible ambulante.

– Personne n'a l'intention de lui faire quoi que ce soit, proclama Lukastik.

– Tiens donc ! ironisa le commissaire. C'est pour ça que vous vouliez l'expédier en Hongrie.

– C'était pour des raisons stratégiques.

– Jésus, Marie ! s'exclama Albrich – mais se reprenant aussitôt : Esther Kosáry est la petite amie du mort. Tant que Sternbach se promènera dans la nature, je veux que cette fille soit protégée. Nous ne pouvons pas nous permettre que quelqu'un d'autre atterrisse dans la gueule d'un requin. Cela se conçoit, non ?

– Absolument.

– Il faut encore que vous sachiez une chose. Nous avons découvert que Sternbach avait loué un petit appartement dans l'immeuble sur le toit duquel nous avons trouvé le mort. Nos collègues sont en train de le fouiller. Un petit studio tout ce qu'il y a de banal, semble-t-il. Pas de requin dans la baignoire. À l'exception d'un requin en photo, que nous avons déniché entre les pages d'un livre.

– Quelle photo ? Et quel livre ?

– La photo n'est pas très parlante, m'a-t-on dit. Un cliché en noir et blanc sur lequel on distingue vaguement une tête de requin. Une photo d'amateur. Elle n'aurait rien d'extraordinaire si ce n'était le contexte. D'autant que le livre est un ouvrage de notre défunt M. Oborin. Au titre alléchant : *Écriture et mensonge.*

– Et ? Est-ce qu'il y a quelque chose d'écrit sur la photo ? Ou sur les pages du livre ?

– Rien de tout ça, répondit le commissaire. Selon toute apparence, la photo servait simplement de marque-page.

– Alors j'espère que la police scientifique a bien noté les pages entre lesquelles était glissé ce soi-disant marque-page.

– Nos gens ne sont pas des débutants, protesta le commissaire, soutenant son équipe, à vrai dire sans grande conviction.

Il promit de rappeler aux policiers qui perquisitionnaient l'appartement de Sternbach l'importance de la photo et du livre, et surtout la signification que pouvait avoir le passage souligné par le marque-page. Puis il résuma les choses :

– Jordan récupère la fille. Le reste de l'équipe se met en position. Avec le plus de discrétion possible. Par ailleurs, je trouve que nous devrions vous équiper d'un micro.

– Non, répondit l'inspecteur principal.

En ce domaine son refus était catégorique. Micros, mouchards et autres bestioles du même acabit lui paraissaient improductifs, voire dangereux, et surtout clownesques. Clownesques, toutes les techniques d'écoute, une blague de films d'espionnage devenue réalité. Très peu pour lui.

– Votre entêtement aura raison de mes nerfs, déclara le commissaire.

– Tant que ce ne sont que les nerfs... répliqua Lukastik.

Le commissaire raccrocha. Il en avait passablement assez de cette journée. Et l'idée qu'elle était encore loin d'être finie lui donnait des frissons.

Lukastik, en revanche, avait retrouvé assez de calme pour boire son verre d'Ipso Facto, puis il se tourna vers son café, plutôt refroidi. De toute façon, il ne supportait pas d'être assis au-dessus de sa tasse comme au-dessus d'un bol d'inhalation. Il prit donc quelques gorgées du breuvage tiède et commanda ensuite un sherry sec, qui, avec les principes actifs du comprimé d'Ipso Facto et la caféine, participait d'une triade équilibrante. Une demi-heure plus tard, il se sentait en bien meilleure forme. La bouée grippale n'était plus qu'un point lointain sur le vaste océan des échappatoires. Lukastik se leva. En passant devant le comptoir et le barman, raide comme un piquet, il demanda à ce dernier de mettre les boissons sur sa note.

– Quel est votre numéro de chambre ? interrogea l'homme aux boutons dorés d'un ton suprêmement blasé.

– C'est à voir. Ne vous inquiétez pas, je paie toujours mes dettes.

Le barman se tut. Son visage n'était que mépris – mais un mépris indémontrable.

– Comédien, murmura Lukastik en quittant la pièce.

Il n'éprouva qu'un petit choc léger en s'apercevant que le rocher occupé par Esther Kosáry était vide. Il ne croyait pas vraiment à un autre drame. Sternbach n'avait sûrement pas laissé la fille sur le bord de la route pour l'enlever ensuite dans un hall d'hôtel. Bien sûr que non.

Et de fait, Esther Kosáry ne tarda pas à rejoindre Lukastik, qui, debout comme une plante en pot près d'un cendrier à hauteur de hanche, fumait une cigarette. Sa posture – la façon dont il tenait sa cigarette loin de lui – l'apparentait un peu à une diva masculine. Moins arrogante que réservée, tout simplement. Même à l'égard de sa propre cigarette.

Comme si tout dans la vie, y compris les choses qu'on aimait, devait être tenu à distance.

– J'ai appelé ma mère à Györ, expliqua Kosáry lorsqu'elle fut arrivée près de Lukastik. Quand toute cette affaire sera terminée, je rentrerai passer quelque temps en Hongrie. Pourtant ce n'était pas du tout mon intention. La Hongrie est un endroit plein de magie noire.

– Vous m'en direz tant.

– Mais il y a des moments où même une patrie épouvantable reste l'endroit le plus sûr. D'ailleurs, ce n'était pas votre idée de me livrer aux Hongrois ?

– C'est vrai, répondit Lukastik. Je pense grand bien de la patrie. Même quand elle est pleine de magie noire. À l'étranger, l'être humain dépérit. De manière quasi automatique. Prenez les diplomates. Ou les footballeurs. Ou les travailleurs immigrés. Rien que des morts-vivants. Un pays étranger, c'est toujours une punition, quel qu'il soit – et même si beaucoup de gens prétendent le contraire.

– Vous ne changeriez jamais d'endroit ?

– Pas pour tout l'or du monde. Ma détresse ou ma haine à l'égard de mes compatriotes ne seront jamais assez grandes pour m'inciter à me livrer à l'étranger. Et par étranger, j'entends tout ce qui est situé hors de Vienne.

Tous deux passèrent un moment à fumer des cigarettes jusqu'à l'arrivée de Jordan. Ce dernier avait l'air très renfrogné, comme si sa mission lui déplaisait.

– C'était l'idée d'Albrich, dit Lukastik.

Non qu'il eût l'habitude de s'excuser auprès de Jordan. Il voulait seulement que les choses fussent claires. Pour éviter les malentendus.

– Belle idée, fit Jordan en regardant Esther Kosáry comme si elle était un yaourt périmé.

– De quoi est-ce que vous parlez ? voulut savoir la Hongroise.

– M. Jordan est mon adjoint, expliqua Lukastik. C'est lui qui va vous conduire à Vienne.

– Et vous ?

– Je vais m'occuper de M. Sternbach.

– Alors il est ici ?

– Nous verrons.

– Et si je refuse ? demanda Kosáry. Si j'insiste pour rester ?

– Aucune chance, déclara Lukastik. Nous n'allons pas débattre du libre-arbitre. Pas maintenant. C'est votre sécurité qui prime.

– Je ne suis pas en danger.

– Bon Dieu, quelle gourde ! gémit Jordan.

Kosáry s'apprêta à réagir. Sa petite bouche s'ouvrit. Elle était sur le point de se transformer en dragon et de cracher du feu.

Mais Lukastik l'arrêta dans son élan. Il ordonna :

– Pas de discussion. Partez ! Comme ça vous rentrerez plus vite en Hongrie – et à l'adresse de Jordan : Demandez à Mme Kosáry de vous expliquer sa théorie sur le remasticage des pommes. Elle ne manque pas d'intérêt.

– Avec plaisir, fit Jordan, ne sachant s'il devait rire ou pleurer.

Il demanda à quel endroit il fallait conduire Kosáry.

Lukastik avait abandonné l'idée de loger la Hongroise chez le spécialiste des requins. La découverte, dans l'appartement viennois de Sternbach, d'une photographie qui, si l'on en croyait du moins la description du commissaire, évoquait la série de clichés exposés par Slatin, n'avait peut-être pas de signification, n'en avait sans doute pas, mais conduisait par prudence à exclure ce dernier de la liste des logeurs.

S'écartant de quelques pas, Lukastik fit signe à son adjoint, qui le suivit lentement.

– Vous vivez seul, Jordan, n'est-ce pas ? demanda-t-il, comme s'il ne le savait pas pertinemment.

– Et alors ? répondit Jordan en se détournant ostensiblement.

– Je préférerais que ce soit vous qui logiez Mme Kosáry. Ce sera sans doute juste pour une nuit. Il vaut mieux ne pas la laisser à l'hôtel. Et dans cette affaire, je ne connais personne en qui je puisse avoir confiance.

– Cette mignonne m'a l'air un peu fatigante, objecta Jordan.

– Pour une mignonne qui vient d'apprendre ce matin la mort de son ami, elle se comporte plutôt normalement.

– Est-ce qu'elle fait partie des suspects ? demanda Jordan.

– Elle n'est un danger que pour elle-même. C'est aussi la raison pour laquelle je souhaiterais que vous vous occupiez d'elle.

– Mais je n'ai rien d'une bonne d'enfant. À mon âge ! Et si elle venait à s'imaginer que je lorgne son petit bout de sein ? Ça s'est déjà vu. Il vaudrait mieux faire appel à Mme Boehm.

– C'est vous que le commissaire a envoyé. Du reste je suis convaincu que, par principe, les femmes ne s'accordent pas entre elles. Non, vous êtes la personne qu'il faut. Alors cessez de vouloir jouer au plus fin. Demain nous soumettrons Mme Kosáry à un interrogatoire. Et ensuite, cap sur la Hongrie.

– Comme vous voudrez, dit Jordan.

Sans un mot de plus, il se détourna et intima l'ordre à Esther Kosáry de le suivre. La femme obéit, tel un hippocampe tout en os entraîné par le courant. La large porte à battants resta ouverte quelques instants, et tous deux sortirent dans l'après-midi finissant. Lukastik les vit se fondre dans la lumière, un peu comme des pièces de linge s'enfoncent dans un bouillon de mousse.

Il avait donc réussi une fois de plus : il avait constitué une paire. Et pour d'obscures raisons, il pensait que cette fois, ce serait une paire bien assortie.

Lukastik se rendit à la réception. Là, une autre employée, plus reposée et plus aimable que la précédente, lui tendit sa clé sans qu'il eût besoin de la demander. Apparemment, il était le seul à pouvoir être l'inspecteur principal Lukastik.

La chambre, qui se trouvait au deuxième étage, possédait la même élégance confortable et apaisante, un peu bourgeoise aussi, que le hall. Laissant de côté l'examen du mobilier, Lukastik se dévêtit, prit une douche rapide et s'étendit sur le lit, étalant sur son torse une serviette humide. Son sexe, ses bras et ses jambes ainsi que sa tête en dépassaient comme des racines. Moins d'une minute plus tard, il dormait. Il n'avait pas réglé de réveil ni demandé qu'on lui téléphonât pour le tirer de son sommeil. Si Sternbach était pressé, il lui faudrait réveiller Lukastik.

Ce qui ne fut pas le cas. Pas plus au cours de l'heure qui s'écoula que de la suivante. Pendant tout ce temps, Lukastik demeura dans le suspens irrégulier de ce processus réparateur qui sert en principe à se reposer, mais dont il se réveilla avec des membres à nouveau douloureux et une gorge qui recommençait à le démanger. À quoi s'ajoutait

cette pression typique à l'intérieur des yeux et ce picote-
ment non moins typique de la peau qui appartiennent au
registre des effets secondaires de médicaments. Rien de
vraiment gênant pour Lukastik. En l'absence d'effets
secondaires, il lui aurait été difficile d'établir un rapport
entre le produit du Dr Gindler et un résultat satisfaisant.
Et il trouvait parfaitement logique que les effets secondaires se fissent sentir plus vite que la guérison définitive.
Toute solution, toute délivrance présupposaient un problème, un tourment, de même qu'il y avait d'abord les
fatigues de l'existence et ensuite seulement la mort libéra-
trice.

Se levant péniblement, Lukastik retourna sous la douche.
Pour la première fois de sa vie, il commit l'inconvenance de
fumer alors que le jet d'eau ruisselait encore sur son corps.
Après sa douche, il déposa sa cigarette fumée jusqu'au filtre
sur le rebord de la petite cavité émaillée servant ordinairement au savon, où elle, la cigarette, rendit l'âme à sa façon
habituelle.

Il retourna dans la chambre et enfila ses vêtements, qui
avaient maintenant la consistance fripée d'habits exagéré-
ment secs après avoir été trempés de sueur. Lukastik avait
terriblement envie d'une chemise et de sous-vêtements
propres, mais le moment lui paraissait mal choisi pour
faire une tentative en ce sens. Il regarda sa montre. Il était
près de sept heures et demie. La faim se faisait nettement
sentir, il descendit au restaurant.

L'hôtel s'était éveillé à la vie. Dans le hall s'ébattaient des
gens, pour la plupart d'un certain âge, qui tous avaient l'air
terriblement en bonne santé, « rasés » si l'on veut par le
soleil et l'air pur. Les hommes en veste de sport et polo, les
femmes en robes d'été légères. Çà et là seulement, un ban-
dage ou une boiterie rappelaient qu'il y avait également des

convalescents qui vaquaient en ces lieux à leurs divertissements du soir. Bien que le brouhaha des voix s'accordât à l'ambiance feutrée, on percevait clairement l'excitation caractéristique des hôtels de cure au moment où, le soir tombant, un sentiment d'euphorie saisit les corps chargés de chaleur. Euphorie à la perspective d'un verre, d'une possible aventure amoureuse, ou seulement de pouvoir raconter une anecdote qui fera son effet.

Dans la poche de Lukastik, le téléphone portable émit une sonnerie stridente. L'inspecteur se retira dans une des deux cabines téléphoniques, lesquelles dataient encore de l'ancien temps : équipées de dispositifs à pièces antédiluviens, elles répandaient l'atmosphère chiche-pompeuse des confessionnaux. Lukastik ne se rendait même pas compte de l'à-propos qu'il y avait à s'être installé précisément dans une de ces petites cabines pour téléphoner, même si bien sûr l'air frais du hall n'y pénétrait guère.

C'était de nouveau le commissaire. Il informa Lukastik qu'il s'était fait faxer les deux pages du livre d'Oborin, *Écriture et mensonge*, et le chapitre entier d'où elles étaient tirées. Ainsi que la photographie qui s'y était trouvée. Si Lukastik le désirait, on pouvait lui transmettre les papiers sur-le-champ. On avait le numéro de fax de l'hôtel.

Lukastik accepta. Peu après, il avait les documents en main, mais au lieu de les examiner, il les plia pour les ranger entre les pages de son *Tractatus*. Après quoi il se rendit au restaurant, où seul un tiers des tables étaient occupées.

Il fut accueilli par un serveur. Le plus vieux et le plus tremblant que Lukastik eût jamais vu. Il ne put s'empêcher de se demander s'il était légal d'employer pareil vieillard. Quoi qu'il en soit, Lukastik avait le sentiment d'avoir affaire en quelque sorte à la « mère » de tous les serveurs, à la forme originelle du personnel domestique. Non que l'homme bégayât ou se tînt le dos voûté. Il avait beau sembler d'une antique vieillesse, il donnait une impression de verdeur. Ses mouvements comme sa voix avaient quelque chose de dansant et d'agile tandis qu'il conduisait Lukastik à une petite table un peu isolée, située près d'une fenêtre. Lui aussi s'adressait à l'inspecteur en utilisant son nom et son grade.

De manière assez touchante, le robuste vieillard déconseilla à Lukastik, sur un ton de familiarité discrète, de prendre le faisan ou la truite. Non, ils ne laissaient pas à désirer, à Dieu ne plaise, mais on avait tendance à surestimer ces mets, comme la plupart de ceux qui ont un caractère festif et dont le goût aussi évoque les fêtes ou les solennités. Et sent donc toujours un peu l'exagération, le « gâteau d'anniversaire ». Voilà pourquoi, aux dires du serveur, un conseiller scrupuleux ne pouvait recommander la truite ou le faisan à ses clients.

– Mais encore ? demanda Lukastik, entièrement soumis, acceptant d'emblée l'autorité du vieil homme, même si la comparaison avec le gâteau lui paraissait passablement tirée par les cheveux.

– Je vous recommande les *Krautfleckerl*[1].

– Un plat à *votre* goût.

– À mon goût, parfaitement, approuva le serveur avec assurance. Un plat qui ne rappelle à aucun moment le gâteau d'anniversaire. Mais si vous préférez...

– Je m'en remets entièrement à vous. Les Krautfleckerl.

– Très bien, monsieur l'inspecteur principal. Je pense que par ce temps on peut se passer de soupe.

– Absolument.

---

1. Spécialité autrichienne de pâtes aux œufs accompagnées de morceaux de chou ou de légumes. (N.d.T.)

– Et d'ailleurs il vaut mieux se concentrer sur les Krautfleckerl. Les menus sont une telle calamité. C'est bon pour les affaires mais pas pour les nerfs gustatifs. À croire qu'on veut transformer le repas en compétition.

– Les Krautfleckerl suffiront amplement, l'assura Lukastik. À condition que la portion soit copieuse.

– Tout à fait, confirma le serveur – ajoutant : Avec un vin blanc de la région. Ce n'est pas un grand cru, ce n'est pas non plus une de ces saveurs qui font surgir une multitude d'images. Un simple vin de la région. Un enfant du ciel sous lequel nous nous trouvons en ce moment. Il va de soi que nous avons aussi des vins plus chers. Je peux bien sûr vous envoyer notre sommelier.

– Pas de sommelier, je vous en prie ! dit Lukastik avec une répugnance sincère. Le vin de la région me convient très bien.

Le serveur approuva en tournant la tête de côté, et fit un sourire qui introduisait Lukastik dans le cercle éminent des clients amis de la maison. Non que l'inspecteur eût montré une certaine connaissance des mets et des vins, loin de là, mais il s'en était remis aux considérations du maître d'hôtel, reconnaissant – ou pressentant – leur importance. Ce qui déterminait le niveau, c'était le pressentiment ou la reconnaissance. Rien d'autre. Les clients qui jouaient les hommes du monde et qui étaient capables de réciter par cœur le classement des vins primés n'étaient certes pas traités avec moins d'égards, mais le personnel leur témoignait la distance polie avec laquelle on serre la main d'un homme politique pour qui l'on n'a pas voté. Et ces clients-là pouvaient être sûrs de ne pas être accueillis une seconde fois par le maître d'hôtel chenu.

Lorsque Lukastik eut reçu son verre de vin blanc et qu'il y eut goûté – sans en retirer enthousiasme ni déception –, il ouvrit son *Tractatus* et prit les feuilles pliées, qu'il étala devant lui sur la table.

Contrairement à la description fournie par le commissaire Albrich, la photographie ne montrait pas qu'un seul requin mais tout un groupe, même si dans le détail on ne distinguait effectivement pas grand-chose. À l'inverse des clichés à prétention artistique qui étaient exposés dans l'appartement d'Erich Slatin, il s'agissait tout simplement d'une photo ratée. Ou du résultat d'une prise de vue effectuée dans de mauvaises conditions. On ne pouvait pas davantage parler d'une photo en noir et blanc. Chaque couleur tendait vers le sombre, le grisâtre, le noirâtre, sans compter que la qualité de l'image avait probablement souffert au cours des deux reproductions. En bas de la photo, on discernait la moitié supérieure d'un aileron qui se détachait de façon relativement visible. Derrière se dessinaient les silhouettes floues mais entières de deux animaux, tandis qu'un troisième spécimen sortait de l'image, révélant juste sa nageoire caudale. Tout au fond de la photo, on devinait quelques taches. Celles-ci étaient si étroitement mêlées à l'obscurité qu'il était difficile de savoir s'il s'agissait d'autres requins ou seulement de rochers. L'un des deux animaux à peu près reconnaissables nageait de manière frontale mais légèrement oblique. Il était dès lors possible d'apercevoir la gueule aplatie caractéristique du requin commun.

Lukastik avait acquis une compétence suffisante pour pouvoir avec quelque certitude ranger les poissons de la photo dans la famille de ceux à qui l'on attribuait la mort du graphologue Oborin. Ou du moins l'homicide. Ou du moins la présence de traces de morsures parfaitement identifiables, et l'absence d'une main et d'une jambe.

273

Dans les sept pages de son ouvrage *Écriture et mensonge* que la photographie avait sans doute signalées, le graphologue de Zwettl faisait une étude extrêmement précise de deux dédicaces manuscrites reprenant la même phrase brève mais rédigées par deux personnes différentes. Ce fut justement cette précision de l'analyse qui parut suspecte à Lukastik, la manière anatomique dont Oborin disséquait les deux écrits devant son public, dont il alignait les morceaux isolés en expliquant leur signification, pour ensuite les rassembler de nouveau. Mais du coup, un sens entièrement nouveau s'attachait à ces deux phrases identiques, qui n'avait plus grand rapport avec leur intention initiale, leur intention affichée.

La phrase dont Oborin se servait pour dévoiler, par la psychologie de l'écriture, le mensonge et la tromperie, était la célèbre dédicace inscrite par Friedrich Hölderlin dans un des exemplaires de son roman *Hypérion* : « À qui d'autre qu'à toi ? »

Cette dédicace était reproduite dans *Écriture et mensonge* à la fois sous la forme manuscrite originale de Hölderlin et dans la version – en marge d'une lettre – d'un scripteur de nos jours, qu'Oborin qualifiait de « pirate sémantique » et désignait par le pseudonyme « M. S... ».

Ce M. S..., affirmait Oborin, avait eu l'impudence non seulement d'utiliser la phrase de Hölderlin à des fins personnelles, mais aussi de le faire de telle manière qu'elle semblait être sa propriété intellectuelle. Une création toute personnelle.

Tous ceux qui connaissaient la dédicace de Hölderlin savaient bien entendu que M. S... se rendait coupable de « piratage sémantique ». Pourtant il n'était pas nécessaire de la connaître. À elle seule l'enquête graphologique permettait de démontrer que M. S... avait commis un vol en apposant à la fin d'une lettre non signée, écrite en septembre 1993, ce « À qui d'autre qu'à toi ? ». Afin de prétendre indûment à quelque chose, à savoir une originalité brillante. Que M. S... ne possédait nullement.

Jusque-là, c'était simplement bizarre. Mais il y avait plus délicat dans la mesure où Oborin n'essayait pas seulement, par le biais d'une dissection graphologique, de convaincre de tromperie le douteux auteur de la lettre : il expliquait aussi que, probablement à son insu, M. S... avait fondé son pillage sémantique sur un mensonge. En effet, en dépit du génie de Hölderlin, l'original constituait une sorte d'escroquerie. En examinant attentivement l'écriture de Hölderlin, on s'apercevait sans doute possible qu'avec sa dédicace, le poète allemand ne désignait sûrement pas la dame à laquelle il avait envoyé ce livre. Non, il pensait vraisemblablement plutôt à lui-même. La dédicace « À qui d'autre qu'à toi ? » dissimulait un « À qui d'autre qu'à moi ? ».

Oborin confessait généreusement qu'il n'avait pas l'intention de s'immiscer dans l'histoire littéraire et qu'il s'abstenait de tout commentaire sur les relations de Hölderlin avec la femme du banquier Gontard de Francfort, cette Susette Gontard qui hante le roman *Hypérion* sous les traits de Diotima. Il n'affirmait donc pas, par exemple, que Hölderlin n'avait nullement été amoureux de Mme Gontard, il constatait juste que la dédicace de Hölderlin possédait tous les traits graphologiques du mensonge.

Mensonge qu'il prétendait pouvoir démontrer en disséquant chaque mot, chaque lettre, en étudiant les intervalles visibles en deux endroits et qui formaient un « vide parlant ». Il attirait également l'attention sur les « ventres pleins » existant à l'intérieur de certains caractères. Des ventres ouverts et fermés.

Ce n'est qu'au terme de son analyse, après avoir reconstitué le « corps », qu'il considérait l'écriture dans son ensemble, son énergie et son tracé, son charisme et son âme – et, bien sûr, sa duplicité. Quel que fût l'angle sous lequel il l'abordait, Oborin y découvrait chaque fois un indice de sa théorie du mensonge (dans le cas de Hölderlin) et de la tromperie (dans le cas de M. S...).

« Quel incroyable tissu d'absurdités ! » songea Lukastik, quoiqu'il fût plutôt satisfait de ces pages entre lesquelles – c'était clair désormais – la photographie ne pouvait avoir été placée par hasard. L'apparition de la citation volée de Hölderlin dans une lettre de 1993, deux mois à peine après le record de plongée établi par Sternbach, et l'utilisation par ce dernier d'une photographie sous-marine en guise de marque-page dans l'ouvrage d'Oborin, ces deux faits incitaient Lukastik à penser que le coiffeur plongeur et le M. S... du livre étaient une seule et même personne. Que c'était Sternbach qui s'était laissé aller à l'impudence de s'approprier une dédicace célèbre. Dès lors l'écriture de M. S... devait coïncider avec celle de Sternbach – que Lukastik connaissait grâce au message relatif au bunker. Mais il n'aurait pu l'affirmer. Il n'avait qu'un vague souvenir des gribouillis de Sternbach.

Toujours est-il que l'inspecteur ne trouvait rien de criminel à cet « acte ». Tout comme il ne voyait pas l'intérêt de dévoiler que Hölderlin était un égocentrique, un homme qui, en dédiant son livre à sa bien-aimée, ne faisait que masquer une bonne dose de narcissisme. Ou d'autre chose.

« On devrait jeter les graphologues à la poubelle », marmonna Lukastik à part lui. Opinion qu'il nourrissait à l'égard de la psychologie judiciaire et des experts dans leur ensemble. Il considérait ces derniers comme des gens qui s'écartaient constamment de la vérité. Ou de l'essentiel. À l'instar de ces théologiens qui semblent déployer toute leur éloquence à esquiver la question de Dieu.

Lorsqu'on lui apporta les Krautfleckerl, Lukastik posa les trois feuilles de papier sur le côté opposé de la table, de manière à ne pas les perdre de vue tandis qu'il attaquait son plat avec une certaine distraction – pourtant ces Krautfleckerl auraient mérité sa pleine et entière concentration. Les filaments de pâte papillonnesques montraient des formes si variées qu'elles semblaient faites à la main. Lukastik frissonna légèrement à l'idée que chaque pièce résultait de la pression de doigts qui lui étaient totalement inconnus. Des doigts inconnus... Il ne voulait surtout pas y penser. Il enfourna donc l'énorme tas tout en se demandant quoi faire des deux pages du texte d'Oborin ainsi que de la photo plutôt ratée de la horde de requins.

Horde de requins ? Le mot « horde » s'appliquait-il aux poissons ? Ou ne fallait-il pas plutôt parler de « banc » ? D'un autre côté, ce mot « banc » lui évoquait un nombre beaucoup plus grand de poissons beaucoup plus petits. Sur ce, il se souvint d'avoir entendu un jour employer le terme « école » pour désigner un groupe de requins. Oui, c'était bien ça.

Vers la fin du repas, Lukastik consacra plus d'attention à ses Krautfleckerl, appréciant l'équilibre du doux-amer. Il termina son verre de vin et replaça les documents dans le *Tractatus*. Le restaurant se remplissait à vue d'œil, et bien que Lukastik ne souffrît pas d'angoisse dans les salles pleines, il ne se sentait guère à l'aise devant tous ces gens reposés qui formaient pour ainsi dire leur « école » à eux. En se rendant dans le hall, il rencontra de nouveau le vieux maître d'hôtel, qui se bornait maintenant à diriger le personnel. Lukastik essaya de lui adresser un regard, un geste d'approbation pour sa suggestion de choisir un plat simple, dépourvu de solennité, qui n'évoquait à aucun moment l'idée d'un gâteau d'anniversaire. Mais le vieil homme était entièrement absorbé par sa tâche. Il jonglait littéralement avec son équipe.

De retour dans le hall d'accueil, vaste de dimensions mais bas de plafond, Lukastik déambula comme pour se dégourdir les jambes. Il avait remarqué l'attroupement de clients devant un appareil de télévision. La tension et l'excitation étaient perceptibles. Probablement une catastrophe aérienne ou un but inattendu marqué par l'équipe nationale de football. Quelque chose de ce genre. Rien d'intéressant pour lui dans l'immédiat.

– Vous devriez voir ça, monsieur l'inspecteur principal, fit l'employée à Lukastik au moment où celui-ci arrivait à proximité de la réception, comme attiré dans une orbite.

– Quoi donc ? demanda Lukastik.

– Les informations à la télévision. Une bombe a explosé à Vienne.

Une explosion, c'était autre chose, bien entendu. En sa qualité de policier, Lukastik était tenu de ne pas ignorer les explosions provoquées par des bombes. Il se joignit donc à la bonne douzaine de curieux et, conscient de sa propre importance, se fraya un chemin au premier rang pour suivre la diffusion du bulletin spécial.

L'endroit où s'était produite l'explosion ne pouvait être qualifié que d'inhabituel, d'atypique pour une bombe :

c'était la serre tropicale située devant le zoo, à la lisière ouest du parc du château de Schönbrunn, et érigée dans les années quatre-vingt du XIXᵉ siècle. Longtemps menacée d'effondrement, cette serre, la plus grande d'Europe, avait été fermée pendant de nombreuses années avant qu'on n'injecte de la mousse dans sa vieille structure d'acier et qu'on ne remplace sa multitude de petites vitres. On avait ainsi redonné vie à une idylle pour amateurs de fleurs et de plantes, pour flâneurs botaniques, à une architecture de verre qui se dressait comme neuve entre les haies taillées et rappelait un peu une gare à l'ancienne. Une gare à l'usage des plantes.

Et ce joyau, que la plupart des Viennois connaissaient juste de l'extérieur mais qu'ils n'en étaient pas moins venus à aimer (contrairement à certains musées plus récents qui semblaient émaner d'envahisseurs aussi extraterrestres que malfaisants), cette serre, à la fois fine et puissante, avait donc sauté une demi-heure plus tôt, à huit heures précises, en cette soirée d'été encore claire, et ce avec une violence telle que presque toutes les vitres avaient été soufflées et une grande partie du bâtiment détruite. En outre un incendie s'était déclaré, qui trouvait amplement à se nourrir des plantes et du bois.

Les caméras étaient braquées sur le feu, sur les flammes qui jaillissaient du haut du squelette du bâtiment, désormais ouvert dans sa partie supérieure, telle une fleur épanouie. On distinguait vaguement des hommes debout sur les échelons les plus élevés d'échelles coulissantes, en train de diriger des jets d'eau sur cet enfer. Et comme à l'ordinaire dans les programmes télévisés (c'est-à-dire dans le rétrécissement de la réalité aux dimensions du petit écran), les pompiers – hommes et matériel – donnaient plutôt la piètre impression d'être des jouets. L'eau qui jaillissait des tuyaux semblait parcimonieuse et inoffensive – du genre jardinier amateur – comparée au lumineux tourbillon de feu. Du reste, l'équipe paraissait moins occupée à sauver un bâtiment condamné qu'à circonscrire l'incendie dans les limites du terrain qu'on était contraint de lui concéder. Il était vital d'empêcher qu'une étincelle ne mît le feu aux enclos du zoo voisin ou à des parties du parc environnant. À cet effet les pompiers essayaient de placer les flammes sous une cloche de produits extincteurs. De ce fait, on pouvait avoir l'impression bizarre que le lieu de la catastrophe était entouré d'une fontaine.

Ce n'est pas pour dire que ce spectacle – celui d'une curiosité en train de brûler – faisait battre les cœurs plus vite. À l'exception peut-être du cœur des modernistes radicaux, qui avaient traité la coûteuse rénovation du bâtiment de sacrilège, la comparant à l'embaumement d'un cadavre. Non, la plupart des gens étaient secoués par cette disparition définitive de la serre de Schönbrunn. Mais cela ne changeait rien au fait qu'en même temps, on était sensible à la beauté enchanteresse du feu. Regarder un feu, quel qu'il soit, c'était toujours comme revenir à l'origine des choses. Du temps où ces choses étaient plus simples, plus fondamentales, pure énergie.

Tandis que ces images plongeaient les spectateurs dans la contradiction qui consiste à trouver fascinante une chose triste, excitante une chose terrible, la voix *off* d'un reporter expliquait que, pour le moment, on ignorait tout des dessous de l'explosion. Une explosion si violente qu'elle ne pouvait résulter d'un défaut technique de l'installation, comme une fuite dans une conduite de gaz. Il fallait plutôt partir de l'idée d'un attentat ciblé. Dans ce cas, on devait naturellement s'interroger sur le sens possible de cette destruction, de la destruction d'un monument culturel qui avait certes du prix mais ne possédait aucune valeur symbolique. Sans compter que le bâtiment était probablement désert au moment de l'explosion, alors que dans la journée il avait été très fréquenté. Il s'agissait presque d'un lapsus. Ce quasi-reproche à l'adresse d'un éventuel terroriste pour avoir agi avec « humanité » en ne déclenchant la bombe qu'après la fermeture de la serre. Le constat du commentateur sonnait presque irrité, comme s'il voulait dire qu'une fois de plus la ville restait en deçà du niveau mondial. Et que le monde, donc, jetterait sur Vienne un regard apitoyé et amusé, peut-être même nostalgique devant tant de naïveté. Vienne, une ville où l'on faisait sauter un bâtiment déserté, décoratif certes mais dénué de toute signification idéologique ou religieuse, ce qui semblait accréditer le soupçon que l'acte était l'œuvre non pas de terroristes sérieux mais de gens poursuivant quelque but artistique obscur (comme ce tordu qui avait prévu de pulvériser dix Ford Mustang dorées).

Lukastik se détourna. Il en avait assez vu. Pour sa part, il était plutôt de ces Viennois qui avaient jugé superflue la conservation de la serre de Schönbrunn. Non qu'il opposât un refus catégorique à la préservation du patrimoine historique. Mais il trouvait que, parfois, il valait mieux laisser les choses s'éteindre, tout simplement. Il fallait donner la possibilité de mourir aux personnes vieilles et malades, aux espèces animales, aux amitiés, et aussi à tel ou tel bâtiment.

Pour les bombes cependant, il ne montrait aucune sympathie, qu'elles fussent petites ou grosses et que l'instant de leur déclenchement épargnât ou non des vies humaines. Ce qui le gênait, c'était la sournoiserie de cette arme, sa déloyauté en quelque sorte, aussi bien dans le cas d'une ceinture d'explosifs que d'un missile de croisière.

En revenant vers le bar, Lukastik remarqua dans l'un des fauteuils de cuir une femme qu'il connaissait. Elle faisait partie d'une troupe d'intervention spéciale mobilisée dans les cas difficiles. Selon toute vraisemblance, elle n'était pas là pour faire une cure. Lukastik en déduisit que plusieurs policiers en tenue civile, accordée à l'environnement bourgeois, étaient déjà présents sur le terrain, en contact permanent avec leurs responsables grâce aux habituelles techniques de communication pudiquement dissimulées.

Lukastik haussa les épaules de manière que la femme pût le voir. Que devait-il faire ? Impossible de mettre un terme au ridicule de ce genre d'intervention. Il ne lui restait plus qu'à espérer que le commissaire respecterait son souhait et tiendrait son équipe camouflée bien en main.

Le bar s'était sensiblement vidé lorsque la majorité des clients s'étaient rendus dans la salle à manger. Ou s'étaient arrêtés dans le hall pour suivre les informations à la télévision. La plupart cependant étaient d'avis que le spectacle de l'accident – « catastrophe » leur aurait semblé démesuré – pouvait attendre la fin du dîner. En règle générale, les curistes étaient des gens qui planaient à quelques centimètres au-dessus du sol et accordaient une importance au moins égale à leurs calculs biliaires et à l'incendie d'une serre.

Lukastik reprit place à la table qu'il avait occupée précédemment. Cette fois, il fut servi par une jeune femme à l'allure d'adolescent, vêtue d'un tailleur pantalon sombre et coupé près du corps, tandis que derrière le comptoir on voyait toujours l'homme aux boutons dorés, qui, après la première déferlante de clients, remettait de l'ordre dans ses quartiers.

Lukastik commanda un whisky et, manifestant une désinvolture rare, pria la serveuse de choisir la marque pour lui car il était incapable de se décider en la matière. La jeune femme, qui se déplaçait avec la délicatesse et la légèreté d'une gymnaste anorexique, montra un flegme égal et lui servit sans hésiter un *single malt* du même jaune clair que le comprimé d'Ipso Facto. Elle s'abstint de lui expliquer l'origine de ce whisky. Ce qui était très bien. Lukastik n'était pas là pour s'instruire. Mais pour passer le temps avec un peu d'alcool en attendant que Sternbach fît son apparition ou donnât au moins signe de vie.

Et signe de vie il y eut. À vrai dire, il fallut pour cela attendre encore deux heures. Dans l'intervalle, Lukastik feuilleta son *Tractatus*. En fait, il s'y « promenait », comme on marche dans un parc qu'on connaît par cœur mais où l'on découvre sans cesse de nouveaux détails. Ne serait-ce que des branches brisées. Mais ce qui manquait pourtant à cette promenade, c'était la musique des sphères de Josef Matthias Hauer.

À la place, un jazz tiède.

Au bout des deux heures ci-dessus mentionnées, le barman surgit devant Lukastik et posa sur la table une assiette contenant une feuille de papier pliée, accompagnée de ce commentaire :

– L'addition, monsieur.

– Je n'ai pas demandé l'addition, protesta Lukastik.

Cependant le barman regagnait déjà son comptoir, assiégé par un groupe de messieurs et un groupe de dames, chaque groupe strictement séparé de l'autre comme dans un parterre de fleurs.

Lukastik prit le bout de papier et le déplia. Il ne s'agissait pas du tout de l'addition. En fait il avait sous les yeux une note manuscrite qui lui permit alors d'établir que l'écriture de Sternbach était bien celle de ce M. S... qui s'était approprié la dédicace de Hölderlin. Lukastik lut :

« Monsieur l'inspecteur principal,

Soyez à onze heures et demie précises dans l'établissement de bains.

Je vous attendrai près de la piscine. Il serait bon que vous veniez seul. Cela nous permettra de parler en toute tranquillité.

Sternbach »

Lukastik regarda sa montre. Il avait encore une heure devant lui. Une heure, pendant laquelle il pouvait apprendre où était situé l'établissement de bains, une heure pendant laquelle il lui serait possible de soumettre l'antipathique barman à un interrogatoire rapide. Et d'informer le commissaire Albrich afin que celui-ci pût établir un cordon autour de l'endroit.

Il renonça toutefois à la dernière et à l'avant-dernière disposition et se borna à interroger la serveuse. Il apprit ainsi que l'établissement se trouvait dans le cône recouvert d'un tapis gazonné, à l'extrémité du domaine. Cet établissement comportait divers saunas, bains de vapeur et salles aromatiques ainsi qu'une piscine couverte. Mais à cette heure tardive il était fermé.

Lukastik la remercia et se leva pour quitter le bar. Ce faisant, il jeta au barman un regard indiquant qu'on aurait l'occasion de se revoir. Et ce sur un tout autre terrain. Un terrain où raideur et virtuosité dans le maniement des verres et des bouteilles ne seraient pas d'une grande utilité.

Dans le hall, Lukastik aperçut brièvement le commissaire Albrich, qui sortait du restaurant pour disparaître dans un des couloirs. Une scène à la Hitchcock, quand le maître en personne apparaît sur l'écran, tel un dieu qui entreprend une brève incursion dans l'univers de ses créatures. Bon, le commissaire n'était certainement pas un dieu, ni même un metteur en scène, mais une chose était sûre : dans l'action il avait l'air étranger et déplacé, très loin de son bureau, encore plus loin de sa loge d'opéra. Tout sauf incognito.

Sans se laisser déstabiliser par l'apparition de son supérieur, Lukastik prit place dans un des fauteuils de cuir et alluma une cigarette. Il resta là pendant une demi-heure, observé par ses propres gens, puis il se leva et se rendit sans hâte aux toilettes. C'est-à-dire dans un endroit qu'il connaissait déjà, et dont par conséquent il connaissait la disposition. Il ouvrit une fenêtre et l'escalada.

16

Quand Thomas H. Macho, dans la série éditée par Peter Sloterdijk, *La Philosophie maintenant !* (on dirait *Aux armes, frères !* ou encore *Tuez tous les infidèles !*), quand M. Macho, donc, écrit qu'en dépit de la montagne de littérature critique qui existe sur l'œuvre de Wittgenstein, personne ou presque ne pourrait passer pour wittgensteinien, il a sûrement raison.

Pourtant Richard Lukastik était un de ces rares spécimens. Bien sûr pas au sens où lui-même ferait de la philosophie dans la ligne de Wittgenstein. Même s'il en avait eu les moyens intellectuels, il aurait trouvé cela exécrable et absurde. De plus il considérait que la philosophie s'était arrêtée avec Wittgenstein, et il était d'avis que même les disciplines scientifiques avaient le droit, sinon de mourir, du moins de se perdre dans les sables. Non, Lukastik ressemblait un peu à un supporter de football qui adhère à un club de manière inconditionnelle tout en ayant le bon goût de ne pas vouloir introduire de force ses grosses jambes dans un short pour se rendre sur le terrain dans cet attirail.

Le fait que Lukastik ne fût devenu ni philosophe ni musicologue mais policier aurait sûrement plu à Wittgenstein dans la mesure où le monde avait davantage besoin de bons policiers que de bons philosophes. Restait cette question : Lukastik était-il un bon policier ?

En tout cas c'était un pieux wittgensteinien, même s'il récusait le concept de « piété ». À elle seule pourtant sa manière de marcher sur un des sentiers de gravier d'une blancheur de craie en marmonnant quelques phrases du *Tractatus* comme si c'était le Notre-Père – surtout, bien sûr : « Il n'y a pas d'*énigme*. » – pouvait être qualifiée de religieuse.

Au-dessus de lui brillait une lune presque épanouie, qui baignait le terrain de lumière comme d'un badigeon. On aurait dit une scène de théâtre sur laquelle de petites lampes feraient surgir l'image d'un décor ombreux, d'une idylle inquiétante. Des bâtiments, des haies, des chemins, des arbres – comme évidés.

Lukastik ne put s'empêcher de penser à une réflexion de Wittgenstein sur le manque de clarté d'une phrase comme « Je sais que j'ai un cerveau ». Manque de clarté car même si cette affirmation avait toutes les chances de se voir vérifiée, on pouvait tout de même imaginer que « à l'occasion d'une opération, mon crâne se révèle être vide [1] ».

C'était là une idée qui ne cessait de s'imposer à Lukastik, autrement dit qu'une radiographie amènerait à la constatation surprenante que son crâne, sans être complètement vide, abritait du moins quelque chose qui n'avait rien d'un cerveau normal. Il imaginait une foule de choses susceptibles de vivre à l'intérieur de sa capsule crânienne,

---

1. L. Wittgenstein, *De la certitude*, trad. Jacques Fauve, Paris, Gallimard, collection « Tel », 1965.

de l'inévitable lapin à une sorte de congélateur où seraient entreposés tous les mots déjà dits et encore à dire, en passant par des corps de la taille de grains de sable, flottant dans l'espace en quête de trajectoires libres et entrant en collision avec une belle régularité.

Il fut tiré de ses rêveries par la sonnerie de son portable. Il était décidément trop tard pour l'éteindre.

– Qu'est-ce que ça signifie encore ? retentit la voix du commissaire Albrich, aussi irritée que mal assurée. Où êtes-vous ?

– Ce n'est pas correct, je sais, reconnut Lukastik. Je suis sorti par la fenêtre.

– Vous plaisantez ?

– Pas du tout, répondit Lukastik. Une impulsion soudaine.

– Une impulsion de quoi ? Êtes-vous devenu fou ?

– Une impulsion de fuite. Souvenez-vous, nous en avons déjà parlé aujourd'hui. Et puis nous étions convenus que les hommes se tiendraient en retrait, je crois.

– Mais c'est ce qu'ils font, s'énerva le commissaire. Vous avez vu quelqu'un traverser l'hôtel en tenue de combat ? Vous n'aviez aucune raison de semer vos collègues.

– D'accord. Je suis sur le chemin de l'établissement de bains. Le cône vert à l'extrémité du domaine.

– C'est là que vous devez rencontrer Sternbach ?

– Oui. Il m'a laissé un message. À onze heures et demie au bord de la piscine.

– Au bord de la piscine ?

– Je doute qu'elle abrite un requin. C'est ce qui est convenu. Je ne veux voir personne de l'équipe dans le bâtiment.

– S'il n'y a pas moyen de faire autrement… dit le commissaire d'un ton distinctement souffrant. Nous attendrons que vous soyez à l'intérieur. Après quoi je fais encercler le bâtiment et je vous accorde une demi-heure.

– Et s'il faut à M. Sternbach plus d'une demi-heure pour raconter son histoire ? C'est sûrement un homme instable. Il a monté toute cette mise en scène pour me confier ce qu'il a sur le cœur. Si je lui demande de se dépêcher, il pourrait mal l'interpréter.

– Bon. Mais j'appellerai au bout d'une demi-heure.

– Non, répondit Lukastik, c'est moi qui vous appellerai.

Albrich laissa échapper un gémissement. Puis il reprit :

– À minuit je veux entendre votre voix – et, après une courte pause : Tout ça est vraiment ridicule, vous ne trouvez pas ?

– Ça, on peut le dire. À tout à l'heure, commissaire.

– À tout à l'heure, conclut Albrich d'une voix endeuillée.

En deuil de lui-même sans doute.

Le devant du cône était entouré de tapis gazonné, on n'y voyait aucune entrée. Une ombre puissante tombait latéralement, assombrissant une étendue plane. S'approchant, Lukastik passa la main sur le revêtement. À son grand étonnement, le gazon avait l'air vrai. Il s'était plutôt attendu à une imitation en matière plastique. À lui seul l'arrosage devait représenter une dépense insensée. Mais que n'arroserait-on pas ?

Lukastik fit lentement le tour du grand objet. Il découvrit que l'arrière, suspendu au clair de lune comme pour sécher, possédait une façade vitrée semblable à celle des deux autres bâtiments de la maison de repos. Empruntant une porte de plain-pied non verrouillée, il pénétra dans un vestibule dont le premier tiers était dégagé jusqu'au sommet du cône. Derrière s'élevaient cinq étages en forme de galeries, reliés à gauche par un escalier à découvert, à droite par un ascenseur offert aux regards. La disposition des lieux évoquait un grand magasin de luxe. L'ensemble était éclairé par une sorte de veilleuse, une lumière tamisée, rougeâtre, dotée de la modeste puissance de braises en train de se consumer. Cela dit, la clarté de la lune permettait de poser sur les choses un regard précis, étonnamment aiguisé, de sorte que Lukastik eut l'impression fugitive de voir à travers des lunettes à verres extrêmement forts.

De ce fait il fut pris d'un léger vacillement en montant l'escalier. Avertir à voix haute qu'il était entré devenait inutile. Quant à l'écho de ses pas, il produisait un son cliquetant, anguleux. Difficile d'ignorer sa présence.

Une fois arrivé à l'étage supérieur, il eut une vue dégagée sur le bassin central, éclairé par plusieurs projecteurs encastrés dans le sol. La surface de l'eau était animée d'un léger mouvement régulier, qui provenait sûrement des buses d'un circuit d'aération. Les stries formaient un motif évoquant une fosse aux serpents. Nul requin dans la piscine. En revanche, Sternbach était assis au bord du bassin, sur un canapé recouvert de serviettes de bain. Portant complet et cravate, il avait croisé les jambes et tenait un verre de vin à la main. À la fois solennel et détendu. On aurait pu croire qu'il était en train de récupérer de l'agréable fatigue d'une remise de prix.

– Je suis content que vous ayez pu venir, dit-il en hôte accueillant. Asseyez-vous. Un verre de vin rouge ? C'est le meilleur qu'on puisse se procurer ici. Une bouteille exceptionnelle, à ce qu'on m'a assuré. Ce n'est pas que je sois en mesure de juger de sa qualité. Quel qu'il soit, le vin a toujours un goût périmé. Comme une chose qui aurait traîné là trop longtemps. D'un autre côté, engloutir en quelques gorgées la totalité de son salaire mensuel possède un charme prodigieux.

Lukastik s'assit à la diagonale face à Sternbach, sur une chaise manifestement préparée, elle aussi enveloppée d'une serviette de bain. Puis il fit un signe de tête affirmatif en direction de la bouteille. Il était tout disposé à participer à l'anéantissement de mois entiers de salaire.

Sternbach remplit un de ces verres surdimensionnés qui donnent toujours l'impression qu'on joue au bilboquet avec un globe terrestre et une aiguille à tricoter, et le tendit à son hôte. Lukastik s'en saisit et approcha son regard de la couleur. On aurait dit qu'il contemplait un tableau. Finalement il prit une gorgée, qu'il garda en bouche tout en déposant le verre sur le sol avec précaution. Dans sa cavité buccale, le vin avait quelque chose d'un ballon qui ne cesse de gonfler. Lukastik mit un terme à cette sensation et laissa le liquide en expansion glisser dans son œsophage. Le soulagement d'avoir à nouveau la bouche libre lui tint en quelque sorte lieu de plaisir.

– Où sont vos gens ? demanda Sternbach.

– À l'extérieur, répondit Lukastik. Personne ne nous dérangera tant que je n'en aurai pas donné l'ordre.

– Très bien. Nous pouvons donc discuter en toute tranquillité.

– C'est pour ça que je suis ici, déclara Lukastik sans montrer le moindre signe d'impatience.

Il se sentait très bien sur cette chaise.

– Commençons par les formalités : les aveux. C'est moi qui suis responsable de la mort d'Oborin.

– Vous entendez par là, insista Lukastik, que c'est vous qui l'avez tué.

– On ne peut pas dire ça de manière aussi simple.

– Alors dites-le de manière compliquée, suggéra le policier.

– Vous avez sûrement vu l'assiette bleue dans ma chambre.

– Le trophée de plongée ?

– Pour être plus précis, il s'agit de plongée en apnée.

– En apnée ?

– C'est du grec, expliqua Sternbach. Ça signifie « accalmie » ou « essoufflement ». J'ai toujours préféré le terme « accalmie ». Une accalmie dans le corps. Belle idée. En termes moins poétiques, c'est de la plongée en poids constant. De la plongée sans appareil, juste avec des palmes spéciales, un masque adapté et une ceinture de plomb. Une passion de jeunesse. Vous connaissez peut-être le film de Luc Besson, *Le Grand Bleu* ?

– Non, désolé.

– Il m'a inspiré un tel enthousiasme que j'ai commencé à m'entraîner sérieusement alors même que j'avais toujours été quasi incapable de garder la tête sous l'eau. Mais brusquement j'ai eu le sentiment que j'avais du talent pour retenir ma respiration. Du talent pour l'accalmie.

– Du talent ? répéta Lukastik, incrédule.

– Disons que chaque être humain est fait pour deux ou trois choses dans la vie, suggéra Sternbach. Autrement il me semble qu'il ne serait pas là. Il nous faut juste identifier ces deux ou trois choses sous peine de rester prisonniers d'un terrible sentiment d'absurdité. En ce qui me concerne, c'étaient la plongée sous-marine et la coiffure.

– Pour ce qui est de la plongée, j'imagine que vous avez été obligé d'arrêter, dit Lukastik en portant involontairement la main à son oreille.

– Oui. J'avais du talent pour la plongée, et ce talent peut très bien n'avoir pas de limites, mais ce n'est pas le cas du corps. Mon exploit de juillet 1993 n'est pas resté sans conséquences. Heureusement les complications ne sont apparues qu'après coup mais elles furent graves. Je suis tombé dans un... J'appelle ça « mon petit coma ». Quand j'en suis sorti, au bout de cinq bonnes semaines, c'était un peu comme après un long sommeil troublé, comme après avoir bu trop d'alcool. J'en ai gardé une surdité partielle des deux oreilles. Souvenir de mon record de plongée et de mon petit coma. Le côté gauche est trop touché pour que je puisse me passer de prothèse auditive. À droite, c'est mieux. Avec un peu d'habileté, on arrive à présenter aux autres sa meilleure oreille sans leur faire l'effet d'une silhouette de papier découpée.

– Et les oreilles d'Oborin ? demanda Lukastik.

– Pour autant que je sache, il avait une ouïe parfaite.

Lukastik cita alors le Dr Paul, qui attribuait à Oborin le petit appareil auditif saisi dans le bassin.

– Il se peut que les conduits auditifs diffèrent d'une personne à l'autre, dit Sternbach, mais en fin de compte nous ne parlons pas de chaussures de tailles différentes. Soit votre médecin a bâclé son travail, soit nos oreilles – celles d'Oborin et les miennes, je veux dire – se ressemblent au point qu'une erreur était possible. Je suis navré mais c'est tout ce que je peux dire là-dessus. Je n'ai jamais fait de comparaison entre nos conduits auditifs. Ce n'était pas un problème d'oreilles qui nous séparait.

– Donc l'appareil que nous avons trouvé près du mort est sans conteste le vôtre, conclut Lukastik.

– Oui. Une malchance stupide. Alors que je transportais le corps d'Oborin dans la piscine, il est sans doute arrivé ce qui n'aurait jamais dû arriver compte tenu de l'adéquation parfaite de l'appareil à mon oreille. La prothèse a glissé et elle est tombée dans l'eau. Sans que je m'en rende compte sur le moment.

– Le silence sur le toit, fit Lukastik, songeur.

– Chaque silence possède une voix qu'on perçoit plus ou moins. Non, j'aurais dû noter la modification de l'acoustique. Mais j'étais sans doute dans un état proche de la transe. Ou passablement fatigué. Un mort n'est pas une charge légère. Quoi qu'il en soit, il était trop tard lorsque je me suis aperçu que j'avais égaré une partie importante de mon être à proximité du cadavre d'Oborin. Une prothèse très individualisée. Cela dit, j'étais persuadé que la police ne découvrirait jamais un objet aussi petit. Et que, dans le cas contraire, elle ne saurait pas quoi en faire. Malheureusement je me suis trompé.

– Pourquoi Oborin ? demanda Lukastik comme quelqu'un qui se garde le meilleur morceau de viande pour la fin – en l'occurrence la question du requin.

– J'ai connu Oborin grâce à la plongée, répondit Sternbach. La plongée avec bouteilles en piscine couverte. C'est comme ça que nous sommes devenus amis. Et lorsque, des années plus tard, j'ai plongé à Gênes pour battre le record, Oborin faisait partie des plongeurs qui m'assuraient. C'était lui qui devait descendre le plus profondément, lui qui se trouvait au repère indiquant le record. J'ai souvent pensé que ça devait être terrible de rester tout le temps au fond, dans l'obscurité, avec ces bouteilles sur le dos, accroupi comme dans un gigantesque cercueil. Mais pour Oborin, ça n'avait absolument rien de terrifiant. Je n'ai jamais connu de tempérament aussi froid. En ce qui concerne la plongée. Sûrement pas en ce qui concerne la graphologie. Et quant à sa vanité physique ! De ce point de vue, c'était un excité de première. Très atteint.

– Il me semble pourtant que vous étiez son obligé.

– En matière de plongée, on pouvait se fier à lui. C'est évident. Mais il m'a fait faire la connaissance de Lisa, Lisa

Tomschi, son ex-femme. À l'époque, ils étaient déjà séparés mais Lisa vivait encore à Zwettl. Je ne vous dirai pas quelle femme c'était. Premièrement parce qu'elle avait quelque chose d'indescriptible, deuxièmement – et c'est plutôt douloureux – parce que je me suis lourdement trompé sur son compte. Du coup l'indescriptible s'est transformé en son contraire.

– À vous entendre, fit Lukastik, on pourrait penser que la personne qui aurait dû figurer sur votre liste noire personnelle n'était pas tant Oborin que son ex-épouse.

– Si vous voulez que je continue, monsieur l'inspecteur principal, choisissez mieux vos termes, l'avertit Sternbach. « Liste noire » est un concept répugnant, qui n'a pas sa place dans cette histoire.

– D'accord, oublions la liste noire. Que vous ont fait Oborin et son ex-femme ?

– Oborin a publié un livre, un livre idiot, bavard et outrancier. *Écriture et mensonge.* Probablement sur le modèle d'*Écriture et caractère* de Klage [1] et d'*Ornement et crime* de Loos.

– Je connais le livre, dit Lukastik. Plus précisément je connais les pages qui se rapportent à Hölderlin.

– Ah ! Vous avez été rapide. Félicitations !

– Cela dit, je ne sais pas trop comment interpréter la chose, avoua Lukastik.

– Vous devez bien avoir une idée de l'identité de ce M. S...

– Je suppose qu'il s'agit de vous.

– Effectivement, confirma Sternbach. Cette phrase, « À qui d'autre qu'à toi ? », est tirée d'une lettre que

---

1. Traduit en français sous le titre *L'Expression du caractère dans l'écriture*, Paris, Delachaux et Niestlé, 1967.

j'avais envoyée à Lisa peu après être sorti du coma. J'admets qu'elle est embarrassante, qu'elle est d'un pathos insupportable. J'essayais d'établir un lien entre ma passion pour Lisa et mon record de plongée. Vous savez bien, c'est comme dédier à son chef d'État un penalty transformé ou donner le nom de sa fille à l'insecte qu'on vient de découvrir. Ce genre de mauvais goût. À vrai dire, dans cette lettre je ne nommais pas Lisa, je déclarais seulement que j'offrais ce record à la femme de ma vie. Sur quoi j'ajoutais juste : « À qui d'autre qu'à toi ? » Je vous le jure, monsieur l'inspecteur principal, j'ignorais totalement qu'il y a de ça une éternité, Friedrich Hölderlin avait écrit exactement la même phrase à l'intérieur d'un livre. Je ne le savais pas, et d'ailleurs je ne me suis jamais intéressé à Hölderlin. Il peut arriver que, deux cents ans plus tard, on ait exactement la même idée. Du reste j'ai mis une virgule, contrairement à Hölderlin. Soit dit en passant.

– Nul n'est censé ignorer la loi, pontifia Lukastik. Je veux dire à propos de la propriété intellectuelle. Virgule ou pas.

– Sans doute. Mais en fin de compte, cette lettre n'était pas destinée à la publication. Je l'ai envoyée à Lisa en supposant à tort qu'elle était restée à mon chevet pendant toute la durée de mon coma. J'aurais dû me rendre compte que, depuis mon réveil, elle n'était *pas* auprès de moi. Mais à ce moment-là je n'avais pas toute ma tête.

– Vous étiez tout de même en état d'écrire une lettre, fit observer Lukastik. Embarrassante ou pas, la dédicace en conclusion est géniale, même si quelqu'un vous a précédé de deux cents ans.

– N'est-ce pas ? C'est exactement comme ça que je vois les choses. Malheureusement, Lisa n'est pas davantage venue par la suite. Elle m'a fait dire que je ne devais pas lui en vouloir mais qu'elle avait les malades en horreur. Vous vous rendez compte ? En horreur.

– Et ensuite, quand vous avez recouvré la santé ?

– Aux yeux de Lisa, ça n'a jamais vraiment été le cas. Peut-être à cause de ma surdité, même si presque personne ne la remarquait. Mais Lisa était au courant. Et le simple fait d'être au courant de cette déficience auditive semble avoir été pour elle un motif suffisant. Elle m'a résolument évité et, six mois plus tard – à cause d'un autre homme, je crois –, elle a déménagé à Munich. L'affaire était close. C'est comme ça. Il faut s'y faire. Mais ce que je n'ai pas accepté, c'est que deux ans plus tard mon admirable ami Oborin m'envoie un exemplaire du livre qu'il venait de publier, *Écriture et mensonge*, avec une dédicace à laquelle tout d'abord je n'ai rien compris. Il avait écrit : « À qui d'autre qu'à l'imitateur de Hölderlin ? » Je n'en ai saisi la signification qu'en lisant ce chapitre inepte sur Hölderlin et en me rendant compte que Lisa avait eu le manque de cœur de remettre ma lettre à Oborin.

– Pourquoi a-t-elle fait ça ?

– Je ne voulais pas l'interroger là-dessus, je ne voulais pas appeler à Munich et me rendre ridicule une fois de plus. En revanche, j'ai demandé à Oborin de s'expliquer. Il s'est montré peu coopératif et autoritaire. Aussi froid qu'à soixante et onze mètres de profondeur. Il s'est contenté de dire qu'en déménageant à Munich, Lisa lui avait laissé une pile de lettres écrites par diverses personnes. Pour sa collection. Et comme il était justement en train de travailler à son chapitre sur Hölderlin, ce vol de citation venait à point nommé pour lui permettre de définir au plan graphologique la tromperie en sus du mensonge.

Sternbach fit une pause. Et un visage mélancolique.

Comme pour ne pas laisser se prolonger pause et mélancolie, Lukastik claqua des doigts et dit :

– Vous avez sûrement expliqué à Oborin qu'il ne s'agissait pas d'une tromperie.

– Bien sûr, reprit Sternbach. Mais il s'est contenté d'en rire. Il ne m'a pas cru.

– Ce n'était pas une raison pour le pousser dans la gueule d'un requin huit ans plus tard – si mes calculs sont bons.

– Pourquoi pas ? fit Sternbach, sincèrement étonné. Vous croyez sans doute que la violence de l'humiliation diminue avec les années.

– Humiliation est un bien grand mot, répliqua Lukastik en hochant la tête. J'ai du mal à croire qu'à la suite de cette histoire les citoyens de Zwettl se soient mis à vous montrer du doigt. Sans compter que personne, j'imagine, ne pouvait savoir qui était M. S... D'autant que l'abréviation du nom Sternbach aurait dû être St... et non S...

Son interlocuteur trahit soudain de l'irritation, de la nervosité, voire de l'impatience :

– Justement ! Ce qui rendait l'humiliation totale, c'était qu'Oborin m'accusait de tromperie sans même m'attribuer mon véritable nom. Pas question ! Il m'a mis au placard sous un pseudonyme incomplet comme on dissimulerait un enfant handicapé. C'était cruel. Et parce que c'était cruel, quelque chose en moi s'est refusé à rompre avec lui. Pendant toutes ces années, je suis resté son ami, je lui coupais ses foutus cheveux, je subissais ses commentaires oiseux sur l'écriture des gens. Et lorsque s'est présentée l'occasion d'être l'instrument de sa mort, je l'ai saisie.

– Vous avez attendu longtemps.

– Je ne suis pas de ces tueurs qui se créent une opportunité. Il fallait plutôt que l'opportunité s'impose à moi. Et quand elle s'est offerte, ç'aurait été un péché que de la refuser. Parfaitement, un péché.

– C'est une punition passablement sévère quand on songe à l'insignifiance de son crime, fit Lukastik.

– Insignifiant ? Vous trouvez ? Vous ne connaissiez pas Oborin. Il ne cessait de faire allusion à cette histoire de Hölderlin. Il ne pouvait pas s'en empêcher, il adorait ça. Parfois il tremblait de plaisir quand il trouvait une nouvelle paraphrase démente sur cette dédicace. Mais en présence d'un tiers, il n'en parlait pas. Il voulait que cette histoire reste entre nous. Quand on éprouve un plaisir pervers à fouetter quelqu'un, on ne le crie pas sur les toits.

– Mais vous, rétorqua Lukastik, vous auriez pu parler.

– Pas du tout. Celui qui se fait fouetter la ferme aussi. Et puis quelle humiliation d'aller raconter partout que j'étais M. S... ! M. S..., le pirate sémantique. En plus, ça aurait fait de la publicité à ce stupide ouvrage.

Lukastik fixa le vide. Déconcerté et incrédule. Certes on voyait tous les jours des meurtres provoqués par les motifs les plus dérisoires. La mesquinerie des gens, leur susceptibilité face aux vexations semblaient renvoyer à quelque chose de fondamental, d'inné, de naturel. Plus le motif était futile, plus la mortification était profonde. Et parfois seuls un homicide ou un accident volontaire parvenaient à apaiser cette mortification. Cela arrivait tout le temps. Des familles entières pouvaient se faire décimer. Mais que pour une affaire de ce genre...

Alors qu'il réfléchissait, Lukastik sentit son incrédulité se dissiper. Et pourquoi pas après tout ? Est-ce qu'une phrase de Hölderlin, une dédicace d'une simplicité et d'une franchise envoûtantes, ne pouvait pas exceptionnellement constituer un mobile de meurtre ? Dans le fatras de vexations et d'humiliations qui accablait les hommes en permanence, les conduisant au bord du meurtre si ce n'est au-delà, dans tout ce fatras, une vexation pouvait parfaitement atteindre un coiffeur ex-plongeur à cause d'une dédicace merveilleuse – sans doute la plus belle chose qu'il eût réussi à mettre en mots de toute sa vie – qui le faisait accuser à tort de vol et de tromperie. Qui plus est, accuser anonymement de tromperie.

Lukastik s'attarda sur ces pensées. Il lui arrivait de changer de bord sans crier gare. Comme maintenant. Le mobile de Sternbach lui apparaissait soudain plausible, plus plausible que maints crimes crapuleux et braquages sordides de banques. Et pas seulement plus plausible : plus honorable aussi.

Quoi qu'il en soit, Lukastik ne perdait pas de vue qu'il était là pour élucider une affaire, et non pour réfléchir à la beauté et à la dignité d'un mobile. Une élucidation qu'il voulait mener à son terme avant que le commissaire Albrich ne prît lui-même ce terme en mains.

– Je suis surpris, poursuivit Lukastik, que vous n'ayez jamais eu l'occasion de rencontrer la petite amie d'Oborin, Esther Kosáry.

– Et moi, fit Sternbach, qui semblait avoir recouvré son calme et son sang-froid comme après une légère crise, j'ai été surpris que vous m'imposiez cette presque gamine. Les bras m'en sont tombés. Au lieu de m'arrêter, vous m'envoyiez en Hongrie. Original, et plutôt bizarre.

– Vous ne répondez pas à ma question, insista Lukastik.

– Que sais-je ? fit Sternbach avec indifférence. Oborin s'est arrangé pour que je ne rencontre pas son amie. Aucun de nous ne connaissait Esther Kosáry, personne du cercle d'Oborin. Il n'a jamais dit ne serait-ce qu'un mot à son sujet. C'était comme si elle n'existait pas, même si, cela va de soi, elle constituait un sujet de conversation. On parlait généralement du « jouet » d'Oborin. Les gens s'imaginaient Dieu sait quoi.

– Et vous ?

– Ce n'était pas mon problème.

– Esther Kosáry a parlé d'un homme d'un certain âge avec qui Oborin serait parti de temps en temps faire de la plongée.

– Vous pouvez l'oublier. Il ne joue aucun rôle dans cette histoire. Le directeur de thèse d'Oborin, sa « figure du père ». Un con, mais inoffensif.

– Et en ce qui concerne mes deux collaborateurs ? Histoire d'éclaircir aussi ce point de détail.

– Eh bien, j'ai été plutôt surpris quand ces deux-là m'ont tiré du lit. Je ne m'y attendais pas. Pas si vite du moins.

– Pour quelqu'un de surpris, vous avez réagi plutôt rapidement, fit Lukastik.

– Merci du compliment, sourit Sternbach, tout en relativisant immédiatement la chose : On trouve toujours plus lent que soi. Et plus surpris. Mais je n'en ai retiré aucune satisfaction. Qu'est-ce que je devais faire de l'homme et de la femme ? D'où le bunker. Il m'a fallu les charrier tous les deux en voiture. Un trajet épouvantable. Et une corvée épouvantable, malgré la voiture. Tout ça pour les mettre en sécurité.

– Pardon ? En sécurité ?

– Eh bien, oui, on peut dire ça. Il s'agissait de notre sécurité à tous. Je n'ai jamais eu l'intention de leur faire quoi que ce soit. Ça, je le jure.

– Sur ce point je vous crois, dit Lukastik. Je m'étonne seulement que vous n'ayez pas immédiatement bouclé vos valises et quitté L'Étang de Roland.

– Je pensais avoir au moins le temps de passer la nuit dans mon lit. Je déteste prendre la route quand il fait sombre, un peu à l'aventure. Et puis la question est de savoir si je comptais sérieusement fuir. Fuir où ? En tout cas je suis arrivé jusqu'ici. Un peu avec votre aide. J'aime cet endroit. Un bel hôtel, une doctoresse formidable. Un havre de paix. La lune y est plus grande qu'ailleurs. L'herbe plus verte, plus épaisse et plus grasse. Les cieux plus voûtés. Les arbres plus fournis. Et les gens mieux portants, quelques-uns du moins.

– Et pourtant vous m'avez donné l'indice qui m'a mené jusqu'ici. Tussilage !

– Vous méritiez une seconde chance, monsieur l'inspecteur. Et vous l'avez saisie. C'est bien, c'est très bien. Mais je pense qu'il est temps de conclure.

– Je trouve que vous me devez bien ça, se hâta de dire Lukastik. Une conclusion. Je connais maintenant la raison pour laquelle Oborin devait mourir, même si au début j'ai eu du mal à admettre qu'une citation de Hölderlin puisse constituer un mobile. Cela étant, il en existe de plus stupides et de plus médiocres. Mais il reste à parler de ce qui a causé la mort d'Oborin.

– Un requin, comme vous le savez, répondit Sternbach.

– Où est-il, ce requin ? fit Lukastik, criant presque.

– Cherchez dans l'immeuble, lui conseilla Sternbach.

– Dans quel immeuble ?

– L'immeuble sur le toit duquel vous avez découvert le corps d'Oborin.

– Et dans lequel *vous* avez loué un appartement, ajouta Lukastik. Un appartement où nous avons trouvé le livre d'Oborin, avec une photo dedans. Une photo floue. Mais on y distingue bien les requins. Des requins gris, ou plus précisément des bestioles de la famille du *carcharhinus leucas.*

– Voyez-vous ça ! fit Sternbach avec un sourire mielleux. Vous avez même identifié l'espèce. Bravo ! J'ai pris cette photo le jour de la mort d'Oborin. Elle n'est pas très bonne, je le sais. Mais les conditions n'étaient pas non plus idéales.

Lukastik alluma une cigarette, qu'il garda, comme à son habitude, à distance de son corps. Il se servit de son verre comme d'un cendrier. Il estimait qu'il avait assez bu comme cela. Il dit :

– Oui, j'ai identifié le requin. Bouche courte et ronde, petits yeux, mais une énorme quantité de testostérone dans le corps. Et je sais que c'est précisément de cet animal qu'Oborin a été victime. Reste à savoir comment ça s'est produit. Étant donné l'endroit où ça s'est produit.

– On dit toujours, commença Sternbach en se levant lentement et en allant se placer derrière le canapé, que la plupart des criminels ne résistent pas à la tentation de retourner sur les lieux de leur crime. Malheureusement – ou heureusement – je n'en aurai plus la possibilité. C'est vous qui devrez vous en charger, monsieur l'inspecteur. En mon nom pour ainsi dire. Si vous en êtes d'accord. Évidemment aussi au nom de la loi, il le faut bien. Je vous suggère d'aller revoir le bâtiment qui a marqué pour vous le début de cette enquête. En ce qui concerne mon appartement, vous pouvez l'oublier. Le livre, vous l'avez déjà. Vous n'y découvrirez rien de plus. Quant à la piscine sur le toit, elle n'a pas non plus de réelle importance, elle a juste servi à placer le corps dans un endroit où on le trouverait. Sur ce point en effet, j'ai agi comme dans un meurtre passionnel. Il n'était pas question que le corps d'Oborin reste caché. De quoi cela aurait-il eu l'air ?

– D'un meurtre ridicule, souligna Lukastik. D'un meurtre sans police.

– Très juste. C'est bien comme ça que j'ai senti les choses. Il fallait que le cadavre se voie attribuer une bonne place, une place crédible. La piscine sous les étoiles. Mais la vérité, cher inspecteur principal, la vérité se trouve beaucoup plus bas. Elle se trouve au cinquième étage. Frappez chez Barwick.

– Barwick ? Qui est-ce ? demanda Lukastik.

Secouant la tête, Sternbach répondit :

– Lorsque j'ai décidé d'avoir une conversation avec vous, je ne savais pas pendant combien de temps j'allais parler, ni de quoi. J'aurais très bien pu ne rien dire de Lisa, ne rien dire de Hölderlin, et me contenter de vagues aveux, d'aveux en forme de chèque en blanc. Pour parfaire l'enquête si l'on veut. Mais tant pis ! J'ai beaucoup parlé, j'ai raconté beaucoup de choses, et désormais vous savez pour ainsi dire tout. Comme je l'ai dit, vous le méritez. Mais à un moment donné, il faut en finir. Il faut laisser un petit quelque chose, un petit quelque chose à élucider. Donc ! Cinquième étage dans la même aile. Barwick.

– Je préférerais que nous retournions ensemble à Vienne, dit Lukastik. Et que nous allions ensemble frapper chez Barwick.

– Impossible, fit Sternbach.

Il fouilla dans un sac de sport et en sortit un revolver.

Lukastik n'aurait pu dire de quel modèle il s'agissait. Et d'ailleurs ce n'était pas la question. La question était autre. Il la posa :

– Vous croyez vraiment vous en tirer comme ça ?

– Bien sûr, répondit Sternbach.

Sur ce, il plaça le canon contre sa tempe et pressa la détente.

Il ne tomba pas tout de suite bien que sa tête fût violemment projetée sur le côté. On aurait dit que le crâne voulait se séparer du corps pour voler en direction du projectile, qui était ressorti. Mais la tête retrouva sa position initiale à la verticale, comme lorsqu'on rembobine un film et qu'un œuf brisé se reconstitue à toute allure.

Sternbach tenait donc encore debout sur ses jambes, l'air moins abîmé qu'on n'aurait pu le penser pour quelqu'un qui s'était tiré une balle dans la tête. Ce qui ne changeait rien au fait qu'il était déjà mort car il ne s'était pas manqué, s'infligeant un trou qui lui traversait le crâne.

Enfin le corps s'affaissa, tel un ballon de basket qui glisse dans le panier avec une légère rotation. Sternbach tomba au sol sans plus de bruit qu'une veste qu'on laisse choir en rentrant chez soi.

Lukastik cependant était toujours assis, plongé dans la perplexité. Il n'avait pas du tout prévu cela. Du coup c'était lui qui se sentait vexé, humilié par ce suicide inconcevable.

Comme si le mort pouvait l'entendre, il s'énerva :

– Vous vous croyez sans doute au-dessus de la prison, monsieur le coiffeur !

Il perçut sa propre voix comme une récrimination dénuée de sens. Il se leva lourdement du fauteuil. Son précédent début de grippe lui vrillait les membres. Il n'aspirait qu'à se rasseoir mais fit un effort sur lui-même, pressa ses yeux douloureux et effectua les quelques pas qui le séparaient de Sternbach. Un coup d'œil lui suffit. Pas besoin de lui prendre la carotide.

Ce qu'il prit en revanche, ce fut son portable.

– Enfin ! fit la voix du commissaire dans l'appareil. Je vais immédiatement donner l'ordre de pénétrer dans le bâtiment. Et peu m'importe ce que vous...

– Apportez un cercueil, l'interrompit Lukastik avant de raccrocher.

Puis il retourna vers sa chaise et se laissa tomber sur le canapé recouvert de serviettes de bain. La pression quitta lentement ses os. Mais il ne se sentait pas vraiment en forme.

17

Lukastik ne s'attarda pas plus longtemps que nécessaire. Tandis que des policiers lourdement armés prenaient place autour du corps et que le Dr Paul, tout juste arrivé, confirmait d'un geste muet l'évidence, à savoir la mort de l'homme gisant au sol, Lukastik sortit avec le commissaire Albrich.

– Il se serait tué de toute façon, dit l'inspecteur. Je ne l'y ai pas invité.

– A-t-il fait des aveux ? demanda le commissaire.

– On peut appeler ça des aveux, absolument, répondit Lukastik en lui rapportant la profonde mortification que Sternbach croyait avoir subie.

Le commissaire afficha une mine éberluée, et le clair de lune donna à son visage un aspect plissé, blafard et en l'occurrence plutôt militaire. Il se borna à constater :

– Certains se compliquent vraiment la vie.

– Ça vaudrait peut-être la peine d'essayer de comprendre Sternbach, suggéra Lukastik.

– Épargnez-moi ça, protesta le commissaire, qui posa ensuite la question du requin.

– Malheureusement, Sternbach a refusé d'en parler. Je crois qu'il voulait emporter quelque chose dans la tombe.

Comme tout le monde. Depuis toujours. Et Egon Stern-bach a choisi de garder le secret sur la façon dont il a pu provoquer une attaque de requin. Ou l'arranger. Ou que sais-je encore.

– Depuis quand est-ce que vous vous accommodez des secrets ?

– Je n'ai pas dit que je m'en satisfaisais.

– Bon, nous y arriverons d'une manière ou d'une autre, déclara le commissaire. Pas en étouffant l'affaire, certaine-ment pas. Mais si nous ne parvenons pas à établir l'exis-tence du requin, il vaudrait peut-être mieux ne pas s'obstiner à affirmer qu'il existe, ce requin. Nous avons le meurtrier, c'est ça qui compte.

– J'ai l'impression que le suicide de Sternbach ne vous chagrine pas outre mesure, dit Lukastik.

– Pour être honnête, cher collègue, je le préfère mort qu'en Hongrie.

– Est-ce qu'on ne pourrait pas oublier un peu la Hon-grie ? implora Lukastik en joignant les mains.

– Bien sûr, répondit Albrich – ajoutant : Car même si mes critiques sont justifiées, je dois reconnaître que c'est grâce à vous, Lukastik, que nous avons pu mettre la main sur le coupable en moins de quarante-huit heures. Tout mort qu'il soit. Dans ce contexte, un peu de franchise ne tire pas à conséquence.

– Et le conseiller du maire ? s'enquit Lukastik en repen-sant à l'ambitieux défenseur de la liberté de la presse.

– Il s'est fait renvoyer dans sa niche. Pas d'histoires de requins à Vienne. On a déjà assez à faire d'un cadavre épouvantablement mutilé. Nous avons une victime identi-fiée, un coupable identifié, et nous avons quelque chose qu'on peut faire passer – avec un peu de bonne volonté –

pour un mobile. Plus rien ne s'oppose donc à ce que nous entamions dès à présent la retraite.

Lukastik expliqua que la directrice de la maison de repos avait mis une chambre d'hôtel à sa disposition. Chambre dont il souhaitait faire usage. Il n'avait pas besoin de se mettre en route avant le lendemain matin.

– Comme vous voulez, dit le commissaire, ravi d'entendre l'hélicoptère s'approcher avec un bruit de coups de fouet brefs et rapides pour se poser sur une surface plane entourée de haies.

Albrich détestait positivement passer la nuit à l'extérieur, il se réjouissait donc à l'idée de s'immerger, tardivement il est vrai, dans le refuge du lit conjugal et de sentir à son côté la chaleur d'une femme qu'il n'avait pas forcément besoin de toucher pour se sentir bien. Son lit avait quelque chose de la loge d'opéra où il aimait tant à s'asseoir en compagnie d'un être cher.

– Reposez-vous, recommanda le commissaire à son subordonné. Nous nous verrons demain soir au bureau. Je voudrais discuter avec vous de la manière dont nous présenterons l'affaire au public.

– S'il le faut... dit Lukastik.

Il était notoirement hostile au journalisme, qu'il considérait comme un sous-produit de la littérature, tout comme la médecine lui paraissait un sous-produit de la religion. Toujours est-il que, lors des conférences de presse, il accueillait les représentants des médias avec un mépris non dissimulé, ignorant les questions qu'il jugeait trop stupides ou posant des questions en retour. Il employait aussi des mots savants, qu'il apprenait exprès pour ce genre d'occasions et dont presque personne ne comprenait le sens. Il servait à la presse un menu compliqué, et ne cessait de citer Wittgenstein, ce qui était source d'intense confusion. Pourtant – ou justement pour cette raison – on se précipitait à ses conférences de presse. Lukastik passait pour antipathique mais irréprochable, retors et fou. Et – sans doute entièrement à tort – pour un bon, voire un parfait policier. La plupart du temps, le commissaire restait assis en silence à son côté, comme pour rappeler à l'assistance que derrière Lukastik se trouvait aussi l'appareil policier avec ses règles et ses directives, ses hiérarchies et ses stratégies concertées.

Lukastik et le commissaire se serrèrent la main. Au même moment, le tourbillon d'air causé par l'atterrissage de l'hélicoptère provoqua un désordre considérable dans la coiffure des deux hommes. Il devenait impossible d'échanger un mot. Le calme de la nuit vola définitivement en éclats. Lukastik porta de nouveau les mains à ses tempes comme s'il bouchait au mastic deux trous dans le mur. Puis il se détourna et se dirigea à pas rapides vers l'hôtel.

De nouveau Vienne

18

La chaleur de cette nouvelle journée recelait une forte dose d'humidité qui aggravait tout. Indispositions, maux de tête et autres effets secondaires. Lukastik s'éveilla comme s'il tombait, à l'instar d'un promeneur plongé dans ses pensées, qui trébuche sur une branche et se voit forcé de reconnaître en cette branche une réalité prédominante. Alors qu'il prenait son petit déjeuner sur la terrasse, au milieu d'une multitude de curistes souffrant de la gueule de bois, le Dr Gindler s'approcha de sa table. Refusant son offre de s'asseoir, elle resta néanmoins debout tout près de lui, ce qui l'obligea à adopter une posture inconfortable pour pouvoir la regarder en face.

– L'hélicoptère était-il vraiment nécessaire ? demanda-t-elle. On se serait cru en temps de guerre.

– Je n'y suis pour rien, répondit Lukastik. C'est comme pour la mort de votre ancien patient.

– Un suicide, m'a-t-on dit.

– Un suicide, confirma Lukastik. On n'aurait rien pu faire pour l'empêcher.

– Dieu merci ! Je ne connais rien de plus stupide qu'un suicide empêché. C'est aussi stupide qu'un avortement.

La remarque surprit Lukastik. Que voulait dire le Dr Gindler ? Qu'empêcher une vie embryonnaire – si l'on considérait que l'embryon avait un pouvoir de libre décision – était aussi présomptueux que d'empêcher une mort volontaire ?

C'était là un sujet qu'il n'avait pas du tout envie d'aborder en cette matinée de chaleur moite. Il inclina donc la tête de côté, leva brièvement son épaule libre puis la laissa retomber. Il expliqua que l'enquête était quasiment bouclée, Sternbach avait fait des aveux avant de se suicider. Le mobile était aussi banal que complexe : une vexation, mais une vexation compliquée.

– C'est un bon mobile, décida le Dr Gindler.

– Un mobile courant, dit Lukastik.

Se souvenant d'une remarque faite la veille par la doctoresse, il ajouta qu'il s'abstenait de lui expliquer le reste. De toute façon Mme le docteur prendrait connaissance des détails par les journaux.

– Bien sûr, répondit tranquillement le Dr Gindler.

Son regard tomba sur le sentier de gravier, bordé de drapeaux invariablement las, qui reliait l'hôtel à la rue. Au milieu se trouvaient Bacon et Burton. Burton, gigantesque mais complètement figé, un veau, et Bacon, minuscule à côté de lui mais agité, un point tremblant et sautillant, se détachant sur le fond blanc. Les gens effectuaient un large détour autour d'eux.

Suivant le regard de Gindler, Lukastik fit observer qu'il vaudrait peut-être mieux ne pas laisser les deux clebs philosophes se promener en liberté.

– Comment ça ? Vous voudriez que je les attache ? demanda la doctoresse, qui, sans attendre la réponse, s'informa de l'effet des comprimés d'Ipso Facto.

– J'ai mal à la tête et les yeux me brûlent, expliqua Lukastik.

– Voilà ce qui arrive quand on résiste aux effets positifs. Vous faites partie de ces gens qui ne veulent pas recouvrer la santé.

– C'est absurde, protesta Lukastik.

Mais le Dr Gindler était déjà parti sans prendre congé pour se rendre à l'une des tables voisines, où elle engagea la conversation avec ses patients d'une manière absolument charmante.

Une demi-heure plus tard, Lukastik était assis dans sa Ford Mustang, heureux de la climatisation, heureux aussi de l'isolement procuré par cette carrosserie où l'on était comme à l'intérieur d'une petite lune. Une lune équipée de fenêtres.

Le siège du passager était occupé par le Dr Paul. Ce dernier avait croisé la route de Lukastik, la route gravillonnée plus précisément, au moment où tous deux faisaient un détour pour éviter Burton et Bacon. Le Dr Paul avait lui aussi passé la nuit à l'hôtel et pensait rentrer à Vienne avec des membres de la police scientifique. Mais il préféra se faire raccompagner par Lukastik, même s'il y avait entre eux une petite affaire embarrassante – l'erreur qu'avait commise le médecin en attribuant au mort l'appareil auditif trouvé dans la piscine. Mais Lukastik n'aborda pas le sujet. Tout comme il s'abstint de mentionner qu'avant sa mort, Egon Sternbach lui avait conseillé de sonner chez Barwick, au cinquième étage de l'immeuble sur le toit duquel on avait découvert le cadavre.

Il va de soi qu'en omettant de parler à âme qui vive, pas plus au commissaire qu'à quiconque, de la déclaration quasi testamentaire de Sternbach, Lukastik se rendait coupable une fois de plus d'un acte d'autorité incroyable. Et ce parce qu'il se sentait seul bénéficiaire de ce « testament », seul héritier légitime. Ce n'était pas pour rien, pensait-il, que Sternbach lui avait conseillé d'agir « en son nom ».

Lukastik voulait mener l'enquête à son terme en continuant d'agir comme il l'avait fait. C'est-à-dire en la traitant comme une affaire purement personnelle. Comme une lutte contre une énigme qui n'en était pas une, qui ne pouvait en être une pour la bonne raison que les énigmes n'existaient pas, qu'elles n'étaient que le résultat de considérations erronées et d'idées floues.

Lukastik était persuadé que la démystification ne pourrait advenir que lorsqu'il se serait assuré sans aucune assistance un accès à l'appartement de Barwick, quelle que fût la personne qui se cachait sous ce nom. S'il s'agissait vraiment d'un nom de personne ou de famille. Sans doute désignait-il une entreprise. Ou quelque chose dont Lukastik n'avait pas la moindre idée, dont pour l'instant il ne pouvait avoir la moindre idée. Sternbach, en effet, n'avait pas mentionné un monsieur ou une madame Barwick, il avait lancé ce nom tel un flambeau, une fanfare, il l'avait lancé comme un héritage.

Lukastik et le Dr Paul traversèrent une région qui semblait atteinte de paralysie dominicale. La route d'accès à Vienne était si peu fréquentée que Lukastik put se servir des différentes voies pour pousser la Ford Mustang au maximum de ses possibilités, utilisant un fouet invisible. C'étaient probablement ses maux de tête qui lui faisaient adopter un rythme bien supérieur à celui autorisé. Exactement comme s'il tentait quelque chose d'utopique et de fantastique, traverser un mur temporel ou pénétrer dans un univers parallèle. Ou mourir, tout simplement. La voiture commença à vibrer sensiblement. Le Dr Paul regarda son chauffeur à la dérobée, comme s'il observait un fou dont on attend patiemment la fin de la crise.

– Pardon, s'excusa Lukastik en revenant à lui et en réduisant sa vitesse.

Il remonta le pont qui enjambait le Danube, bande argentée sous la lumière du soleil. On se trouvait désormais entre les deux parties de la ville, avec derrière soi la Vienne « nouvelle », sorte de moteur à réaction de l'avenir, lequel n'existe que sous la forme des gaz qu'il rejette. Telle une automobile qui se réduirait à ses gaz d'échappement.

Devant s'étendait la Vienne ancienne, enrichie il est vrai de quelques nouveautés et d'innombrables rénovations. Cette Vienne, dont on dit que le bon Dieu l'aurait créée avec beaucoup de sentiment mais peu de raison, scintillait à ce moment-là sous la chaleur brumeuse de midi, comme du riz au lait fumant. Il va de soi que les piscines municipales étaient bourrées à craquer et les parcs remplis de gens étendus – alignés comme des pièces de gibier –, mais les rues, elles, étaient vides. Lukastik arriva chez le Dr Paul deux fois plus vite qu'à l'ordinaire. En prenant congé, le médecin se déclara satisfait, les choses ne s'étaient pas trop mal passées. Cela dit, il avait plutôt mauvaise conscience à propos de...

– Pas d'autoflagellation, ordonna Lukastik.

Sur quoi, il lui souhaita un bon dimanche et repartit. Il jeta un regard dans le rétroviseur. Immobile sur le trottoir dans l'attitude caractéristique du Petit Poucet dans la forêt, le Dr Paul ressemblait à un touriste égaré dans sa propre rue. Il détestait le dimanche. Mais n'est-ce pas le cas de tout Viennois ?

La meilleure façon de venir à bout de cette haine du dimanche était encore d'aller travailler. C'est précisément ce que fit Lukastik en prenant la direction de ce quartier plat baptisé Alterlaa, complètement morcelé par les constructions les plus modernes et sur la platitude duquel se dressent d'impressionnantes tours d'habitation évoquant des cônes volcaniques géométrisés. Des corps élancés, de haute taille. Massifs mais sans inélégance. Élégants mais sans affectation. On vient de rappeler que Dieu avait créé la ville avec beaucoup de sentiment et peu de raison, mais s'agissant de ces gratte-ciel, c'était tout le contraire. Pas le moindre soupçon de sentiment mais une bonne dose de matière grise divine.

Lukastik gara sa voiture à l'extérieur du quartier et rejoignit tranquillement le bâtiment situé du côté ouest, qui abritait à la fois l'appartement de Sternbach et les hauteurs où l'on avait découvert Oborin. Et au cinquième étage duquel devait se trouver un appartement enregistré au nom de Barwick.

Deux policiers en uniforme défendaient l'accès de l'entrée principale, une façade en verre sombre. Cela n'avait rien de surprenant dans la mesure où l'on continuait à fouiller l'appartement de Sternbach. Peut-être aussi à interroger les voisins pour se faire une idée de l'homme. Et puis il n'était pas exclu que le coiffeur eût à répondre d'autres crimes. Chaque criminel confondu tombait pour ainsi dire dans un trou d'affaires non résolues. Et il était on ne peut plus légitime de vérifier si ses pieds s'inséraient dans des bottes jusque-là demeurées orphelines.

Pour ce qui était de Sternbach, ce ne serait sans doute pas le cas. Lukastik en était convaincu. Les gens comme lui n'agissaient qu'une fois.

318

Au moment où l'inspecteur arriva près de l'entrée, les deux hommes en uniforme se mirent un peu au garde-à-vous – comme on répandrait un peu de lait, comme on mettrait un peu d'ail dans un plat –, saluèrent et firent un pas de côté. Lukastik passa devant eux sans leur répondre. Il commença par monter jusqu'au vingt et unième étage. Dans le couloir devant le petit appartement de Sternbach, des policiers en civil fumaient, bavardaient, une tasse de café à la main. Une femme en léger peignoir de soie et délicates sandalettes à talons hauts, sur lesquelles elle se maintenait habilement en équilibre, tenait un sucrier ouvert. Ses ongles longs, recouverts d'un vernis rouge clair, formaient une couronne florale autour de la blancheur du sucre cristallisé.

À l'arrivée de Lukastik, toutes les personnes présentes semblèrent sortir d'une sorte d'idylle. On détourna les yeux d'un air gêné.

– Ne vous dérangez pas, ordonna Lukastik.

Personne ne sut vraiment s'il était sérieux en disant cela.

L'inspecteur entra dans l'appartement et regarda autour de lui. Le salon-chambre à coucher, qui abritait une petite cuisine à l'américaine à la manière d'un appendice vermiculaire, livrait peu d'indices sur la personne qui avait logé là de temps à autre. Le mobilier était impersonnel, comme acheté à l'aveuglette. Le bon marché et le coûteux se côtoyaient, mais pas de façon aussi originale qu'à L'Étang de Roland. Aux murs étaient suspendus des bois de cerf de petite taille, pourtant Lukastik n'arrivait pas vraiment à se représenter Sternbach en chasseur. Il n'empêche, celui-ci avait parfaitement su se servir du revolver qu'il avait retourné contre lui-même.

Un unique policier s'occupait à retirer des lattes de parquet, sans doute à la recherche d'une cachette ou d'une particule d'information. Sur le balcon, qui semblait moins donner sur l'extérieur que pousser à l'intérieur de l'appartement, se trouvaient deux femmes en train de regarder la périphérie boisée de la ville, une chaîne de collines qui, en dépit de leur altitude modeste, évoquaient des fortifications. Les deux femmes remarquèrent Lukastik et l'une d'elles regagna la pièce. C'était la responsable du groupe. Elle salua Lukastik avec un regard qui avait quelque chose d'une paire de ciseaux avançant par saccades dans du papier cartonné.

« Bon sang, c'est cette horrible femme ! » pensa Lukastik. Il écouta l'horrible femme lui expliquer qu'à l'exception du livre et de la photographie du requin, on n'avait pour l'instant rien trouvé qui pût fournir un indice clair sur le meurtre. Ou même sur des habitudes sortant de l'ordinaire. Pas d'armes, pas de dents de requin, rien.

– Même pas de trucs pornographiques, ajouta la policière comme si les productions pornographiques constituaient l'équipement minimal d'une existence criminelle.

– Savons-nous si Sternbach était chasseur ? demanda Lukastik en désignant les trophées sur le mur.

– Si vous ne le savez pas, qui le saura ? fit la femme.

Elle suggéra toutefois qu'il devait s'agir de simples objets décoratifs, si tant est qu'on pût se résoudre à considérer les formations osseuses de défunts ongulés comme de purs éléments ornementaux. Cela dit, à l'exception de ces trophées, rien n'indiquait que Sternbach eût été chasseur. Il lisait surtout de la littérature. Le tout très mélangé : Tolstoï, les frères Mann, Ranicki-Kanon, mais aussi Schund. Pas de livres sur les requins, pas de livres sur la chasse.

– Écoutez-moi bien, fit Lukastik sur le ton du supérieur hiérarchique. Je ne veux pas savoir ce que vous pensez ou croyez. Je veux savoir d'où viennent ces bois de cerf. Un point, c'est tout.

Ce n'était pas vrai. Lukastik se fichait complètement de ces trophées. Il se contentait de jouer son rôle, de faire ce qu'on attendait de lui en se montrant, en provoquant un petit affolement et en repartant. Ce qu'il mit à exécution. Il quitta la pièce, passa devant les policiers soulagés et emprunta un des ascenseurs orange.

Il se sentait nettement mieux qu'un instant auparavant. Les maux de tête ne faisaient plus que dériver dans son crâne à l'instar d'un épilogue. Comme si quelqu'un adressait un signe d'adieu. La pression sur ses yeux s'était elle aussi dissipée. Cette amélioration était sans doute liée à sa soudaine euphorie, une euphorie qui le prenait chaque fois qu'il pensait arriver au terme. Un terme définitif. Il appuya sur la touche du cinquième étage.

Le couloir du cinquième était désert. À partir des ascenseurs, le corridor s'étirait dans deux directions. Les deux tronçons étaient protégés par une porte en verre fermée, parcourue d'un treillis métallique. Les appartements se trouvaient derrière, de sorte que Lukastik dut utiliser l'interphone situé près de la porte vitrée.

« Barwick », lut-il à voix haute en manière de confirmation à l'adresse d'un public invisible. Puis il pressa la touche correspondante.

Au bout de quelques secondes se fit entendre une voix à la sonorité incroyablement rauque et métallique, comme si son propriétaire portait un ventilateur cliquetant dans le larynx. Lukastik ne put déterminer si elle appartenait à un homme ou à une femme. Il fut certain toutefois qu'il ne s'agissait pas d'une personne jeune ou assez jeune. Il fallait déjà avoir une longue vie derrière soi pour posséder une voix pareille.

– Ouvrez ! ordonna-t-il sur le ton du policier qu'il était.

Il omit naturellement d'indiquer son nom et son grade.

– Qui est là ? demanda la voix.

Lukastik pensa un instant se faire passer pour un ami de Sternbach. Puis il lui revint que ce dernier l'avait prié d'agir « en son nom ». Et dans la foulée de ce souvenir, l'inspecteur principal se résolut à une folie bien typique de lui en répondant :

– Mon nom est Egon Sternbach.

– Ah oui, bien sûr ! fit la voix dont la texture sombre se teinta d'une sonorité mielleuse. Entrez donc.

Poussant la porte bourdonnante, animée d'une vibration douce et accueillante, Lukastik pénétra dans un étroit couloir en forme de puits sur les murs duquel s'alignaient des portes d'appartement. Il s'était attendu à ce que la personne qui portait le nom de Barwick ou qui le représentait fît un pas dans le couloir ou sortît du moins la tête par l'encadrement de la porte. Mais non. En revanche une des portes était entrouverte. On ne voyait pas de plaque mais il s'agissait sûrement de l'appartement Barwick.

Une certaine prudence s'imposait évidemment. Mais à quoi pouvait bien ressembler une *certaine* prudence ? Lukastik ne possédait pas d'arme qu'il aurait pu dégainer, et d'ailleurs il se serait senti ridicule à pénétrer dans un appartement étranger, voire à s'y précipiter en brandissant cette arme devant lui comme s'il voulait percer un trou dans l'air. Par ailleurs il était bien trop compliqué de rebrousser chemin pour faire appel aux policiers qui, seize étages plus haut, accomplissaient leur devoir, fascinés par la beauté d'une fleur d'ongles rouges. Et puis il était à craindre que la responsable d'équipe en informât le commissaire sur-le-champ. Non, Lukastik devait aller jusqu'au bout de la route sur laquelle il s'était engagé. C'était la seule manière d'obtenir les informations susceptibles de mettre un terme définitif à une énigme. Cela dit, la situation – personne à la porte – évoquait le danger de manière trop évidente et attendue pour que Lukastik pût entrer sans arrière-pensée.

Une idée surgit, qui lui fut douloureuse mais lui sembla judicieuse. Glissant la main dans la poche de son veston, il en retira le petit livre bien pratique qui l'avait accompagné au fil des années, se révélant meilleur ami que quiconque. Même le chien le plus fidèle n'aurait pu égaler sa fidélité.

Lukastik ouvrit son *Tractatus* et le feuilleta avec l'assurance de l'exégète. Ce qu'il allait choisir n'avait pas vraiment d'importance. Mais il ne fallait pas que ce soit tout à fait hors de propos. Il se décida finalement pour une page où figurait le schéma d'un œil avec un champ de vision en forme de goutte, forme que Wittgenstein récuse en prétendant qu'aucune partie de notre expérience n'est *a priori*, et que donc tout ce que nous voyons pourrait aussi être autre.

Cette page portait la marque d'une audace sobre, limpide. Vraiment appropriée. Le verso en revanche montrait une foule de signes logiques propres à précipiter dans le désespoir un esprit non mathématique.

Lukastik attrapa en son centre le rebord supérieur de la feuille et arracha la page. Il pensa aussitôt aux jeux cruels de son enfance, quand avec des amis il pratiquait un sadisme à visée informative, ôtant les pattes des araignées et autres fourmis ou sectionnant le corps des vers de terre.

Ensuite il plia le papier, qu'une utilisation répétée avait rendu rugueux, et ce de telle manière que l'image de l'œil et du champ de vision en forme de goutte était visible à l'extérieur. Lukastik enfonça la feuille, désormais réduite à la taille d'une photo de passeport, de deux ou trois millimètres dans la fente située entre l'extérieur du chambranle et le mur du couloir. À hauteur de ses yeux, légèrement au-dessus.

Une personne quittant l'appartement avait peu de chances de remarquer ce petit bout de papier, à l'inverse de quelqu'un qui arrivait du couloir et s'arrêtait devant la porte. À condition d'avoir un regard de détective. Au fond, ce geste – même si Lukastik avait du mal à l'admettre – relevait du rituel. Comme pour neutraliser un esprit malfaisant ou exorciser un avenir déplaisant. Voilà pourquoi il s'était laissé aller à distraire une page de son livre favori, de son évangile personnel. C'était un acte radical, dramatique, et dans le fond inutile. Sans compter qu'il était codé – même si quelques-uns des collaborateurs de Lukastik étaient au courant de sa passion wittgensteinienne et avaient succombé à la tentation de jeter un œil sur le *Tractatus* (sur quoi la plupart avaient refermé le petit livre à la hâte, un peu comme on se détourne de certaines images dans les publications médicales). Quoi qu'il en soit, le procédé de Lukastik n'avait rien de vraiment raisonnable. Raisonnable eût été l'intervention d'une unité spéciale. Si la raison se jugeait à l'aune de la sécurité personnelle.

Mais Lukastik ne fit rien de tel. Il repoussa la porte et entra dans une antichambre baignée d'une chaude lumière jaune, dispensée par des appliques murales en forme de bougies dont l'éclat croissait en éventail jusqu'au plafond. Sur le violet clair du papier peint se distinguait un motif doré de fleurs et d'oiseaux. Un miroir ovale, encadré d'un bois sombre à fleurs sculptées, était suspendu au-dessus d'une commode en noyer. Deux chaises tendues de soie vert foncé, au dossier en forme de médaillon, étaient poussées contre le mur. Sur l'une d'elles se trouvait le prospectus d'une chaîne de supermarchés, seul indice de l'époque à laquelle on se trouvait.

Cette petite pièce évoqua à Lukastik une salle d'attente, une salle d'attente éternelle, qui était moins au service d'un objectif ou d'une action que de l'attente en soi.

Il y avait une autre porte, qui était fermée. Seul un minuscule éclat lumineux à l'endroit du trou de la serrure révélait la clarté de la pièce qui devait se trouver derrière. Pressant la poignée courbe, Lukastik ouvrit la porte. Un flot de lumière du jour l'éblouit, au point qu'il dut fermer les yeux pendant un instant. Lorsqu'il les rouvrit, il vit une pièce qui était comme un agrandissement de la salle d'attente, avec le même papier peint, les mêmes sièges, les mêmes appliques murales, mais cette fois sertie dans la luminosité du jour.

Lukastik voulut dire « bonjour ». Il n'en eut pas le loisir. Quelque chose s'approcha rapidement de lui par le flanc, un peu comme une voiture ou un tramway fonçant sur quelqu'un qui rêvasse ou qui regarde dans la mauvaise direction. Lukastik n'eut que le temps de sentir cette chose. Il sentit en quelque sorte la diminution de la distance entre lui et la menace, quelle que fût cette menace. Puis tout devint noir devant ses yeux. Son mauvais pressentiment s'était confirmé. Il le faut bien de temps en temps si on ne veut pas que les mauvais pressentiments se réduisent à une pure affaire de coquetterie.

Lukastik se réveilla dans une obscurité totale. On pourrait dire que le noir qui l'avait surpris au moment où il avait perdu conscience s'était désormais fait visible. Il regarda dans ce noir, qui l'enveloppait complètement. Il n'y avait pas le moindre petit point de lumière, il n'y avait rien qui, au fur et à mesure que ses yeux s'habituaient à l'obscurité, se serait précisé pour former un vague contour, comme c'est généralement le cas avec les meubles d'une chambre à coucher.

Après une première frayeur silencieuse, Lukastik prit conscience qu'il ne se trouvait ni dans un lit, ni dans une armoire, ni non plus dans un cercueil ou quelque chose d'approchant. Il se sentait flotter. Qui plus est, il se rendit compte qu'il ne respirait pas comme d'habitude, qu'il respirait de manière singulière. Que l'air qu'il absorbait, et qui avait un goût minéral, lui parvenait par un appareil installé dans sa cavité buccale comme une grenouille dilatée. En voulant toucher cette grenouille, il perçut la légère résistance de la substance au travers de laquelle il remuait les bras. Il constata alors que son corps était gainé jusqu'aux mains et aux pieds d'une enveloppe ajustée et froide. Lukastik se sentait à la fois nu et enrobé.

C'était la première fois de sa vie qu'il portait une combinaison de plongée. Et comme il n'y voyait absolument rien, il fallait une certaine perspicacité pour se faire une idée de la situation. À ce qu'il semblait, il était revêtu d'une de ces combinaisons intégrales en néoprène. Son nez et ses yeux se trouvaient derrière la vitre d'un masque de plongée qui faisait comme un minuscule cabinet. Il sentait sur son dos le poids léger d'une bouteille d'air comprimé, tandis que le tuyau au moyen duquel il respirait laborieusement était fixé sur sa tête par une attache quelconque. Autour de la taille – de ce fait plus marquée que d'habitude – il portait l'inévitable ceinture de plomb. En revanche il n'avait pas de palmes. C'était comme d'être sorti de chez soi sans chaussures et de devoir marcher en chaussettes sur l'asphalte humide. Sauf que Lukastik ne marchait pas mais qu'il était suspendu dans un espace liquide sans rien pouvoir dire de la profondeur de l'eau et de sa propre position. Il avait plutôt l'impression de se trouver dans une région morte du cosmos d'où se seraient retirées toute matière et toute lumière. Et il avait du mal à déterminer s'il continuait à descendre ou s'il était entraîné par un faible courant. Quoi qu'il en soit, en l'absence de palmes, il lui était quasiment impossible d'effectuer un mouvement. Et il n'aurait su dire où se situaient le haut et le bas, si tant est qu'ils existassent encore. Car la question était de savoir si l'on était dans des eaux normales. Ou dans un au-delà où il y avait certes des bouteilles d'air comprimé et des lunettes de plongée, mais pas de palmes ni d'espace tridimensionnel.

Tout d'abord, Lukastik essaya de contrôler sa respiration afin de cesser d'avaler l'air comme on tenterait de faire passer des morceaux de pain sec et grossier. Il s'efforça d'inhaler avec soin, calme et régularité. Après quoi il se décida à écarter provisoirement l'idée qu'il en était à un des stades de la mort, et à admettre qu'il avait été placé dans cette situation par un pervers quelconque. Car il fallait vraiment de la perversité pour endormir un inspecteur principal, l'introduire dans une combinaison de plongée, fixer le tuyau d'arrivée d'air et transporter le policier ainsi apprêté et toujours inconscient dans des eaux sombres.

« Quelles eaux ? » se demanda Lukastik. Il ne pouvait guère s'agir d'une mer nocturne. Et quant à parler de bassin, par exemple d'une piscine plongée dans l'obscurité, Lukastik percevait de manière trop aiguë l'immensité de l'espace, même si cette perception ne reposait que sur une impression instinctive. Mais l'instinct se révélait à lui dans sa dimension élémentaire. Il ne pouvait donc s'empêcher de penser que la personne nommée Barwick l'avait jeté dans un lac d'une profondeur considérable.

Il avait du mal à estimer le temps qui s'était écoulé depuis son réveil. Il ne pouvait dire exactement depuis quand il se trouvait dans cette eau comme dans une bouteille de sirop. Portant la main à son dos, il sentit la forme d'une bouteille unique. Quelle était la contenance d'une bouteille de ce genre ? Il l'ignorait. Mais elle ne pouvait pas durer des heures.

Il lui parut urgent d'entreprendre quelque chose même s'il commençait à apprécier son état. Comme on apprécierait une lourdeur d'estomac. Ou encore un degré élevé d'ivresse avant d'être malade. De ce point de vue, il n'éprouvait aucune envie d'agir, mais il fit un effort sur lui-même et commença par essayer d'ouvrir sa ceinture de plomb. Ce qui à la vérité se révéla impossible. Lukastik identifia au toucher un cadenas comme on en utilise pour verrouiller les caves et qui joignait de manière indissociable les deux parties de la ceinture. Quelqu'un semblait avoir mûrement réfléchi à la chose. Au-delà du caractère purement pervers de l'acte.

Comme pour compenser l'impossibilité d'ôter sa ceinture, Lukastik se mit à tripoter le nœud du cordon qui fixait le tuyau d'arrivée d'air. Il lui en coûta quelques efforts. Qui furent couronnés de succès. Cela dit, ce succès n'avait aucun sens tant que Lukastik se trouvait sous l'eau. Sauf à vouloir se noyer, ce qui n'était pas son intention.

Il ne lui restait plus qu'à gigoter des pieds et des mains, à l'instar des petits enfants ou des petits chiens, et à espérer que la bonne direction s'ensuivrait – si effectivement il existait une surface salvatrice. Les mouvements qu'il effectuait l'épuisèrent rapidement. À l'encontre de l'apesanteur qu'on ressentait, paraît-il, sous l'eau et qui était censée faire de la plongée un pur plaisir, il éprouvait distinctement la sensation de son propre poids. Le poids de la bouteille, de la ceinture, de la combinaison, mais surtout son poids vif – pour le moment... Il renonça. Il renonça aussi parce qu'il avait le sentiment de ne plus être seul et de pouvoir s'épargner ces gigotements désordonnés.

Au début, ce n'avait été qu'un pressentiment, comme lors d'un changement de temps. Puis Lukastik perçut sans erreur possible – il ne voyait toujours rien – le glissement d'un corps puissant. Il pensa tout d'abord à un objet métallique, le renflement d'une proue de navire ou le corps pressurisé, lisse et bombé, d'un sous-marin. Quelque chose d'incroyablement compact en tout cas. Mais ensuite, il sentit, outre cette fermeté, une trace de vivacité qui faisait cercle autour de lui. Une force qui s'échappait brusquement de sa rigidité de navire et effectuait un beau virage. Le mouvement que Lukastik identifia venait indubitablement d'un poisson de taille conséquente. Le policier discerna également un glissement démultiplié, non seulement à côté de lui mais aussi au-dessus et en dessous. Aucun doute, il se trouvait au milieu de ce qu'il avait naguère appelé une « horde », se demandant si cette notion s'appliquait aux poissons.

L'inspecteur principal Richard Lukastik, quarante-sept ans, maintenu en vie uniquement par une bouteille d'oxygène, empaqueté dans du plastique froid et humide, sans sol sous les pieds, en était à se réjouir de l'obscurité qui le rendait totalement aveugle. Il n'était pas en plus forcé de voir ce qu'il savait, autrement dit que plusieurs requins de la famille des *carcharhinus leucas*, ou requins communs, nageaient autour de lui. S'il avait aperçu ces animaux, s'il avait vu leurs corps puissants passer près de lui, l'aileron coupant qui saillait de leurs troncs comme une lame de couteau de poche, s'il avait dû regarder leurs petits yeux perçants et leur bouche surmontée du museau rond, il aurait eu du mal à rester complètement immobile comme il le faisait maintenant, porté en quelque sorte par l'espoir que ces poissons n'eussent aucun goût pour le néoprène, qu'ils fussent rassasiés comme seuls peuvent l'être des animaux de ce genre, et qu'ils ne fissent pas partie de ces spécimens qui attaquent uniquement par ennui ou par plaisir. C'est ainsi que, pour une fois, l'obscurité totale eut pour effet de calmer la panique d'un individu. Ce qui changea rapidement lorsque Lukastik reçut un coup latéral dans le ventre. Un des animaux l'avait heurté de sa gueule, sans doute pour élucider la signification de cet objet inerte.

« Mon Dieu, songea Lukastik avec une ironie amère, peut-être que ces bestioles ont juste envie de jouer. »

Sur ce, il ferma les yeux, un peu comme un rêveur qui cherche à échapper à un cauchemar en s'enfonçant plus profondément dans le sommeil. Ou qui du moins tente d'atteindre un rêve d'une espèce plus agréable.

19

– Belle cuisine, dit Esther Kosáry en s'installant dans la pièce, où la lumière du jour faisait littéralement office de papier peint.

De fait la cuisine était la zone la plus vaste de l'appartement de Jordan. Autour d'elle étaient disposées plusieurs petites pièces, telles de courtes pattes minces. À l'origine, c'était le séjour qui se trouvait là, mais Jordan en avait fait retirer tout ce qui rappelait un salon, à commencer par un placard monstrueux, et, sur la surface ainsi libérée, avait donné corps à son rêve d'une cuisine ultramoderne, mais non dénuée de confort.

Comme de juste trônait au milieu un cube massif hébergeant les feux, semblables à des roulements à billes, d'une gazinière monumentale. À droite et à gauche s'étendaient une surface destinée à la vaisselle et un plan de travail offrant assez de place pour préparer les morceaux de viande les plus volumineux. Ce qui à vrai dire n'arrivait jamais. Jordan se serait trouvé mal s'il avait dû toucher de la viande crue, la trancher ou la travailler d'autre manière. Cela ne l'empêchait pas d'apprécier le goût des plats de viande tout préparés qu'il se procurait exclusivement au restaurant, de préférence sous forme panée comme pour s'épargner la vue d'une « nudité ».

Alors pourquoi cette cuisine ?

Eh bien, Jordan aimait l'éclat des matériaux, l'élégance de machine, de cockpit qui émanait des meubles et des appareils, et surtout il aimait cet état de propreté qui évidemment se préserve beaucoup plus facilement dans une cuisine peu utilisée. Ce n'était probablement pas sans rapport avec les conditions chaotiques qui avaient toujours régné dans la cuisine de sa mère, femme aimable mais facilement irritable, et qui avaient été pour lui une source de dégoût durant son enfance et son adolescence.

Et puis il n'avait jamais compris pourquoi les cuisines, lieu favori de la plus grande partie de l'humanité – du moins de l'humanité telle qu'il la connaissait –, étaient toujours inférieures en taille à la plupart des autres pièces. Il avait voulu y remédier en dépit de l'importance des changements et des dépenses occasionnés.

Certains s'étonnaient que dans ce magnifique spécimen de cuisine, Jordan se bornât plus ou moins à faire du café, à préparer des tartines de saucisson ou de fromage ou à répartir sur des assiettes une pizza livrée. Il allait jusqu'à s'interdire d'utiliser le grille-pain afin d'éviter les émiettements inutiles et inesthétiques, sans parler de la légère odeur de brûlé provoquée même par les toastages les plus modérés.

En revanche un nombre non négligeable d'invités appréciaient avant tout la propreté de l'endroit, son côté rangé, musée, le caractère théâtral de l'équipement, et ils se satisfaisaient de rester assis sur une des chaises en cuir rose clair enchâssées dans un treillis métallique à mailles fines, et de savourer un verre de vin parfaitement chambré. Des invités du soir s'entend.

Le matin, Jordan préférait être seul. Même les femmes qu'il ramenait de temps à autre – de plus en plus rarement – à la maison, il les forçait à partir au cours de la nuit. Et bien que naturellement il payât toujours les taxis qui les raccompagnaient chez elles, ce procédé tendait à engendrer des frustrations. Du coup il en était venu à mentionner cette particularité dès qu'il faisait connaissance d'une dame. Ce qui avait généralement pour seul effet d'anticiper la frustration.

Dans le cas d'Esther Kosáry, il en était allé autrement. Il n'aurait pas été possible d'installer la jeune femme dans la chambre à coucher avec des draps propres pour la renvoyer durant la nuit. Voilà pourquoi, ce matin-là, elle était assise sur une des chaises roses, sirotant un espresso sorti d'une machine qui faisait la fierté de Jordan et dont la forme technoïde rappelait celle d'un microscope électronique.

En dépit du flot de lumière, il régnait une agréable température car derrière les murs se trouvaient des tuyaux dans lesquels circulait de l'eau rafraîchie, de sorte que la pièce semblait être au milieu d'un ruisseau.

On serait tenté de croire que Jordan était millionnaire.

De fait il l'était, ce que peu de gens savaient, car Jordan s'était borné à restructurer son appartement, mais pour le reste il thésaurisait, comme d'autres gardent les vieilles tablettes de chocolat.

Sa fortune résultait de la vente aux enchères d'un tableau que sa mère lui avait légué. Alors que la toile passait pour une modeste copie d'une œuvre du Titien, elle s'était révélée, avant la vente heureusement, être une copie, certes, mais de la main même du Titien. Avec l'argent qu'il en avait retiré, Jordan avait effectué quelques opérations boursières non moins heureuses. Après quoi il s'était tenu à l'écart de toute autre tentative spéculative visant à augmenter sa fortune, il avait refusé les offres littéralement implorantes de sa banque, et s'était contenté d'un simple livret de caisse d'épargne.

Jordan était riche. Mais en dehors de l'aménagement de sa cuisine, en dehors du fait qu'il portait des chaussures sur mesure, ce qui avait toujours été le cas, il ne savait pas quoi faire de sa fortune. Car il avait beau avoir beaucoup d'argent, cela ne le mettait pas en situation d'acheter toute la police, et de muter les gens comme Lukastik dans les services extérieurs ou de les envoyer patrouiller dans la rue. Or c'était la seule chose pour laquelle il eût valu la peine d'investir. Moyennant quoi l'argent croupissait sur quelques comptes d'épargne. Où il faisait tout de même des petits.

– Est-ce que les policiers ont les moyens de s'offrir des cuisines pareilles ? demanda la Hongroise en mettant le feu à sa cigarette.

– Apparemment, répondit Jordan, agacé.

– C'était juste une question, gémit Kosáry.

Mais Jordan voulut savoir quelle idée Mme Kosáry se faisait d'une cuisine de policier. Crasseuse ? Moisie ? Graisseuse ? Remplie de bouteilles de vin vides ?

– Arrêtez de vous sentir tout de suite agressé, dit Kosáry.

Jordan trouvait déjà un peu étrange le fait de se vouvoyer. Si l'on songe qu'ils avaient couché ensemble. Ce qui toutefois n'impliquait pas une relation qui aurait rendu le tutoiement nécessaire ou l'aurait fait passer pour une expression de bonnes manières.

Cela dit, il ne s'était pas non plus agi d'une de ces baises frénétiques où l'« être » des intéressés n'a aucune importance, seul comptant le fonctionnement des « instruments ».

Ce qui s'était passé entre Jordan et Kosáry pouvait parfaitement s'interpréter comme l'accomplissement d'une détermination ayant pour arrière-plan le besoin confus de Lukastik de créer des « mariages ». Si brefs fussent-ils. Jordan n'aurait su dire si, pour lui, cette nuit avait été bonne ou mauvaise. Et il était encore moins capable d'imaginer ce que Kosáry avait pu ressentir. Il ne lui vint même pas à l'esprit qu'elle ne s'était donnée que pour pouvoir contrer la tristesse provoquée par la mort de son compagnon. Comme quelqu'un qui se frapperait la joue parce qu'il a mal aux dents. En rester au « vous » était sans doute la meilleure solution. Du moins selon Jordan. Les familiarités résultant du tutoiement se justifiaient dans le discours des enfants ou entre êtres humains et animaux. Mais chez les adultes, le tutoiement avait quelque chose de déplaisant. Quelque chose d'une tromperie ou d'une magouille.

– La cuisine est mon seul passe-temps, expliqua Jordan d'un ton un peu plus aimable.

Kosáry fit observer qu'elle n'avait jamais vu de cuisine aussi soignée. Jordan acquiesça d'un battement de paupières, non sans fierté, car même si les appareils servaient très peu, ils nécessitaient un entretien constant. Comme dans le cas d'un corps humain qui bouge peu, transpire à peine, mais finit par sentir à un moment ou à un autre.

D'ailleurs Jordan n'aurait jamais eu l'idée de faire nettoyer sa cuisine par quelqu'un d'extérieur. C'était une tâche à laquelle il se livrait en personne avec beaucoup d'enthousiasme. Il y avait même des moments où il avait le sentiment de « comprendre » sa cuisine, de pouvoir la cerner en la nettoyant et en la faisant reluire, de même que parfois il arrive qu'on comprenne la marche du monde, ou tout simplement la nature, pour ne pas parler de Dieu.

Quand Jordan passait un chiffon doux et humide sur les surfaces de métal, il pénétrait dans l'âme de sa cuisine. Car il va de soi que les cuisines elles aussi ont une âme, bien plus sûrement que les voitures, les avions ou les crocodiles. Il existe des cuisines qui ont plus d'âme que certains citoyens bornés. Et s'il avait été nécessaire de prouver cette assertion, Jordan aurait sans doute expliqué que non seulement il comprenait sa cuisine, mais que, réciproquement, il sentait aussi qu'elle le comprenait. Et cela n'avait rien à voir avec un substitut affectif. Ou un zèle ésotérique. C'était juste une question de simplicité de relations entre un être humain et une cuisine, du moins lorsque la cuisine fonctionnait. Et il est certain qu'elle fonctionnait d'autant mieux qu'on utilisait ses appareils le plus rarement possible tout en y séjournant volontiers.

Jordan et Kosáry restèrent presque une heure assis en silence sur leur chaise à savourer le calme, lequel venait du fait que les hautes fenêtres, semblables à celles d'un atelier, donnaient sur un ensemble de petits jardins ouvriers où seuls des retraités passaient leur temps libre, rivalisant farouchement à qui serait l'homme le plus silencieux du monde. Même quand quelqu'un sciait une branche ou plantait un clou dans du bois, cela se faisait quasiment sans bruit. Les jardins situés sous la cuisine de Jordan formaient un véritable océan de silence, et les oiseaux eux-mêmes semblaient craindre de se rebiffer.

Peu après midi le téléphone sonna. C'était le commissaire Albrich, qui ordonna à Jordan de déposer Esther Kosáry au bureau dans l'heure qui suivait. Elle y serait interrogée par une policière, même s'il ne fallait sans doute pas en attendre grand-chose.

— C'est aussi ce que je pense, dit Jordan.

– Je veux juste éviter toute erreur sur la dernière ligne droite, expliqua Albrich. Ne nous prenons pas les pieds dans le tapis. Une réunion est prévue à six heures avec vous, Lukastik et Mme Boehm. Nous y discuterons de la façon dont cette affaire, une affaire désormais *résolue*, sera présentée à l'opinion publique.

– Et notre porte-parole ?

– Je préférerais le tenir à l'écart dans un premier temps, répondit Albrich. Vous connaissez sa maladresse. C'est tout à fait le genre d'homme à se prendre les pieds dans le tapis.

– C'est vrai, confirma Jordan.

– Donc tout est clair ?

Jordan soupira doucement, mais répondit : « Oui. » Il parlait comme un enfant qu'on enverrait au lit de bonne heure. Puis il salua le commissaire et raccrocha.

Jordan déposa la Hongroise peu après treize heures. Au moment où il prenait congé d'elle, elle lui donna – avant qu'il ait pu se détourner ou se défendre – un baiser sur la joue. Ce faisant elle eut un rire silencieux, comme un animal qui découvre les dents. Jordan devint écarlate, jeta un regard autour de lui et constata avec un certain soulagement que les personnes qui se trouvaient dans le couloir n'avaient rien remarqué. Prenant Kosáry par le bras avec un peu plus de fermeté qu'il n'était nécessaire, il la poussa dans la pièce où attendaient déjà le commissaire et une femme. Le commissaire accueillit Esther Kosáry comme une invitée de marque, il se montra désolé du manque d'esprit d'équipe de Lukastik et se hâta de souligner qu'il n'était pas question d'interrogatoire ni d'audition de témoin, mais qu'on s'efforçait uniquement, avec l'aide volontaire de diverses personnes, de se faire une image précise de la vie du défunt Tobias Oborin. Puis il lui exprima ses condoléances, tout en marquant un temps d'arrêt comme pour réfléchir à l'opportunité des condoléances dans le cas d'une compagne qui avait l'air aussi jeune.

Jordan tourna le dos à tout cela, sortit sans un mot et se rendit dans son bureau, qui était voisin de celui de Lukastik. Il le partageait avec deux autres collègues qui, pour leur part, passaient leur dimanche comme il se devait, c'est-à-dire à faire du feu pour un barbecue.

Jordan eut un haut-le-cœur en pensant aux morceaux de viande crue qui transpiraient sur le grill crasseux et dont le sang commençait à bouillir, formant de petites bulles. Il trouvait que c'était la façon la plus répugnante de préparer la viande. À l'exception de l'inconvenance japonaise qui consistait à transformer en art le fait de tout laisser dans son état d'origine.

Il alluma l'ordinateur, versa du café froid dans sa tasse et se mit à parcourir le Net dit universel. Le terme « surfer » lui paraissait exagéré, bien trop sportif et dynamique, alors qu'on traînassait, qu'on était constamment stoppé, obligé d'avancer en clopinant, qu'on fouillait dans des amoncellements absurdes et qu'on s'épuisait dans un maquis d'informations inutiles. Pour cette raison, Jordan cherchait rarement quelque chose de précis, il préférait se promener, sans s'énerver quand le chemin qu'il empruntait ne contribuait nullement à l'instruire, ni même à le divertir. Parfois le simple fait d'être en mouvement suffisait.

Et il resta en mouvement un bon moment. Il feuilleta tout l'après-midi les pages électroniques, trébucha sur mainte curiosité, s'émerveilla de nouveau devant les centres d'intérêt et les obsessions des gens, et s'étonna une fois de plus de la minutie avec laquelle les génies autoproclamés abordaient sans vergogne un sujet pour le démolir avec acharnement. C'étaient surtout les profanes mégalomaniaques qui activaient l'expansion de la toile et déterminaient son inflation, donnant l'impression qu'il s'agissait de l'explosion sans fin d'un cerveau unique. Même les sites émanant de professionnels ou qui du moins avaient été conçus par des professionnels montraient un certain dilettantisme. Ces « tribunes » paraissaient inachevées. Chaque information semblait vacillante et, au moment même de sa parution, déjà dépassée. Sur Internet, les choses avaient beau paraître nouvelles, rutilantes et parfaites, elles avaient le goût de la veille. Comme si l'on étudiait les prévisions météorologiques d'il y a deux jours.

Jordan n'en savoura pas moins cette promenade, qui le fit passer devant tous les résultats sportifs possibles et impossibles – parce que truqués – jusqu'à des sujets comme les motos peintes, les listes de produits dopants, les plaintes, les sites de rencontre, les cours de sculpture, les appels à la résistance, les devinettes mathématiques et les débats de criminalistique. Il avait l'impression de plonger la tête dans un grand tas de feuilles mortes.

On approchait de six heures quand il fit une recherche à partir du mot « Alterlaa » et atterrit sur un site qui portait le nom « odyb » et qui avait été conçu par un groupe baptisé l'Atelier urbain. Jordan crut tout d'abord que l'image carrée qui prenait forme sur son écran pièce par pièce, chaque fois à la manière d'un flash, était un motif abstrait. Puis il constata qu'il avait sous les yeux plusieurs petits arrêts sur image disposés sur sept lignes et sept colonnes. Quand on cliquait sur une des images, elle s'agrandissait et occupait tout l'écran, ne laissant libre qu'une bande étroite en haut et en bas.

Dans un premier temps, ce fut l'horloge digitale insérée dans le bandeau inférieur, avec son défilé rapide des secondes, qui éveilla l'intérêt de Jordan et l'incita à regarder de plus près une des photographies. Une photographie qui n'en était pas une. Il s'agissait plutôt d'une transmission en direct même s'il était difficile de s'en rendre compte au premier abord. On ne voyait pas le moindre mouvement. Et on ne distinguait guère plus que des rails traversant un tunnel ou gisant dans l'obscurité d'une nuit inconnue.

La première supposition était la bonne. Jordan lut en effet sur le bandeau supérieur qu'on était devant un tunnel du métro viennois, dans la zone située exactement sous le canal du Danube. L'information ne tarda pas à être confirmée dans la mesure où les phares d'une locomotive à l'approche surgirent rapidement dans le noir. Puis on vit l'image floue, vibrante, d'une rame de métro qui passait à toute allure. Après quoi de petites particules scintillantes tombèrent en planant sur le sol comme s'il neigeait en plein tunnel. Le silence revint.

Jordan retourna au tableau d'ensemble et cliqua sur d'autres images. Il s'aperçut que l'Atelier urbain, sous l'effet d'on ne sait quelle passion, avait installé diverses caméras dans les régions souterraines de la ville (une ville qui est l'incarnation de la dimension souterraine, de même que le coq incarne le matin ou les œufs brouillés l'anéantissement dudit matin).

Grâce aux caméras, le visiteur du site profitait de quelques aperçus choisis du « fond de la mine » urbaine. Il s'agissait pour une part de lieux tout à fait animés, à l'instar de ce passage souterrain en courbe, à demi ouvert en haut, situé près de la vieille université. Puis Jordan eut accès, à la lumière d'une lampe de poche sans propriétaire visible, à une cave complètement vide, qui, d'après la description jointe, se trouvait sous la maison où était mort Franz Schubert. Les caméras, dont certaines devaient être équipées de projecteurs, montraient des archives entreposées sous terre, des pièces, un chantier, un caveau, un parking souterrain, une chaufferie, et même une cuisine, et même une cave à vin. On voyait des sans-abri qui, malgré l'été, s'étaient installés dans une galerie douteuse, on pouvait assister aux répétitions d'un groupe de rock dans le puits d'évacuation d'une usine désaffectée. Une minicaméra introduisait même le spectateur dans le terrier d'un rongeur urbain. Et bien sûr, une des transmissions était consacrée en grande pompe au réseau de canalisations de la ville.

Après avoir observé les premières images de ces endroits souterrains avec une certaine attention et s'être interrogé sur l'utilité de cette documentation en temps réel, Jordan fut pris d'une somnolence dominicale. Il ne jetait plus que des regards rapides et plutôt distraits sur chacune des installations de caméras. Il oubliait complètement la raison qui l'avait conduit sur ce site.

Voilà pourquoi ce fut seulement après coup – alors qu'il avait déjà éteint l'ordinateur et se rendait chez le commissaire Albrich – qu'il prit conscience d'un fait singulier, qui jusque-là n'avait habité son cerveau qu'à l'état d'image voilée. Un vague souvenir se fraya un chemin, une intuition de ce qu'il avait perçu fugitivement en visitant fugitivement ces lieux souterrains.

Il retourna en courant à son bureau, ralluma l'appareil et revint sur le site odyb. Comme les images formant le tableau étaient minuscules et qu'il ne savait pas exactement ce qu'il cherchait, Jordan dut s'y reprendre à plusieurs fois et atterrit de nouveau dans les fondations de la dernière maison de Schubert, puis dans celles d'un siège de parti politique.

Il finit par retrouver le lieu qui s'était gravé en lui à son insu mais avec force. Il dut tout d'abord admettre d'un haussement d'épaules qu'il ne voyait rien de très excitant : une eau sombre devant un lointain mur de béton. L'étroit faisceau lumineux émis par la lampe de la caméra traçait à la surface des lignes subdivisées évoquant une règle. C'était tout. Mais regardant le bandeau supérieur, Jordan lut alors avec un étonnement perspicace qu'il s'agissait d'une zone « inondée », située sous les habitations d'Alterlaa, une zone qui « n'avait pas d'existence officielle ». Son étonnement s'accrut encore lorsque, l'espace d'un bref instant, mais de façon très distincte, il vit émerger une nageoire dorsale caractéristique, de forme pointue.

Jordan ne s'y connaissait pas assez pour pouvoir distinguer sans doute possible la nageoire dorsale d'un requin de celle d'un autre grand poisson, dauphin ou espadon par exemple. Cela dit, une étendue d'eau urbaine n'était pas du tout censée abriter un spécimen possédant une nageoire dorsale aérodynamique de cette taille. Jordan attendit encore quelques instants. Puis comme rien d'autre ne se produisait, que l'eau avait retrouvé son obscurité et son calme, tout juste un peu ridée, il quitta le site.

Cette fois il ne pouvait guère se plaindre d'un déficit d'informations. Il courut chez Albrich, qui était déjà assis en compagnie d'Edda Boehm et d'un inconnu à une table de conférence en verre brun bleuté, sur la surface de laquelle les présents se reflétaient distinctement comme des canards sur un étang. Lukastik manquait à l'appel.

« Il manque Lukastik », dit Jordan comme si ce n'était pas une évidence. Pour une fois, ce n'était pas la présence mais l'absence de son supérieur qui le déstabilisait.

Il n'avait pas envie de parler de sa découverte sur Internet avant l'arrivée de l'inspecteur principal.

Qui n'arriva pas. Après un bon quart d'heure d'attente, Albrich s'efforça vainement de joindre Lukastik sur son portable. L'inspecteur ne semblait pas non plus être chez ses parents, où seule la mère répondit, d'un ton revêche, déclarant que si la police elle-même ne savait pas où traînait son fils, il ne fallait plus s'étonner de certaines choses dans ce pays.

Albrich fit celui qui ne comprenait pas, remercia et raccrocha. Puis il dit :

– Ce n'est pas dans ses habitudes de manquer de ponctualité.

Lui aussi, le commissaire, se sentait mal à l'aise, tout seul sans Lukastik. C'était le cas de tout le monde dans la pièce, ce qui ne voulait pas dire qu'on regrettait l'*homme* Lukastik. On ne regrettait même pas le policier, mais seulement la personne qui comblait un vide bien défini, comme on l'entend dire à tort pour toute une pléiade de personnalités du monde politique et économique. Toutefois, en ce qui concernait Lukastik, c'était vrai. Il comblait un vide, de même qu'une pièce de puzzle complète une image ou qu'un tiroir bien adapté s'insère dans la cavité sous le bureau.

En cet instant de perplexité et de suspens, il advint fort heureusement que l'on vit entrer la policière responsable de la perquisition chez Egon Sternbach, qui venait faire un rapport provisoire au commissaire. Un rapport qui ne livrait aucun élément nouveau. En revanche, ce qui était nouveau, c'était le fait que Lukastik – la policière le mentionna en passant – s'était rendu dans l'appartement de Sternbach aux environs de midi.

– A-t-il dit ce qu'il voulait ? demanda Jordan.

Son esprit n'était plus que méfiance.

La policière pinça les lèvres.

– Il n'avait apparemment que justice en tête. Vous le connaissez, il ne peut pas s'empêcher de taper sur les doigts des collègues. Ce qui est bizarre, c'est que personne ne l'a vu quitter le bâtiment. Cela dit, on n'avait aucune raison d'y faire particulièrement attention. Mais j'avais posté un homme à chacune des issues. Au cas où. Et quand je suis partie, eh bien, les collègues et moi, nous avons parlé de Lukastik, de l'arrogance de certains... Et en bavardant, on s'est rendu compte que personne ne pouvait jurer l'avoir vu ressortir. Bon. Peut-être que quelqu'un s'est endormi à son poste.

– Et le toit ? demanda Albrich.

– Toujours fermé, bien entendu. En tout cas, Lukastik n'y est pas monté. Alors il n'a pas pu s'envoler.

– Pas d'ironie, s'il vous plaît, la réprimanda Albrich.

Il voyait dans l'ironie une chose fâcheuse, propre à gâcher les relations entre les gens. Ne serait-ce qu'en raison de l'imprécision qu'elle recèle généralement.

– Il y a autre chose d'étrange, intervint Jordan, légèrement penaud parce qu'il n'en avait pas parlé tout de suite.

Il commença alors à décrire ce site Internet qui donnait un aperçu de quarante-neuf lieux souterrains de la ville, peut-être pour montrer l'évidement et le noyautage de notre monde. Peut-être pour le plaisir du raffinement technique. Peut-être aussi, moyennant une relative illégalité, pour servir une démonstration journalistique visant à prouver qu'il était extrêmement facile d'installer des caméras privées dans des lieux publics, même dans des endroits aussi sensibles que la cave du ministère de la Défense nationale.

Les membres de l'assistance n'eurent pas l'air particulièrement surpris. Depuis qu'Internet était à la disposition d'un large public, chacun se prenait pour un artiste, un sociologue ou un journaliste d'investigation, et chaque jour étaient dévoilés des secrets d'État réels ou supposés. Dans ce contexte, quelques clichés de caves et de tunnels obtenus illégalement n'avaient rien de renversant.

Le pouls des auditeurs s'accéléra toutefois quand Jordan expliqua que, d'après une des transmissions, il semblait y avoir une sorte de lac souterrain dans la zone d'habitation d'Alterlaa, et qu'en plus ces eaux abritaient au moins un exemplaire de poisson doté d'une nageoire dorsale évoquant clairement celle d'un requin.

– Il ne manquait plus que ça, fit Albrich – belle antiphrase.

– Je n'exclus pas du tout, se hâta d'ajouter Jordan, que cette prise de vue soit falsifiée. Ce que j'ai vu n'était qu'une image sur un écran. Or nous savons bien qu'en ce monde, sur dix images, il y en a neuf de truquées. Que dire dans ces conditions ?

Edda Boehm fit observer que, compte tenu de ce qui s'était passé jusqu'à présent, un lac situé sous les tours d'Alterlaa n'était pas ce qu'on pouvait imaginer de plus délirant.

– Mais un requin vivant dans ce lac, ça oui, dit l'homme sans nom qui était présent et travaillait pour le gouvernement ou les services secrets.

– Nous ne croirons que ce que nous verrons, proclama Albrich avec emphase.

Il semblait brusquement réveillé, comme s'il ne lui restait plus que cette affaire à résoudre pour pouvoir ensuite passer le restant de sa vie dans une loge d'opéra.

Il donna l'ordre d'arracher plusieurs experts et collaborateurs à leurs plaisirs dominicaux et de les renvoyer à leur table de travail. Ensuite il fallait dénicher les promoteurs de cet Atelier urbain (au demeurant la signification du terme « odyb » ne fut jamais éclaircie ; plus précisément, on ne posa jamais de question à ce sujet). Même si ces gens n'avaient rien à voir avec la mort d'Oborin – ce qui était probable –, ils avaient tout de même placé une caméra à cet endroit mystérieux et devaient donc connaître la localisation exacte du lac et le moyen d'y accéder.

On forma également une équipe, comprenant entre autres Jordan et Boehm, chargée de se rendre immédiatement à Alterlaa pendant qu'Albrich restait au bureau pour coordonner les opérations. Avec l'entier soutien de l'homme du gouvernement ou des services secrets, qui, soit dit en passant, n'avait rien d'un excité, mais semblait plutôt épris de sa propre décontraction. Il était occupé à donner aux poils du dos de sa main une position symétrique. Mais allez savoir !

Au moment de prendre congé, Albrich dit, sans qu'on sût exactement à qui il s'adressait :

– Ramenez-moi notre Lukastik.

L'ambiance était clairement à la sentimentalité. Il en résulta un climat pénible au sens psychique du terme. Un climat devant lequel Jordan, Boehm et l'autre femme prirent la fuite.

20

Aucune trace de Lukastik. Et aucune trace non plus d'eaux souterraines. Le bureau de l'urbanisme, le conseiller municipal concerné, et à plus forte raison le syndic responsable de l'ensemble des bâtiments, tous démentirent avec force l'existence d'un lac. Ou de quoi que ce soit d'approchant. Absurde ! L'idée même fut jugée ridicule, c'était une farce des animateurs du site. Cependant on se rendit vite compte que l'Atelier urbain en question n'était pas du tout une organisation expérimentale de guérilla urbaine mais un groupe de messieurs-dames pour la plupart d'un certain âge, qui s'étaient connus à l'université populaire et avaient donné naissance à quelques projets non dépourvus d'intérêt. Entre autres, cette installation de caméras transmettant en direct, baptisée « odyb », et qui du reste était parfaitement légale. Les caméras avaient été placées avec l'autorisation des propriétaires concernés ainsi que des services municipaux et des transports viennois. Elles n'étaient nullement au service d'aperçus illicites. Il aurait suffi à Jordan d'activer un des liens du site pour pouvoir lire la présentation théorique du projet. Celui-ci affichait une certaine prétention formaliste et avait même été récompensé d'un prix décerné par les médias.

Pendant ce temps, le professeur de l'université populaire répondait aux questions par téléphone, avouant qu'il était totalement incapable d'indiquer lequel des nombreux collaborateurs avait découvert le lac souterrain et était parvenu à installer une caméra dans des conditions aussi difficiles. Cela dit, lui aussi avait pensé qu'il s'agissait d'une mystification, ce à quoi il ne trouvait personnellement rien à redire dans la mesure où les fictions ne se bornaient pas à participer de notre vécu d'aujourd'hui, elles représentaient la réalité en soi. Surtout dans le cas d'un lieu qui semblait inaccessible au public, et dont il importait peu qu'il existât vraiment ou juste à l'état de projection.

De manière significative, ce même groupe avait créé un site présentant par le menu et avec un matériau scientifique non moins solide le vingt-troisième satellite de Saturne. À ceci près que cette lune n'avait pas encore été découverte. Pourtant on affirmait son existence et on en donnait une image extrêmement précise. À partir de Vienne. Ce qui semblait suffisant.

N'ayant aucune envie de s'entretenir de lunes et de réalités, Albrich exigea d'un ton exceptionnellement tranchant qu'on trouvât au plus vite celui qui avait installé la caméra et qu'on le conduisît à la police. Sans se soucier de son âge peut-être vénérable, ni de la réputation de l'université populaire.

Il était presque vingt-trois heures lorsque Jordan et Boehm rejoignirent l'endroit où l'on avait découvert Oborin. À leurs pieds une piscine sans nageurs, à la surface lisse sous un air immobile qui produisait un effet de fer à repasser. Au-dessus d'eux un ciel nocturne où était fixé Saturne, avec ses prétendues vingt-deux lunes. Toute la question était de savoir si une lune pouvait exister avant d'avoir été découverte (du moins si l'on soutenait que les choses n'existaient que si elles étaient observables). Quoi qu'il en soit, Vienne n'était *pas* une vingt-troisième lune. Jordan et Boehm abaissèrent leurs regards sur la ville nocturne, comme enveloppée dans un réseau de foyers embrasés. Les recherches étaient demeurées vaines. Pas de Lukastik, pas de lac, rien de mystérieux. La majorité des policiers avaient déjà quitté les lieux, l'appartement de Sternbach avait été provisoirement scellé. Seules quelques personnes fouillaient encore les étages souterrains. Au fond, on était d'avis que l'existence du lac n'était qu'un canular. Tout comme l'hypothèse selon laquelle Oborin avait succombé à une attaque de requin. Presque tous les intéressés, à commencer par le commissaire Albrich, en avaient par-dessus la tête de cette histoire douteuse.

On supposait aussi que Lukastik avait depuis longtemps déjà quitté la tour d'habitation pour se retirer quelque part sans ameuter la population. Peut-être pour évacuer une dépression. Beaucoup le considéraient comme un dépressif type. Arrogant et possiblement intelligent.

– Vous devriez rentrer chez vous, suggéra Jordan.

– Et vous ? demanda Edda Boehm.

Elle se réjouissait effectivement de pouvoir enfin quitter les lieux. Elle ne supportait pas les tours. Cela lui donnait toujours l'impression d'être sur des échasses.

Jordan déclara qu'il voulait rester encore un moment à réfléchir. Et puis il appréciait la vue.

– Comme vous voudrez, fit Boehm en lui souhaitant une bonne nuit.

La piscine éclairée semblait désormais – comme on le dirait plutôt d'un être humain – baignée de sérénité, semblable à un morceau de glace qui dérive dans sa propre masse fondue.

Jordan fit le tour de la piscine, contemplant tantôt l'eau, tantôt la ville, et se demandant sans arrêt pourquoi l'idée que Lukastik était en danger l'inquiétait à ce point. Oui, pourquoi l'éventualité que son supérieur mal-aimé pût succomber à ce danger ou être déjà mort était si difficile à accepter.

Comme si en perdant son ennemi, on craignait de perdre son seul véritable interlocuteur, pensa-t-il.

En dépit de son pathos complaisant, l'idée ne manquait pas de justesse. Lukastik était en quelque sorte le jumeau dissemblable de Jordan, l'empreinte imprécise de son écriture sur un papier buvard. Et Jordan avait beau mépriser cette empreinte buvard, il ne voulait évidemment pas en être privé. Quel est l'individu, aussi laid soit-il, qui envisagerait sérieusement de renoncer au reflet que lui renvoie son miroir ?

Jordan était donc tout sauf indifférent au sort de son chef. Et il était tourmenté par le sentiment angoissant de devoir agir au plus vite pour protéger Lukastik du danger – quel qu'il fût –, alors même qu'il était incapable de dire ce qu'il fallait faire. Ce fut donc plutôt le désarroi qui poussa Jordan – à qui le syndic avait confié plusieurs passe-partout – à recommencer un travail déjà effectué par toute une troupe de policiers, à savoir vérifier les étages les uns après les autres à la recherche d'un détail frappant. À cet effet, il utilisa l'escalier de secours, situé dans un élément saillant du bâtiment, un tuyau vertical, et qui, contrairement au reste de l'immeuble, possédait le charme d'un délabrement futur.

Chaque fois qu'il poussait une des lourdes portes vertes en métal et se retrouvait dans la cage d'escalier au coffrage de béton brut pour se rendre à l'étage inférieur, Jordan marquait un bref temps d'arrêt, écoutant le sifflement persistant – comme si tous les bruits de la ville s'étaient concentrés en un son unique, filiforme – qui longeait le revêtement extérieur, telle une charge d'énergie.

Il advint donc que, pendant une bonne heure, Jordan parcourut les uns après les autres les couloirs et corridors déserts (les gens n'existaient plus que par la voix de leurs téléviseurs ou le tic-tac de leurs réveille-matin) sans rien trouver que quelques paquets de cigarettes vides et quelques éclats de verre, avant d'arriver à ce cinquième étage dont évidemment l'importance lui échappait totalement.

Mais cela changea vite lorsqu'il aperçut du coin de l'œil un petit papier plié, coincé dans l'embrasure d'une porte, et qui montrait le schéma d'un œil avec son champ de vision en forme de goutte.

Jordan s'immobilisa et contempla un moment cette petite image, qui dans un premier temps ne lui évoqua rien. Puis il attrapa le papier, le déplia et survola le texte imprimé au-dessus et en dessous de la reproduction de l'œil. Il comprit tout de suite qu'il s'agissait du *Tractatus logico-philosophicus*, même si cet ouvrage ne faisait pas du tout partie de ses livres de chevet. Cela dit, il l'avait feuilleté à plusieurs reprises, comme pour étudier la maladie de son supérieur. Maladie qui, pour Jordan, ne tenait pas au choix de ce texte particulier mais au fait que Lukastik s'en servait comme d'une bible. Quoi qu'il en soit, Jordan considérait le contenu de l'ouvrage comme une savante idiotie.

Il se souvint alors de l'unique conversation qu'il avait eue avec Lukastik à propos de Wittgenstein. Il s'était moqué de ce philosophe, issu d'une des plus riches familles autrichiennes, qui certes avait eu la grandeur un peu arrogante de faire don de sa fortune – considérable –, mais l'avait fait de manière incroyablement incivique, distribuant ses millions à ses frères et sœurs, lesquels n'étaient pas précisément dépourvus de moyens.

Avec une flamme inhabituelle dans le regard et un sourire des plus aimables, Lukastik avait répondu que c'était en cela justement que l'acte de Wittgenstein prenait tout son sens : non dans un pur et simple renoncement à la fortune mais dans le refus d'élever ce renoncement au rang d'acte civique, à l'encontre de ce qu'il avait accompli cinq ans auparavant, en 1914, quand il s'était montré disposé à donner cent mille couronnes à des artistes nécessiteux. Car malgré son anonymat, le caractère absurde et embarrassant de cette « bonne action » n'avait pu manquer de lui apparaître par la suite, et cela l'avait incité à consacrer sa donation suivante non pas à des artistes talentueux mais à la fabrication d'un obusier.

D'après Lukastik, Wittgenstein était sans doute un homme étrange, pétri de contradictions, parfois doué de courte vue dans ses jugements extra-philosophiques. Toutefois le fait qu'il eût distribué sa fortune non aux pauvres mais aux riches, à sa famille qui plus est, prouvait sa nature exceptionnelle, la noblesse de son rapport à ce phénomène monstrueux et grotesque que représente une fortune de plusieurs millions.

À la fin de cette conversation, Jordan avait secoué la tête avec irritation, sans vouloir démordre de l'idée que cette donation était un acte de mépris, mais il s'était tout de même senti légèrement impressionné. Moins par le procédé de Wittgenstein que par l'interprétation fournie par Lukastik.

Voilà à quoi il pensait tandis qu'il se trouvait devant une porte sans plaque nominative, une page du *Tractatus* à la main. Persuadé que Lukastik l'avait arrachée à son exemplaire chéri pour la déposer à cet endroit. La probabilité que quelqu'un d'autre eût placé une page de ce livre-là précisément, dans l'embrasure de cette porte-là précisément, précisément en ce jour et en ce lieu, cette probabilité était égale à zéro. On pouvait donc supposer – en réalité, c'était une certitude – que Lukastik avait franchi cette porte.

Jordan pouvait sonner ou se contenter d'enfoncer la porte. Il pouvait aussi informer ses collègues. Ce qu'il fit en appelant Albrich et en lui expliquant à voix basse où il se trouvait et ce qu'il avait découvert. Et qu'il allait se procurer un accès immédiat à l'appartement.

– Attendez notre arrivée, lui ordonna Albrich.

– Impossible, répondit Jordan comme s'il était en proie à la fièvre.

Sur quoi il raccrocha. Il se décida à frapper bien qu'il y eût une sonnette. Par là il entendait signifier que ce n'était pas la peine de faire comme si on n'entendait pas. En même temps, il tira son insigne de sa poche et glissa sa main droite sous sa veste, agrippant la crosse de son pistolet au cran de sûreté déjà déverrouillé. À l'inverse de Lukastik, il jugeait que l'utilisation d'une arme constituait parfois la meilleure solution. Bien des choses devenaient plus simples quand on tirait dans les jambes des gens. Jordan n'avait jamais pointé son arme sur autre chose que sur une jambe. Même pendant les exercices de tir, il refusait obstinément de viser une autre partie du corps. C'était un principe qui ne souffrait aucune discussion.

Il frappa donc. Et sans qu'on eût entendu de pas, la porte glissa peu après sur le côté – tout aussi silencieusement. Sur fond irréel de vestibule *Biedermeier*[1], Jordan aperçut la silhouette compacte, cubique, d'un homme de taille moyenne, vêtu d'une robe de chambre blanche en soie portant sur un côté des idéogrammes japonais qui formaient une ligne verticale. L'homme, quant à lui, n'avait rien d'un Asiatique. Il arborait une moustache bien taillée, de la même teinte argentée que ses courts cheveux en brosse. Si les oreilles étaient légèrement rouges, ce n'était pas le cas des joues robustes qui, telles des estrades, soutenaient des petits yeux littéralement casernés dans un regard bonhomme. Toute sa personne trahissait une telle méticulosité que, pendant un instant, Jordan se sentit aveuglé. Il avait beau lui-même communiquer un sentiment de rigueur, celle de son vis-à-vis était écrasante. Sous l'ourlet de la robe de chambre, on distinguait des rayures alternées jaune et ocre clair dessinant le motif d'un pantalon de pyjama. Les pieds étaient glissés dans des sandales de cuir affichant des rayures de même couleur. L'homme pouvait à maints égards passer pour une grande folle, toutefois sa personne contredisait ce diagnostic. Il avait l'air de quelqu'un qui appréciait le raffinement vestimentaire même durant le repos nocturne. Il tenait une cigarette au bout de son bras droit replié. Jusqu'au nuage de fumée qui, dans ses multiples fluctuations, montrait une forme régulière, due à la position tranquille du bras et au souffle d'air pénétrant par la porte. L'homme releva légèrement les commissures de ses lèvres de sorte que, sans tout

---

1. Le style Biedermeier, quintessence du mode de vie et du confort bourgeois, se développe en Allemagne et en Autriche dans la première moitié du XIX⁰ siècle. (N.d.T.)

de même aller jusqu'au sourire, son visage exprima une certaine détente. Il demanda :

– En quoi puis-je vous être utile ?

S'abstenant pour sa part d'arracher le moindre mouvement à ses commissures, Jordan leva son insigne de police. Par mesure de sécurité, il fit un imperceptible pas en avant pour mettre un pied dans la porte, se présenta et demanda s'il pouvait entrer.

– Bien entendu, répondit l'homme au peignoir de soie en effectuant un quart de torsion sur le côté – puis : Vous permettez ?

Sur quoi il referma la porte, touchant la poignée comme il l'aurait fait de la main d'une partenaire de danse.

L'espace d'un bref et paisible instant, les deux hommes restèrent immobiles dans ce vestibule comme dans un décor de film, comme s'ils faisaient partie de ce décor, des figures de cire : le policier et le gentleman. D'un mouvement fluide, le gentleman s'arracha à ce moment de fixité – sans abandonner sa présence solide, sa présence d'armoire – et ouvrit la porte donnant sur le salon, lequel servait de grand frère au vestibule. Là aussi le violet et l'or du papier peint, là aussi toute une rangée de lampes murales. Sur le sol s'étendait un large tapis, sans doute ancien, que l'on pouvait contempler à travers une table en verre semblable à une loupe géante. Sur un canapé, dont le revêtement clair et le bois sombre finement sculpté évoquaient une calèche découverte, était assise une femme qui constituait l'exact pendant de son mari. Non seulement elle portait la même robe de chambre et les mêmes sandales, mais elle montrait la même corpulence *impassible*. Elle regardait la télévision, un appareil ultramoderne, plat comme une limande, posé sur un socle baroque. Tournant la tête vers Jordan, la femme l'examina avec des yeux aussi bienveillants que ceux qui logeaient dans les orbites de son mari, tels d'inaltérables boutons. Elle inclina légèrement la tête et le salua.

– Ma femme, fit le maître de maison, qui voulut savoir en quoi il pouvait être utile à la police.

– Votre nom ? demanda Jordan tout en cherchant dans la pièce un signe de Lukastik.

– Barwick, Hans Barwick, répondit l'homme.

Fort à propos, le regard de Jordan tomba sur un document accroché au mur entre le téléviseur et un monolithe de cactus. C'était un hommage, en lettres d'imprimerie calligraphiées, adressé par la chambre de commerce viennoise à M. et Mme Barwick pour services rendus dans le domaine des pompes funèbres.

– Je me rappelle avoir lu votre nom à plusieurs reprises, dit Jordan. Pompes funèbres Barwick. C'est bien ça ?

– En fait, nous nous considérons plutôt comme les accompagnateurs des morts et de ceux qui sont en deuil, déclara M. Barwick – son regard doux trouvait enfin sa justification, tout comme sa voix aux inflexions d'une tendre fermeté.

On imaginait aisément que l'homme, en dépit de toute sa compassion, de toute sa compréhension pour la douleur des proches, représentait ce qu'on désigne communément par l'expression « une épaule solide ». Même s'il était fort peu probable qu'un client eût osé pleurer, au sens propre, sur cette épaule. L'épaule de Barwick était symbolique. Rien, pas même la mort la plus terrible, ne pouvait ébranler la rigueur distinguée de cet homme. Malgré ses relations presque amicales avec tous les intéressés (peut-être aussi avec la mort elle-même), il était donc capable de garder la contenance nécessaire pour accomplir toutes les formalités, mais aussi et surtout pour répondre à toutes les questions sur les solutions esthétiques appropriées. Car c'était là l'essentiel, expliqua M. Barwick d'un ton de passion contenue.

– Comment ça ? demanda Jordan.

– Rares sont ceux qui savent de quelle manière faire inhumer leurs morts. Bien sûr, il y a des directives de principe qui relèvent généralement d'un engagement religieux spécifique. Mais ça s'arrête là. Il arrive souvent que les gens se sentent déjà complètement débordés par la question de la pierre – je veux dire la pierre tombale requise. Ils se comportent comme s'ils avaient un cadeau à faire à quelqu'un qui a déjà tout.

– Tu exagères, entendit-on du côté du canapé.

– Je n'exagère pas, dit M. Barwick en pressant sa cigarette comme s'il pliait un beau papier à lettres – puis il expliqua : Le désarroi des proches tient moins à une méconnaissance de leur cher défunt qu'à celle de leur propre goût. De ce goût qui se rapporte à la mort et au rituel de l'adieu. La question de la poésie par exemple. Vous savez bien, une petite formule, un petit aphorisme pour accompagner le faire-part de décès. Comme si la question des caractères d'imprimerie n'était pas déjà suffisamment difficile, il faut encore se décider pour un texte. Et même quand il est clair qu'il devra s'agir d'un passage de la Bible, on n'est pas au bout de ses peines. Face à la profusion, les clients désespèrent. Ils savent rarement ce qu'ils veulent. Voilà justement en quoi consiste ma tâche. Leur dire ce qu'ils veulent. J'explique à ces gens quelle est la citation qui leur correspond, qui correspond à leur caractère et à leur personne. Quelle est la bonne pierre tombale, s'il en faut une, et puis il y a les couronnes, les fleurs, la musique. Parfois même je me permets un conseil touchant le deuil. Le deuil qui convient à telle personne, qui lui sied. Ne vous méprenez pas. Je ne cherche jamais à influencer qui que ce soit. Mais j'étudie mes clients, ni plus ni moins qu'un architecte qui bâtit une maison spécifique pour une personne spécifique. La maison habille son propriétaire. Et l'inhumation habille les proches du défunt.

– À vous entendre, le mort n'a aucune part à l'affaire.

– Entre nous, la plupart du temps, c'est effectivement le cas. Celui qui est mort n'est pas seulement condamné au silence, il a rarement son mot à dire. Sauf si, bien sûr, il a eu la sagesse de se prémunir par testament. N'oublions pas en effet que certains de nos clients sont les morts eux-mêmes. Ce qui signifie que, de son vivant, le défunt nous charge de satisfaire *post mortem* à ses vœux. Malheureusement, cela nous oblige parfois à repousser les prétentions des proches. Aimablement, cela va sans dire, mais avec fermeté et détermination. Cela paraîtra peut-être un peu morbide, voire cynique, mais il y a un profond sens moral et commercial à affirmer que chez nous, même mort, le client est roi. Nous respectons nos accords. Vient qui veut.

– Nous en reparlerons, fit Jordan.

Puis il passa à l'offensive en demandant quel était l'accord que les pompes funèbres Barwick avaient passé avec un dénommé Sternbach.

Hans Barwick ne laissa pas transparaître la plus légère émotion, sa posture droite et lisse n'en fut même pas troublée. Pourtant il saisit un paquet de cigarettes, mais sans donner une impression de nervosité. Il semblait plutôt suprêmement décontracté. Les gestes tranquilles et élaborés de ses mains conféraient à ce banal paquet l'importance d'un étui élégant – illustrant une fois de plus cette lapalissade : ce n'est pas l'objet matériel qui détermine le degré de distinction, mais le geste qui l'accompagne. Certains pourraient retirer leur dentier en plein repas tout en ayant l'air d'ôter de leurs lèvres un noyau d'olive bien nettoyé. À l'inverse, on voyait chaque jour à la télévision allemande, et plus encore à la télévision autrichienne, des gens portant une tenue coûteuse ou du moins recherchée, qui inspiraient la pitié par leur aspect négligé.

Hans Barwick, lui, restait parfaitement maître de lui-même et n'inspirait aucune pitié. Il n'essaya pas non plus de faire l'ignorant. Il s'abstint donc de prétendre que jamais il n'avait entendu parler d'un dénommé Sternbach, et expliqua qu'il acceptait volontiers de bavarder sur les principes de son travail mais pas sur les cas concrets.

– Allons donc, fit Jordan en se grattant la joue.

– Qu'allez-vous faire ? demanda Barwick avec un fin sourire. Me frapper au visage ?

– C'est comme ça que vous imaginez la police ? s'enquit Jordan.

Et sans attendre la réponse, il laissa son poing s'écraser exactement sur l'os nasal de Barwick.

Ce n'était pas un coup à tuer quelqu'un. Ledit os nasal n'en fut même pas brisé. La seule chose qui se brisa, ce fut l'assurance de l'ordonnateur des pompes funèbres, lequel avait visiblement cru qu'on ne voyait de policiers cogneurs qu'au cinéma. Du reste, Jordan n'était nullement l'incarnation de la brute. Mais de même qu'un coup de feu tiré dans la jambe de quelqu'un permettait parfois de mettre fin à un dilemme, de même il arrivait que seul un coup dans la figure fût capable de débloquer une situation.

– Je n'ai plus le temps, expliqua Jordan – et : Qu'avez-vous fait de Lukastik ?

– Lukastik ? demanda Barwick, appuyé à moitié contre le téléviseur, à moitié contre le mur où la violence du coup l'avait projeté.

Un filet de sang lui coulait du nez, gouttant dans sa moustache argentée. Du ton étranglé d'un homme à tous égards blessé, il exprima son étonnement :

– Je croyais que nous parlions de M. Sternbach.

– Sternbach est mort, déclara Jordan.

Tout en faisant un signe de tête, Barwick dit qu'il n'était pas possible de l'affirmer en toute certitude. Il était difficile de se fier aux requins. On en était réduit aux conjectures pour savoir à quel moment ils allaient mordre ou non. Et puis il y avait la question de l'oxygène...

Barwick regarda sa montre et secoua la tête d'un air de doute. (Pour ceux que cela intéresse, il portait une Lecoultre-Futurematic fabriquée aux environs de 1954, une pièce magnifique aux lignes sobres en dépit de l'adjonction de deux cadrans auxiliaires.)

– Les requins ! s'écria Jordan. Bon Dieu, où sont les requins ?

– Eh bien, en bas, pardi ! répondit Barwick, que sa distinction verbale avait également quitté.

À bout de patience, Jordan souleva derechef le poing.

– Ça suffit, tout ce cirque ! intervint Mme Barwick.

Elle semblait avoir conservé la posture raide de son mari et continuait de regarder la télévision. Sans se tourner vers Jordan, elle lui expliqua :

– Prenez l'ascenseur et appuyez en même temps sur le quinze, le quatre, le vingt-cinq et le deux.

– Et ensuite ? demanda Jordan.

– Qu'est-ce que vous croyez ? dit Mme Barwick en se décidant enfin à détourner les yeux. L'ascenseur vous conduira en bas. En bas jusqu'au lac. Ce n'est pas la peine de me regarder comme ça. Mon mari et moi, nous ne sommes pas les premiers à avoir découvert ces eaux, et ce n'est pas nous qui avons trafiqué l'ascenseur. Pour qui nous prenez-vous ? Pour des petits dieux ? Et nous n'y sommes pour rien si en bas il y a quelques poissons agressifs.

– Alors quel est votre rôle dans toute cette histoire ? demanda Jordan. Vous savez bien : le mort sur le toit. Et Sternbach. Et Lukastik.

– Je vous jure – le vaincu se fit de nouveau entendre – que je ne connais personne qui s'appelle Lukastik. Et d'ailleurs, qu'est-ce que c'est que ce nom ? Et nous n'avons rien à voir non plus avec le mort de la piscine.

– Et avec Sternbach ?

– Un contrat, répondit Barwick sans autre précision.

– Parlez, ordonna Jordan.

– Il y a beaucoup de gens qui veulent célébrer leur mort. Ces gens, nous les aidons. J'insiste expressément sur le mot « aider ». Nous n'administrons pas de piqûres mortelles, nous ne débranchons pas de tuyaux, nous ne poussons personne dans un trou uniquement parce qu'il le demande. Nous ne sommes pas des assassins, nous...

– C'est bon, l'interrompit Jordan. Et Sternbach ?

– J'ajouterai que je ne satisfais ce souhait très spécial de mettre en scène sa propre mort que s'il émane de certains clients. Et uniquement s'ils me sont recommandés. M. Sternbach m'a été recommandé. Par quelqu'un dont j'ai fait la connaissance dans un tout autre contexte. Apprenez que je collectionne les manuscrits. Oh, rien qui ait de la valeur, de vieilles lettres et cartes postales.

– Tobias Oborin ! s'exclama Jordan comme on proclamerait : « Dieu est vivant ! » ou « Dieu est mort ! »

– Ah, vous connaissez déjà M. Oborin, fit Barwick, presque enjoué.

– Le mort sur le toit, expliqua Jordan.

Ce fut visiblement une surprise de plus pour Hans Barwick. Même sa femme leva les yeux, comme si elle haussait la tête par-dessus le rebord d'une assiette.

– Sacré nom de Dieu, laissa échapper Hans Barwick, c'est terrible ! Je ne m'en doutais pas du tout. Nous avons juste entendu parler d'une noyade. Il est vrai qu'il y avait un peu beaucoup de policiers dans l'immeuble.

– C'est donc Oborin qui vous a recommandé Sternbach.

– En effet. Ce genre d'affaires est sans conteste délicat et exige la plus extrême discrétion. Jusqu'à cet après-midi, je n'avais eu de contact avec M. Sternbach que par téléphone. Tout était parfaitement réglé. Cela étant, je n'étais pas ravi que ça se passe dans ma propre maison. Mais comme je l'ai dit, le client est roi. M. Sternbach a insisté pour que ce soit moi qui l'accueille et lui administre par force un narcotique avant de le transporter jusqu'au lac. Pour ce qui est de la suite, ce n'était plus mon affaire. Mes collaborateurs avaient toute liberté d'agir. Des gens d'une fiabilité absolue, quoique non inconnus des services de police. Mais pour ce genre de travail, vous ne trouverez personne qui…

– Bon Dieu ! gémit Jordan en comprenant ce qui s'était passé. Mon chef ! C'était mon chef, pas Sternbach ! Sternbach s'est suicidé la nuit dernière.

(Ajoutons cependant que Sternbach n'avait pas pour autant renoncé à conférer une certaine théâtralité à son suicide hâtivement improvisé dans la piscine de la maison de repos. Mais c'était la vérité : l'insolite équipe d'accompagnateurs mortuaires avait endormi la mauvaise personne avant de la descendre au lac où l'attendait une mort que Sternbach s'était à l'origine destinée. Une mort au milieu des requins. Absurde mais librement choisie. Lukastik, en revanche, n'avait rien choisi de tel.)

– Quels chiffres avez-vous dits ? demanda Jordan avec précipitation à Mme Barwick quand il eut enfin compris que le temps était encore plus compté qu'il ne l'avait cru.

Levant les yeux au ciel, Mme Barwick répéta :

– Quinze, quatre, vingt-cinq, deux. Mais il faut appuyer sur toutes les touches en même temps. Sinon ça ne marche pas[1].

– Bien, dit Jordan.

Et il mordit dans l'extrémité de sa langue comme dans un morceau de viande pour provoquer en lui un bref état de concentration. Après quoi il ordonna aux Barwick de ne pas bouger avant l'arrivée de ses collègues. Il n'avait pas fini de parler qu'il se ruait hors de la pièce en direction de l'ascenseur.

Une des quatre portes d'ascenseur coulissa, Jordan sauta dans la cellule orange et étira le pouce et l'annulaire de sa main gauche pour atteindre en même temps le quinze et le vingt-cinq, tandis que sa main droite actionnait avec légèreté le deux et le quatre.

Il y eut effectivement une réaction de l'électronique. La cabine se ferma et l'ascenseur se mit en mouvement de

---

1. Une question s'imposait (que Jordan, à vrai dire, éluda à ce moment-là) : pourquoi Mme Barwick énuméra-t-elle les chiffres dans cet ordre apparemment illogique si les touches devaient être pressées en même temps ? Peut-être cet ordre cachait-il un code chiffrant tout bonnement le mot « odyb » dont les lettres sont respectivement la quinzième, la quatrième, la vingt-cinquième et la deuxième de l'alphabet. Par ailleurs « odyb » vient du danois et signifie les fonds aquatiques – un de ces termes qui désignent les pôles opposés d'une seule et même chose, en l'occurrence l'augmentation et la diminution de la profondeur. « Fonds » est un mot qui convient particulièrement bien à cette histoire. Un mot sans morale. Un mot comparable aux gens qui changent sans arrêt de parti.

manière tout à fait normale. L'affichage digital permettait à Jordan de suivre la diminution des chiffres. Et lorsque les deux étages du garage souterrain furent atteints, l'ascenseur continua comme prévu de descendre pendant que l'affichage se transformait en un clignotement nerveux de combinaisons chiffrées sans rime ni raison. Comme si un singe tapait sur une machine à calculer.

Cela devait faire sept à huit secondes que Jordan poursuivait son trajet avec une sensation croissante d'oppression. Il regarda le sol en plastique sous ses pieds, mais s'épargna le ridicule de se placer sur le côté pour éviter une éventuelle trappe. Et de fait, tout se passa sans surprise. La cabine s'immobilisa doucement avec une légère oscillation. Puis la porte coulissa latéralement sur un bruit de sonnerie, à ceci près que la sonnerie résonnait dans un long couloir. Ce couloir, semblable à une galerie bétonnée, était éclairé par deux rangées de néons dont le vacillement lumineux évoquait lui aussi un singe dactylographe.

Jordan sortit de l'ascenseur sans prudence excessive et emprunta le couloir rectiligne. Sur les murs s'étalaient divers graffitis, dont beaucoup étaient illisibles pour lui, quand il ne s'agissait pas de signes abstraits. Ici et là, toutefois, on distinguait des symboles concrets représentant un requin, ainsi que des reproductions partielles, ailerons, dents, le tout d'une facture un peu archaïque – une peinture rupestre contemporaine. On y lisait aussi des déclarations claires, presque calligraphiées, des propos d'adolescentes, si l'on ose dire : « Dansons avec les requins aveugles ! » Quelqu'un d'autre avait écrit pour la postérité : « S'ils mangent un d'entre nous, ça fait partie du rythme. Si nous pêchons un d'entre eux, ça fait partie du rythme. Le rythme est Dieu. » Un cynique avait toutefois ajouté : « Et qui nourrit ces salopards avec les ordures de la ville ? Le Seigneur ? »

Cette question avait sans doute reçu une réponse quelque part. Mais Jordan n'avait pas le temps de s'y intéresser de plus près. Arrivé au bout du couloir, il se trouva de nouveau devant une porte métallique vert forêt. À l'ombre pour ainsi dire de son arme dégainée, il l'ouvrit avec rapidité, avec toute la rapidité possible car la porte lui opposa une résistance notable. Ce qui tenait au fait que quelqu'un s'y adossait. Ce quelqu'un daigna s'écarter et permettre à Jordan d'avoir un aperçu de l'endroit – un espace d'une grande hauteur sous plafond, de la taille d'un demi-terrain de football. De larges tuyaux sortaient d'une voûte digne d'une cathédrale, d'où pendillaient des guirlandes de néons. Une rampe bétonnée conduisait, quelques mètres plus bas, à un lac sombre, oui, noir, dont la surface légèrement mouvante reflétait les lumières du plafond, tel un marché de Noël découpé en morceaux. Au bord de la surface pentue, des jeunes gens étaient assis en groupe. Quelques-uns néanmoins se tenaient à l'écart, contemplant l'eau d'un air rêveur. Les chiens de ces jeunes formaient eux aussi un groupe, se disputant un objet quelconque, une balle ou... Non, c'était à coup sûr une balle car ils jouaient avec une relative modération. Certains jeunes offraient une apparence authentiquement négligée, tandis que chez d'autres ce négligé résultait d'une élégance résolument coûteuse. Tous tant qu'ils étaient se tournèrent vers Jordan, sans oublier la jeune fille qu'il avait écartée de la porte. Celle-ci se borna à dire :

– Aïe, c'est le papa de qui ?

– Ce n'est que la police, répliqua Jordan en levant son arme un peu plus haut afin que chacun pût la voir.

L'arme fit de l'effet, aucun doute.

– Où est l'homme ? s'écria Jordan.

Sa voix résonna comme s'il se tenait sur une scène de théâtre.

Les jeunes gens désignèrent une corde qui, à une distance de vingt mètres environ, sortait de l'eau à la verticale, passait sur un crochet fixé au plafond avant de redescendre abruptement vers la rive, où elle était attachée à un bloc de béton.

Jordan aperçut alors un aileron puissant, en forme de sommet pointu, qui traversa un instant la surface de l'eau, évoquant plutôt un éclat de verre transparent. Mais c'était bien un requin qui évoluait à cet endroit. Puis quelque chose tomba de l'un des tuyaux et frappa l'eau avec un plouf sonore, provoquant une agitation considérable comme s'il y avait eu une petite explosion. Peu après, tout était rentré dans l'ordre, l'eau montrait de nouveau une surface lisse ou légèrement ondulée.

Jordan courut vers la corde, siffla les jeunes gens et leur ordonna de l'aider.

– Mais l'homme n'est pas encore mort, objecta l'un en manière d'argument.

Et il resta assis. Tout comme les autres.

Étendant la main qui tenait l'arme, Jordan dirigea le canon sur la jambe de l'adolescent. Puis il dit :

– Deux secondes.

Bondissant sur ses pieds, le gamin se hâta d'utiliser ces deux secondes à rejoindre Jordan. Accompagné de quelques autres qui tenaient à la santé de leurs jambes. Ensemble ils défirent le nœud de la corde et commencèrent à tirer.

– Il vaudrait mieux y aller lentement, suggéra un garçon à la chevelure de bison – ajoutant : À cause des requins et de la décompression.

– Tu as raison, répondit Jordan. Alors lentement.

21

Lukastik se sentait à présent une grande liberté, celle qui consistait à se mettre quasiment à la disposition de la mort. Pas avec déférence, non, mais sans jérémiades. Cependant, comme la mort prenait son temps – les poissons nageaient autour de lui à le toucher sans toutefois se mettre à mordre –, il ne put s'empêcher de réfléchir un peu à sa vie. De tirer dessus un trait tout à fait personnel. Sans pour autant que sa biographie entière défilât devant ses yeux à un rythme accéléré. Père et mère ne firent l'objet d'aucune considération, et donc d'aucun remerciement. Seule l'image de sa sœur s'imposa, de sa beauté qui était loin de s'être fanée et qui, derrière la façade élégante, cultivée, résolument froide d'une femme au terme de la quarantaine, reposait comme dans un écrin, pour ainsi dire inemployée. Une beauté que Lukastik avait toujours jugée parfaite à tous égards pour la bonne raison que jamais il n'avait considéré sa sœur comme quelqu'un de bien. La beauté de ces gens-là avait quelque chose d'intolérable. Comme la peau qui se forme sur le lait chaud. Les gens bien, quand il s'agissait de femmes, rappelaient un peu Ingrid Bergman à ses débuts, dans *Casablanca* et *Les Enchaînés*. Insupportable lorsqu'on y regarde de près :

quand on est quelqu'un de bien, on rayonne, on susurre, on fait des mamours, on se montre migrainoïde, insondable, un peu hors du monde, on se balade dans le décor comme la peau du lait ci-dessus mentionnée.

Jamais la sœur de Lukastik n'avait flirté avec le charme migrainoïde. Sa beauté était simple, directe, débarrassée de toute obligation.

Lukastik repensa à son corps, qu'elle lui avait autrefois permis de toucher. Cet événement ne lui apparut pas seulement comme le plus fantastique de toute sa vie, mais aussi comme celui qui avait le plus de sens. Tout le reste était très loin derrière, comme des chiens de chasse affaiblis poursuivant un renard ou un lièvre exceptionnellement doué. Ce lièvre doué était demeuré une exception dans l'existence de Lukastik, et c'était une bonne chose. Une vie remplie de lièvres doués serait inconcevable. Qui plus est non souhaitable. Mais tout de même, il aurait dû y en avoir un peu plus de ces lièvres.

« Dieu du ciel », bredouilla Lukastik dans son embout, si bien que sa respiration s'embarrassa pendant un moment. Il sentit une secousse dans le dos, une douleur, un requin…

Ce n'était pas un requin. Quelque chose le tirait vers le haut. Une sangle, que jusque-là il n'avait pas remarquée, se resserra autour de sa poitrine, se raidit sous ses aisselles. À hauteur de sa nuque, elle semblait se terminer en un mousqueton, lequel était traversé par le nœud d'une corde désormais fortement tendue. Cette secousse violente fut suivie d'une pause. Lukastik remarqua que les poissons avaient été effarouchés. Cela dit, il était probable que leur curiosité s'en trouverait alimentée. Il y eut une seconde secousse, moins violente que la précédente. Puis une traction à peu près régulière, qui le mit en mouvement, tête la première. Quant à lui, il ne fit absolument rien. Suspendu sans palmes à la corde, il sentait l'approche des poissons. L'extrémité d'une gueule heurta derechef son flanc, cognant avec une telle violence son rein droit qu'il fut déporté de plusieurs mètres sur le côté, un peu comme s'il avait été projeté dans les airs. La douleur fut si intense qu'il laissa échapper le cri qu'il s'efforçait à tout prix de réprimer. À raison. Car pendant qu'il criait, l'embout glissa de sa bouche, cet embout dont il avait lui-même ôté la fixation peu auparavant.

Lukastik avala de l'eau, une eau noire, sucrée. Ce faisant il gigotait des pieds, comme pour actionner une pompe. Pris de panique, il tâtonna dans l'obscurité, n'attrapant que le vide, mais finit par mettre la main sur la « grenouille », qu'il replaça dans sa cavité buccale. Il mordit avec fureur dans le plastique mou et évacua l'eau en toussant. Sa respiration galopait. Il transpirait. Du moins était-ce son impression, une impression qui lui parut absurde : un accès de transpiration sous l'eau. Il finit par se calmer et recommença à recevoir l'air à l'instar d'un petit cadeau empaqueté, dont on ne déchire pas comme un fou le papier d'emballage brillant, mais qu'on ouvre petit à petit, précautionneusement, pour se réjouir ensuite de manière appropriée. Il respirait avec calme et humilité, toute sa ténacité concentrée sur l'embout.

Après quoi – tandis qu'une force anonyme le tirait peu à peu vers le haut –, Lukastik fut continuellement heurté par un des requins. Parler d'attaque aurait été exagéré. Les animaux avaient l'air de s'exercer sur un sac de sable. Le sac de sable n'est pas un adversaire, il ne fait même pas semblant de l'être car il reste inerte. Et c'est d'ailleurs ce à quoi s'en tenait Lukastik, suspendu à la corde dans une immobilité de cocon. Il n'aurait su dire combien de temps cela dura. Le temps lui-même se transformait en cocon. Cependant même un cocon temporel finit par passer. Comme s'épuise aussi le contenu d'une bouteille d'oxygène. Et si auparavant Lukastik avait pensé à la mort de manière relativement amicale, il s'agissait d'une mort provoquée par une attaque de requin, non d'une mort par étouffement. Or il s'épuisait, l'air. Il s'épuisait, à l'instar des piles dans un appareil de radio. Pendant un temps, la musique ou la voix du commentateur semble hésiter, s'assurer de sa propre faiblesse. Et puis c'est la fin.

Ce fut formidable. Formidable et grandiose. Comme dans un film, lorsque la tension culmine dans un zéro hystérique. Sans palmes, et désormais sans air, Lukastik vit une lumière au-dessus de lui, reconnut la distorsion d'une surface aquatique, reconnut même la corde qui pénétrait cette surface en formant un coude visuel. La corde à laquelle il était suspendu. À ce moment-là, il est vrai, il n'y avait plus de traction. Les sauveteurs s'efforçaient manifestement d'éviter une décompression trop rapide.

Mais Lukastik n'avait pas le temps de marquer des pauses. Ni de s'occuper des poissons dont la silhouette caractéristique était visible dans la vitre de lumière tremblante. Lukastik se servit enfin de ses mains, battit des pieds et se propulsa vers le haut. Mais la distance était plus grande qu'il ne l'avait cru. Ce qui valait aussi pour sa respiration. Il se sentait un peu comme quelqu'un qui n'a plus besoin de respirer parce qu'il n'est plus tout à fait en vie. Mais en mouvement, si.

Touchant le corps d'un poisson – un homme parmi les requins, un policier parmi les requins –, il émergea, ouvrit la bouche et prit son dû. Toute l'assiette. Puis tout devint noir devant ses yeux. Une fois de plus.

22

Les deux battants de la fenêtre étaient ouverts. À l'extérieur, la silhouette élancée d'un bouleau se balançait en scintillant sous le vent chaud d'un été dont la chaleur avait perdu en intensité et qui, malgré la persistance de températures élevées, donnait un sentiment de douceur. Le temps évoquait un de ces boxeurs qui, nonobstant leurs grands gestes, montrent des signes de faiblesse. Guère perceptibles encore, mais annonciateurs.

À vrai dire, cette impression de douceur – l'impression d'une défaite non encore advenue : quand on perd un combat de boxe, on le perd dès le premier round – ne pouvait toucher que la petite chambre, tout entière baignée d'une ombre claire conférant une teinte jaune gris aux objets : aux murs hauts et blancs, aux chaises blanches, au lit de malade, à la perfusion, au crucifix de bois sombre ainsi qu'à la petite table supportant un vase d'où sortaient, toutes droites, quelques fleurs faisant songer à un groupe de mannequins ensorcelés. Et aussi les deux hommes qui se trouvaient dans la pièce. L'un couché dans le lit, l'inspecteur principal Lukastik, et l'autre, le spécialiste hydrophobe des requins Erich Slatin, assis sur l'un des deux tabourets, regardant alternativement le convalescent et le vaste parc, visible derrière le treillis à grosses mailles des bouleaux.

– Comment vous sentez-vous ? demanda Slatin en croisant les pieds, ce qui fit étinceler un bout de peau claire entre la chaussette et la jambe de pantalon.

– C'est bizarre d'être en vie alors qu'on était déjà mort, répondit Lukastik. Je devrais éprouver une certaine euphorie. Mais ce n'est pas le cas. C'est plutôt comme si on m'avait collé un bon dans la main. Disons, un bon pour des livres. Malheureusement je possède déjà tous les livres que je crois nécessaire d'avoir. Et alors je suis là, complètement dépassé, avec ce bon dans la main. Ce n'est pas que je préférerais être mort. En fin de compte, il ne m'a pas été accordé d'apercevoir un quelconque paradis. Ou même la lisière d'un paradis.

– Mais encore ?

– Mourir, c'est faire une révérence, énonça Lukastik.

– Allons bon, une révérence, répéta Slatin comme on dirait : Allons bon, des ours polaires persans.

– Je ne peux pas vous en dire plus, reprit Lukastik d'un air soucieux. Peut-être que tout ça est normal, que cette révérence est en quelque sorte le geste d'entrée dans la mort. Mais peut-être aussi qu'il s'agit d'une révérence continue, éternelle, qui sait ? Comme si la mort était un Asiatique extrémiste. Je ne suis pas vraiment capable de vous l'expliquer. Mais au moment même où je suis mort, ou alors que j'étais presque mort, j'ai ressenti comme une obligation absolue de faire une révérence. Et j'ai senti – avec une clarté qui ne laissait aucune place au doute – qu'autour de moi, tout était révérence : l'eau, les requins, l'obscurité, l'espace. Incliné, pas courbé.

Entre les yeux de Slatin se formèrent deux étroits bourrelets. Puis il laissa échapper un bref soupir, qui effaça lesdits bourrelets, et déclara que les choses étaient comme elles étaient. Si effectivement la mort s'épuisait dans une révérence, ce n'était pas si mal de passer encore un peu de temps en ce monde pour en savourer la diversité.

– Vous voulez sans doute parler de la diversité des poissons, fit Lukastik, sur les instances duquel les autorités chargées de l'enquête avaient eu recours à Slatin en qualité d'expert.

On avait repéré dans le lac souterrain une vingtaine de requins. Mais il pouvait y en avoir bien plus. Les recherches se révélaient extrêmement difficiles. Un vaste système de grottes et de canaux jouxtait le lac, lequel remplissait en outre plusieurs salles reliées entre elles. Quant à la voûte, qui au premier abord évoquait des blocs de béton, elle renvoyait peut-être à un couvent roman – ce qui, vu la profondeur à laquelle elle se trouvait, eût constitué un cas de figure inédit.

Hélas, aucun historien n'aurait jamais l'occasion de voir l'endroit. Le lac, qui reçut en interne la désignation *Sharks Pool*, fut classé dossier confidentiel. Les enquêteurs jugèrent que la question de l'architecture romane était accessoire. Seuls Slatin ainsi que quelques statisticiens furent mis dans la confidence. Il s'agissait, d'une part, de régler le problème des requins, d'autre part, d'éliminer les risques techniques résultant de l'existence d'un circuit d'eau situé, en partie du moins, sous les fondations des tours. Tout cela devant bien entendu rester strictement secret. De ce fait, non seulement on soumit à un interrogatoire poussé les jeunes gens qui avaient utilisé la Piscine aux requins comme une sorte de lieu de loisirs culte, mais on exigea également leur silence sur les événements et sur la présence de requins indigènes. On l'exigea expressément. Car il y avait des choses que, même avec la meilleure volonté du monde, on ne pouvait discuter sur la place publique.

À commencer par le fait que plusieurs hauts fonctionnaires n'ignoraient pas l'existence du lac, même s'ils n'avaient appris la déplaisante nouvelle qu'après l'érection des trois tours. Et s'ils s'étaient tus, c'était moins par calcul que par désarroi. Difficile de faire disparaître un lac de ce genre comme par enchantement. On ne pouvait pas davantage chercher des responsabilités politiques. Dans ce cas, autant s'adresser à l'Église catholique compte tenu de cette histoire d'architecture romane. Mais qui irait dénoncer l'Église pour une question d'architecture ?

À l'exception de ces quelques fonctionnaires, d'un petit nombre de locataires – dont les Barwick – et du groupe de jeunes gens, personne ne connaissait l'existence de ces eaux souterraines. Et ce bien qu'un documentariste quasi octogénaire issu des rangs de l'Atelier urbain eût installé une caméra de retransmission automatique, fixée le plus régulièrement du monde sur l'alimentation électrique des tours.

De ce fait, lac, requins, voûte romane et autres agissements étaient – quoique de manière vague – du domaine public. Du domaine public, mais ignorés. Ce qui montre une fois de plus l'insignifiance du réel lorsque celui-ci est introduit sur Internet pour s'y étioler faute d'être regardé.

De même ce n'était nullement grâce à la caméra que Sternbach était tombé sur la Piscine aux requins, mais par Tobias Oborin, que Hans Barwick avait informé de cette légende. Oborin et Sternbach, demeurés jusqu'à la fin camarades de plongée, avaient décidé d'examiner la chose, notamment la question des requins, dont l'existence relevait alors surtout de la rumeur.

Il n'y avait aucune raison de douter de la véracité des dires de Sternbach, lorsque celui-ci avait affirmé vouloir se venger à cause de la dédicace sans pour autant avoir de plan précis. Et sans du tout être en mesure de prévoir l'éventualité d'une attaque de requins.

Il semblerait plutôt qu'au cours de leur plongée, Oborin et Sternbach se fussent retrouvés en danger mortel, et que pour toute manœuvre diabolique Sternbach se fût borné à laisser tomber son soi-disant ami. Quoi qu'il en soit, Sternbach s'en était sorti indemne et avait ensuite tiré de l'eau le corps d'Oborin, déchiqueté par un requin. À la vue du cadavre mutilé, il avait eu l'idée de faire passer l'accident pour un meurtre prémédité. Et d'accomplir ainsi quelque chose de dramatique et de bizarre. Il avait donc fourré le cadavre, vêtu uniquement d'un caleçon de bain, dans un des nombreux sacs-poubelle gisant alentour, et l'avait transporté en ascenseur jusqu'à l'extrémité opposée du théâtre d'opérations. De la Piscine aux requins à la piscine tout court.

Manifestement Sternbach avait été si impressionné par sa propre mise en scène – cette élévation de la mort au rang d'une chose incomparablement plus chatoyante – qu'il avait résolu de mourir lui aussi au plus vite dans ces eaux souterraines. Mais dans le cadre d'instructions précises dont il avait confié la mise en œuvre à l'ordonnateur des pompes funèbres Barwick.

Sternbach était naturellement, depuis un certain temps déjà, en contact avec Barwick, et son suicide était chose décidée. Son dégoût de la vie datait sans doute du jour où il avait ouvert le livre d'Oborin et où il était tombé sur sa dédicace, qu'il croyait originale.

Que faire ? Certains hommes sont de grands susceptibles [1].

---

1. D'ailleurs tout cela est doublement une blague de mauvais goût car la dédicace n'est pas simplement une citation tirée d'*Hypérion*. Il se peut qu'elle ne soit même pas de Hölderlin, mais que celui-ci l'ait empruntée « sans rien dire » à un autre écrivain.

Malheureusement, Sternbach n'avait pas été en mesure d'accomplir son plan, alors même qu'il n'avait pas traîné, passant commande de sa propre mort dès le lendemain de celle d'Oborin. Mais l'échec s'était profilé lorsque les policiers Jordan et Boehm avaient surgi à l'improviste dans sa chambre. Il lui avait été extrêmement désagréable de devoir se débarrasser d'eux. En dehors du problème compliqué de leur détention. Mais Sternbach avait dû accepter, au plus tard à l'arrivée de Lukastik à L'Étang de Roland, qu'il lui serait désormais impossible d'arriver sans encombre jusqu'à Vienne pour y mettre en œuvre ce suicide suprêmement aventureux. Ou plus exactement pour en confier la réalisation à Barwick et à ses gens. Il avait donc opté pour l'improvisation. Laquelle, du reste, lui avait réussi. Car s'il n'avait pu mener à bien son projet de mort sousmarine, il avait tout de même trouvé une piscine au bord de laquelle se brûler très efficacement la cervelle. Sans oublier le plaisir d'envoyer perfidement Lukastik à Vienne y agir « en son nom ». Sternbach ne pouvait prévoir que Lukastik se ferait effectivement passer pour lui. Mais une idée de ce genre lui avait sûrement traversé l'esprit. Il avait appelé de ses vœux une intrication favorable du hasard, de la fatalité et de la bêtise.

Et il s'en était fallu de peu que ses espérances se réalisent. De peu.

— Étonnante adaptation aux conditions de vie, déclara Erich Slatin en alternant la position de ses jambes de sorte qu'un autre bout de peau blanche brilla furtivement. Puis il se fit plus précis : Ce sont bien, comme nous le pensions, des requins de la famille des *carcharhinus leucas*, mais il s'agit d'une forme modifiée, si vous voulez. Modifiée et parfaite. En fin de compte la cécité n'est pas toujours un mal.

Lukastik se redressa légèrement, sourit d'un air las et demanda : « Aveugles ? », comme on demanderait : « Socialistes ? »

– Oui, répondit Slatin, du moins les deux spécimens que nous avons sortis de l'eau. Ils sont également un peu plus petits que ne l'est ordinairement le Swan River Whaler. Je suppose que ça tient à une certaine étroitesse des cavernes. Quant à la cécité, elle est logique. Dans ces eaux, il n'y a rien à voir. Mais sinon, les caractéristiques de l'espèce sont absolument les mêmes. S'y ajoute bien sûr une adaptation totale à la qualité catastrophique de l'eau. C'est un cloaque, mais ça ne semble pas gêner les poissons. Au contraire. Ils se nourrissent des ordures qui pleuvent littéralement des tuyaux. Imaginez-vous ça, nous avons trouvé un demi-bœuf.

– Comment les requins sont-ils arrivés là ? voulut savoir Lukastik.

– Je ne peux formuler que des hypothèses, dit Slatin. Mais à mon avis, nous pouvons partir de l'idée que ces poissons ne sont pas autrichiens, de souche du moins, et que ce lac n'est assurément pas le bouillon originel de la ville de Vienne. D'un autre côté, les modifications génétiques du genre de celles qui affectent ces animaux ne se produisent pas du jour au lendemain, elles nécessitent au moins quelques générations. S'y ajoutent des éléments caractéristiques de l'espèce : une longue durée de gestation ainsi qu'une maturité sexuelle tardive pour les jeunes mâles. Cela dit, je n'exclus pas qu'une variation soit intervenue également en ce domaine. Une vivacité de citadin. Quoi qu'il en soit, j'ai supposé que le début de l'histoire remontait à quelques décennies. En parcourant les archives, je suis tombé sur un accident d'avion qui pourrait expliquer certaines choses.

C'était en 1963, dix ans avant qu'on ne commence à bâtir le premier pâté de maisons. Le terrain était alors occupé par une vaste pépinière.

– Bon Dieu, quel genre d'avion ? demanda Lukastik.

Il connaissait bien le début des années soixante, ne serait-ce que par des récits, et n'aurait sûrement pas évacué de sa mémoire un événement aussi dramatique.

– Rien de spectaculaire, expliqua Slatin avec un geste de dénégation. Un petit avion à hélice. Le pilote a dû atterrir d'urgence parce qu'un des moteurs avait pris feu. Il n'a réussi qu'à s'écraser dans cette pépinière. Son compagnon et lui s'en sont sortis avec quelques égratignures. Mais certains des animaux de laboratoire qui se trouvaient dans la petite soute ont eu moins de chance. L'avion appartenait à un groupe chimique italien. En 1963, la pitié à l'égard des cobayes était encore fort limitée. À lire les quotidiens de l'époque, on perçoit plutôt quelque chose comme de l'humour. De l'humour face à ces petits singes et à ces souris morts dans un entremêlement de jeunes sapins arrachés. On y parle aussi de poissons. Les journalistes ont particulièrement aimé l'idée de ces poissons tombés du ciel.

– Et vous voudriez me faire croire…

– Je ne prétends pas, s'empressa de dire Slatin, qu'un requin de trois mètres se trouvait à bord d'un avion de tourisme de huit mètres environ. Mais ce qui est intéressant, c'est qu'après avoir fait une percée dans la pépinière, l'avion a atterri dans le lit de la Liesing, où il s'est brisé. Vous savez bien, ce filet d'eau qui traversait – et traverse toujours – la région. Les reporters de l'époque ont trouvé encore plus drôle que des poissons cobayes italiens atterrissent pile dans une petite rivière viennoise. Mais personne ne parlait de danger, pas en 1963. En ce temps-là, on faisait confiance à la chimie, même italienne. Et d'ailleurs, il ne semblait pas vraiment y avoir motif à s'inquiéter. On a recueilli les petits singes, les cochons d'Inde et les rongeurs morts ou à moitié morts, on a placé les poissons blessés – du moins ceux qu'on avait retrouvés – dans des réservoirs, on a expédié l'épave et les deux blessés légers en Italie, et voilà. Peu d'agitation. Comme je l'ai dit, plutôt de l'amusement.

– Je vois, dit Lukastik. C'est comme ça qu'un très jeune requin a pu arriver dans la rivière et, de là, gagner un des canaux.

– Deux requins au moins, le corrigea Slatin. Et de sexe différent à voir l'ampleur des conséquences. Je soupçonne aussi ces poissons d'avoir été en quelque manière « préparés ». Ils l'étaient forcément. L'eau froide de la Liesing ne convient pas du tout aux requins. Non, ces poissons étaient génétiquement modifiés et, dans les années qui ont suivi, ils ont dû continuer à se développer dans le sens de la robustesse. On pouvait déjà qualifier le *carcharhinus leucas* d'animal très intéressant, mais là il est devenu exceptionnel – extrêmement souple, extrêmement adapté, extrêmement beau aussi, si l'on songe à la teinte exotique de ces yeux aveugles. Je ne saurais définir leur couleur… Bleu azur, mais plus clair, plus mordant sans pourtant être aussi froid. Je parlerais presque de paradoxe optique. Magnifique ! La recherche aurait matière à se faire plaisir. Mais tout ça passera sans doute à la trappe. Cela dit, je ne pense pas que les Italiens aient eu alors le projet de développer une arme ichtyologique miracle. Il s'agissait sans doute plutôt de recherche fondamentale. De nos jours, il est vrai, on considère ces choses-là avec une grande anxiété. Si les laboratoires du privé se livrent parfois à des expériences aventureuses, l'État, lui, a peur. L'État a peur de l'avenir. Il croit pouvoir l'éviter.

– Je dois dire, fit observer Lukastik, qui n'avait nulle envie de parler de l'État, que je n'ai pas vraiment à me plaindre de ces poissons.

– Oui, approuva Slatin, cette espèce réformée semble s'être spécialisée dans la charogne. Tobias Oborin devait déjà être mort quand les requins l'ont attaqué, même si bien sûr ce brave homme était encore loin d'être une charogne.

– Vous voulez dire que Sternbach...

– Pas forcément. Peut-être qu'Oborin a eu des problèmes d'oxygène, de cœur, d'orientation. Quoi qu'il en soit, je suis à peu près certain que l'attaque, l'arrachage de la jambe, de la main, la multiplicité des blessures ne sont que le résultat d'un caprice de ces poissons. D'un enfantillage violent. Ces animaux n'étaient pas du tout affamés. Plutôt en proie à l'ennui. Si nous cherchions, nous trouverions sûrement la jambe et la main. Tout semble donc indiquer que nous avons affaire à une sorte d'accident. Si l'on veut bien considérer les choses sous cet angle.

– C'est probablement ce qu'on fera, répondit Lukastik. Tout compte fait, les éléments mystérieux de cette histoire ont été à peu près éclaircis.

– Je n'en suis pas certain, fit Slatin avec un hochement de tête qui semblait reproduire le mouvement des bouleaux. Ces poissons, ce lac souterrain ne constituent pas vraiment un exemple de clarté.

Mais Lukastik ne voulait pas davantage s'engager sur ce terrain. Il était parfaitement satisfait de la manière dont l'affaire avait été élucidée. Et le fait qu'un ascenseur conduisait au lac finirait bien lui aussi par trouver une explication raisonnable. (Malheureusement, ce ne fut pas le cas, entre autres parce que, par souci de confidentialité, on s'abstint d'interroger les entreprises de bâtiment et les architectes. Peut-être aussi pour ne pas s'exposer à découvrir trop de détails embarrassants. Le tronçon de parcours illégal de l'ascenseur demeura empreint de mystère, à l'instar d'une clé cassée dont le panneton est resté dans la serrure – condamnant la clé du mystère à rester inopérante.)

Le seul indice probant vint des Barwick, lesquels affirmèrent devoir le code numérique de quatre chiffres, qui renvoyait probablement au terme « odyb », à un homme qu'ils avaient aidé quelques années auparavant lors de son suicide. Et ce d'une manière qui illustrait pleinement leur tâche de « décorateurs ».

Cet homme connaissait le lac souterrain et avait choisi d'y mourir et d'y reposer. Il s'était jeté à l'eau. Sans refaire surface, il est vrai. Accompagné de bougies flottantes, de fleurs flottantes et de quelques dames nues (lesquelles toutefois étaient restées en vie) ainsi que de la *Water Music* de Haendel. Très classique. Il était donc possible de « se jeter à l'eau » sans sombrer immédiatement dans la mélancolie.

L'existence des requins n'était à l'époque qu'une rumeur. Personne n'avait jamais aperçu d'aileron.

Ce suicidé qui avait du style était un homme d'affaires sans importance particulière, qui de sa vie n'avait eu le moindre rapport avec les ascenseurs ou les tours.

Tout cela sentait décidément la franc-maçonnerie. Laquelle était invoquée chaque fois qu'on ne savait plus quoi penser et qu'on se raccrochait à un concept pour essayer de compenser son ignorance.

Cependant Lukastik avait pour devise de ne pas questionner l'élucidation du mystère. En fin de compte, c'était *lui* le malade, c'était à lui de déterminer le sujet de la conversation. Il fit donc remarquer que le poisson avait bien mérité de recevoir un nom. Même si son existence zoologique ne verrait jamais la lumière de la science officielle.

— C'est juste, j'y ai déjà pensé, reconnut Slatin. Ce serait la deuxième fois que j'apporte ma contribution à la découverte d'un nouveau poisson. Si l'on tient compte de l'analyse que j'ai faite de l'éclat de dent. J'ai indiqué la direction. La bonne direction, qui plus est. Ça n'est pas si fréquent.

— Je suis tout à fait d'accord avec vous, *professeur*, dit Lukastik, quoique Slatin ne pût nullement prétendre à pareille adresse.

Et pourtant ce titre — sa sonorité — faisait partie de Slatin comme on le dirait de la couleur naturelle des cheveux d'un chauve. Car il va de soi qu'un crâne chauve n'exclut pas une teinte naturelle de cheveux. On était professeur ou on ne l'était pas. Cela n'avait vraiment rien à voir avec le fait d'exercer en chaire.

Passant avec bonhomie sur cette titularisation indue, Slatin expliqua qu'après réflexion, il jugeait les désignations *Shark Pool Whaler* et « requin d'Alterlaa » objectivement pertinentes, mais dépourvues de la note poétique qui revenait de droit à ce magnifique poisson aveugle.

— Je trouve que Slatin, dit Slatin, est un nom très poétique. Et puis il me semblerait juste, après tant d'années, qu'un requin reçoive mon nom. Alors pourquoi ne pas parler de « requin Slatin » ?

— Parfaitement, c'est ce que nous ferons, répondit Lukastik. Mais ça devra rester entre nous.

— Tout à fait. J'espère seulement qu'on renoncera à exterminer l'intégralité de la population des requins Slatin.

— Ça se présente mal, déclara Lukastik. On essaiera certainement de s'emparer de tous les animaux. Et je ne crois pas qu'on ait prévu de faire des prisonniers. Sans compter qu'on va couler du béton dans une grande partie du lac et de la voûte. C'est normal. Question de sécurité. De sécurité pour tous.

– Bien sûr, fit Slatin avec amertume. Et tant pis pour les poissons.

– Je ne vous savais pas si sentimental.

– Vous avez raison, je m'oublie. Il ne faut pas.

– Je suppose, dit Lukastik, tandis que l'ordinateur branché sur son corps grésillait tel un oracle, qu'on vous a imposé le silence absolu.

– Certains de vos collègues, monsieur Lukastik, révèlent un curieux comportement à la FBI. Non qu'on m'ait menacé. C'est plutôt un art de l'allusion, une langue fleurie, qui s'épuise en images bancales. Le bancal exprimant l'éventualité de la violence, j'imagine. Très agaçant, tout ça.

Lukastik leva les mains en signe de soumission à la volonté divine. Voulant sans doute laisser entendre que le comportement FBI faisait partie des usages. Tout comme les images bancales. Il fallait l'accepter. Puis, sans transition, il utilisa ces mêmes mains pour les placer de part et d'autre de sa tête.

– Des douleurs ? s'enquit Slatin.

– Disons que j'ai un poisson dans le crâne, répondit Lukastik.

– Vous ne vous en débarrasserez pas de sitôt, prophétisa Slatin.

– Je le crains.

Erich Slatin se leva. La tache de peau claire disparut sous le rideau tubulaire de son pantalon. Slatin jeta un regard dédaigneux aux fleurs qu'il avait apportées comme pour s'en excuser. Toutefois ses excuses explicites concernèrent le fait d'avoir trop longtemps importuné Lukastik.

– Pas du tout, répondit Lukastik, et d'ailleurs c'est moi qui vous ai fait appeler.

– C'est juste, reconnut Slatin. Dehors, il y a vos collègues du FBI qui vont me ramener à mon requin Slatin. Je suis censé procéder à une dissection en compagnie du Dr Paul. D'un côté, je m'en réjouis. Mais de l'autre, je trouve ça scandaleux. Ouvrir un corps a quelque chose d'impie. Ce n'est pas que je sois croyant. Mais ça me fait peur de pénétrer dans un corps comme un voleur. Comme si on perçait un trou dans un coffre-fort.

– Il faudra bien en passer par là, dit Lukastik.

– Il le faudra, confirma Slatin.

Il prit congé de Lukastik en lui serrant la main, et jeta sur le parc un dernier regard mélancolique comme s'il s'agissait d'un monde inaccessible. Puis il sortit. Au loin on entendit sonner des cloches d'église. On se serait cru à la campagne. Mais bien sûr, on était en plein cœur de Vienne.

23

Le regard de Richard Lukastik suivait le tuyau du poêle, qui s'étirait d'un côté à l'autre de la pièce et que la chaleur traversait en tapageant. Plusieurs mois s'étaient écoulés. L'été, que beaucoup avaient qualifié d'éternel, s'était secrètement éclipsé, comme un de ces vieux acteurs soi-disant mondialement connus mais dont plus personne ne se souvient de nos jours.

En regardant à l'extérieur, on voyait la neige tomber, de gros flocons, de la taille d'un colibri. Cela dit, la neige ne restait pas, elle fondait dans la chaleur urbaine des rues et des ruelles. Comme c'était la première neige de l'année, la circulation était bloquée. Pas vraiment par nécessité. N'importe quelle pluie inoffensive aurait été mieux fondée à provoquer un chaos. Mais c'était leur déférence extrême à l'égard de la première neige qui poussait les gens à se montrer gauches et embarrassés. On aurait même pu parler d'humilité, et de l'obligation subséquente de provoquer, par une conduite automobile compliquée, un encombrement des rues. Tout comme on se devait, le soir de Noël, d'encombrer les églises et, pendant les « vagues de chaleur », l'entrée des piscines découvertes. Les encombrements, quels qu'ils soient, sont presque toujours l'expression de l'humilité. Devant le poids de la nature, les bienfaits de la modernité, le fait d'être jeté en ce monde, et ainsi de suite.

Mais le regard de Lukastik ne se dirigea pas vers l'extérieur. Quittant le tuyau de poêle distant de quelques mètres, il revint se poser sur le visage de la personne assise en face de lui. Non seulement c'était la première fois qu'il se trouvait au *Sittl* en compagnie d'une femme, mais en plus, c'était avec sa sœur qu'il se montrait en ces lieux. Sur le vœu exprès de celle-ci. Jamais Lukastik n'aurait de lui-même osé formuler pareille invitation à dîner. Sa sœur avait littéralement exigé cette rencontre, sans doute sous l'effet d'une lubie. Une lubie comme celle qui conduit les gens les plus corrects à empocher un objet non payé ou à lâcher un pet en public.

Toujours est-il que le frère et la sœur étaient attablés au *Sittl* devant une portion de ragoût de veau aux boulettes. Ils n'étaient séparés que par le sel, le poivre et le condiment pour la soupe, ainsi que par un petit bouquet de fleurs en soie. Objets qui semblaient résolument vieillots, le condiment pour soupe plus sûrement encore que le bouquet artificiel. On pourrait dire que l'endroit était propre à rappeler au frère et à la sœur l'époque où ils étaient « en couple ». Et vraiment Lukastik éprouvait un sentiment d'émotion, tout en étant gêné. Sa sœur, en revanche, arborait l'air souverain qui lui était habituel, faisait l'éloge du ragoût de veau et bavardait un peu avec l'aubergiste en parfaite dame du monde – qu'elle était d'ailleurs. Dame du monde au point de savoir faire impression même dans une simple auberge, sans pour autant flagorner ni abandonner une once de sa distinction. Elle se présentait dans une merveilleuse robe du soir, une bande de tissu comparable à un étroit ruban de nuage isolé qui orne moins le bleu du ciel qu'il ne le souligne, faisant véritablement prendre conscience de son bleu.

De la même façon, cette robe ne servait qu'à rappeler à l'observateur la beauté et l'élégance de la femme qui la portait. Ce qui valait également pour le collier de perles, qui reliait à la perfection la tête et le torse tout en traçant comme une frontière magique, de sorte que la question de l'authenticité des perles en devenait triviale.

Mais là où la sœur de Lukastik montrait qu'elle avait du goût, c'était dans sa capacité à juger et à apprécier la qualité d'un ragoût de veau vraiment réussi. Ce qui n'est pas peu dire si l'on songe qu'aujourd'hui presque personne n'est capable de distinguer une viande d'une autre. On pourrait servir aux gens de l'iguane sans qu'ils le remarquent.

Se réglant lui aussi sur la dignité dont cette femme faisait preuve à l'égard de ce qui l'entourait, l'aubergiste renonça aux pleurnicheries obséquieuses et accueillit les compliments sur son ragoût avec une simple esquisse de révérence. Révérence qui n'avait assurément rien à voir avec la mort telle que Lukastik l'avait vue. Ou avait cru la voir.

Puis il prit commande de deux autres verres de vin blanc et retourna derrière le comptoir. C'était un gros homme suant, qui boitait. Pourtant jamais Lukastik n'avait rencontré quelqu'un qui se déplaçait dans une pièce avec autant de majesté.

— Père va sans doute mourir, dit la sœur de Lukastik.

Elle découpa un morceau de boulette comme si elle éloignait une arête invisible. Elle dit cela comme en passant, sans montrer ni triomphe ni émotion.

— Je ne sais pas, fit Lukastik. Au fond c'est un tempérament robuste. Maladif mais robuste.

– La robustesse a ses limites, déclara la sœur – et : Mais je ne peux pas laisser maman s'occuper de l'enterrement. Telle que je la connais, elle ne pourra pas s'empêcher d'organiser les choses d'une manière qui aurait sûrement déplu à père. Il déteste le lyrisme. Alors va pour une mort lyrique. Il déteste Beethoven. On est sûr qu'il pleuvra du Beethoven. Il déteste les croix. Alors une croix. Il déteste les fleurs. Alors des fleurs.

Lukastik repensa à Barwick, l'accompagnateur mortuaire qui, en plus de ses activités normales, satisfaisait aux vœux bizarres de suicidaires dûment choisis. Et dont le zèle avait failli lui coûter la vie. Lukastik n'était pas le seul à avoir eu de la chance, Barwick aussi en avait eu finalement. Pas seulement parce que Jordan avait fait tout ce qu'il fallait pour cela. Pas seulement parce que cette nuit-là, les requins s'étaient montrés plus espiègles qu'agressifs. Mais aussi et surtout parce que les autorités avaient voulu éviter une « affaire Barwick ». L'arrestation d'un ordonnateur de pompes funèbres maintes fois cité pour ses mérites aurait naturellement entraîné tout un tas de révélations désagréables. On se contenta donc d'adresser à Barwick un simple avertissement – très explicite à vrai dire – et de l'exhorter à oublier ce qu'il convenait d'oublier et à se limiter désormais aux formes traditionnelles de son négoce.

Barwick était fou, cela ne faisait aucun doute. Mais il était assez raisonnable pour comprendre qu'il l'avait échappé belle. Il n'aiderait sûrement plus jamais un suicidaire à trouver une forme d'épanouissement de soi dans la mort.

Quant aux jeunes gens, ils n'avaient pas vraiment de rapport avec toute cette histoire. Sinon de manière décorative. Ils s'étaient retrouvés comme chaque nuit au bord de la Piscine aux requins pour s'y livrer à un culte inoffensif. Ils ne s'offraient pas en pâture aux requins aveugles – comme le suggéraient certains des graffitis –, ils n'essayaient pas de harponner ou de pêcher les poissons. Ils se contentaient de réciter des formules magiques, de reprendre des textes de la littérature pop, d'avaler des trucs qui vous faisaient les oreilles rouges, les dents bleues et les genoux en coton, et sinon se comportaient en jeunes gens bien élevés. Cette nuit-là pourtant, ils avaient vu les employés de Barwick placer Lukastik, toujours inconscient, dans une combinaison de plongée, l'équiper d'une bouteille d'oxygène, pour ensuite l'attacher à une corde et le plonger dans l'eau noire. Conformément aux instructions expresses de Sternbach. Les gens de Barwick s'étaient expliqués sans détour, précisant qu'ils obéissaient au souhait de la personne qui gisait inerte à leurs pieds, à savoir le présumé coiffeur de Zwettl, ex-recordman de plongée. Littéralement transportés par cette mise en scène, les jeunes gens avaient spontanément décidé d'accompagner toute l'opération d'une sorte de prière. Ce genre de suicide leur paraissait tout à fait compréhensible. Une mort parmi les poissons. Qui plus est une mort en forme de rituel. C'est-à-dire en marge d'un ordre ennuyeux qui voulait que les gens meurent à l'hôpital ou en voiture.

– Arrête de parler de ça, dit Lukastik. Père est parti pour être centenaire. Je le sens jusque dans la moelle de mes os.

– Tu crois vraiment pouvoir te fier à ta moelle ? demanda la sœur d'un ton de doute.

– Absolument, affirma Lukastik.

Il introduisit dans sa bouche une feuille de salade en forme d'avion en papier. Mais avant d'avoir pu l'avaler, il laissa tomber sa fourchette et porta les mains à sa tête, les paumes pressées de chaque côté de l'os frontal. Une douleur l'enserrait comme un anneau noir. Quelques secondes seulement, puis elle passa.

– Qu'y a-t-il ? demanda la sœur. Tes migraines ?

Finissant de mastiquer sa feuille de salade, Lukastik répondit d'un ton agacé :

– Je t'ai déjà dit que ça n'avait rien à voir avec la migraine.

Il y avait peu de choses que Lukastik détestât autant que les gens à migraine. Les gens qui exhibaient leurs migraines. Il les considérait tous sans exception comme de purs et simples égocentriques mégalomaniaques. Non pas tant des imposteurs que des vantards, qui transformaient une affection réelle et réellement très douloureuse en signe d'élection. Comme si Dieu lui-même leur avait infligé cette maladie. Ils donnaient donc à leur migraine la préséance sur tous les autres maux, jugeant qu'elle les autorisait à terroriser leur entourage. Ils avaient l'impudence de se placer sous un éclairage archangélique ou virginal. Sans parler de leur virtuosité dans la mélancolie. Ils étaient passés maîtres dans l'art d'accaparer l'attention générale, qu'ils fussent ou non la proie d'une crise. Même quand ils sortaient les pires banalités, ces banalités étaient empreintes de la prétendue noblesse d'une personnalité migraineuse. Les migraineux se comportaient tous comme s'ils étaient Nietzsche.

Il va de soi que Lukastik ne voulait pas être mis dans le même sac que ces gens-là. Il établissait toujours un rapport entre les maux de tête qui l'affectaient régulièrement, le plongeant pendant quelques instants dans une obscurité totale, et « le poisson dans sa tête ». Il prétendait que ce poisson était un produit de la petite éternité qu'il avait connue dans les profondeurs obscures de la Piscine aux requins. Et il partait de l'idée qu'il conserverait son compagnon cérébral jusqu'à la fin de ses jours. Ce à quoi il n'y avait rien à redire. La douleur était une sorte de ménage auquel l'animal à branchies se livrait dans son crâne. Tel un être symbiotique qui débarrasse son partenaire de ses parasites.

– Un poisson nettoyeur dans ma tête, expliqua Lukastik.

– Mon Dieu, gémit la sœur, cette histoire abominable t'a vraiment rendu fou.

– Si peu, dit Lukastik.

Il pensa que s'il était véritablement devenu fou, il aurait adressé à ce moment-là un compliment à sa sœur, il lui aurait dit par exemple que sa robe lui allait à merveille, qu'elle était toujours belle, qu'elle consommait ce simple ragoût de veau avec beaucoup d'élégance, et ainsi de suite. Au lieu de quoi il ajouta :

– Bon, peut-être un peu. Mais pas au point de devoir cesser mon métier de policier.

– Voilà qui affligera notre chère mère, répliqua la sœur, qui donna alors une impression de gaieté décente.

À ce moment-là une femme pénétra à reculons dans le local. Deux hommes debout au comptoir s'empressèrent de lui tenir la porte car elle tirait une voiture d'enfant et effectuait un virage.

L'absence de remerciement n'entama pas leur satisfaction et ils retournèrent aux verres de vin blanc pétillant qui trônaient sur le bar. Un vestige de l'été, ce vin pétillant, semblable à une porcelaine ancienne. Il aurait pu pleuvoir des ours polaires, pour certains l'été ne finissait jamais.

C'était la femme à la poussette que Lukastik avait vue quand il était venu au *Sittl* pour la dernière fois, quelques mois plus tôt, et qu'une bizarrerie téléphonique l'avait incité à se mettre en route pour Zwettl. Où il avait dû tirer ses collègues Jordan et Boehm de leur déplaisante situation pour ensuite se retrouver lui-même dans une situation encore plus déplaisante. Que ce fût Jordan précisément qui avait été promu sauveteur avait profondément ébranlé Lukastik, et le fait d'avoir survécu s'était accompagné d'une pointe d'amertume. Conformément à la devise selon laquelle un homme de caractère ne se laisse pas tirer du pétrin par n'importe qui.

Mais on ne choisit pas toujours. Des peuples entiers se font sauver par d'autres peuples sans avoir la possibilité de protester. Ce à quoi en général on ne prête aucune attention. On ne parle que de meurtres, d'homicides et d'oppression, mais plus rarement de ceux qui doivent supporter d'être sauvés sans avoir rien demandé.

Le fait d'avoir délivré Jordan d'un cachot crasseux ne consolait pas vraiment Lukastik. L'acte salvateur de Jordan pesait bien plus lourd, c'était une dette que Lukastik ne pourrait jamais acquitter. Jordan s'était frauduleusement approprié un avantage susceptible de durer éternellement. Il était le sauveteur, Lukastik le sauvé. Voilà le déficit auquel l'inspecteur se trouva rappelé par l'apparition de la femme à la voiture d'enfant orange.

Cette fois encore, elle s'installa près de l'endroit où l'on passait les plats. Il était fort possible qu'à l'inverse du convalescent Lukastik, elle se fût souvent assise là durant les derniers temps. De l'enfant on ne voyait toujours rien, il semblait congelé dans la tanière de sa poussette. Bon, peut-être aussi à l'abri. En tout cas, il n'émettait pas le moindre son. La femme aussi était restée pareille à elle-même, elle lançait des regards de supériorité dans le vide comme si elle était en procès contre ce dernier. Et bien sûr elle fumait.

Alors même qu'il était assis à quelques mètres de distance, Lukastik eut l'impression que la femme lui soufflait la fumée dans la figure. Il fut presque sur le point d'intervenir. De lui dire de bien vouloir cesser de polluer l'air. Quelque chose de ce genre.

– Tu connais cette femme ? demanda la sœur, qui avait suivi son regard.

– Quoi ? bredouilla Lukastik – et, comme s'il venait juste de se réveiller : Non, pas du tout.

Mettant la main dans sa poche, il en exhuma le petit ouvrage rouge qui avait désormais recouvré son intégrité. Car Jordan n'avait pas seulement eu l'impudence de sauver la vie à Lukastik, il avait également poussé la délicatesse jusqu'à conserver la page pliée du *Tractatus* et à la lui remettre comme si de rien n'était au cours d'une visite à l'hôpital. Histoire sans doute de porter l'humiliation à son comble. Mais en dépit de toute son irritation, Lukastik avait été extrêmement heureux de récupérer la page arrachée et de pouvoir la réincorporer au livre avec la plus grande des sollicitudes. Afin que le cosmos pût derechef s'épanouir dans sa totalité retrouvée.

Lukastik posa le livre mince sur la table, contempla un instant sa jaquette usagée, plaça sa main sur la surface rouge et se sentit incroyablement paisible. Autour de lui se fit un silence où seuls les mots et les phrases du *Tractatus* crépitaient légèrement. Et ce bien qu'il pût voir remuer les lèvres de sa sœur.

Lukastik sourit. Dans son crâne, le poisson nettoyeur nageait, tranquille.

Composition et mise en pages : FACOMPO, LISIEUX

CET OUVRAGE A ÉTÉ ACHEVÉ D'IMPRIMER
SUR ROTO-PAGE
PAR L'IMPRIMERIE FLOCH
À MAYENNE EN OCTOBRE 2010

N° d'imprimeur : 77898
Dépôt légal : janvier 2011
Imprimé en France